"十三五"国家重点出版物出版规划项目

平民史诗

〔埃及〕纳吉布·马哈福兹 著
李唯中 关偁 译

华文出版社
SINO-CULTURE PRESS

ملحمة الحرافيش

نجيب محفوظ

神秘的阿舒尔·纳基 / 001

舍姆斯丁 / 069

爱情与棍棒 / 119

被追捕的人 / 167

古莱·埃尼的失踪 / 217

"王后"祖海莱 / 267

寻求长生不老 / 325

鬼　影 / 381

盗粮济贫 / 419

桑树和竹棍 /447

神秘的阿舒尔·纳基

——《平民史诗》故事之一

一

在黎明前的富有情趣的黑暗中,在生死之间的通道上,在不眠的繁星俯瞰之下,欢快神秘的歌声隐约可闻,吟唱着我们这条街的遭遇和欢乐。

二

我的主人借着手中粗实的手杖探路,在永无止境的黑暗中蹒跚行走。他靠步量确定自己来到什么地方,用灵感辨别气味和歌曲的清晰度。从靠近墓地的住处到区里,是去侯赛因区最难走的一段路。突然,一个婴儿的啼哭声传到他灵敏的耳中。也许那是黎明时分最大的响声。景色的秀丽和歌声的韵味确实吸引了他。此时此刻正是母亲抚爱孩子的时候,可是那哭声却越来越响,越来越近。他再往前走几步,那发出声音的地方就与他平行了。他清了清嗓子,以免在这秀丽的景色中遇到麻烦。他自问道:这个孩子什么时候才能不哭,好让自己的心境平静一些,恢复庄重的仪表。现在哭声正从左侧刺激着他,他的左肩挨着修道院的围墙了。他停下来说道:

"太太,喂喂孩子吧!"

但没有人应声,哭声依旧。他喊道:

"喂,太太,安拉的人们!"

他听到的依旧是孩子的啼哭声,于是顿起疑心,抽出被露水沾湿的小刀,小心翼翼地挂着手杖朝着声音传来的地方摸去。在声音的上方他弯腰待了一会儿,伸出手掌,食指一指,触摸到一个襁褓。他的手指

在包里摸索着,摸到了正在抽泣的面颊。他动情地喊起来:

"罪恶的黑暗埋葬了良心!"

他又愤慨地大声疾呼:

"安拉谴责不义的人们!"

他思索了一会儿,决定不能置之不理,即使错过了侯赛因清真寺的晨礼①也无妨。此时,夏日里的晨风吹来,颇有些寒意。周围长满了各种蔓生植物。他知道,安拉正对仆人进行突然的考验呢。他把襁褓中的婴儿轻轻抱起,准备回家同妻子商量一下。这时传来一些人的声音,大概是去做晨礼的人们。他便示意般地咳嗽一声。这时有一个人说:

"安拉赐福给信士们!"

他从容不迫地回答:

"你们好啊!"

那个说话的人听出了他的声音,说道:

"是阿夫拉·宰丹谢赫吗?您怎么晚了?"

"我回家去。前事后事都归安拉。"

"一路平安,阿夫拉·宰丹谢赫!"

他迟疑了一下说道:

"我在古墙下捡到一个孩子!"

男人们嘀咕起来,一个人说:

"那些该死的罪犯们!"

第二个人说:

"送警察局吧!"

第三个人问道:

"您如何处置他呢?"

他以一种与当时气氛不相适应的坦然态度说道:

"安拉会把他的旨意告诉我的。"

---

① 伊斯兰教规定的每日五次礼拜之一,黎明之后、日出之前进行。

三

谢赫的妻子赛基娜右手举灯,脸色惊慌地问:

"安拉让坏人做够了孽,你怎么回来了?"

她很快就看见了那个婴儿,喊起来:

"阿夫拉谢赫,这是什么?"

"我在路上捡的……"

"安拉的恩典!"

她温柔地接过孩子。谢赫坐在上了盖的井和炉子之间的安乐椅上,喃喃地说:

"除安拉外,绝无受崇拜的!"

赛基娜晃着孩子,然后动情地说:

"是个男孩,阿夫拉谢赫!"

他默默地点了点头。赛基娜又关切地说:

"他一定想吃东西了……"

"你没生过男孩,也没生过女孩,你是怎么知道他要吃的呢?"

"我知道许多事情,谁求指导,谁就得道。你打算怎么办?"

"他们劝我把他送到警察局去。"

"他们在局里养他吗?……让我们等一等,也许会有人来找他。"

"不会有人来找的。"

室内充满激动的沉默,阿夫拉·宰丹谢赫终于开口咕哝道:

"难道把他留下来是过分了,错了?"

妻子热情地说:

"错在抛弃他的人。"

她愉快地接受任务,说:

"我是没有生育的希望了。"

他从突出的前额上解下缠头巾,问道:

"你在想什么,赛基娜?"

妻子渴望地说:

"谢赫,安拉赐给了我一个儿子,我怎么能拒绝呢?"

他用手帕擦擦眯着的眼睛,没有回答。她胜利地说:

"你自己也这么想?……"

他装着没听见,抱怨道:

"我把侯赛因清真寺的晨礼都误了。"

她咧嘴笑,盯着他绯红的脸说:

"东方破晓了,安拉是至大的。"

阿夫拉·宰丹谢赫站起来正要做礼拜时,达尔维什·宰丹睡眼惺忪地走下楼梯,说道:

"我饿了,嫂子!"

他看见孩子时,一下愣住了,他问道:

"这是谁?"

"全能尊贵的安拉赐予的儿子。"

他久久凝视着那孩子,又问:

"叫什么名字?"

赛基娜犹豫了一下,然后咕哝道:

"就让他叫我父亲的名字吧,就叫阿舒尔·阿卜杜拉,愿安拉降福给他……"

阿夫拉谢赫诵经的声音朗朗而起。

四

那神秘的欢乐歌声缭绕了数日。有一天,阿夫拉·宰丹谢赫对弟弟达尔维什说:

"你满二十岁了,什么时候结婚?"

弟弟冷淡地说：

"在安拉意欲的时候。"

"你是个有力气的脚夫，而脚夫的收入是很可观的。"

"在安拉意欲的时候……"

"难道你不怕中了魔？"

"安拉保佑信士。"

盲人诵经师摇了摇头，遗憾地说：

"在学堂里不求上进，也不会背安拉的经典，连一章都不会。"

弟弟气恼地说：

"工作是算计着来的，而我是靠头上的汗水挣饭吃的。"

谢赫想了很久，说道：

"你的脸上有好多伤，那是怎么回事？"

达尔维什知道嫂嫂已经把他的事告诉了哥哥，便皱着眉头瞟了她一眼。她正在阿舒尔的帮助下忙着生炉子。她笑着说：

"你以为我会把你受到伤害的事情瞒着你哥哥吗？"

阿夫拉谢赫责备地问他：

"你现在也学那些坏蛋强人的样子了？"

"那些坏蛋有时向我挑衅，我是自卫……"

"达尔维什，你出生在一个维护《古兰经》荣誉的家庭里，你怎么不看看善良的兄弟阿舒尔的品行呢？"

达尔维什发怒道：

"阿舒尔不是我的兄弟！"

谢赫露出厌恶的表情，一声不吭。

阿舒尔十分关注这次谈话能否顺利进行，但碰了壁。其实这也是必然的和预料之中的。阿舒尔做事尽心尽力，从不自夸。他打扫房间，到市场购买必需品，每天去侯赛因清真寺做晨礼，从井里汲水，生炉子；黄昏时分当着谢赫的面背诵一些易读的《古兰经》经文和为人处世的道德准则。谢赫确实喜欢他，赏识他。赛基娜赞赏地望着他，说道：

"他会成为一个强壮的小伙子的。"

阿夫拉·宰丹谢赫说：

"愿他的力气为众人而不是为魔鬼效劳。"

五

安拉降吉祥于阿舒尔身上。阿夫拉·宰丹谢赫一年年地越来越讨厌由他抚养的兄弟达尔维什，而越来越喜欢阿舒尔。我的主啊，你为什么要让这两个人生活在一起呢？达尔维什拒绝接受教育，为了谋生，他离开了哥哥，步入了社会。这时候，达尔维什还是个天真无邪的少年，身心还未成熟，就开始遭受劳苦的折磨；而阿舒尔则敞开胸怀，饱尝欢乐、光明和歌声。阿舒尔生得高大，酷似修道院的大门；他的胳膊像古老的围墙石头般结实，小腿似桑树枝般坚韧。他脑袋大、皮肤粗糙。他干起活儿来不惜力气，能吃苦耐劳。谢赫不止一次地对他说：

"让你的力气为众人而不是为魔鬼效劳。"

有一天，谢赫说他希望阿舒尔成为一个同自己一样的诵经师。达尔维什嘲笑说：

"你难道没有看见他那副大块头，会吓坏听经的人?!"

谢赫对达尔维什的评论并未留意。但是，当他听到阿舒尔的嗓音不合要求时，他便被迫改变了自己的想法。他发现阿舒尔根本不通音乐，也不懂得抑扬顿挫、轻重刚柔；他的嗓音粗糙生硬，酷似从地窖里发出的叫喊声。此外，他根本背不出长段落的经文。

阿舒尔对干活儿和生活都很满意，以为将在天国里永远住下去，直至末日为止。他相信人们听说的，他是在善良的双亲逝世之后被谢赫收养的。赞美全能和至仁的安拉，他还在这里得到了其他地方得不到的怜悯。谢赫感到对他的教育够了，该给他找个职业了。但死神来得太快，谢赫患了热病，各种药方都无济于事，不久，阿夫拉谢赫便到安拉那里去了。赛基娜顿时失去了生活来源，而她又没有劳动的能力，只好回盖勒尤比老家。阿舒尔同她离别时热泪盈眶,恋恋不舍。她亲吻了他,然后离去。这时,阿舒尔很快感到孑然一身,举目无亲。主啊,只有那个顽固的主人达尔维什·宰丹。

他合上双眼思索着,觉得旷野正在吞噬什么似的。他想顺太阳光束攀登而上,或者溶化在露珠之中,或者乘上圆顶之上的呼啸之风。他内心想到,当他到达旷野时,那里定会充满至尊的安拉的怜悯。

六

达尔维什端详着蹲在炉子附近的气馁的阿舒尔。啊,他是那么魁梧,有的是力气,连胡子都像公羊的抵角。可是他一筹莫展,没有工作,也没有收入,他什么手艺都没学过。不过他也不能轻视他。达尔维什为什么不喜欢他?因为他站着活像一块拦路石,又像一阵夹带着灰尘的五旬风①;他的相貌颇似节日里出现的坟墓,本应助兴,却受到诅咒。

达尔维什不看他,问道:

"你怎么挣你那口饭?"

他睁开深邃的褐色眼睛,屈从地说:

"愿为你效劳,达尔维什师傅。"

达尔维什冷淡地说:

"我不需要任何人效劳。"

"那我应该离开这里。"

阿舒尔又带着期望说:

"你不会不让我住家里吧,除了家我哪儿也不认识。"

"这是家,不是饭店。"

炉子里燃着乌煤块,架子上传出老鼠爪子碰到干蒜叶的沙沙声。

---

① 埃及自三月中旬至五月上旬这五旬期间的热南风。

达尔维什咳了一声,然后问道:

"你去什么地方?"

"安拉天地广阔无边!"

达尔维什嘲弄道:

"可是你对天地一点儿也不了解,它比你想象的要残酷得多……"

"为了糊口,我无论如何都要找一份工作。"

"你的身体是最大障碍,任何家庭都不会要你,任何手艺人也不会要你,你是个将近二十岁的人了。"

"我绝不把我的力气用在有害的地方。"

达尔维什朗声大笑,说道:

"谁也不相信你,豪侠认为你好斗,商人则把你当成强盗……"

之后,达尔维什从容不迫、语重心长地说:

"如果你不卖苦力,那就会饿死……"

阿舒尔热情地说:

"安拉做证,我会使人们满意……"

"如果你不去掉头脑中的愚昧,再有力气也没用!"

阿舒尔朝达尔维什投去疑惑的一瞥,然后说道:

"让我跟你一起当脚夫吧……"

达尔维什嘲笑道:

"我这一辈子连一小时脚夫都没当过。"

"可是……"

"由你说去吧,我还能说别的吗?"

"你是做什么的,主人?"

"你忍着点儿,我会给你打开谋生的大门,让你进来,也让你出去……"

从墓地传来送葬的声音。达尔维什说:

"谁到了那里就行了。"

阿舒尔忍不住地说:

"我饿了,达尔维什师傅!"

他递给阿舒尔一枚镍币,嘴里说道:

"拿着!这是我最后一次赠礼!"

阿舒尔离家时,正值日落西山,黄昏笼罩着墓地及旷野。夏季的一个夜晚,微风飘拂,带着香气和尘土而来。阿舒尔沿着小路走去,一直来到修道院广场。圆屋顶展现在他的眼前,桑树影越过高墙向外伸出,歌声扬起。他决心把忧愁抛到一边,他自言自语地说:

"阿舒尔,不要发愁,世界上有数不清的兄弟。"

歌声飞扬:

哈桑,我们的光明,
来自你光灿的面容;
我们体面的地位,
来自你光灿的面容。

七

阿舒尔完全处于黑暗之中。闪烁的星光直照他的心田,他的精神完全进入了澄澈的夏夜天穹。他说,啊!多么值得崇拜的夜色啊!正好忘却种种责备,畅述心中压抑着的愿望,唤来无形篱笆后面的亲朋故友。

离他两拃远的地方,一个伫立着的身影破坏了刚才的宁静。阿舒尔有些不安,便抬高嘶哑的声音问:

"你在等什么,达尔维什师傅?"

达尔维什当胸打了他一拳,生气地说:

"小声点儿!你这头骡子!"

他们在沙丘顶墓地的一角紧紧挨着。右侧的地平线处是山,左侧是墓地。那里没有一点儿声响,也没有一个过路人,黑夜里的这个时辰，就连死者的灵魂也安息在无声的坟墓中。黑暗之中，阿舒尔的头脑里闪现出某些念头，类似许愿，心不在焉地跳起来。他低声说：

"安拉的光芒照亮了我，照亮了你的心……"

达尔维什小声斥责道：

"等一下，你忍不住了吗？"

他说完，又挨阿舒尔更近一些，说道：

"我不要你干什么，一切都让我来干；如果需要保护，你就保护我的背后……"

"我可是一点儿都不明白你的意思……"

"住嘴，事情将由你自由选择……"

沙漠那边有了动静，空气中传来阵阵香味，还有一个老人的声音：

"信赖安拉……"

待走近一看，原来是个老头儿骑着一头驴。当驴子与他俩平行时，达尔维什扑了上去。阿舒尔顿时吓愣了，眼前一片模糊。阿舒尔听见达尔维什威胁说：

"拿出钱袋来，不然的话……"

老人因自尊和恐惧而声音颤抖地说：

"开恩，你轻些抓吧……"

阿舒尔不由自主地冲上前去，喊道：

"放开他，师傅！"

达尔维什喊道：

"你住嘴！"

"我说了，放开他……"

阿舒尔用胳膊搂住达尔维什，毫不费力地把他抱起，老头儿用胳膊肘猛力打他，嘴里还喊着：

"你该死……"

达尔维什除了舌头以外，全身哪里都动不了。阿舒尔对老人说：

"您放心走吧！"

直到老人安然离去，阿舒尔才放开达尔维什，并且道歉说：

"请原谅我的莽撞……"

达尔维什朝他喊道：

"你这个忘恩负义的弃儿！"

"是我把你从罪孽中救了出来……"

"你这个卑鄙的骡子，要饭花子……"

"愿安拉宽恕你……"

"下贱的弃儿……"

阿舒尔难受得不作声，达尔维什又说：

"弃儿，你难道不明白吗？……这是事实。"

"你别生气，故去的谢赫说过……"

达尔维什愤愤地说：

"我说的就是事实。谢赫在路上发现了你，你是被一个淫妇扔掉的！"

"安拉怜悯心地善良的人……"

"我以我的荣誉和哥哥的善良发誓，你是一个私生子……他们为什么要扔掉一个孩子呢？！"

阿舒尔感到委屈，很不高兴，一声不吭。达尔维什得意了，说道：

"我的努力白费了！谋生的大门被你关死了。你尽管强壮有力，但却是个胆小鬼，刚才就是证明。"

他用力抽了阿舒尔一个耳光。阿舒尔被有生以来的第一记耳光惊呆了。达尔维什疯狂地喊：

"胆小鬼！"

阿舒尔怒气骤生，犹如风暴，席卷修道院围墙。他抡起巨掌，朝达尔维什的头部劈去；达尔维什顿时倒在地上，失去了知觉。他压抑着自己的怒火，好容易平静下来，这才领悟到自己所作所为的严重性。他嘟囔道：

"请你饶恕，阿夫拉谢赫！"

他弯腰把达尔维什抱起来,穿过墓地,一直把他抱回家,让他睡在安乐椅上,点着灯,既担心又怜悯地凝视着他。时间过得那么慢。达尔维什终于睁开眼,晃了晃头……

达尔维什眼前金星直冒,渐渐想起刚才的情景。他俩久久地对视着……阿舒尔以为阿夫拉和赛基娜来了,默默地注视着……

阿舒尔离家时嘟囔道:

"全靠天地的创造者……"

八

阿舒尔徘徊彷徨。他的住所就是大地,大地即是孤儿的父亲和母亲。他觉得哪里合适就在哪里吃饭喝水。

如果夜晚较暖和,他就睡在修道院围墙下;如果天冷,就睡在地窖里。关于他的来历,达尔维什还真说对了。阿舒尔被痛苦的现实驱赶着。他处于善良的阿夫拉·宰丹谢赫的庇护下达二十年之久,竟然不懂得世界上的现实是什么样的,而达尔维什却在几个晚上都教给他了。坏人是些既严酷又真诚的教员。他为罪恶所造就,而罪犯却隐匿了。阿舒尔孤零零地面对着世界,火辣的回忆伴随着他。

因为极端忧愁,阿舒尔十分爱听修道院里的歌声。歌词大意隐藏在波斯语的词句中,犹如双亲隐没在陌生人之中。也许有一天他要找到一个男人,或者一个女人,才懂得歌词大意;也许有朝一日他解开象征之谜,流下满意的眼泪,或者某个好心人的身上体现了他的一个愿望。他看到花园里树木葱茏,白鸟鸣啭,他看到修士们穿着宽大的长袍,戴着高高的帽子,步履轻盈。

有一次他问自己:

"他们为什么像穷人一样为别人效劳?为什么从事扫除、洒水和灌溉?难道他们不需要一个忠实的仆人吗?"

修道院大门在呼唤他,低声细语地对他说:来敲门吧,请进来享受幸福、恬静和快乐吧！你会变成一颗桑葚，饱含香醇，必将遇上圣洁之手欢快地将你采摘。

温柔的低声细语打动了他，他便向紧闭的大门走去，谦恭有礼地喊道：

"安拉的人们……"

他又喊了几次。

人们都藏起来了，不做答复。连小鸟都小心翼翼地注视着他，它们听不懂他的话，他也不懂它们的语言。小溪中止了流淌，小草停止了舞蹈，什么东西都不需要他去效劳。

阿舒尔的热情顿时凉了下来，失去了希望。他满脸愧色地责备自己。他强打精神，鼓了鼓勇气，抓住他那高翘的胡子，自言自语道：

"不要让你成为无名小辈的话柄。"

他朝后退着说：

"离开那些拒绝援助你一臂之力的人吧！因为他们不需要你。谁要你就找谁去吧！"

他走了，去找一口吃的。每逢有举行婚礼或追悼死者仪式时，他就自愿前去帮忙；谁需要脚夫或者信差，他就自告奋勇；人家给一个米里姆①或者一块面包，甚至一句好话，他都表示满意。

他遇上一个人，那个人相貌丑陋、中等身材，似乎他的祖宗就是耗子。那个人喊道：

"喂，孩子！"

阿舒尔很有礼貌地走过去，听候他的吩咐。那人问道：

"难道你不认识我？"

阿舒尔局促不安地说：

"请原谅一个不认识你的陌生人。"

"你是我们这里的人吗？"

---

① 埃及钱币辅助单位，一百米里姆为一镑钱。

"我不久前才到这里的。"

"我叫库莱布·萨马尼,是头领甘乃苏的手下。"

"师傅,认识你我感到荣幸!"

那人打量了阿舒尔良久,然后问道:

"你入我们一伙了?"

阿舒尔毫不犹豫地说:

"我还没有这样的打算。"

库莱布嘲讽地大笑起来,边走边说:

"牛的躯体,小鸟的心。"

阿舒尔看见宰因·纳图里师傅的驴子经过一整天长途跋涉之后,都入了圈,便当着师傅的面主动打扫牲口圈,给牲口喂料,把庭院收拾得干干净净,然后,他什么也没要,就走了。

有一天,宰因·纳图里叫住他,问道:

"你是已故阿夫拉·宰丹谢赫的儿子吗?"

阿舒尔谦恭地回答:

"是的,安拉的恩惠是无边的……"

"有人说你拒绝当甘乃苏的手下人,是吗?"

"我对那不感兴趣……"

师傅笑了,便要阿舒尔给他当驴夫。阿舒尔立刻就答应了,兴奋得心怦怦直跳。

阿舒尔以全部精力和热情赶驴,师傅对他的举止得体、为人朝气蓬勃、干劲十足越来越满意;他也以实际行动证明他是可以信赖的。

阿舒尔在这家干活儿时目不斜视,决不朝师娘的方向望。但是,他在师傅的女儿栽娜卜路过时,却抑制不住自己的眼神,匆匆看了几眼,而后又是不胜后悔。当痴情在五脏六腑里燃烧起来时,他更后悔了。心里迸发出难以驾驭的欲望,他完全沉醉于其中了。他低声说:

"愿安拉保佑我们!"

他第一次用舌尖重复着安拉的名字,而他所想的完全是另一回事。

春情初动，致使他茫茫然，心慌意乱，周身打战。

宰因·纳图里师傅对他的长处感到满意，认为他就像一位忠实的卫士，于是问他：

"阿舒尔，你住在什么地方？"

"修道院的围墙下，或者地窖里。"

"那你肯定乐意睡在牲口圈了？"

"那太好了！我谢谢您的恩德，师傅……"

九

拂晓时，阿舒尔睡醒了。他喜欢那被微笑冲淡了的昏暗。精神振作和淫荡的人们在活动，宇宙中散发着纯洁和带有梦想的气息。他想摆脱向自己挑战的栽娜卜的影子，便做起礼拜。礼拜毕，他就着橄榄和小葱嚼着饼子。他轻轻拍了拍驴背，然后牵着驴去广场，迎接赖以糊口的劳作的一天。他浑身都是力气，对自己的力量和耐力具有十足的信心。但是一阵昏眩几乎使他站不稳，栽娜卜永远在他眼前，以含混不清的呼喊控制和征服着他。栽娜卜的脸显得苍白憔悴，鼻子高耸，双唇粗厚，身体瘦小结实，对于他有着魔般的影响。他心里火烧火燎，有时连驴和乘客都视而不见。

休息时，他站在屋门口紧盯着行人。商店里有那么多的店员，那么多工人推着车，背着筐，携带着镰刀，还有那么多无业贫民、流浪者。他想，这些男人之中，谁是他的生身父亲？这些女人里面，谁又是他的母亲？他们是离开人世了，还是健在呢？他们知道自己的情况，还是一无所知呢？是谁让他来到了这个充满阿夫拉·宰丹谢赫恩惠的广漠浩瀚的世界呢？他力图从头脑中驱赶这些弄得他精疲力竭而得不到结果的念头。这时宰因·纳图里模糊不清的呼喊传到他的耳际，他自言自语道：

"看情况一定会出事。"

他又对自己说：

"我要让好人成为我的盟友，以报答对我的好心。"

宰因·纳图里的喊声不断地传来，他大发雷霆。阿舒尔见他与一个代理人吵架，他痛骂道：

"你是个不折不扣的贼！"

代理人也喊道：

"管住你这张烂嘴吧！"

突然间，师傅给了那人一记耳光，那人抓住师傅的衣领。阿舒尔急忙赶过去，大叫：

"你们应该崇拜安拉！"

他站在两人中间，将他俩隔开。但代理人对他拳打脚踢，并破口大骂。阿舒尔用力抱住他，他大喊大叫起来。阿舒尔让他逃走，并且对他说：

"你好好地走吧，这对你是再好不过的了。"

那人急忙离开广场。女人们都聚集在窗口观看，栽娜卜的母亲喊道：

"那人差点儿就打进家里来了！"

宰因·纳图里嗔怪地望着阿舒尔，同时掩饰自己的羞涩说：

"愿安拉接济你。"①

师傅走进家门，只有栽娜卜站在窗口处。阿舒尔仍回到门口站着，心想：

"下一步我们就该眉来眼去了。"

他靠着墙，见一只猫张牙舞爪地吓唬一条黑狗，以防止一场冲突的发生。阿舒尔暗暗自语：

"阿舒尔，你要十分小心谨慎，这可是双亲对你的嘱咐。"

他又做起甜蜜的梦，炎炎夏日使他浑身像着了火一样。

---

① 这是拒绝乞丐的用语。

十

阿德兰特对丈夫宰因·纳图里说：

"你肯定他值得信任吗？"

"是的，他就跟我儿子一样。"

她不耐烦地说：

"好啊，那就让他娶栽娜卜好了。"

宰因·纳图里绷着脸思索了一阵，过了一会儿才说：

"我希望有比他更好的人！"

"事情拖了很久了，每当她的堂兄来求婚，都因为年龄关系拒绝了。"

他愤愤地说：

"假如她是你的亲骨肉，你就不会说出这种话来……"

"我倒成了女儿的绊脚石了？她已经是二十五岁的人了，长得又不漂亮，脾气倒越来越坏。"

他皱着眉头又说了一遍：

"假如她是你的亲骨肉，你就不会说出这种话来……"

"你信赖他难道还不够吗？……你上了岁数，需要的是相信他的女人。"

"是栽娜卜吗？"

"她会高兴的，你把她从失望中拯救出来吧……"

十一

阿舒尔听见宰因师傅在客厅里叫他。当他走到师傅那里时，师傅从铺着羊皮的木沙发上挪出一个座位，阿舒尔稍稍犹豫了一会儿便坐

下了。师傅和颜悦色地问道:

"难道你没想过信仰的另一半责任吗,阿舒尔?"

十二

阿舒尔的眼前是一片光明和喜悦,梦想竟然变成了一种直抵心田的恩惠。这个崇拜者的脸因为得到应许而神采奕奕。连地上的虫子都忍住不伤害人了。

阿舒尔去素丹浴室理发洗澡,头发梳理得整整齐齐,胡须修得干干净净,身上洒了玫瑰香水,用牙刷刷净了牙,身着白长袍,脚上蹬了一双定做的鞋大摇大摆地走着。

纳图里家举行了庆祝良辰吉日的仪式,这对新人就住在纳图里家对面的一套平房里。这套房子有卧室和走廊。阿舒尔沉浸在爱恋之中。半夜里,一些平民紧挨着他的窗户在外面蹲着,做着美梦。

按照安拉的旨意,随着时间的推移,阿舒尔有了儿子。而在这期间,宰因师傅夫妇逝世了,他俩的女儿们也都出嫁了。

阿舒尔享受着幸福的夫妻生活,他一直当驴夫,而且他现在拥有一头驴,那是岳父纳图里在新婚之夜送给他的礼物。栽娜卜则喂鸡卖蛋。他们的生活渐渐宽裕,厨房里也散发出炒菜的香味了。

他的孩子们长大成人,各个操持不同行当。按照安拉的旨意,一个孩子当了木匠,一个做镀锡工,一个是熨衣工。他们的身体都不如父亲魁梧,但在这条街上还都算得上受尊敬的壮汉。

阿舒尔以性情温和闻名,甘乃苏手下的人谁也没来找他的麻烦。栽娜卜不像丈夫那样温和,而是神经质的,疑神疑鬼、嘴尖舌长。不过她有她的长处,即勤勉肯干、忠诚守信。

栽娜卜长阿舒尔五岁。阿舒尔正年富力强时,她却过早地衰老了。尽管如此,阿舒尔绝不喜新厌旧,对她的爱也没有丝毫的改变。

过了一段时间,他同栽娜卜用自己的钱买了一辆双轮轻便马车,他也从一个脚夫变成了马车夫。栽娜卜兴高采烈地庆贺道：

"从前的顾客都是男人，从现在起你可以专载女客了！"

阿舒尔笑着问：

"这是不是说只有上坟的女人来找我？"

她大声叫道：

"我们之间还有安拉哪！"

他感到伤心的是原来会背的《古兰经》，现在只记得祈祷用的那几小节。不过，他从未放松过对安拉的热爱。他知道，生活中的坏人绝不限于达尔维什一人，生活中充满了奸诈、凶残及数不胜数的无耻行径。他要继续坚持走正路，严格地自省，特别是在犯有过失之后。他从未忘记买马车花费了栽娜卜的全部积蓄和孩子们的部分收入。为了这辆马车，他对他们管束得更为苛刻，有时还发脾气。

当邻居遭到强盗们的袭击时，他义愤填膺，同时好言抚慰那些受到欺负的人。他呼吁一切人要走正道。有一天，一个邻居终于对他说：

"阿舒尔，你真有力气，但是你的力气又给我们带来过什么好处呢？"

那个邻居为什么要责怪他？又为什么怂恿他？难道他拒绝加入歹徒集团还不够吗？难道他把自己的力气全用在为人们做好事上还不够吗？

尽管如此，阿舒尔的心中还是起了一些邪念，犹如夏日炎炎下飞过一只苍蝇似的。人们的看法与他不同，他难过地问道：

"心地纯洁在哪里？在哪里呀？"

十三

阿舒尔盘腿坐在修道院前的广场上，告别夕阳，迎接夜幕的降临，等候柔和的歌声。散发着凉意和忧愁的清凉的秋风徐徐吹拂而来。忧愁之神从古墙上滑下来，摇动尾巴。阿舒尔显得沉静，他没有一根白发。他已经历了四十个春秋，仿佛这四十年过得十分轻松愉快。

他心里咕哝了一句什么，转而便注视着墓地的小径，只见一个人懒洋洋地走过来。他不眨眼地看着，在落日余晖下他认出那个人来了，心怦怦直跳，原先的欢乐消失了。那人走过来，站在他和修道院围墙之间，微笑地望着他。

阿舒尔低声说了句：

"是达尔维什·宰丹！"

达尔维什·宰丹呵斥道：

"你不先向我问好？晚上好，阿舒尔！"

阿舒尔站着伸出手，声音不高不低地回答：

"你好！达尔维什……"

"我想，我变得不厉害吧……"

他酷肖已故的哥哥这一点真令人遗憾，不过他十分粗鲁、愚昧。阿舒尔说：

"不对……"

达尔维什别有用意地盯住他，接着说：

"尽管世道都变了！"

阿舒尔佯装不解地望着他，问道：

"这么长时间，你躲到哪里去了？"

达尔维什脸带嘲讽又漫不经心地说：

"在监狱里！"

阿舒尔尽管不感到吃惊，还是喊了出来：

"监狱！"

"所有的人都是坏蛋，但是我的命运不佳。"

"安拉是宽宏大量、至仁至慈的……"

"我知道，你的境况十分好。"

"这谁都看得见的。"

达尔维什直截了当地说：

"我需要钱。"

阿舒尔颇感烦恼,但仍然将手插进怀里,掏出一里亚尔①递给他,说:

"这不多,但眼下对我来说还是不少的。"

达尔维什紧蹙着眉头,又话里有话地说:

"让我们为我哥哥阿夫拉的灵魂读《开端章》吧。"

阿舒尔读了,然后说道:

"我以后去探望他的坟墓……"

达尔维什大着胆子说:

"我能住在你这里歇歇脚吗?"

阿舒尔赶快说:

"我这里没有陌生人住的地方。"

"陌生人?"

"要不是看在我主人的面子上,我都不会帮助你!"

达尔维什厚颜无耻地说:

"再给我一里亚尔吧,我要偿还欠债。"

阿舒尔尽管手头拮据,但一点儿也不吝啬。

达尔维什朝地窖走去,一路默默无言。这时修道院又传出了优美悦耳的歌声:

> 人们哀声恸哭,
>
> 双眼布满血丝。

十四

阿舒尔驾着驴车,看见一群人聚集在街口的废墟处。当车子驶近

---

① 里亚尔,埃及辅币名。

那里时,他发现那些原来是建筑工人,正围着铁板、木头、枣椰树干等材料,达尔维什也在里边。阿舒尔觉得不是味,心想谁盖房子呢?当车子驶近达尔维什时,他对阿舒尔喊道:

"我将尽力为你效劳……"

阿舒尔冷冷地说:

"人有一个家是件好事。"

达尔维什哈哈大笑,随即说道:

"没有家的人会有家的!"

十五

哈赛布拉对父亲阿舒尔说:

"事情已经清楚了,那人在盖酒馆!"

阿舒尔不解地问道:

"是酒馆吗?"

莱兹格拉说:

"全都这么说。"

阿舒尔大喊道:

"安拉啊……我捐助的钱竟被用来盖酒馆!"

希拜图拉说:

"这是事先策划好的。"

"那政府呢?"

"给发了营业许可证,这毫无疑问。"

阿舒尔发愁了,说道:

"我们这条街连饮水处和祈祷者的清真寺都还没盖,怎么倒修起酒馆了呢?!"

甘乃苏一伙人的酒馆开张了,阿舒尔更加烦恼,说道:

"他也得到了庇护!"

十六

地下室窗户后发出了一阵喧哗。出了什么事？难道这条街上斗殴的事还少吗？阿舒尔坐在屋里唯一一张安乐椅上一口一口地呷着咖啡。还不到点灯的时候，窗棂在严冬寒流的袭击下瑟瑟发抖。栽娜卜正埋头熨衣服。过了一会儿，她抬起头惊慌地说：

"这是莱兹格拉的声音！"

"孩子们在打架吧？！"

栽娜卜飞快地跑出门去，阿舒尔很快就听到她大嚷：

"疯子们，你们不害臊吗？……"

阿舒尔站起来，转眼间就来到孩子们中间，他们全都一声不吭，然而他们脸上的怒容并未消失。他喊道：

"好哇！……"

他朝地上看了一眼，只见棋子和棋盘扔了一地……便愤然问道：

"你们是玩还是赌呢？"

谁也不回答，阿舒尔更加恼火，接着问：

"你们什么时候才能长大成人？"

他一把抓住哈赛布拉说：

"你是老大，是不是啊？"

哈赛布拉的嘴里喷出一股异常的香气，阿舒尔大吃一惊，赶忙抓住另外两个孩子也嗅了嗅。啊……让大地嘲笑人们吧！

"喝醉了？……狗崽子……"

阿舒尔用力拧他们的耳朵、脸上的肉，不一会儿，全都发紫了，孩子们抱成一团，哈赛布拉哀求道：

"让我们进家去吧……"

阿舒尔的声音发哑，仍旧吼道：

"你们在人们面前感到害臊,在安拉面前就不害臊吗?……"

栽娜卜拽住他的胳膊,说道:

"别让地痞流氓笑话我们。"

他挣脱她的手,说:

"他们,他们就是些地痞流氓。"

她气愤地小声说:

"他们可不是孩子了……"

"他们不知道,你也不清楚……"

阿舒尔回到安乐椅上坐下,咕哝着:

"倒霉呀……从你那里得不到一点儿好处。"

她点上灯,把灯挂在墙上,然后温柔地说:

"我比你干得多,要不是我,你也不会有马车,炉子也生不上……"

阿舒尔烦躁地说:

"你就只剩下鞭子似的舌头了……"

她生气了,喊道:

"为了你,我的青春都凋谢了。"

"一定要教训他们!"

"他们不是孩子了,会走掉的。"

栽娜卜知道这场口角会很快地烟消云散,激烈的言辞与甜蜜的悄悄话会溶解在一个杯子之中。

阿舒尔惴惴不安地考虑着孩子们的事:

一个在学堂里读书不及格;谁也不关心父母的劳累,也没有继承阿夫拉谢赫的天性;他们学会了本街的胡作非为,而把本街的长处丢得一干二净。他们谁都没有继承下父亲的力大特性。他们谁也不敬重父亲,也不爱戴母亲,他们的爱好飘忽不定,思绪纷纭,只是嘴上什么也不说。他们没有天赋,也没有后天养成的好品德,还是一些孩子,远未达到一个师傅的水平。然而他们现在却不加节制争先恐后地去酒馆消遣。

阿舒尔忧郁地说:

"他们只会给我们带来烦恼和愤慨。"

栽娜卜承认道：

"他们大了，师傅！"

十七

有一次，阿舒尔驾车经过酒馆，达尔维什拦住他说：

"欢迎……"

阿舒尔这次没有不理睬他，尽管从心里讨厌他。阿舒尔把缰绳一勒，停下车，跳下车站在达尔维什面前，坚决地说：

"这种行当并不适合纪念你的哥哥。"

达尔维什揶揄地微笑着，说道：

"这不比劫道抢人好吗？"

"两者一样坏。"

"对不起，我喜欢冒险……"

"这条街上坏事够多的了……"

"酒馆使坏人、好人、荣誉、疥疮都翻了一番。"

"它应该受到诅咒……"

这时，阿舒尔瞥见一个人影迅速地从一边跑向另一边，他大惑不解地问：

"这里还有女人？"

"你大概看见菲拉了吧？"

阿舒尔不去看她，接着问：

"女人也到你这里来？"

"不，她是个孤儿。"

达尔维什接着又意味深长地说：

"你不必指望我行善，但抚养一个弃婴总比修座清真寺好吧？"

阿舒尔按捺住自己，睥睨之，问道：

"你为什么要把她弄到酒馆里来?"

"要她靠自己的汗水挣饭吃!"

阿舒尔遗憾地咕哝道:

"一点儿好处也没有。"

他跳上驴车的前座,喊了一声"驾",驴子便在铿锵的蹄声中向前走去。

十八

夜晚漆黑,阿舒尔觉得天昏地暗。每当他拐进一个小巷子,总冷不防要趔趄一下。他眨眨眼,小声地说着寻求默示的话。主啊,建筑物被损坏,修理起来也困难吗?

下半夜,他躺在床上正想入睡时,窗外传来一个大嗓门嚷道:

"阿舒尔师傅!阿舒尔师傅……"

他赶快跑到窗前,嘴里喊着"孩子们!"打开窗户,只见一个人挂着一根棍子倚在那里。阿舒尔问他:

"出什么事了?"

"是你的几个孩子,为了菲拉姑娘,在酒馆那里厮打起来了。"

栽娜卜喊道:

"你留在这里,我去找他们……"

阿舒尔挡住她,登上驴车,像一阵风似的飞驰而去……

十九

阿舒尔魁梧的身躯挤进门来,只见醉汉们东倒西歪地躺着,眼睛都盯着他。达尔维什跳过来,喊道:

"你的儿子把这里砸得乱七八糟!"

阿舒尔见希拜图拉倒在地上起不来,哈赛布拉和莱兹格拉还气势汹汹地扭打在一起，别的醉汉都不管不顾。他以令人生畏的声音大喝道：

"放规矩点儿！孩子……"

两个正打得不可开交的孩子都松了手，战栗地望着出声的地方。阿舒尔又挑衅般地扫视着人们的脸，谁也不说话，达尔维什呆呆地看着。阿舒尔大声说：

"你该死。你这里是传播瘟疫的地方！"

这时菲拉不知从什么地方钻出来，含糊不清地说：

"我是无辜的！"

达尔维什说：

"她是伺候人的，你的孩子对她存心不良！"

阿舒尔嚷道：

"住嘴，你这个老鸨！"

达尔维什后退着说：

"愿安拉宽恕你……"

"我能把你这惹事的根子砸烂……"

菲拉向前跨了一步，正对着阿舒尔说：

"我是无辜的！"

阿舒尔把目光从她身上挪开，粗鲁地说：

"从我面前滚开……"

他把醉得东倒西歪的孩子一个一个朝外面推去，菲拉又过来问：

"你难道不相信我是无辜的吗？"

阿舒尔再次把目光从她身上挪开，喊道：

"我不仅不相信，而且还知道你是大魔鬼制造出来的小妖精。"

他走开了，免得再看见她。

在伸手不见五指的夜晚，阿舒尔深深地吸了一口气。他感到茫然，觉得刚从一双罪恶的手中逃脱。夜是那么黑，什么也看不见。他似乎见到孩子们的身影，但很快又消失不见。他喊道：

"安拉至大!"

除了咖啡馆里透出一线光亮以外,这里寂然无声,漆黑一片。阿舒尔自言自语道:他们不会回来了。他们将离开他们的摇篮。日后,他们将作为异乡人出现。在这条街里,只有名门子弟才与他们的祖根连在一起。

他在黑暗中摸索着,觉得自己正向安宁和自信告别。由于心乱如麻,他头晕目眩,还感到害怕和困倦。他又对自己说,是那个姑娘的美貌迷住了他们;既然她迷住了他们,他为何不娶了那个傻女子呢?结婚不是一种义务和防卫吗?

二十

栽娜卜在门口等着阿舒尔,一盏放在入口处的灯照亮了通往卧室的路。她温柔地问他:

"孩子们在哪儿?"

他愁眉不展地反问:

"他们还没回来吗?"

她的叹息声清晰可闻,含糊地说:

"听凭安拉的安排吧。"

阿舒尔坐在安乐椅上,她愤然道:

"那时该让我去的……"

"你上酒馆去找那群醉鬼吗?"

"你揍了他们,他们已经不是孩子了,再也不会回这个家了。"

"他们浪荡一阵后,会回来的。"

"我比你更了解他们……"

阿舒尔不说话了。栽娜卜问他:

"达尔维什给我们甩过来的菲拉是什么人?"

他回避着她的目光,讽刺道:

"你问的是什么？一个住在酒馆里的姑娘！"

"漂亮吗？"

"一个放荡的女人。"

"漂亮吗？"

阿舒尔稍稍踌躇后又说：

"我没朝她看。"

她心思不定地说：

"他们不会回来了，阿舒尔……"

"听凭安拉的安排吧。"

"你没听说青年人现在在干什么吗？"

他不置一词。她又说：

"我们应该谅解他们。"

他大惑不解地问：

"真的？"

在他的眼里，她成了一位面色憔悴、年迈无能的老太婆，简直就像小路上的古墙一样。阿舒尔喃喃道：

"栽娜卜，我很同情你……"

栽娜卜生气地说：

"我们常常相互同情。"

"不管怎么样，他们是不需要我们了……"

"没有他们，家里一点儿生气都没有。"

"我同情你，栽娜卜。"

她用手掌撑着脑袋，苦涩地说：

"明天一早我要干活儿。"

"你睡吧。"

"今天夜里？"

他烦躁地说：

"今天夜里！"

"你呢?"

他坚决地说:

"我需要到外面去吹吹凉风!"

二十一

地窖里又一次暗下来。黑暗笼罩着乞丐和贫贱百姓。黑暗以无声的语言拥抱着天使和魔鬼。那里隐藏着疲惫不堪的人,天命穿墙而至,想逃脱全是枉然。

二十二

阿舒尔走出地窖,来到广场上,独自一人倾听着修道院的歌声,凝视着古老的围墙和漫天星斗。他蹲在地上,将脸埋在两膝之间。四十年来,他走错了路,还将错误隐藏在黑暗之中。过去的错误是怎样铸成的?在何处和什么条件下铸成的?除了他就没有别的牺牲品了吗?想象一下,如果你见到母亲仁慈的脸庞和父亲充血的面孔,就说些动听的甜言蜜语,迎接决定命运的关键时刻;在双亲的身边有魔鬼和天使,但欲望打败了天使。想象一下母亲的模样,她大概像……为了具备竞争的能力,她一定皮肤白净,眼睛黝黑,似含苞欲放的花朵,一定体态匀称、富有魅力、声音甜美。在这之前,她具有潜在的、源源不断的力量,但背信弃义、丧尽天良。至于那香味,那是生活设置的一个圈套。她在等待着,同一切告别有十五年之久。因此,歌声的大门被敲响,但并未敞开。事实上,你能够推开它,但你并不愿意。谁同生活相结合,谁就拥抱它充满情欲的子孙吧。但是,你必须承认所发生的事是不可信的,也必须承受被驱逐的感觉。微笑是前定的,眼泪也是前定的。他就是具有产生盲从者的雄心壮志、疯狂和懊丧的新人,他向安拉求救,从安拉那里寻求佳酿美酒。

阿舒尔觉得头发沉,便小睡片刻。

他看见阿夫拉·宰丹谢赫站在坟前,把自己抱在怀里,便惊骇地问:

"去坟墓里吧,我的主人?"

但是谢赫却把他带往小路,又从小路走向广场,然后从广场回到墓地……

他醒过来了。

他睁开眼睛,听栽娜卜在说:

"这就是你瞎猜测的,你要睡到天明吗?"

他吃了一惊,朝她伸出手。两人默默无语地走了。

二十三

出乎人们的意料,他魁梧的身体堵住了酒馆的大门。

人们发涩的眼帘跳动着,不断以目示问:

"他来干什么?"

"赶他儿子走吗?"

"你们别想有好事!"

阿舒尔扫视了一下全场,见左边有空位,便走了过去,从容不迫地坐下,借以掩饰自己的慌乱。达尔维什走过去问:

"少见……"

达尔维什微笑着又说:

"愿安拉保佑信士……"

阿舒尔根本不理睬他。菲拉很快赶到这里,来寻找签子和用红辣椒搓揉过的羊皮纸。阿舒尔垂下眼皮,想起周游各地时的事情。他把拈阄儿纸扔到一边,付了钱,但一句话不说。达尔维什满腹狐疑地观察着,在阿舒尔又要躲开时,声音压得很低地说:

"我们愿为你尽力!"

其他人很快就把阿舒尔忘了。菲拉则在心里盘算他不喝酒的原因。她再次走近他,朝签子努了努嘴,说道:

"那比形容的还好!"

他像是感谢似的低下了头。一个醉鬼说:

"离他远点儿,姑娘!"

她哈哈大笑,然后用大家听得见的声音说:

"你看他难道不像狮子吗?"

天空绽出孩童般的欢乐,但阿舒尔脸上的肌肉却绷得更紧了。他的衣服再也挡不住别人窥看他的裸体,他的生活也局限于路上的小清真寺与酒馆的这个座位之间。除此之外,一切都消失在新的和声之中。很快他因感到胜利的欢乐而接近失败。

菲拉站在陶器之间,关切而深情地凝视着阿舒尔。正在这时,哈赛布拉、莱兹格拉和希拜图拉闯进门来。

人们静悄悄地等待着,伸长了脖子看。哈赛布拉喊了一声:

"小伙子们好!"

哈赛布拉一眼瞥见了父亲,喉咙像被堵住似的,呆呆地站在那里。莱兹格拉和希拜图拉被迎头浇了一桶凉水,不知所措地站了一会儿,然后调过身子转眼就不见了。酒馆爆发出一阵嘲笑。菲拉朝达尔维什望去,他一声未吭,但脸上露出难堪的神色……

二十四

栽娜卜绷着脸,问阿舒尔:

"这种状况还要永远继续下去吗?"

阿舒尔咄咄逼人地说:

"那有什么办法?"

"不让他们进酒馆当然好,但要付出什么样的代价呢?"

他默默地晃了晃脑袋,她生气地喊:

"结果是你经常使达尔维什失去主顾!"

二十五

阿舒尔驾着车行驶在路上,站在酒馆门口的菲拉看见后,她挡住他的去路。阿舒尔勒紧缰绳,自言自语道:"愿安拉怜悯我。"她一句话没说便轻快敏捷地跳上了车,盘腿坐下,将长袍围盖好。她没有戴面纱。阿舒尔询问似的望着她,她用甜蜜温情的语气说:

"把我送到马尔古什……"

达尔维什微笑着出现了,说道:

"承蒙关照,她的车费请记在我的账上。"

这是什么样的蜘蛛网啊!但阿舒尔毫不在意,甚至得意扬扬。驴蹄子把无数蹄印留在后面,两轮车飞驶着,不久阿舒尔的后背就冒出了热气。

她突然开口说道:

"你若能公正对待自己,那么你就能当头领。"

他笑容满面,问道:

"你看我是个坏人吗?"

她温柔地笑了,随即反问道:

"对大家没有好处的能算好人吗?"

"你还小……"

她挖苦地说:

"我从来没被人当成小孩……"

他脸色阴沉,眉头紧皱;她则凝神注视着他沉重的荷载。他问她:

"你去马尔古什做什么?"

还没等她回答,他就后悔自己失言了。到了马尔古什的路口,她让他停车,说道:

"我希望这样的乘车时间能更长些……"

她正要迈步时,又说:

"但是天快要黑了!"

他轻轻地拍着驴脖子,对驴耳低语:

"你的伙伴完了……"

二十六

随着太阳的第一线光芒,阿舒尔闯入酒馆的大门。达尔维什被惊醒,睁着双眼不知所措地问道:

"有什么消息吗?"

阿舒尔扶他起来,用愤怒的目光凝视着他,说:

"无路可逃……"

"是什么风把你吹来的,阿舒尔?"

阿舒尔粗鲁地说:

"你真坏,你什么都明白……"

达尔维什揉揉脖子,布满血丝的眼睛盯着阿舒尔,咕哝道:

"现在是谋生的时间!"

阿舒尔自找痛苦地说:

"我决定要得到她……"

达尔维什微笑着说:

"一切都有自己的时辰!"

阿舒尔最终屈服地说:

"遵照安拉及其使者的训诫!"

达尔维什遭此突袭不由得瞪大了眼睛。两人默默地对视着。达尔维什嘟囔道:

"这是什么意思?"

"我并不像你所想的那样……"

"你疯了吗,阿舒尔?"

"也许……"

达尔维什泄气了,说:

"我不能没有她!"

"将来你就不需要她了,达尔维什!"

"你考虑后果了吗?"

"毫无疑问,我已经考虑过了!"

达尔维什不怀好意地问:

"你难道不知道,没有一个男人……"

菲拉的声音打断了他的话,她正坐在安乐椅上。阿舒尔说:

"你想说什么?……假如需要你的证明,会问你的!"

达尔维什跳起来喊道:

"这会成为大人小孩儿的话题……"

菲拉也喊起来:

"他有能力保护自己所拥有的……"

达尔维什朝她扑过去,打了她一个耳光,她大喊大叫起来。阿舒尔连忙赶过去,用胳膊将他抱住,并且开始用力,他哎哟地叫着:

"全靠安拉怜悯……"

阿舒尔放了他,生气地吼着。达尔维什摔倒在地,嘴里还嚷:

"大灾大难……"

二十七

阿舒尔带着勇气和决心终于走了,尽管他思念和担心栽娜卜,但这也没能使他停下脚步。临走时,他垂着头对她说:

"这是安拉的旨意,我们没有办法……"

栽娜卜询问地望着他。他继续说:

"我要再娶一个女人,栽娜卜!"

栽娜卜如遭雷轰,全然不知所措了,从脑子里飞出许多叽叽喳喳的小鸟。她喊道：

"你是个好人呀！"

但他谦恭地说：

"安拉的旨意……"

她喊道：

"你们为什么凭安拉的名义争吵？你为什么不承认他是魔鬼？你扔给我一些不值钱的东西就想走？"

他强调地指出：

"现有的一切东西都归你！"

她泪流满面地说：

"安拉和我在一起！你这个无情无义的东西，你这个背弃生活的家伙……"

二十八

在举行了一次不声张的仪式后，菲拉嫁给了阿舒尔。他为她在广场附近的街头租了一间地下室。他为这次结婚感到幸福，以至于见到他的人都认为他恢复了青春。

二十九

阿舒尔结婚的消息像火一样传遍了整条街。许多人在打听：

"难道他不能像别人一样办吗？"

哈赛布拉说：

"哼，他阻止了我们——他的孩子，自己却占有了她！"

这个消息产生的影响削弱了他善良和正直的名声，好人能这样干吗？他对栽娜卜的信义何在？对宰因·纳图里的信义又何在？他原是个赶驴的脚夫，是谁使他拥有一辆两轮车的？……又是谁把他从流浪漂泊之中拯救出来的？后来又使他成为脚夫的呢？

阿舒尔为自己辩护说：

"我要不是阿舒尔，就绝不会娶她！"

光阴荏苒，阿舒尔越来越幸福和感恩，越发不把流言蜚语放在心上。他做梦也没想到菲拉对他如此恩爱。菲拉决心成为家庭的女主人，温顺听话，从不做引起他忌妒的事情。因而成为他最心爱的人。他从未见到亲生父母，觉得她对自己的照料要胜过他们。由于她无知和强烈的爱情，阿舒尔不让她做什么事，同时也宽容了她的许多坏习惯。从一开始，他就知道她没什么信仰，也没有脾气，只是凭天性行事。他自忖道：什么时候有工夫向她灌输真理呢？她只有爱情，但什么时候能只靠爱情呢？

他没有中断同栽娜卜的来往，也未轻视她的权利。她已经习惯于新生活，正在医治心灵的创伤，从不讨厌他的探望。

达尔维什观察着情况，怨恨地说：

"她正在崇拜那个蝎子，他什么时候蜇她一下呀？"

过了些日子，菲拉怀孕了，之后生了个男孩。父亲阿舒尔为他起了名字——舍姆斯丁。阿舒尔高兴极了，仿佛这是他的头生儿。

幸福的岁月在流逝，阿舒尔过着前所未有的舒心生活。

三十

我们这条街出了什么事？

今非昔比，昨天不同于前天。突然出了件大事。是天塌了还是火狱爆炸了？事情难道是纯粹偶然的吗？虽然出了事，但太阳仍旧东升，昼夜不断地交替，人们你来我往，歌手们仍然唱着神秘的歌……

我们这条街出了什么事？

阿舒尔盯着埋头吃奶的舍姆斯丁，他微笑了。他微笑着说：

"又死了一个人，你没听见那个声音吗？"

菲拉问道：

"谁家的？主啊！"

他从窗棂望去，含糊地说：

"可能是卖烟的宰顿家！"

菲拉担心地说：

"这星期死的人太多了！"

"比往常一年死的人还多！"

"过去一年也死不了一个……"

新的突然事件使菲拉怎么也平静不下来。

阿舒尔正赶着车走，达尔维什拦住他说：

"传说很多，你没听到什么吗，阿舒尔？"

"你指的是哪方面？"

"他们说像洪水一样地上吐下泻，人就垮下来，被死神吞噬了……"

阿舒尔烦躁地说：

"我们街上的说法太多了。"

"昨天，我的顾客里就有得这种病的，把座位都弄脏了……"

阿舒尔蔑视地瞟了他一眼。接着他又说：

"连贵族也没躲过去，巴纳的老婆今天早上死了！"

阿舒尔边走边说道：

"那这是安拉生气了！"

三十一

形势危急。

墓地小径生机勃勃。棺材一具接着一具，送殡的人挤成一堆。有时候，棺材排成队相继拥来。家家传出哭声，时时有人报丧。死神所向披靡，不分贫富、强弱、男女老少地用棍子把人们赶向旷野。附近其他街道的情况也类同。这些街道都被严密地封锁起来。人们祈祷，求安拉佑助和读经的各种声音哀婉凄楚。

街长哈米杜大叔站在自己的商店前,用力敲鼓。人们闻声从家里和商店里向他跑去。他愁眉苦脸地说:

"那是瘟疫,谁也不知道是从哪里传来的。除了安拉保佑平安的人以外,所有的灵魂都要被收走……"

一片静默和恐惧,街长停顿一下,又说:

"你们要听政府的话……"

所有的人都凝神听着。主啊,政府有能力抵御病灾吗?

"避免拥挤!"

人们不解地互相对视,他们在街里过日子,平民们夜晚紧挨在一起,有的去地窖,有的去废墟之间,怎么可能避免拥挤呢?街长又清晰地说:

"要避免去咖啡馆、酒馆和大烟馆!"

从死亡逃向死亡吗?我们的生活是多么艰难!

"讲卫生……卫生……"

平民们满面泥土,一个人嘲弄地望着哈米杜。

"要把井水和盛在其他器皿里的水煮沸后再用……饮用柠檬汁和葱汁……"

人们依旧沉默着,死神的阴影正笼罩着他们。有一个声音问道:

"就这些吗?"

哈米杜以收场的口气说:

"记住你们的主,要服从他的裁决……"

人们回到家里和店里,全都默不作声。平民们分散到废墟间去,互相取笑逗乐;送葬的行列连一小时也没有停止过……

三十二

阿舒尔忐忑不安,深夜里朝广场走去。寒冬正卷起它最后一个皱褶，晚风柔和清新；星星藏身云后，到处漆黑一片；修道院里传出悠扬的歌声，没有一点儿哀婉的音调。先生们！难道你们不知道出了什么事了吗？难道没给我们药品吗？难道你们没有听到丧子的母亲的哀号吗？难道你们没有看见擦你们围墙而过的一具具棺木？

阿舒尔眷恋地凝视着修道院的高大的拱门。他感到头晕眼花，觉得拱门变得高大，渐渐耸入云霄。安拉啊，这是什么啊？那个东西缓慢地蠕动着，但没有离开原地。它波动着，也许顷刻倒塌。他嗅到一股不无土味的奇香。它从星星那里接受指令。阿舒尔有生以来还是第一次害怕，浑身战栗地站着，嘴里说着"这是死神"，边说边朝地窖走去。当他快到住处时，忧郁地说："你为什么怕死，阿舒尔？"

三十三

阿舒尔点上灯，见菲拉正睡着，舍姆斯丁被盖得严严实实，只露出头发。菲拉睡熟了，更显出她的俊逸，但她毫无笑意。头巾摘下了，一绺绺头发蓬松着。他突然觉得恐怖在追逼着他，他仿佛像火舌一样呼叫、发狂。他低声喊着她的名字。她一开始不相信地睁开眼睛，最后才认出他来，便凝视着他的双眼。她打了个哈欠，从被子里钻出来，微笑地问：

"都这么晚了，什么使你为难？"

他因极度激动而说不出话来，宽阔的胸膛里充满了忧愁和烦恼。

三十四

他睡了两个小时。

他在街里见到了阿夫拉·宰丹谢赫，思念之情支配着他朝他走去。每当阿舒尔朝前走一步，谢赫总在他前面走两步远。他们始终保持着这样的距离。经过小径和墓地，朝着旷野和山上走去。他用发自心田的声音呼叫他,但声音却淹没在喉咙里。

他十分伤心地醒来。

他自言自语地说:"这不是没有原因的。"他思忖良久,当窗户披上晨曦时,终于拿定主意,并为此而欣喜。于是,他叫醒菲拉,舍姆斯丁却哭了起来。菲拉让孩子翻了个身,温柔地把奶头塞进他的嘴里,掉转脸斥责阿舒尔。

他柔情地抚摩着她的秀发,说道:

"我做了一个让人心烦意乱的梦。"

她警告说:

"我还没睡够呢。"

他以出人意料的严肃态度说:

"我们应该毫不迟疑地离开这条街。"

她不相信地瞥了他一眼,他接着又说:

"毫不迟疑……"

她皱着眉头说:

"你梦见什么了?"

"我父亲阿夫拉,在路上看见他的……"

"我们去哪儿?"

"去旷野和山里!"

"你呀,肯定是在说梦话呢……"

"不,我昨天还看见死神,闻到它的味道了呢……"

"死神受到顽强抵抗了吧,阿舒尔?"

他羞愧地低下头说:

"死神是真的,抵抗也是真的……"

"可是你却要逃跑!"

"逃跑就是一种抵抗!"

她担忧地问:

"到旷野里怎么生活?"

"要吃得靠胳膊,而不论在什么地方。"

她叹着气说:

"大家会笑话我们愚蠢无知!"

他闷闷不乐地说:

"人们再也笑不起来了。"

她正要放声大哭,阿舒尔担心地问道:

"你要抛弃我吗,菲拉?"

她痛哭着,说道:

"除了你,我什么人也没有,我会跟着你的……"

三十五

阿舒尔把前妻一家召集到一起。他们是:栽娜卜、哈赛布拉、莱兹格拉和希拜图拉。阿舒尔向他们讲了梦中所见以及他的决心,然后说:

"你们不要犹豫不决,时间是宝贵的。"

他们全都不知所措。阿舒尔从他们的表情上看出他们不愿意走。栽娜卜嘲讽地说:

"好一个逃避死神的新方式!"

哈赛布拉说:

"我们的生计在这里,除这里之外,没有我们的地方……"

阿舒尔生气地说:

"我们有一双手,还有车和驴。"

希拜图拉问道:

"难道旷野里就没有死神了吗,爸爸?"

阿舒尔更加生气地说:

"我们应该尽自己的能力向安拉表明,我们确实珍爱他的恩惠。"

栽娜卜喊起来:

"那个女子损害了你的理智!"

阿舒尔转向儿子们,问道:

"你们怎么办?"

哈赛布拉回答道:

"对不起,爸爸。我们留在这里。这是安拉的旨意!"

阿舒尔坠入深深的忧虑之中,离开那里走了。

三十六

街长哈米杜从办公桌上抬头望着站在面前的大山般的阿舒尔,不高兴地问:

"你要什么,阿舒尔?"

没等阿舒尔回答,他又问:

"你的儿子哈赛布拉告诉我,你决心要创造出奇迹。"

阿舒尔以令人惊讶的平静态度答复他:

"我来这里是为了让你本人出面号召人们也那样做,他们若能听你的话那再好不过了。"

街长喊起来:

"你疯了吗,阿舒尔?……你认为自己比政府还要好吗?"

"可是……"

街长恼怒地打断他的话,说道:

"你要小心,你在耽误生计,散布混乱……"

"我确实梦见了死神!"

"这本身就是发疯,死神是见不到的,我们把梦的来源归咎于魔鬼!"

"我是个好人,哈米杜先生……"

"你不是有一天去酒馆从一个女人手里拯救了你的孩子,后来你又爱上了她,将她占为己有了吗?"

阿舒尔生气了,说道:

"我把她从那个坏人手里救了出来。我不想为自己开脱……"

街长嚷道:

"你爱干什么就干什么去吧,但不要诱惑任何人,否则我要到警察局去告你……"

三十七

拂晓时分,阿舒尔出走了。像游坟时节那样的两轮车载着他去地窖,菲拉怀抱舍姆斯丁盘腿坐在咯吱咯吱的车板上,面前有一堆衣服,身后是一袋花生、几罐柠檬和腌橄榄,还有几包面包。当车驶抵广场时,黎明前的黑暗正以圣歌迎接着他:

> 世上,除你的宫廷,我一无庇护,
> 我的头颅还不值糠稗换取。①

阿舒尔闷闷不乐地倾听着,同时为那条街道祈祷。

他们走过漫长的小径,又穿过许多坟墓,走过那些尚未封闭便又打开的坟墓,最后来到旷野。阿舒尔沉浸在一种清凉、松快的感情之中,精神为之一振。他对妻子说:

"用被子把你和孩子裹好。"

她埋怨道:

"一个活人也没有。"

"有安拉在!"

"我们在哪里停下?"

"到山脚下。"

"那儿的气候受得了吗?"

---

① 原文为波斯文。

"比起丘陵地带强多了,那里有山洞……"

"有劫道的吗?"

他逗笑地说:

"让那些注定要死的人来吧!"

两轮车继续前进,天不那么黑了,黑夜渐渐消失在玫瑰色的薄雾中,天地的轮廓都显示出来了。天边霞光万道,气象万千,一轮红日跃上清晰的地平线,露珠上映出第一线光芒。山显得巍峨、庄重、静寂、稳固。阿舒尔大声赞美道:

"安拉至大……"

他注视着菲拉,鼓励道:

"旅行结束了……"

他又笑着说:

"旅行又开始了!"

三十八

阿舒尔一家在旷野过了将近六个月。

他除了去迪拉赛汲水、为驴子购饲料和极少的必需品之外,从不离开山洞。菲拉提议卖掉她的金耳环,阿舒尔不同意,并向她隐瞒过清苦生活的原因。她戴着耳环到这里来,那耳环是不义之财!

最初,生活似消遣、冒险和运动。在强壮的丈夫的保护下,菲拉从未害怕过。但是,生活很快就显得空虚和充满令人难以容忍的厌烦。什么?难道我们是来计算我们皮肤上消逝的时间吗?难道是来数沙砾和挤眉弄眼的星星吗?

菲拉对他说:

"即使在乐园,没有人,没有事干也是忍受不下去的……"

他没有反驳,但他说:

"我们需要耐心……"

他长时间崇拜安拉,也长时间惦念留下的亲人和街上的人。有一次,他对妻子说:

"我从来没有像今天这样热爱这些人。"

他白天睡觉,晚上熬夜。他久久地思考着。长此以往,他有了一个奇怪的感觉,即不久后会听到声音和看见人影。夜间,他以星星和黎明为友。他说,他离安拉不远,什么也拦不住他。他不明白大街上的人为什么向死神屈服,为什么以无能为满足?难道承认无能就不是不信安拉吗?他卷入同过去,同阿夫拉谢赫、赛基娜太太、纳图里和栽娜卜无穷无尽又寂然无声的对话,同哈赛布拉、莱兹格拉和希拜图拉的谈话既亲切又忧愁。哈赛布拉过去常被认为最有资格获得父亲的亲昵,可现在多么可惜!莱兹格拉不如他,但很聪明。而希拜图拉老缠着母亲。尽管如此,他认为这些孩子比其他孩子都强。他长时间为他们及他们的母亲祈祷。那条大街像沉在泥泞中的珠宝一样出现在他面前,他爱它,甚至爱它的缺点!在长久的祈祷中,有一个想法潜入他的脑海之中,即人理应受罪!那些绅士、平民和修士围绕着一个倾斜的轴心旋转,企图把握那些难以理解的现实的奥秘。安拉惩罚他们所有的人,并且厌烦他们!尽管如此,黎明仍然带着玫瑰色的欢乐,阳光永远欢乐地舞蹈!他将要听见声音,见到人影,他将获得新的生命。

三十九

一个偶然的机会,菲拉心中有了信仰。她本是小巧、倩秀而没有信仰的女人,不知道安拉和众先知,也不懂得报偿和惩罚。在这个恐怖的世界里,她依靠爱情和母性。所以在教育她的时候,阿舒尔将会遇到一些麻烦。如果不是她信任丈夫,那他的话她连一句也不会相信。她艰难地背诵着祈祷经文。她大笑不止,便退出礼拜。她只有在不让他生气、求得他欢心的情况下才去礼拜。

她天真地问:

"安拉为什么听任死神杀人？"

他粗鲁地回答：

"谁知道！也许他们需要教训一下吧！"

她逗笑地说：

"你别像安拉那样发怒……"

"你什么时候才能改掉你这种措辞呢？"

"真伟大，他为什么要用这样的不幸造就我们呢？"

他的手掌拍了一下沙子，问道：

"我是谁？我怎能代表至尊至慈的安拉来回答你呢？"

他随即又怀着希望说：

"我们只应该信仰他，应该竭尽全力为他效劳……"

她收回刚才说的一句话，又埋怨道：

"时间消逝，寂寞得很，比死还难受。"

他不说话，也不看她。她会不听话并且带着舍姆斯丁离开他逃走吗？如果那样的话，他生活中还会留下什么呢？

舍姆斯丁是幸福的。他在沙地上爬，坐着玩石子，吃的东西越来越丰富。知道睡觉，但不知疲倦，沐浴着阳光雨露成长。驴子也是幸福的，悠闲自在，不时地用尾巴拂打苍蝇，以无限的耐心在自己的王国里散步。阿舒尔颇为同情和赞赏地瞟着它。他是它的主人和伙伴，而它则是他的谋生之本。他与它之间存在着牢固的友情。

四十

岁月蹉跎。他们接近崩溃的边缘了。

有一天，阿舒尔从迪拉赛回来后，对菲拉说：

"他们说死神已离开那里走了。"

菲拉拍着手喊：

"我们马上返回去吧！"

他坚定地说：

"还是等一等，再核实一下消息……"

四十一

五更天，两轮车又奔驰在坟墓间的小路上。乘车的人头顶着满天星斗，满怀幸福的激情和得救的信念，拐上了那条小径，迎面传来了歌声，他们热泪盈眶。歌声说，一切都将如约而行。

那就是沉睡的大街，人畜和什物都酣睡着。昏睡同清醒是一样令人奇怪的。他长时间地惊讶不已。在栽娜卜的住宅前，他的心几乎停止了跳动，他没去打扰她，手足无措了大约有两个小时。他们打内心里亲吻那一堵墙壁、大地和一张张面颊。他们的心在翩翩起舞。死神没能征服生灵，却结果了自己。但有一种后悔和害羞的感觉。

他们拥进房内，鼻子里满是发霉的土味。菲拉抢上前去打开窗户，说道：

"人们会怎样对待你呢？"

他装着挑衅的样子说：

"一切都按自己的信仰行事！"

四十二

阿舒尔缩在窗棂后面，耐心地等待最后一线黑暗逝去。第一线光明落在窗上，这情景对他来说像与老友晤面一样熟悉。谁第一个来呢？……也许是卖牛奶的，也可能是绅士家的仆人，他将用撕破沉寂的声音回答他们，以便在嘲笑之中迎接他那注定的命运。看哪，阳光已经照亮了大街，然而豆子店还未开张营业。

他急忙退后，说道：

"看来政府的指令改变了这条街的部分习俗……"

他穿上靴子,接着说:

"我去看看孩子们……"

四十三

他满目凄凉地走着,经过一个又一个紧闭的门窗,走到栽娜卜住的地下室。他一推门,门便开了,屋里空空荡荡,发出令人难以忍受的气味。床上蒙着厚厚的一层土,那张唯一的安乐椅上堆放着破布什物,木凳翻倒在地。床底下也堆放着衣服、盘子和炉子,还有半筐煤,箱子也不是空的,里面装着女长袍、男袍、镜子和毛巾。

"他们搬家了?……可是为什么要扔掉衣服呢?"

他想赶走或推迟吞下这个灾难,可那完全是徒劳的。他的手掌拍打着前额,唉声叹气,直至失声痛哭起来。他说,他将从其他人那里得到消息。他还没有完全失望。

他踉踉跄跄地离开了那个地方……

四十四

阿舒尔在大街上疾行,一直来到靠近广场的街尽头。这里是一片空旷,一片沉寂,没有一扇开着的门窗。他满腹狐疑地慢慢走着,酒馆关着门,商店、咖啡馆全不开张,没有昔日的嘈杂,见不到猫、狗,生气全无,土房子静悄悄地立在空场上。

阳光普照,可有什么用场,秋风习习,但有气无力,漫无目的。

他声音嘶哑地哭着喊道:

"喂!……安拉的人们……"

没有人回答他,也没有一扇窗户打开,没有人从洞里探头出来,只有凄楚的沉默、瘆人的恐怖、坚实的压抑感。

他穿过地下室去广场,见修道院依然如故。桑叶凝视着他;他发现桑葚美酒变成了鲜血流淌。歌声停息了。修道院蒙上了宗教学者的绿袍。他久久注视着修道院,心酸不已,悲泪直淌。

他用雷鸣般的声音喊道:

"修士!"

在他看来,树枝是因为听到了他的声音而左右摇摆,然而,没有一个人答声。

他不停地叫喊,但毫无作用……

他像傻子一样哈哈大笑,然后问道:

"今天,是谁来听你们的歌声,难道你们不知道吗?"

四十五

他边抹着眼泪,边对菲拉说:

"街上连一个活人都没有了!"

从她发红的眼睛里可以看出,她已经通过某种渠道知道这里发生了灾难。他听到她啜泣着说道:

"阿舒尔,我们从野外来到了野外……"

他叹着气。她又说:

"让我们搬到有人居住的地方去吧!"

他不解地注视着她,默不作声。她生气地问:

"我们还留在这块墓地里吗?"

他有气无力地嘟囔道:

"我们坐车转转,你别留在家里。我们的安身地只有这儿了……"

她喊起来:

"住在空荡荡的大街上?"

他生气地嚷道:

"不会永远空荡荡的!"

四十六

忧愁和快乐都不长久。

阿舒尔照旧赶他的车,整个白天和晚上的一段时间,菲拉及舍姆斯丁都同他在一起,然后,他们在巨人的保护下住到地下室里。

阿舒尔明白,由于瘟疫在整个地区流行,政府忘记了对这里应尽的责任。谁也不知道他还在这个角落。但是,人们会来的,总有一天会来到这里的。他们将从这里或者那里来,重新呼吸这里的空气,在各地散发着热气。

每当他清晨出来收拾车子,巴纳的宅邸总是吸引着他的眼睛。那座紫色的宏伟宫殿以及里面隐藏的秘密使他惊羡不已。里面到底有什么呢?……难道没有巴纳亲属所关心的东西吗?

由于内心的唆使,他做了不少迷人的梦。有一天,他想窥探修道院的秘密。两者相比,巴纳的宅邸离他更近,这条街除了他之外,再没有一个活人,如果要想实现理想,只需动动腿,绝对没有危险!

四十七

他轻蔑地晃动着宽阔的肩膀,推了一下门,门就打开了,六边形镶嵌瓷砖和大理石的地上满是尘土。他害怕地站在客厅门口。那简直像个广场!天花板很高,中间有一个圆形图案,周围悬挂着灯,客厅内放着铺有锦缎垫子的安乐椅,墙壁也饰以豪华的席子,上面印有烫金的经文。

菲拉的声音传过来,她在叫他。他朝她跑去,见她神情疑惑地盯着自己,便问道:

"你刚才干什么去了?"

他不好意思地回答：

"实现了一个突如其来的愿望。"

"你不怕主人知道吗？"

"没有主人了。"

她迟疑了一下，贪恋之情正撩拨着她。她手指一下车子，说：

"我们晚了……"

他更加不好意思地说：

"我请你也去看看，菲拉……"

这一天，他们从一个房间走到另一个房间，在浴室和厨房停留了很长时间。他们试着在沙发、凳子和安乐椅上坐坐，菲拉的眼里闪出痴情，她说：

"我们就在这里过夜吧……"

阿舒尔不说话，忍受着强烈的虚弱感。她又说：

"我们先在那奇特的浴室里洗个澡，再穿上新衣裳，睡在那张床上。就睡一个晚上，然后回车上去……"

四十八

但不止一个晚上。

他俩在黎明时分离开那处宅邸，夜里又溜进去。白天，他们从一条大街走向另一条大街，吃着扁豆和素丸子；夜间，穿着丝质或棉织衣服大摇大摆地走来走去，在里间会客室或者沙发上憩息，蹬着乌木小梯子爬上软绵绵的床睡觉。菲拉抚摩着窗帘、枕头和毯子，喊道：

"我们的生活里尽是梦魇……"

大街展现在他们面前。入夜，阳台漆黑，宛如沉浸在不幸中的巨大阴影。阿舒尔悲伤地说道：

"安拉的智慧可真难理解啊！"

她挑衅地回答说：

"但是，安拉给人以生计……"

他微笑着问道，这个梦境什么时候才能长存不灭呢？菲拉则考虑着另一回事，说：

"你看这周围的古玩，毫无疑问，价钱昂贵。我们为什么不卖掉些，以聊补生活之需？"

他小心谨慎地说：

"可那是别人的钱……"

"你没看见吗，它没有主人。这是我们从安拉那里得到的运气……"

阿舒尔思忖良久。就像睡神朝疲倦不堪的人靠近一样，一种强烈的欲望在引诱着他。他决计找出一个解决难题的办法。他想起了一句格言，说：

"用途不正，万财非法！"

菲拉跳起来气势汹汹地说：

"那是我们的运气，阿舒尔。我们只想吃饭……"

他拿不定主意，在客厅里踱来踱去，最后咕哝道：

"只要我们花得正当，那就是正当的！"

四十九

光阴荏苒，一切都很顺利。阿舒尔一家就长住在巴纳的宅邸了。驴放在后院，两轮车藏在地下室。阿舒尔俨然是一个绅士了，裹着紧紧的缠头巾，披上宽大的斗篷，手执金把手杖；菲拉以俊美、悠闲自在和光彩照人受人瞩目；舍姆斯丁则在价值数百元的波斯地毯上撒尿。厨房热气腾腾，散发着各种肉香。

随着时间的推移，这条街逐渐地有了生气。平民们来了，他们住在一片废墟之间。每天都有新住户搬进这条街。商店开始营业，大街变得生机盎然，各种声音嘈杂起来，出现了猫狗，雄鸡在黎明时啼鸣。除了富人家的住房外，再也没有闲房了。

阿舒尔以本街唯一的绅士闻名,并受到敬重。有人真诚地说:

"他是一街之主……"

唯独他幸免于瘟疫的消息广为流传,于是有人称他为阿舒尔·纳基①。所有的人都盛赞他善良、慷慨好施、关心穷人、以诚相待。他为无业游民买了驴,为想干活儿的人买筐、镰刀以及手推车……这条街上除老弱和疯子外,再没有一个失业者。

他确实是个前所未有的绅士,所以人们把他尊为圣徒。他们说:正因为这,安拉只拯救了他一个人。

阿舒尔那颗浮动的心平静下来了。他开始实现曾经搅动他的梦想:带领工人清扫广场和道路,清除土堆和垃圾,修建蓄水池、公共饮水处和小清真寺。这些设施如同修道院、墓地和古老的围墙一样,屹立在这条街上,因之这条街变成了全区的一颗明珠。

五十

酒馆里一阵奇怪的响动传到他的耳际。他在去侯赛因清真寺的路上,听见动静后停下来。他见到一些工人正在进行修理,准备着新的生活,便朝入口处拐去,高声问道:

"你们给谁干活儿?"

入口处里面一个阴暗的角落里传出一个说话声:

"为我,我的街主!"

达尔维什从暗处钻出来,站在阿舒尔面前。阿舒尔冷不防打了一个寒战,同时血直往头上涌,他喊道:

"你还活着,达尔维什!"

他感激地点点头,说:

"托你的福,大街之主!"

---

① 纳基,在阿拉伯语里意为"得救的人"。

他见阿舒尔还想听下文,便不无讽刺地说:

"你靠你的智慧跑到荒野,在这整个期间,我始终离你不远……"

阿舒尔决计用必要的力量对付这种情况。他说:

"我不允许开酒馆!"

"你虽是一街之主和绅士,但并不是法律和头领!"

他怒不可遏地说:

"你为什么不到别的大街去?"

"这是我的老家,先生!"

他们长时间地对视着。达尔维什说:

"你广行善事,我想我也可以从中得到好处!"

他就这样巧取豪夺!阿舒尔气得发抖,拉住达尔维什的手,把他拽到外面,对他说:

"也许我不能关闭你的酒馆,但我不会向任何威胁屈服……"

"不过,你对有求者必应啊!"

"我是应好人的,决不应坏人!"

达尔维什别有用意地说:

"你可以自由支配'你的钱',我的街主。"

他颇有所指地在"你的钱"上加重了语气。阿舒尔蔑视地耸耸肩膀说:

"你出于私欲而诽谤我,想把秘密泄露给人们。这是可以的。达尔维什,但是,你知道那后果是什么吗?"

"你在威胁我吗,阿舒尔?"

"我凭侯赛因起誓要从头到脚把你揍扁!"

"你用杀人来威胁我。"

"你知道我能做到这一点!"

"就为了独占那不属于你的钱?"

"只要我把那些钱花在大家身上,那么,那些就是我的钱。"

他们再次长时间地对视着。达尔维什的眼睛发酸了,便口气婉转

地说:

"我只希望你广济博施……"

"像你这样的人,一分钱也不给。"

沉默。阿舒尔又问:

"你说什么?"

达尔维什遗憾地说:

"就这样吧。尽管是兄弟,我们就像互不相认的陌生人那样相处吧!"

五十一

菲拉闻讯大为惊慌,俊秀的面孔因不幸而愁眉不展。她带着希望说道:

"你要改变对他的态度,他要什么就给他什么,让那个背叛的影子离我们远一点儿。"

阿舒尔皱着眉头说:

"荒野的风还没吹掉你的软弱吗?"

她朝他挥舞着大马士革绸做的面罩,说道:

"我担心这个……"

他恼怒地摇摇头。她又说:

"不会像从前那样平安无事了,阿舒尔……"

他不在乎地说:

"他是个真正的恶棍,但也是个胆小鬼。"

五十二

继夜晚的凉风之后,太阳再次照耀大地。新街长马哈茂德·格塔伊夫的商店开张了。人们知道政府已经从死神的打击下恢复过来了,任命了一些逃脱厄运的人为办事人员。

许多人为此高兴。在阿舒尔的宅邸里，反应却不同。毫无疑问，阿舒尔的心紧缩起来；菲拉害怕了，把舍姆斯丁搂在怀里，嘀咕道：

"什么都不顺心。"

阿舒尔担心地问：

"难道过去的还没有过去吗？"

"你跟我一样担心，阿舒尔！"

"我们得到什么了？……我们发现了没有主的钱财，而且都花在有利于众人的事情上了……"

"难道那个人没有警告要出事吗？"

阿舒尔生气地嚷道：

"让我们相信钱的原主是崇高伟大的。"

菲拉摇晃孩子让他睡觉，说：

"我希望善良之河能延续下去，好让这个孩子能在里边游泳！"

五十三

阿舒尔决定毫不犹豫地面对挑战。

他去街长开的商店，向街长表示祝贺。街长热情地接待他，说：

"欢迎一街之主！"

阿舒尔浑身上下都觉得舒服，答道：

"欢迎我们的街长！"

街长突然说：

"你可知道，我差点儿就要去见你？"

阿舒尔的心怦怦地跳动起来，但仍然说：

"任何时候都欢迎你的光临。"

"我最需要听听纳基的意见，因为你是最有权利谈毁灭了的大街情况的人。"

五十四

马哈茂德·格塔伊夫就这样踏进了阿舒尔的住宅。他俩坐在客厅的安乐椅上,菲拉则藏身于微开的门后。

"我需要一个对全体和我个人都有恩惠的人的高见!"

阿舒尔不冷不热地说:

"愿为你效劳,街长……"

街长略微沉吟了一下,然后说道:

"不久前成立了一个委员会,负责清查富人住宅。你也是该委员会的成员……"

"愿安拉怜恤死去的人。"

"我们已经弄清楚一些宅邸遭到抢劫,纳基!"

"可是街里已经没有一个活人了!"

"这正是调查的结果。"

阿舒尔愤慨地说:

"那太奇怪了,我祈求安拉让钱财落到理应享受的人手中!"

"他们理应享受吗?"

"我指的是这条街居民中的穷人。"

马哈茂德·格塔伊夫笑了,说道:

"这是一种看法,但政府有另一种看法。"

"政府是怎么看的?"

"住宅被认为是有钱人的财产,将来要公开拍卖……"

阿舒尔生气地凝视着他,问道:

"那如何处理抢劫的人呢?"

街长耸耸肩,说:

"委员会的意见是装看不见,禁止控告无辜的人!"

阿舒尔明白了，委员会抢占了住宅。尽管他感到这件事无足轻重，但已经放心了，于是打趣道：

"也许委员会正是按我的观点行事，马哈茂德先生。"

街长小心翼翼地说：

"还有一个问题……"

阿舒尔以目示问，觉得自己处于危险的边缘。街长说：

"委员会想对你拥有这所住宅所有权的证明过一下目，这样它的使命也就结束了……"

这背信弃义的一击，安全遭到致命的扼杀。阿舒尔朝微开的门那边瞟了一眼，问道：

"怀疑我的所有权吗？"

"愿安拉保佑，但那是命令！"

他生气了，粗鲁地说：

"我想知道你的命令是什么意思？"

马哈茂德·格塔伊夫低声说：

"别的大街有几套住宅被抢占！"

宾主都沉浸在静默之中，提心吊胆，疑虑重重。阿舒尔大声说：

"假设是那样，在死亡和逃难中不是也失去了吗？"

街长遗憾地咕哝道：

"那令人多么为难啊！"

"为难？委员会抢占了那么多房子还不满足吗？"

街长被这大声的质问吓得发抖，像是道歉地说：

"我只是命令的奴仆……"

"你掌握许多材料，可以把心里想的坦率地说出来。"

"问题在于委员会的一位成员提出了一些问题……"

"愿安拉诅咒他……"

"文件将解决一切疑难问题……"

"可是已经丢失了！"

街长既温驯又害怕地说：

"真难为人呀，阿舒尔先生……"

这时菲拉怒气冲冲地撞进来，对着街长说：

"让我们去转转，巡视一下吧！"

街长战栗地站起来，斩钉截铁地说：

"不会让你为难，让我们忘掉刚才的事……"

他接着又抱歉地说：

"事情如果由我经办，那就容易！"

阿舒尔挑战地站起来说：

"听任安拉的安排吧……"

五十五

许多事情在明里和暗中进行着。大街空前活跃起来。少数人看到一些迹象，但未引起人们的瞩目。人们都憧憬着，相信光明。

有一天早上，阿舒尔低着头朝人们走去。他身材魁梧，头垂到胸前，手上戴着铐子。这正是阿舒尔·纳基，而不是别人。士兵们押着他，前面有一个军官开道，马哈茂德·格塔伊夫走在队尾。

愤慨和不解的火星在人们中传播。人们挤满了商店、住家，窗户上也都是观看的人。

"我们看见的是什么？"

"世界上发生了什么事？"

"一个好人身陷图圄！"

军官生气地喊道：

"让开……"

他们簇拥着，像影子一样尾随这支队伍，直至军官再次喊道：

"谁走近警察局就要倒霉的！"

开酒馆的达尔维什询问出了什么事，而且表示不相信会出这种事。

他故意大声让阿舒尔听见,说道:

"也不是我一个说我这个兄弟仁慈……"

菲拉很悲哀,还显得那么漂亮。她背着舍姆斯丁,提着一包衣服,眼睛哭得通红……

五十六

审讯阿舒尔已经成为难以忘怀的一幕,人心所向,众目所瞩,大街还是第一次这样怀念一个人。阿舒尔虽身陷囹圄,但却因为周围人们的情绪扬扬得意。也许法官们颇为欣赏他的魁梧和狮子般的脸庞。人们没有忘记他沙哑的嗓子说出的话:

"我不是贼,请你们相信我,我没有侵犯任何人,死神已毁掉了那条街。我从荒野回来,只见空空荡荡,房屋无主,难道它不应该属于唯一得救的人吗?……我并没有把钱财据为己有,而把它当作是安拉的财产,我则是安拉的奴仆,我把钱花在安拉的崇拜者身上了。因此,没有饥肠辘辘,也没有失业的人。现在,我们应有尽有,我们拥有饮水处、蓄水池和小清真寺。你们为什么要把我当小偷抓起来?……为什么要处罚我?"

人们齐声说:"愿主准我所求!"连法官们内心都在微笑,但依然判他一年有期徒刑。

五十七

菲拉身无分文地回到地下室,受到人们真诚的照顾。人们为她送来食物、水和柴火,屋里充满热情的话语。阿舒尔的秘密被揭开,不仅使他受到人们的爱戴和尊重,而且获得了他富有英雄气概和慷慨豪爽的传奇的名声。

菲拉执意不靠善良的人们的施舍生活,去远离人们的迪拉赛市场干活儿。

达尔维什挡住她的去路，谦恭地说：

"我的心同你在一起，舍姆斯丁的妈妈……"

她生气地说：

"你爱怎么想就怎么想好了，达尔维什！"

他热情地说：

"我毫不怀疑过去，马哈茂德·格塔伊夫就是见证……"

"可他是在你的怂恿下来的……"

"愿安拉宽恕你，把阿舒尔关起来对我有什么好处？"

"你不要掩饰你的高兴，达尔维什。"

他友好地说：

"愿安拉宽恕你，放弃争吵，接受我的劝告吧……"

"你的劝告？"

"你独自一人去迪拉赛市场干活儿是不对的。"

她嘲笑地问：

"你那里有更好的工作吗？"

"在我的关照下，要比你独自在市场上干活儿好得多！"

"在酒馆里吗？"

"你完全在保护之下。"

她对他喊道：

"你这个该死的！今生今世，你都会受诅咒！"

她招呼也不打就离开他走了。

晚间，她听到一些风声，说达尔维什是强盗，要树自己为本街的头领……

五十八

菲拉去探监时，见阿舒尔身穿囚服，难过得泪流满面。舍姆斯丁则兴高采烈，因为得到了父亲从铁栅栏后送出的一吻。阿舒尔问妻子的情况，她说：

"我去市场上干活儿，情况还好……"

他显得有些烦恼和不安，说道：

"受委屈比坐牢更可耻。"

他一再重复道：

"我不该受此处罚……"

他的音调表明他极大的抗议，他说：

"在囚犯中也没有像达尔维什那样的恶人……"

她讽刺道：

"你还不知道呢，他还请我去他那里干活儿呢！"

"下流痞子，街长情况怎样？"

"他还尊重我……"

"又一个下流痞子，真正的小偷……"

"我给你带来无数的问候……"

"托这些问候的福。我多么渴望听到那些歌声啊……"

"你还会听到的，现在人们一提到小清真寺、饮水处和蓄水池，总要提到你的名字……"

"而且应该与那真正的主宰——至仁至慈的安拉，联系在一起……"

菲拉无力地微笑，说：

"有一个不幸的消息，达尔维什成了我们的头领了……"

阿舒尔紧皱眉头，喃喃地说：

"这对他没好处……"

菲拉感到很惊讶，阿舒尔更加年轻和健康了……

五十九

在阿舒尔服刑期间，人们从未停止过对他的思念。平民们等待着他的归来，朝思暮想；其他人则对此算了又算。达尔维什不断地替自己设防，马哈茂德·格塔伊夫则鼓励他说：

"不管他力气大小，都寡不敌众。"

一些头面人物慑于大街居民对阿舒尔的热爱，也倾向于达尔维什。他们最终甚至达成要压服和杀害阿舒尔的协议。

四季接踵而逝，修道院仍旧传出神秘的歌声。预定的一天来到了。

街长朝四下扫了一眼，愤恨地说：

"这是天意！"

他见到商店房顶和平台上旗帜飘扬，汽灯高悬，地上撒满黄沙，欢呼之声此起彼伏，于是又说道：

"这一切都是为了一个小偷出狱！"

他见达尔维什走来，便问：

"你准备好迎接那位国王了？"

达尔维什慌乱地低声说：

"你难道还不知道出事了？"

达尔维什向他讲了民团的事情，说他们如何离开了他，走向广场去迎接那个归来的人，说他身边只剩下了一个人。街长闻之，面色发黄，说：

"这帮下流痞子！……"

他咬着达尔维什的耳朵说：

"我们应该想法儿对付五旬风。"

达尔维什边走边说：

"他是没有对手的新头领……"

广场上传来了鼓笛声。

顿时,广场上的男女老少都从家里跑出来,四轮马车正驶在路上。阿舒尔在车中间盘腿而坐,车前有一支队伍,民团的人围绕着马车。

人们鼓掌欢呼,载歌载舞,拥挤的人群把马车挡在街口与小清真寺之间达一小时之久。

歌舞一直延续到翌日拂晓。

尾　声

阿舒尔·纳基成了该大街没有对手的头领。如平民所料,他的行侠建立在前所未有的基础之上。他重操旧业,住在地下室里,手下的人都靠做工获得糊口之资。这样,无赖被消灭了。只对头面人物及有能力的人征收资金,同时周济穷人和残废者。阿舒尔战胜了邻近各条大街的头领,我们这条街的声威空前盛大,努力扩大到其他地区,街里实现了公正、仁爱和平安。

阿舒尔总在修道院前的广场熬夜,和着歌声而唱,然后伸出双手祈祷:"安拉啊,赐我以力量,让我为你善良的崇拜者效劳!"

舍姆斯丁

——《平民史诗》故事之二

一

在正义的庇护下，人们忘却了许多苦痛，心灵中充满了信念和桑葚洒满的芳香。那些不懂歌词意思的人为曲调而欢乐。但是光明隐蔽着，天空还清澈吗？

二

菲拉醒来见阿舒尔没在身边睡觉和打呼噜，这还是第一次，她睡眼惺忪，感到不安和压抑。她祈求安拉不要让她受不可捉摸的低语的侵扰，驱除甜蜜世界上的凄凉。那个年近六旬的奇怪青年到哪里去了？他虽头发苍白可强壮有力、精力充沛。是在修道院前熬夜忍不住瞌睡了吗？

她叫醒舍姆斯丁，孩子发着牢骚睁开双眼，清秀的面孔上露出询问的神情。菲拉说：

"你父亲熬夜还没回来！"

舍姆斯丁掀开被子，站起来，他身材匀称修长。当他听明白母亲的话后，忐忑不安地嘀咕道：

"出什么事了？"

她压抑着自己的不安神情，说：

"也许他睡着了……"

他麻利地穿上袍子，更显青春韶华。他边走边说：

"秋季的拂晓这么凉，怎么可以再熬夜呢！"

三

空中湿风习习,浓雾渐渐消逝得无影无踪。一切又开始充满了生机。舍姆斯丁马上就要见到他的父亲了,会看到父亲什么也不盖地仰睡着,将亲切地责备他。

他穿过地窖来到广场。他双眼不住地朝前方望去,思考着见面时要说的话。但他发现那里空无一人。他默默搜寻,环视着四周,那里有的是广场、修道院、古墙,唯独看不见人影。通常这个巨人总坐在这里,他去哪里了呢?

舍姆斯丁朝修道院投去怨恨的一瞥,它是不做证的证人。他再次寻思,"他到哪里去了呢?"

四

也许他能从父亲的左右手格桑和德赫尚那里找到答案。可是他俩却惊讶地发问说,阿舒尔快到半夜时去广场,在那里逗留了个把小时。舍姆斯丁问:

"他没有什么约会吧?"

除了刚才说过的,他俩再也不知道什么了。

迟疑片刻后,舍姆斯丁去找街长马哈茂德·格塔伊夫。街长对这消息表示惊讶,想来想去,然后说道:

"你不要担心那头狮子不见了,他有他的理由,中午之前会回来的……"

五

菲拉没主意了,喊道:

"安拉啊,求你不要让我担心他……"

舍姆斯丁坐在咖啡馆里,同父亲手下的人商议着,等候着。他们一会儿望望地窖,一会儿注视着广场的入口处。秋天的白云反射出隐约的光亮。时至中午,还是不见阿舒尔的踪影。这时,人们分散到各处打听消息和寻找踪迹。全街都知道了这事,顿时沸沸扬扬,为此耽搁了生计,延误了工作。

六

消息传至头面人物和商贾那里,他们也摸不清头绪,奇迹般的神话在他们中间传开了。是的,当定下心来,他们一度绝望的心相信了奇迹。假如不是担心突然失败的话,那他们就扯下伪装,幸灾乐祸、欣喜若狂了。什么能把他们从那个强者的势力、常新不衰的青春和铁一般的意志下解救出来?只有奇迹。就让他永远隐匿,神话般永久消逝。让局势一直这样颠倒下去好了!

酒馆老板达尔维什跑到马哈茂德·格塔伊夫那里,问道:

"那人去哪儿了?"

街长开玩笑说:

"难道我能未卜先知?"

达尔维什晃着白头咕哝道:

"有一种可能性是不会消失的,那就是他在女人面前的突然软弱!"

马哈茂德·格塔伊夫轻蔑地微笑着,未置一词。达尔维什又往下说:

"我原来估计他能活百岁!"

街长含含糊糊地说:

"他要创造出你们不知道的奇迹来。"

七

夜幕降临,带来了出乎意料的阵阵寒意。阿舒尔仍然毫无踪影。愁云密布,笼罩了咖啡馆、酒馆和大烟馆。阿舒尔的家属和手下人谁也没睡,菲拉叹息道:

"那么多的男人,办法少得可怜!"

舍姆斯丁忧郁地问:

"难道我们忽视了爸爸,或者把事情看得太容易了吗?"

菲拉淌着眼泪说:

"我的心里,从一开始就不愿用希望来欺骗自己……"

舍姆斯丁怨恨地嚷道:

"我是悲欢和软弱的对头,父亲不是被抢夺的玩具,也不会稀里糊涂落入圈套,我只担心路都被堵死了……"

八

第二天上午,阿舒尔手下的人会聚在咖啡馆,舍姆斯丁和菲拉也在其中。街长马哈茂德·格塔伊夫和小清真寺的长老侯赛因·古法也赶来与会。大家都忐忑不安,暗暗地向安拉忏悔许愿。恐惧涌上他们的心头,但没人敢畅所欲言。德赫尚说:

"我们的师傅有二十年没改变过习惯。"

侯赛因·古法谢赫说:

"必有奥秘!"

格桑说:

"他不会向我们隐瞒秘密!"

菲拉说:

"也从来不瞒我。"

侯赛因·古法问:

"难道是进修道院了?"

不止一个声音大声说:

"不合理智的想象……"

马哈茂德·格塔伊夫说:

"我心里想,他将像突然隐没那样,会突然出现的……"

菲拉带着哭腔说:

"没希望了!"

就在此刻,德赫尚喊:

"也许他背信弃义了!"

人们的心怦怦直跳,眼里飞舞着火星。德赫尚又说:

"就连狮子也有背叛的……"

马哈茂德·格塔伊夫喊着:

"忍耐,大家忍耐,我们这条街压根儿就没有一个憎恨天下的善良人……"

"有许多憎恨善良和背信弃义的人!"

"你们要当心被迷惑,忍耐吧,安拉是见证……"

九

达尔维什给一个醉鬼送签儿,那醉鬼拽住他的胳膊,对他耳语道:

"我听那些人说,只有达尔维什才会背弃阿舒尔!"

酒馆老板害怕了,赶快朝马哈茂德·格塔伊夫的商店跑去,把听到的向街长说了,一边说一边浑身发抖,连街长都有些讨厌了。

街长生气地说:

"你别像女人那样。"

"我白天黑夜都没有离开过酒馆,怎么会受到控告呢?"

街长思忖良久,然后对他说:

"你逃走吧……只有逃跑这一条路了。"

达尔维什·宰丹突然不见了,不知道是遇害了还是逃走了。谁也不打听他,马哈茂德·格塔伊夫装着全然不知。很快,卖麻醉品的阿勒尤·艾布·拉厄辛取代了他的位置,而达尔维什就像不存在一样……

十

几天过去了,仍然没有一丝希望。时光的脚步缓慢、沉重、充满忧郁。人们以为再也看不到阿舒尔·纳基了,他那魁伟的身躯消失了,他抑强扶弱、散播自强精神和维护安全去了。

菲拉穿上了孝服,舍姆斯丁哭了无数次,阿舒尔手下人发愁、思索。人们相信如传闻所说,达尔维什背弃了阿舒尔,将他埋到墓地里一个无名的地方了。尽管大家失望,但一些人仍然执拗地相信他总有一天会回来,并嘲笑其他各种揣测。其他人出于极度的伤心,则说他的失踪是圣徒的恩惠。

残酷的习惯势力带来了不幸,把他推入了无休无止的事件之中,使之融化在事件的激流当中。

阿舒尔·纳基不见了。

时间却没有也不可能停滞……

十一

在毗邻的其他地区觊觎并付诸行动之前,趁大街的秩序尚未破坏,必须要选择一个新的头领。候选人集中在格桑、德赫尚这两个膂力过人又追随纳基左右的人身上，舍姆斯丁因年幼面嫩而未被考虑。在这种情况下，通常是竞争双方在马穆鲁克沙漠中进行角斗，而后给获胜者冠以本街头领的称号。

菲拉得到了那些消息，发现舍姆斯丁正在穿袍子，准备去看角斗，不禁泪水盈眶，痛惜这厄运。舍姆斯丁对此感到不悦，便说：

"大街没有头领不行。"

她生气地问：

"难道猫能代替狮子吗？"

"在安拉的决断面前，没有别的办法。"

"这样，事业会倒退到流氓和恶霸时代的。"

青年人热情地说：

"要背弃纳基的传统不是那么容易的……"

她叹了口气，又自言自语地说：

"昨天我尽管穷，还是个主人；从明天起，我就成为被抛弃的孤苦寡妇了。我毫无指望地面对不可知的世界祈求，我梦想失去的乐园。欢乐时，我躲在一边，害怕黑暗，防着男人，躲着女人，我没有一个朋友，完全被遗忘、被忽略了。"

他责备道：

"可是，我还没死呢，我的母亲！"

"愿安拉使你长寿……你还小，他就撇下你走了，当个既没钱又没地位的车夫，也没有当头领的魁梧身材……"

他悲伤地说道：

"我该走了，祝你长生不老。"

他夹着父亲那根带疙节的手杖走了。

十二

舍姆斯丁生活在一个简陋的住宅里，只知道劳动和省吃俭用。在他的记忆中，再没有巴纳家大宅邸的一点儿影子。父亲望着他酷似母亲的脸，微笑着说：

"这个孩子不适合当头领……"

阿舒尔把他送进学堂，在心中注入了最美好的生活颤音，也没有忽略力量上的训练。他教他骑马、耍棍、角斗，但从没准备让他当头领。当他稍谙人事时，就知道父亲的力量无限。可他怎么也想不通既然父亲这样"伟大"，怎么还生活得如此劳苦贫穷。一次，一个节日来到时，他对父亲说：

"爸爸，我想穿一件斗篷……"

阿舒尔坚决地说：

"你难道没见到父亲只穿了袍子吗？"

菲拉也像儿子一样，对生活感到厌烦，便当着儿子的面对阿舒尔说：

"你就是从税金里拿些钱过上体面生活，谁也不会指责你……"

阿舒尔对她说：

"你应该喂些母鸡，合法地贴补家用……"

转而他又对舍姆斯丁说：

"比起良心的纯净、热爱人们和聆听歌声来，生活之中的光彩是毫无价值的……"

他教他驾车，父子俩轮流工作。当阿舒尔年近六十时，驾车便多半是儿子的事了。舍姆斯丁十分欣赏和推崇父亲，同时也向往美好的生活，有时还支持母亲的良好愿望。出于这些潜藏的欲望，他天真地接受代理商店老板的"节日礼物"，当即去买了斗篷和靴子，想在节日之晨炫耀一番。阿舒尔一见到他，便扭住他的领口，拉到地下室，一耳光把他打得头晕眼花，并且嚷道：

"他们知道我意志坚定，想方设法钻你软弱的空子……"

阿舒尔要他把衣服退了，礼物还给代理商店老板。舍姆斯丁知道父亲生气，十分害羞。母亲对儿子也失望，但也不敢上前保护或者站在儿子一边。

但还是钟爱,而不是斥责把舍姆斯丁同父亲联系在一起,他是父亲的学生和知心朋友,听他的话,以他为楷模,像他一样倾心于歌声、星辰。他自豪地驾着车,克服了软弱……不时从内心深处冒出来的缺点。

尽管穷困,但是钟爱和自尊不论在什么地方都伴随着他们。这种状况还能像过去一样继续下去吗?

他的母亲用充满疑虑的目光眷恋地注视着明天!

十三

在一望无垠的马穆鲁克大沙漠中,聚集着一群人,活似一抔黄沙。这里是逃亡者和强盗的出没之地,是魑魅魍魉的宿身之处,也是遗骨的坟场。格桑在手下人的喝彩声中走上前去,不远处德赫尚也在一群人的簇拥下迎着他。在灼热的阳光下,许多双眼睛盯着看……浩瀚的沙漠冷眼旁观,警告失败者将永远留在这里。

舍姆斯丁缓缓走来,在两群人之间选了一个地方,宣布自己中立。他同时还宣布将参加胜利者的一方。他举手致意,以从阿舒尔那里继承的粗嗓门嚷道:

"愿安拉降平安给我们街上的人。"

他发干的嘴唇再次张开,顽强而激动地说:

"愿安拉降平安给伟大和善良者之子。"

舍姆斯丁想起这两伙人都不曾容许自己入伙,也不容许他得到母亲的祝福。是啊,在野蛮的角斗场上,妇女同孩子是不受重视的。

因年迈而退休的头领谢尔良·艾瓦尔同舍姆斯丁一样宣布中立,他是位忠实的劝导者。谢尔良为角斗开始致辞:

"格桑和德赫尚之间的角斗即将开始,每个集体都要记住自己的职责……"

他警告性地挥了挥手。接着说:

"各就各位,都准备好,谁要违约谁就将遭到所有人的唾弃。"

谁都没说话,荒凉的沙漠仍然冷眼旁观,眼神中充满嘲笑。晴朗的天空中乌鸦啼叫。谢尔良又说:

"胜利者将掌权,大家,尤其是失利者应该服从。"

人们的额头被汗水浸湿,谁也没有提出异议。谢尔良问道:

"如果对方胜了,你保证服从吗?"

格桑说:

"我保证,安拉做证。"

"那你呢,德赫尚?"

"我保证,安拉做证。"

"一触即可决定胜负。要注意,要谨防粗野;要知道,粗野只能留下仇恨。"

角斗的圈子扩大了,圈里只有格桑和德赫尚。他俩的身体十分结实,棍棒在手,如同耍蛇;双双做着准备,跃跃欲试。格桑往前一跃,德赫尚随即朝他扑过去。两根棍搅在一起,斗智斗勇,每人都竭力取胜,但都遇到对方的抵抗、反击。他们打得难解难分,观战的人看得是眼花缭乱,太阳也以它的光焰为这场角斗助威。

由于动作的迅速和突然,百般告诫被忘得一干二净。格桑的棍子落在了德赫尚的锁骨上。

他的人热情高涨地说:

"格桑……格桑……安拉至大!"

德赫尚退下场,强忍着悲痛,大口大口地喘着气。格桑朝他伸出手,说道:

"兄弟,你真了不起!"

德赫尚紧握住他的手,含糊不清地说:

"头领,你也了不起!"

人们还在有节奏地呼喊着:

"安拉至大……安拉至大……"

格桑洒脱、得意地转了一圈,问道:

"有不服的吗?"

人们争先恐后地宣布效忠。声浪平息下来后,有人高喊:

"我不服,格桑。"

十四

人们困惑地朝舍姆斯丁望去。他身材匀称,个子颀长,扬起清秀的面孔,皮肤被阳光晒得发烫。格桑惊问道:

"是你,舍姆斯丁?"

他坚定地回答:

"是的,格桑……"

"你真的想当头领?"

"那是我的责任和命运。"

谢尔良·艾瓦尔怜悯地说:

"就是你父亲本人也没有准备让你当头领!"

"我学到一些东西,我所学到的东西是任何头领都利用不了的!"

"光是福气是不够的!"

舍姆斯丁轻盈地舞起父亲的棍子,人们看得都十分入神。格桑便喊道:

"我对你难以下手……"

"让棍子来说话吧!"

"你还是个孩子,舍姆斯丁!"

他顽强地说:

"我是个铁骨铮铮的男子汉……"

格桑仰面朝天,当时正骄阳似火。他喊道:

"请你宽恕,阿舒尔,对不起!"

谁也不乐意看他俩争斗了。人们气愤地绷着嘴。荒漠的目光显得比原来更加冷淡、严酷,更加富有讽刺意味了。

舍姆斯丁开始战斗,两个对手相遇了。在第一瞬间,出现了奇迹。舍姆斯丁偷偷地把棍子打到格桑的小腿上,格桑不知所措地站着。许多人以为格桑瞧不起对手才发生这样的事。角斗尚未开始,怎么就这样结束了呢?格桑越发不知怎么办好,谁也没喊。舍姆斯丁朝他伸过手去,说道:

"兄弟你真了不起!"

格桑没看见他的手,眉间显出怒气。谢尔良·艾瓦尔怕出意外,提醒道:

"格桑,伸出你的手!"

格桑大叫:

"那是决定命运的一击!"

"但是安拉愿意他获胜。"

格桑还是执拗地叫喊:

"棍子在两个力气相仿的人之间是决定性的。然而舍姆斯丁是一根青枝,多么容易折断啊!难道你们想成为任何一条街的一口美味的食物,当每一个强有力的头领手中的玩具吗?"

此时,舍姆斯丁扔掉了棍子,除了遮羞的裤衩外,脱去了全部衣服,在阳光下,他浑身闪闪发亮地站在那里等候。

格桑信服地微笑着,也像他一样扔掉棍子,脱去衣服,然后说道:

"我将要保护你不受坏人欺负。"

两人一步一步地靠拢,最后完全靠在一起。两人都用胳膊互相搂住对方,靠毅力和顽强的精神开始用力,肌肉收缩成疙瘩,汗水不断地往下淌,脚陷入沙土中。铁一般的意志想拧干和榨尽对方的生命之水。许多双眼睛困惑地凝视着他们,预料会发生流血事件。时间一分一秒地过去,熔化在火热的熔炉中。人们屏着呼吸,听不到一点儿声响。格桑愁容满面,双眉紧紧地锁在一起。他开始向天命挑战,向灭顶之灾挑战,纵然疯狂抵抗,也不后退。这种怨恨不过是绝望。尽管他一味顽抗、自高自大和怒气冲冲，最终腿脚酸软，乱了方寸，无力地倒下。舍姆斯丁也不怜悯他，格桑终于瘫在了地上。

舍姆斯丁浑身冒汗，喘着粗气，全场一片静默。谢尔良给他递来衣服，说：

"多么优秀的小伙子……多么优秀的头领……"

人们这才高喊：

"安拉赐美名给他！"

德赫尚喊着：

"哈，阿舒尔·纳基复活了！"

谢尔良·艾瓦尔说：

"他的新名字是舍姆斯丁·纳基……"

荒漠依然一望无垠，庄严，雄伟……

十五

整条大街在等着新头领的喜讯。许多人打赌说是格桑，同时有许多人打赌说是德赫尚，谁也没想到是清秀的小伙子舍姆斯丁。消息传来说舍姆斯丁当了头领，所有的人都愣住了，随即就都兴高采烈地欢呼起来。平民们又唱又跳，他们说：这意味着阿舒尔活着，没有死。

马哈茂德·格塔伊夫极其愤恨地说：

"奇迹的时代又回来了吗？"

舍姆斯丁受到欢乐的人们的热情迎接，菲拉尽管身着丧服，也发出了欢呼声。

街长要听这件事的始末，谢尔良·艾瓦尔垂头丧气地叙述了一遍。街长问道：

"主啊，忧愁和贫穷的时代还要继续吗？"

十六

舍姆斯丁自豪地对母亲菲拉说:
"我早就准备这样了。"
她欢乐地说:
"连你父亲都不相信。"
他严肃地说:
"像我这样的人要接父亲的班是多么艰难啊……"
她机敏地说:
"别忘了你的敌手格桑。你要亲自掌握手下的人!"
他皱起眉头,说道:
"现在有希望了,希望是不会破灭的……"
母亲诱导说:
"正直是道德之本。"
他坚持说:
"今天有希望了,希望是不会破灭的……"

十七

时光在欢乐中逝去,人们相信阿舒尔·纳基没有死。
格桑在酒馆里熬夜,喝醉了唱道:

　　运气已逝,靠你的机灵干什么。

有一次,谢尔良·艾瓦尔对他说:
"你这样还没待够吗?……你应该纯洁一下你的心……"

德赫尚说：

"他把心向魔鬼敞开……"

格桑粗野地说：

"你怨恨我战胜了你，德赫尚。"

"愿安拉诅咒你，我还是同从前一样对待你的……"

"假如没有怨恨，我也不会欢迎一个孩子当头领！"

德赫尚生气地问：

"难道他没有获得全胜吗？"

这时，酒店老板阿勒尤·艾布·拉厄辛说：

"我预感到我们的新头领将成为我们新的尊贵主顾。"

格桑咯咯大笑，说：

"假如他来，那你就把我的胡子铰了去。我们从他那里只能得到贫穷……"

谢尔良·艾瓦尔喊道：

"今天晚上过不好！"

格桑讥讽地说：

"醉鬼的胡话！今天晚上同往常一样，像西塔特太太以她的丰姿在酒鬼之间踱来踱去的那些夜晚一样！"

德赫尚把签盒朝他掷去，打中他的前胸，同时冲他的脸嚷：

"下流痞子……"

格桑挑衅地站着，谢尔良赶快朝他跑去，坚决地说：

"在这条街没有你的生活了……"

格桑尽管喝醉了，但知道自己错了，便趔趔趄趄地离开酒馆走了……

十八

谁也没有想把有关菲拉的传闻告诉舍姆斯丁。谢尔良对德赫尚说：

"这个小伙子不知道这段历史。"

德赫尚说：

"可是他有权知道，我们应该把格桑的背叛告诉他……"

舍姆斯丁决心迅速处理此事，便去咖啡馆找格桑。他面带怒容地站在格桑的面前。舍姆斯丁问他：

"格桑，你能像忠于我父亲那样忠于我吗？"

"我向你保证过这一点……"

"可是，你在撒谎，不可信……"

"你不要相信造谣中伤的人。"

"我相信忠实的人……"

他朝格桑走去，边走边说：

"从今以后，你不再是我的人了……"

自这次会见后，格桑再也没在街里露面……

十九

阿舒尔·纳基时代没有丝毫改变。舍姆斯丁继承了父亲关心平民、约束绅士和贵族的传统。这位头领仍然干着车夫的行当，他手下的每个成员也都各操己业。他没有离开自己窄小的住房，也不听母亲絮絮叨叨的恳求。他心中无比宽阔，用人们的爱戴和推崇浇灌他心中的饥渴。很快，他就成了小清真寺的指导者之一，成为侯赛因·古法谢赫的朋友，并从税收中提取一笔钱更新了清真寺内的家具。他采纳侯赛因·古法谢赫的建议，在饮水处的上方盖了新学堂。

对街道和居民，他从未玩忽职守。对忠心耿耿的部下，他深感忠实的分量和重要性。毫无疑问，附近大街的头领们因为那位威严的巨人的消失蠢蠢欲动，他们开始向本街上的商贩寻衅。舍姆斯丁为了肯定自己的力量，消除怀疑，为了证明他虽然面孔清秀、体躯单薄，但并不影响他当头领，于是决计向最大的头领——阿图夫大街的头领挑战。适逢阿图夫大街的喜庆队列路经城堡广场，双方人马相遇，展开激烈的搏斗。舍姆斯丁取得了决定性的胜利，消息传遍所有的街道。一切对挑战抱有希望的人都相信，舍姆斯丁在力量和勇猛上不亚于阿舒尔。就这样，这条街在内部巩固了它的模范制度；在广场区范围之外，维护了它的信誉。

二十

尽管胜利了，但是舍姆斯丁从战场回来时仍然颇感忧虑。这次显示力量的飓风和胜利也带回了污泥和垃圾。阿图夫头领在猛烈搏斗时对他说：

"来呀，婊子养的……来呀，达尔维什酒馆的妓女养的！"

谩骂声不绝于耳，他手下的人为他喝彩，其他的人在吼叫。他是因打起来才骂人的呢，还是所有人都知道这段历史，而自己因年幼不知呢？

他找谢尔良单独询问那个人说的是什么意思。谢尔良生气地说："受了伤的狗吠！"

他还对舍姆斯丁说：

"一个阿舒尔·纳基选作老婆，用来传宗接代的女人是不能怀疑的……"

舍姆斯丁坦然了。但这不过是很短的一个时期。很快，他的心胸又像下雨天那样布满阴霾，天再也没有晴朗过。休息时，他偷偷地望着菲拉。她四十挂零或不到四十，还十分漂亮，身材虽小，但匀称且富有魅力，特别是那双眼睛。她虔诚可敬，她的人格令人感动。舍姆斯丁无法想象那些伤人的恶语。那些诱惑他攻击她的人真该死！他与母亲形影不离，令人难以理解。一天，阿舒尔·纳基对他说：

"真正的男子汉是不会像你这样总是缠着母亲的……"

他小时候，就要父亲陪伴，在车上吃饭睡觉。整日围着父亲转，留恋那温暖的怀抱。

主啊，达尔维什酒馆见到了什么？那些人知道他母亲的隐私而不能让他知道吗？

他发怒地低语道：

"诱惑他攻击她的人真该死！"

二十一

有一天，他看见了一副面孔，一下子把他拉回到童年时代。

舍姆斯丁正驾车朝广场驶去，一个小伙子和一个姑娘之间的一场出奇的角斗挡住了他的去路。姑娘老虎似的扑向小伙子，边抽打边朝他脸上吐唾沫，而且骂声不绝；小伙子却躲开她的攻击，用更难听的话回骂。周围站满看热闹的人，不住哄笑。

大家见到舍姆斯丁，都向他问好。角斗停止了，小伙子逃走了。姑娘从地上捡起长袍，卷了起来，不好意思地望着舍姆斯丁。

舍姆斯丁很欣赏她的精力充沛、面色红润、身体柔韧。她见他望着自己，便歉意地说：

"他没有礼貌，师傅，我教训了他一下……"

他微笑着说：

"你做得对！你叫什么名字？"

"阿格米雅……"

她随即更加羞涩地问：

"你难道不记得我了，师傅？"

他突然想起来，惊讶地说：

"想起来了……我们在一起玩过！"

"可是你都不记得我了……"

"变化太大了，你是德赫尚的女儿吧？"

她点点头跑了。

她是他的助手德赫尚的女儿，但变化多大呀！

他的感情像火烧，他的青春似正午的阳光迸射出热和光。

二十二

在古里亚通道上，舍姆斯丁见阿尤莎·达拉莱朝自己招手，便停下车。他看见另外一位太太陪着她。那位太太穿着绉纱长袍、蒙着金丝面纱，颇引人注目。她双目搽着化妆墨，美丽可爱。她体态轻盈健美。两个女人很快坐到车子上，阿尤莎以老太太的声音说：

"红巷，师傅……"

他跑到车子前面，希望再看那个女人一眼。阿尤莎说道：

"头领，你的车子赶得真好！你如果愿意像绅士一样生活，那是不会有障碍的！"

她的话使他感到高兴，但他没吭声。他陶醉在爱慕之中，心中充满了自豪的芳香，软弱和迷失的感觉一扫而光。他估量那位美人会说些什么，但她保持沉默，直至车子到达红巷。他目不转睛地望着她，一直目送她向长老厅走去。

阿尤莎坐在原位上。舍姆斯丁以目示问去哪里，她咕哝说：

"城堡……"

他默默地驾着车走了，尽管他很想说点儿什么，但他保持了沉默。突然那个老太婆问道：

"你从前见过盖迈尔太太吗？"

他感谢这个女人张口说话，便回答道：

"从未见过……"

"这就是被藏起来的女士!"

"是我们这条大街的?"

"是的,非常富有和美丽的寡妇……"

他问道:

"她为什么不包辆车?"

"她愿意坐我们头领的车!"

他注视着她的脸,从她那疲惫的眼睛里看到一丝机灵的微笑,他的热情再次燃烧了。阿格米雅的形象重现眼前,两个形象交相起舞。阿尤莎说:

"你喜欢她,这毫无疑问吧?"

他佯装粗暴地问:

"你问什么,圣徒?"

她哈哈大笑说:

"我的职业是卖衣服和幸福给大家……"

他小心地打断她的话。

在城堡广场,她下车了,并对他说:

"还有话呢,别忘了阿尤莎……"

二十三

阿尤莎·达拉莱不止一次在车上与舍姆斯丁会面,一种无形的力量猛烈地敲击着他的心扉,但是真正的怯懦感依然埋在青年的心中,藏匿在年轻人那炽热的青春里。盖迈尔用自己的妩媚引逗他;阿格米雅也以青春引诱他。他的年龄使他足以了解同盖迈尔女士结婚和同阿格米雅这样的姑娘结婚各意味着什么。地平线上风暴乍起,风暴最好夭折。舍姆斯丁奋战风暴的侵袭,以期最终得到安宁、平静。

晚饭后一起坐着时,舍姆斯丁发现母亲神情异常,美丽的双眼里闪

烁着机敏的光,看穿了他心中的疑虑。母亲责问道:

"背着我做什么哪?"

好。他希望把事情弄清,更希望揭开母亲内心的秘密。

"您问什么?"

她高傲地扬起头,表示不会受骗,问道:

"阿尤莎·达拉莱玩的是什么把戏?"

他心想,那个缺门牙的阿尤莎嘴里是保不住密的。他顺从地微笑,喃喃地说:

"她干自己的老行当。"

母亲生气地说:

"盖迈尔和你母亲的年龄一样,而且不能生育!"

他原想尊重母亲,但是仍然说出下面的话:

"可是她既漂亮又富有!"

"她不会漂亮一辈子,你如果想富有,难道有什么在阻挡你吗?"

他不同意地问道:

"你满意我背叛阿舒尔·纳基吗?"

"可是,靠一个女人致富并不比那光彩!"

他并不是出于信念,而是为了惹母亲生气地说。

"我不这么看……"

"真的?……那么让我从绅士的女儿中给你选一个新娘!"

"那也是靠一个女人致富!"

"那是自然的,并不越轨。我坦率地对你说,这就是我心里所想的!"

他忐忑不安地望着母亲,说:

"您不过是被迫安心于我们的生活罢了。难道您真的相信我轻视人们的爱戴和真正的荣誉吗?"

"那你过去是哄骗你的母亲吗?"

"我是同您逗着玩儿!"

她生气地说：

"我并不是你想象的个人主义者，就是在昨天我还拒绝了本街一位绅士的求婚呢！"

他不安地皱着眉头，脸涨得通红。她说：

"阿尤莎也是媒人！"

"愿安拉诅咒她！"

"我对她说，阿舒尔·纳基的寡妇不想让另外一个男人取代他。"

他冷淡地说：

"传闻不可靠……"

她挑战地说：

"我那么说是尊重你父亲，而不是怕你……"

"那个流氓是谁？"

"不是流氓，他的要求是合法的……"

"他是谁？"

"木材商昂特尔，开一家代理商店！"

舍姆斯丁蔑视地说：

"他结婚了，而且与我的岁数相仿！"

母亲轻蔑地耸了耸肩膀，说：

"这已经过去了！我们目前要公正待人，严以律己！"

他坚决地说：

"父亲说的话，我当然应该服从。"

他心想，母亲果真雄心勃勃，也是个叛逆者。高贵的太太，我爱戴您胜过爱戴一切，您的真实身世究竟如何啊？

二十四

舍姆斯丁承认母亲坚强而且固执。同时，他也承认自己热爱和尊重她。这不仅是因为她是母亲，而且是阿舒尔·纳基的遗孀。是啊，阿舒尔·纳基是他的父亲,然而他所代表的事实远比父权丰富。舍姆斯丁迷恋这事实胜过父权,这是他生命的轴心、希望的寄托,也是他迷恋真正名誉的秘密所在。

为此,他决定不进行那无结果的磋商,直接实现自己的目标。

夜初,他同朋友一起朝修道院前的广场走去。那是一个晴朗的夏夜,歌手引吭高歌,星星安详地闪烁发光。

舍姆斯丁对德赫尚说:

"在这块宝地上,阿舒尔独自一人思索着崇高的生活哲学。"

德赫尚为他老师傅的在天之灵祈福。舍姆斯丁对他说:

"我选择这个地方来向您请求……"

德赫尚说:

"我唯命是听,愿托这块宝地的福……"

舍姆斯丁从容地说:

"我按照安拉及其使者的法律向你的女儿阿格米雅求婚!"

德赫尚没料到会是这件事,一时张口结舌。舍姆斯丁温和地问:

"您的意见如何,德赫尚?"

"好一个梦想不到的荣耀,我的师傅……"

舍姆斯丁伸出手来对他说:

"那么,让我们读《开端章》吧……"

二十五

当他从广场返回家时,有一种痛苦的感觉,要向母亲的权威挑战的感觉。母亲的权威既强大又温柔。他以神秘的平静神态坐在母亲对面,说道:

"妈妈,我已经和德赫尚的女儿阿格米雅念过《开端章》了。"

一时间,菲拉什么也不明白,然后茫然失措地凝视着他,说:

"你说什么?"

他心里不甚愿意地说:

"我已经和德赫尚的女儿阿格米雅念过《开端章》了。"

"又是开玩笑吗?"

"这是真的,妈妈……"

她责问道:

"你在行动之前,难道不应该同我商量商量吗?"

"一个很合适的姑娘,她的父亲忠实可靠……"

"她父亲是忠诚的,但是难道不应该同我商量一下吗?"

他从容不迫地说:

"我事先知道了您的意见,那是办不到的……"

她忧伤地说道:

"多可惜呀!"

他微笑地问:

"难道我不配得到祝福吗?"

她踟蹰了一会儿,然后走近他,亲吻他的面颊,说:

"让主人祝福你吧……"

二十六

街长马哈茂德·格塔伊夫要求会见舍姆斯丁。菲拉想起过去与此类似的要求,便小声说:"愿安拉诅咒他。"舍姆斯丁迎接街长,请他坐在自己身旁那张唯一的安乐椅上。街长尽管年过六旬,但看上去健康有生气,身体虽瘦小但敏捷而且坚毅。菲拉送上咖啡,街长瞥了一眼她头上的黑面纱。她客气地说:

"您好吗,马哈茂德师傅?"

他祝她健康吉祥,他又说:

"但愿你也能光临,我们会从你的意见中得到好处!"

菲拉同舍姆斯丁交换了一下眼色,然后挨着床沿坐下。舍姆斯丁准备听街长说话，估计街长说不出什么好话来，因为他素来把街长列入内心仇恨他的人，他同绅士以及失去权势和面子的那些人是一路货色。街长说：

"忍耐是道德之本，圆满来自能人之思……"

舍姆斯丁点点头，没有说话。街长接着说：

"我受绅士们的全权委托来同你谈话……"

"他们想干什么？"

"他们有一个真诚而高尚的愿望，想庆祝你的成婚……"

舍姆斯丁明确地说：

"我的婚礼将在一个车夫力所能及的范围内进行。"

"可是你也是一街之头领啊……"

"如你所知，这并不能改变我的地位。"

"你是所有人的头领，绅士们和平民们的头领，因此他们都有权在他们力所能及的范围内进行庆贺……"

街长转向菲拉，问她道：

"舍姆斯丁他妈，你的意见呢？"

菲拉理智地答道：

"高贵者接受敬意，我的意见就是他的意见……"

马哈茂德·格塔伊夫兴奋地说：

"你说的话在理……"

舍姆斯丁面色阴沉。他说：

"我怎么能接受那些仇恨我的人的敬意和款待呢？"

"不，谁也不憎恨公正，他们想澄清一下天空……"

"那不能靠耍手腕，我估计你还有很多话要说，就请都说了吧……"

马哈茂德·格塔伊夫紧张了好一阵儿，然后说道：

"他们说，除了绅士和真正的活动家，一切人都享有公正并受到尊重，这样公正吗？"

地下大军在活动着。他们想熄灭燃烧在大街小巷上的火花，以为舍姆斯丁乳臭未干,像他漂亮的母亲一样容易对付。举起阿舒尔满是疙瘩的手杖,去击打敲诈、教唆和诱惑吧!

舍姆斯丁粗暴地问道:

"难道他们不是生活得很安逸舒适吗?"

"那是你的想法,师傅。你为什么只向他们征税呢?"

"只有他们才付得起……"

"人们随意解释吧,因为人们看不起他们!"

舍姆斯丁愤慨地说:

"他们只想抬高自己,压低别人。"

马哈茂德·格塔伊夫沉默许久。他说道:

"他们有权要求得到与他们的工作相称的尊重。"

"你指的是什么?"

"如果没有他们,我们这条街会是什么样?他们的住宅是大街的点缀;他们的名字如星斗闪烁;他们的商店为我们源源不断地供应食物和衣服;靠他们的钱才修起了小清真寺、蓄水池、饮水处和新学堂,难道这一切还不够吗?"

舍姆斯丁发怒了。他说:

"如果没有我父亲,谁也不会从他们的钱里得到好处!看看别的街道像他们一样的人都干了些什么吧!"

街长再次哑口无言,徘徊不安。菲拉说:

"你说呀,使者应该传达消息啊!"

马哈茂德·格塔伊夫又鼓起勇气说:

"他们认为他们受欺负了,还认为你和你的手下人也被欺负了。他们说,头领的真正威信在绅士们中间,安拉使绅士比平民高几级,这并不意味着剥夺贫苦人的公正权利。"

舍姆斯丁喊道:

"街长,把话说明白点儿,他们是引诱我放弃誓约,投身于恶棍的怀抱中……"

"愿安拉保佑!"

"那是事实,你相信我说的话……"

"愿安拉保佑,我的师傅。"

"我向你谈谈我最后的意见……"

他站起来打断舍姆斯丁的话,恳求道:

"还是把这件事再考虑一下吧,我只希望你推迟决定,再想想……"

他像逃跑一样,飞快地溜出了房间……

二十七

马哈茂德·格塔伊夫留下烟草和汗味不见了。舍姆斯丁和母亲面面相觑,一言不发。母子之间、舍姆斯丁与自己的天性之间发生了矛盾。世上的花红酒绿吸引着潜在的爱好、欲望。在这间简陋的屋子里燃烧着珍贵、幸运和舒适的理想之火。具有魔力般美丽的母亲因羞赧而满脸绯红,发出低微的呼吸声。其实她的内心充斥着可恶的软弱。

舍姆斯丁挑战般地说:

"如您所知,头领是全街的保护者,是邪恶势力的劲敌……"

她嘲笑地说:

"他与要饭花子没有什么区别!"

他热切地说:

"母亲,您要和我站在一边,不要站在我的对立面。"

"我永远同你在一起,有安拉为证……"

他扑向母亲,高声喊道:

"我想成为无愧于纳基的名字和他的时代的人……"

母亲得意地说:

"在占用巴纳的空住宅时,阿舒尔是毫不犹豫的!"

舍姆斯丁生气地说:

"要从中吸取教训!"

"不,那为我们提供了在各种情况下可以效法的榜样……"

他蔑视地说:

"每当软弱扰乱我们的时候,我们就要追随伟大的阿舒尔!"

二十八

舍姆斯丁赶着驴,忍着伤痛安然地走着。他经常看到阳光透过阴云照射在大地上。如果人能战胜软弱,那没什么可害羞的;如果虽有力气,但无精打采,那力气又有什么意义呢?崇高的理想迸发出高尚喷薄的生命之火。

在马哈茂德·格塔伊夫的店门口,他勒住缰绳,车停下了。

马哈茂德·格塔伊夫殷勤地迎上来。

他冷冷地扫了马哈茂德·格塔伊夫一眼,然后斩钉截铁地说:

"阿舒尔·纳基没死!"

二十九

晚间,舍姆斯丁回家时,一个女人的身影拦住了他的去路。女人低声说:

"晚上好……"

"是阿尤莎?……什么风把你吹来的?"

"你跟我到我房间去好吗?"

他的心怦怦直跳,很怕这一邀请。但是好管闲事和少年气盛的劲头上来了,他自甘下贱地跟在她后面走了。

三十

那个老太婆领着他经过长廊,低声说:

"你可真怪!"

"什么?"

"难道我们不该问问月亮为何拒绝圆吗?"

她打开房间,灯光照亮地面,用手推了一下舍姆斯丁。他看见盖迈尔女士坐在床沿,那是唯一能坐的地方。她戴着面纱,身裹长袍,羞涩地低着头。

舍姆斯丁十分激动地眷恋地凝望着她。

阿尤莎站在门槛上问道:

"你听到关于我们的坏话了吗?"

他惊慌失措地回答道:

"绝对没有。"

"我们是不是有美中不足呢?"

舍姆斯丁感到麻木,说道:

"愿安拉保佑……"

"把我们的秘密泄露出去,对我来说是耻辱吗?"

他含混不清地说了话,喉咙发干。

老太婆把门一关,把他推到床边。

盖迈尔用他几乎听不见的声音低语道:

"我害羞,不知道该做什么……"

他呆痴地说:

"怎么都好……"

"你不要把我想得很坏……"

在洪水的推动下,他急速行动。情欲把世上的一切都吞噬了。他在因迷恋、骄矜和轻率而得意扬扬的力量面前屈服了。

盖迈尔低声细语,做着毫无意义的抵抗,说道:

"你不要把我想得很坏……"

三十一

舍姆斯丁再次来到那条走廊,随手带上了门。那里一片漆黑,直至内心深处。灯火遗下令人窒息的灰烬,世界充满着暮气和凄凉。

在走廊的尽头,借着微弱星光,舍姆斯丁见到阿尤莎的身影。他正要迈步,她耳语道:

"对男子汉豪爽的希望是不会破灭的……"

他愁容满面,心情沉重地走了……

三十二

他犯了错误,但别人的错误更为严重。他焦灼不安,因为她是个精明的女人。他不会像傻瓜一样陷入圈套,也不会拿他的贵重金属去赌博。黑暗势力对他十分强横,母亲及他自己软弱的倾向也苛求于他。但是他还是应该投入斗争的。

三十三

阿格米雅嫁给了舍姆斯丁·纳基。

谢尔良·艾瓦尔拦住他:

"照理说,今夜出门大吉大利……"

谢尔良带着舍姆斯丁去了赫里勒·赛克尔大烟馆。出了烟馆来到阿勒尤·艾布·拉厄辛酒馆。

传统的婚礼队伍遍游街头巷尾,前有鼓笛鸣奏,四周有棍棒护卫,所到之处,无任何障碍,头领的威严从此确立起来了。

舍姆斯丁发现自己飞翔不止。每到一站都沉醉在快乐之中,得到新的启示。阿舒尔·纳基骑着一匹青色马驹,向他祝贺;天使在云端低声向他吟歌。修道院的大门敞开了,传出天使的歌,送出桑葚。

阿格米雅坐在饰有织锦的驼轿上。

菲拉表面欢喜、心里沮丧地迎接儿媳妇。

三十四

一大早,舍姆斯丁坐在咖啡馆入口处的长椅上。

他看见阿尤莎悄悄朝自己走来,然后蹲在他的右侧,以手遮阳,低声说:

"你好!"

他谢了她。她接着说:

"我没看见那喜庆场面!"

他懒洋洋地说:

"我祈求给你一切欢乐。"

"无论如何,我想我们的头领会博施公正,对我们也一视同仁!"

"你要诉什么愿望?"

"为一位高贵太太的软弱进行辩护……"

他生气地说:

"你这个骗子!"

"欺骗忠诚坚强的人合适吗?"

他不满地咕哝道:

"愿安拉诅咒你……"

她站起来,说道:

"我们不厌其烦地等候着公正……"

三十五

日月在消逝着。

六月的暴风在咆哮,接踵而来的是五旬风;云层堆积,然后天空又重放晴朗。

结婚的第一个月,菲拉同阿格米雅之间就发生了激烈的争吵,而且愈演愈烈,毫无平息的希望。新娘子生了一个男孩又一个男孩。舍姆斯丁对婆媳的不和装作看不见,只关心帮助受欺负的一方,同时规劝欺负人的一方,而决不参加两个敌对女人之间的吵架。菲拉既粗暴又倔强,毫无仁慈可言;阿格米雅既厉害又无礼,发起脾气来甚为粗野。其实阿格米雅内心不坏,干活儿毫不惜力,忠心耿耿地伺候丈夫和孩子。

有一天,舍姆斯丁听见菲拉骂儿媳是小偷,阿格米雅则大喊她"酒馆野鸡"。他这时失去了理智,打了妻子一记重重的耳光,差点儿要了她的命。

舍姆斯丁独自一人来修道院广场,置身于黑暗之中,无心听歌声,也不眷恋凝视星辰。他一肚子火。那是朋友和敌人都知道的事实,并非妄言。如果不是他的权威,那恨他的人早就弹冠相庆了。现在他们不正在紧闭的门后议论纷纷吗?他都快发疯了,但不愿意轻视母亲,因为如果她不是清白无辜的,阿舒尔·纳基怎么会娶她为妻呢?她同阿舒尔的结合就是她美德的明证。那些使他发疯的人真该死!但是,实际情况仍像溃疡一样存在,像流行病一样伤害着每一个人,破坏生活,即使在最幸运的情况下,也不乏烦恼和痛苦。烦恼和忧虑多令人痛苦。

他极度悲痛,仿佛肩负蜿蜒的古城墙……

三十六

尽管如此,母亲依然认为儿子看不起她。她发怒时,便狠狠地瞅他一眼。有一次,她趁阿格米雅外出的机会,明白大胆地对儿子说:

"我决定结婚!"

舍姆斯丁茫然了,白了她一眼,问道:

"什么?"

"我决定要结婚!"

"您准是在开玩笑……"

"不,是真的……"

他喊起来:

"那是发疯!"

"安拉允许的,可不是发疯。"

他怒气冲冲地喊:

"我活着,这事就别想实现!"

木材商昂特尔成了他的对头。舍姆斯丁侮辱他,威胁他。昂特尔只得闭门不出。昂特尔对朋友们说:

"你们看哪,公正的头领做了些什么呀……"

他还说:

"头领在向安拉的教律挑战了……"

舍姆斯丁怒气倍增,同时也更加忧愁。他感到大地在震荡,感到自己偏离了正道……

菲拉患了热病,健康状况每况愈下,各种药方都无济于事。她眷恋地凝视着舍姆斯丁,一言不发,她连哭都哭不出来。有一天夜里,她去世了。

三十七

　　舍姆斯丁觉得自己被连根拔起,太阳不再照耀了。

　　怀有敌意的邻近街道广泛传说舍姆斯丁给母亲下毒以阻止她嫁人。传播流言蜚语的人坚持说,他发现了母亲同木材商昂特尔的不正当关系。舍姆斯丁听到这些飞短流长,不由得勃然大怒,在谁也没招惹他的情况下,同人打架。在这条街上,他成了一位无道的皇帝。

　　持久的忧郁就像慢性病一样把舍姆斯丁搞得头晕目眩。他总是想象着自己偏离了正道,同时对自己在打架时所表现的疯狂粗暴感到后悔。

　　他难过地说:

　　"我徒有纳基的名义而没有他的品质。"

　　有一个晚上,他在各种天命的打击下,神经错乱,梦游似的来到阿尤莎·达拉莱的住处,连主人都不瞧一瞧,便坐在床上。阿尤莎·达拉莱手足无措地端详着他。

　　他面无表情地说:

　　"把盖迈尔给我叫来!……"

三十八

　　时光流逝。

　　孩子们长大了,适合干各种行当了。

　　街长马哈茂德·格塔伊夫死了,赛义德·费基取而代之;谢尔良·艾瓦尔也死了;德赫尚退休了;小清真寺的长老侯赛因·古法也死了,塔勒拜·卡迪谢赫继任长老;阿勒尤·艾布·拉厄辛死了,奥斯曼·杜鲁兹买下了他的酒馆。

阿格米雅生的小儿子取名"苏莱曼"。苏莱曼发育很不一般，他甚至像他的祖父阿舒尔一样魁伟高大。因此，父亲决定让他继任头领，并且让他接受适合于纳基时代的传统教育。

尽管舍姆斯丁性格有些孤僻，但却保持了本街头领的清廉；虽然他权势在手，且年事已高，但依然当着车夫。平民们享有仁慈、公正和爱情。他懂得自强、崇拜和信仰真诚。于是，人们对他的错误渐渐淡忘，仍然崇拜他的善良习性。在他们看来，纳基这个名字就是善良、吉祥的代名词。

三十九

时光的车轮带着光辉和羞涩疾行，车轮的咯吱咯吱声谁也听不见。人的耳朵只有想听的时候才能听见。精力旺盛的人幻想自己会长留于世，但是车轮不歇，世界却是叛逆者的伴侣。

四十

阿格米雅一直用指甲花染发。自她五十岁起，白头发就开始威胁她了。而快六十岁时，头上竟连一根黑发都不剩了。指甲花的黑水洗染着她的头发，使头发加热、蓬松。她依旧强健，充满活力，不停地忙这忙那，有时伴随太阳的起落干活儿，有时一直干到月亮升起。青春没有离开过她，她随着时光变得丰满，从不担心身体会出什么毛病。

舍姆斯丁望着指甲花，开玩笑说：

"欺骗有什么用，圣徒！"

她打趣地反问：

"如果白头发是真诚的标志，那么你头上怎么这么黑？"

乌黑的头发、强健的体格、敏捷力大、容光焕发，阿格米雅对丈夫的这些特点怀有无限的热爱和赞赏，甚至略微有些忌妒和害怕。丈夫没有再娶,只犯过一次过失,此后再没有同那老太婆鬼混,但谁能担保将来呢?

四十一

一天早晨,舍姆斯丁正梳头,阿格米雅紧盯着他头上看。突然,她惊喜地喊道:

"一根白头发!"

他注意地朝妻子转过脸去,仿佛在打架时听到危险的警告声。他不悦地瞪着她。她说:

"一根白头发,凭安拉起誓……"

他朝手中的镜子里看了一眼,咕哝道:

"撒谎……"

她宛如猫捉老鼠,瞪圆了眼睛慢慢朝目标扑去,从丈夫的头发中拔出一根,说:

"就是它,师傅……"

他从镜子里打量着她。他无处可逃,也无法争辩。仿佛那是恶意的捉拿,就像许多年以来,她一直想捉拿他悄悄溜进阿尤莎的地下室的真凭实据一样。他心里充满了气愤、仇恨和羞愧。他避而不看妻子,轻蔑地说:

"这有什么?"

他边走边说:

"你多可恨!"

四十二

这个发现并没有像她预料的那样平安过去,舍姆斯丁每天早晨都要精心观察他自己的头。而阿格米雅对自己的话则感到后悔不已。她献媚地说：

"白头发同健康根本没有关系……"

可是他在思忖着自己的年岁，什么时候这么大了？这漫长的岁月是怎样过来的？格桑昨天不是被自己战胜了吗？过去像孩子一样的德赫尚，今天已经衰老了。没有力量的头领有什么存在的价值呢？

阿格米雅又说：

"健康是我们向安拉祈求的……"

"你为什么总说些空洞的哲理？"

她笑了，以便消消他的气。她说：

"染发对男子汉也没有什么坏处。"

他大叫：

"我不是那种蠢女人……"

他第一次思索起往事和未来。他想起死，想起享年千岁的圣徒以及化为尘埃的许多强者。时间背叛起来不分心肠软的和男子汉，消灭一群武士要比阻拦秒针前进容易一千倍。住宅可以翻新，废墟能够重建，但人却不行。欢乐是短命的，像剥蚀的油漆，终有一别。

他脑子一片混乱，问阿格米雅说：

"你知道什么叫祈祷吗？"

见她没回答，他便说：

"男子汉不到寿限便气馁了！"

四十三

舍姆斯丁走后，阿格米雅说，人留下的只有信仰。

突然，她得到父亲德赫尚逝世的噩耗，她一声大叫，窗棂都为之震动……

四十四

　　阿格米雅哭父亲德赫尚哭了很长时间,她说人一辈子也难以描绘这个世界。舍姆斯丁对朋友故去感到悲伤,死者也是他父亲的旧友。但这次他不像代理商店老板、木材商昂特尔死去时那样伤心。因为那个人与他年龄相仿,在突然瘫痪之后健康恶化。现在死神还不像年老和衰弱那样使他心慌意乱,忧心忡忡。他不愿意去征服其他头领,而自己却毫不抵抗地败在一种无名的忧伤脚下。他惊问道:

　　"难道阿舒尔·纳基不是在至强至尊时期隐去而受到敬重的吗?"

四十五

　　舍姆斯丁坐在咖啡馆里看着儿子苏莱曼同手下一个名叫阿特里斯的青年进行摔跤友谊赛。双方斗智斗勇好几个回合,苏莱曼战胜了对手。

　　舍姆斯丁满腔怒火,因为阿特里斯在苏莱曼面前坚持一分多钟,这使他难过;尽管苏莱曼胜利了,可他一点儿也不高兴。他没想到,跟阿舒尔一样魁伟的儿子竟然没什么力气。但是,毫无疑问,他缺乏足够的技巧。

四十六

　　舍姆斯丁把儿子带到楼顶平台。当时正值夕阳西下,他脱下全身衣服,只剩下一条衬裤,然后对儿子说:

　　"像我一样脱了……"

　　儿子往后退,问道:

"爸爸，干什么呢？"

"这是命令！"

父子俩对视着，父亲的身体强壮匀称，苏莱曼则像阿舒尔那样魁梧。

舍姆斯丁说：

"使出你摔倒别人的力气。"

苏莱曼说：

"您别让我出丑。"

"摔，学着点儿，光有力气还不行。"

他用力抓住儿子，顽强地进攻。

两人开始交手，肌肉都鼓起来了，舍姆斯丁说：

"用你的全力……"

苏莱曼说：

"我对阿特里斯友好，并不是不行。"

舍姆斯丁吼道：

"全力以赴，苏莱曼……"

舍姆斯丁觉得自己在同古城墙搏斗，城墙那装满了历史的琼浆玉液的砖块像经受着岁月的打击一样抵抗着。搏斗十分激烈，以致舍姆斯丁以为在同大山抗衡。自上岁数后，就再没打过架，力气在显赫的名声后静止不动。他也忘了训练。死比倒退更容易。他的执拗劲上来了，竭尽全力，把儿子举起来摔在地上。

他喘着气，感到疼痛，但微笑着。

苏莱曼站起来，大笑着说：

"您是真正强有力的纳基。"

舍姆斯丁穿上衣服，仍然处在搏斗的兴奋状态中。他既不悲哀，也不高兴。太阳落山了，夜晚来临，万籁俱寂。

四十七

舍姆斯丁坐在安乐椅上,苏莱曼不离左右。为什么要离开?他脸上显露出痛苦了吗?

"你为什么不好好地走开?"

苏莱曼悄声说:

"对刚才的事我感到害羞。"

"你去吧。"

他想再重复一遍这个命令,但没有那样做。他的舌头没有动,忘了,夜晚提前来临了。

四十八

舍姆斯丁失去了知觉。

他睁开眼,看见红土丘,天上正下黄土。他仿佛想起了什么,但很快又消失了。如今,他生活在洞穴中,无人过问。雾霭散去,出现的是阿格米雅和苏莱曼的脸。一声大笑,把他惊醒,他闻到玫瑰香水的气味,似乎是从他的颈部和头部散出来的。

阿格米雅面色苍白地低语道:

"可把我们吓坏了……"

苏莱曼声音战抖地问他:

"父亲,您好吗?"

他含混地说:

"赞美安拉……"

他随即又以道歉的口吻说:

"就连舍姆斯丁也免不了生病……"

阿格米雅慌张地说：

"可是你没叫一声痛苦……"

"叫苦多令人生厌！"

舍姆斯丁担心地询问：

"消息传出去没有？"

"没有，你晕过去才两分钟……"

"太好了！谁也不知道，就连孩子们，也不能让他们知道这个情况……"

他注视着苏莱曼，说：

"你出去后，就忘记这一切……"

苏莱曼颔首，表示服从。可是阿格米雅问道：

"你好吗？"

"非常好。"

"药材商那里有一个方子，肯定对我们有好处。"

他愤怒地说：

"他是我们的对头之一。"

"巫医那里也有，他是热爱你的……"

"我说过不能让任何人知道这个情况，我很好……"

苏莱曼担心地问：

"那为什么会出现刚才那种情况呢？"

他装着自信的样子说：

"那是吃得过多后的疲倦！"

他已完全恢复知觉，因此他又信心十足。他站起来，在小房间里走着。难道到广场去熬一会儿夜，像阿舒尔过去做的那样不好吗？

不可抗拒的瞌睡将他召唤去了。

四十九

傍晚,他朝广场走去。太阳正从地平线和宣礼塔尖上收回余晖。他经过正在饮驴的阿特里斯身旁,小伙子站在饮水处,以孩子的身份向威严的长者致敬。到了小清真寺,他遇见街长赛义德·费基,便停下同他简短地交谈了几句。这时,从饮水处传来阿特里斯同另一个人的对话声:

"我们的师傅舍姆斯丁不像往常那样了……"

另一个人说:

"他大概病了……"

阿特里斯也遗憾地说:

"也许是年龄关系吧!"

舍姆斯丁胸中爆发出怒火,离开那地方,回去找阿特里斯。他吼道:

"喂,蠢货!"

他把阿特里斯举到胸前,然后把他扔进蓄水池。站在旁边的人纷纷扔下驴子跑开,随着阿特里斯身体溅出的水星四散逃跑。

他不想再去广场,改变主意,匆匆朝酒馆奔去,风暴似的进了门。馆内喝酒的声音都静下来了,许多双眼睛揣测、惊异地注视着他。他以令人不解的挑衅神情望着大家,致使人们趔趔趄趄、恭恭敬敬地站了起来……

一些着魔的念头正在他的头脑中回旋。奥斯曼·杜鲁兹急忙朝他跑去。他从疯狂中清醒过来,恍惚的感觉消失,才知道自己犯糊涂了。不,他不会向风挑战,也不会去干蠢事。机会将出现,他会抓住它的。他将要经受考验。

他一声未吭,什么也没干就离开了这个地方,身后留下一团疑云,人们全然不知所措。

五十

光阴荏苒。一种命运在远处趾高气扬地行进，但步履稳定，在慢慢走近，任何东西都延误不了它的脚步。舍姆斯丁摩拳擦掌，专心等待着。你为什么要抱定武力？你并不是武力的唯一的崇拜者。白头发越来越多，嘴边和眼睛周围的皱纹越来越深，视力锐减，记忆衰退。

阿格米雅的变化比舍姆斯丁更迅速、厉害，食而无味，消化不良。她的脊背和双腿感到莫名其妙的疼痛。她消瘦、枯萎，随即卧床不起了。是什么使这位强壮的女人如此痛苦和烦恼呢？试了一个又一个药方，但无济于事。

舍姆斯丁把车扔给苏莱曼，上咖啡馆越来越勤，与手下人聚在一起，听听消息，掂量自己的权威，考察自己的影响和势力。一天，他的一位助手说：

"在阿图夫出现了一个新头领……"

舍姆斯丁蔑视地说：

"大概天命使他看不清自己真实的分量，让我们教训教训他！"

晚间，舍姆斯丁独自在广场待了一个时辰，倾听歌声，然后迅速回到家里，坐在阿格米雅的身旁。他很清楚她的情况越来越糟，难道暮年的他就注定要忍受孤独和寂寞吗？一切药方都试验过了，可是她的情况仍然日趋恶化。

五十一

中午时分，舍姆斯丁在回家的路上，脚碰到一个孩子正在玩耍的陀螺。那孩子愤慨地大叫：

"老头儿，瞎子！"

他回头望去,只见那孩子才有山羊那么高,正用挑战者的大胆目光盯着自己。舍姆斯丁真想踢他一脚,但还是强压怒火,走了。这是无视他的一代,他们靠了他的恩惠生活,却无视他的存在。他不由得将头脑清醒的人们心中隐藏的意愿大声呼出。我们一下子死去不是更为合适吗?

五十二

一夜过去了。次日拂晓时分,舍姆斯丁被阿格米雅吵醒。他点上灯,看见她坐在床上,精神焕发。他觉得突然有了希望,于是对她说:

"你确实痊愈了,阿格米雅!"

但是,她没有回答。她望着墙,低声细气地说:

"我的父亲……"

舍姆斯丁复又忧愁满怀,抱着一线希望喃喃喊道:

"阿格米雅!"

他眼看着她失去知觉,生命在逝去,便大喊:

"你不要撇下我孤单一人!"

他将阿格米雅搂在怀里。

他的终身伴侣咽气了。

他突然放声大哭,可是一滴眼泪也没流出来。

五十三

儿媳妇们轮流伺候他,家里不乏人声,可是他还是自言自语地说:

"我多么孤单寂寞啊……"

阿格米雅之死并不像他想象的那样使他忧愁,他觉得自己离她仅几步之遥。像他这样年岁的人,忧愁算不了什么。他不怕死,却担心衰弱。他已经到耄耋之年,那样一天就要到来了,到那一天,人们只记得头领的名字和往事。年过半百的巴克利·赛马哈对他说：

"你有权永远享福……"

不止一个人说：

"你会看到所有的人都为你效劳……"

他生气地问道：

"你们想干什么？"

谁都不吭声。舍姆斯丁又说：

"假如不是相信我的力量，我早就退隐了！"

赛马哈说：

"让苏莱曼挑起担子吧！"

不料苏莱曼抢先一步说：

"我父亲仍然是最有力的……"

舍姆斯丁感激地望着儿子，问道：

"关于莱阿奈·欧姆尔，你们知道些什么？"

赛马哈说：

"他变得只顾享乐……"

"其他人还在觊觎着我们，生活是多么丑恶啊！"

众人默然。他不高兴地说：

"谢谢大家，你们走吧……"

五十四

> 念我梦寐以求，
>
> 无不堂正；
>
> 我的思慕繁多，
>
> 各不相同。

天空中挂着一轮皎洁的圆月。明亮的月光将广场上的瓷砖地化成了白银地面。舍姆斯丁坐在月光下，津津有味地聆听着那悦耳的歌声。

快到半夜，他才离开原地。当他经过街长赛义德·费基的商店时，突然看到街长朝自己走来，并且问道：

"难道你还不知道吗？"

当他索问这话是何意时，赛义德·费基说：

"你的人正在等候阿图夫的新头领的队伍！"

他怒不可遏，喊道：

"撒谎！"

"那是事实。承蒙安拉赞许，他们将取得胜利……"

"他们在什么地方？"

"在穆泰瓦利门，他们想贿赂他……"

舍姆斯丁气愤地说：

"背着我？"

他用满带疙节的手杖击地，闯入黑暗中。

赛义德·费基的目光追随着他直至消失不见，然后讥讽地说：

"昏聩的老头子，撒泡尿自己照照！"

五十五

在舍姆斯丁到达前几分钟，战斗就开始了。几个手下人见到他，便喊：

"舍姆斯丁·纳基……"

人们挥舞大棒，苏莱曼在创造奇迹。阿图夫的头领发起猛攻，在场的人们胆战心惊。

舍姆斯丁带着战斗的激情冲进战斗的中心，灵巧地跳在儿子的前面，与阿图夫的新头领正打照面。他用力打去，发动不断的具有威胁力的进攻。他自己也不知道是从哪里来的这种神奇力量，像一个最优秀的战士那样厮杀，力大无穷，冲前突后。他的人群情倍增，棍棒声响成一片。他完全陶醉在战斗的欢乐之中,挨了很多打也没能使他停止下来。最后,他的对手遭到一击被打出场,阿图夫的头领顿时溃散下来,开始后退了。

仅仅一个时辰,喜庆变为丧事。汽灯被砸碎,玫瑰花遭践踏,长箫铃鼓被踩烂,人们都纷纷逃散。

舍姆斯丁站在那里,喘着粗气,血从额角上渗出。人们环围着他。苏莱曼来了,吻着父亲的手。可是舍姆斯丁对他说:

"我同你还有账要算!"

苏莱曼抱歉地说:

"那是讲信义,而不是背弃。"

人们齐唤:

"先知的祈祷顺遂民意!"

五十六

人们回去了,为首的是舍姆斯丁·纳基。在蜡烛的引导下,他们冲破黑暗,引吭高歌,吵醒了已经入睡的人:

"安拉将美名授予他……"

人们随即唱起动人的歌:

花园里的石竹花发出阵阵香气

可是舍姆斯丁享受这辉煌胜利的欢乐没多久,便很快离开众人,独自忍受孤单和寂寞去了。他突然冒出一句话,说什么,"万事如尘埃,就连胜利也不例外"。还说,"欢呼声很多,听的人则更多"。阿舒尔抱着舍姆斯丁漂亮的母亲朝自己走来,她身裹发出茴香味的殓衣。舍姆斯丁为阿舒尔失踪后复出感到欢欣鼓舞,因为他坚信阿舒尔总有一天会出现的。可是,难道不正是他埋葬了母亲吗?在欢乐的时刻,降下一朵云,幸运者将登上它直达苍穹。到那时,他将不留意那来历不明的阵阵波涛。他的两条腿应该把他带走或把他丢下,但他孑然一身,痛苦不堪。这种虚弱是什么含义。微弱的灯光将熄灭。他觉得正走近大街,实际上离它远了,直至无穷远。他只有走到床边这一个奢望了。

呼声此起彼伏:

"安拉授予他以美名……"

舍姆斯丁孤独地同无名氏搏斗,无名氏正阻挡着他前进,将他脚前的地面顶起,用嘲弄的微笑偷走他的胜利。无名氏捏紧拳头,朝他胸口打去,其猛烈程度是前所未有的。

舍姆斯丁·纳基叹了口气,然后倒了下去,人们的手将他接住了。

爱情与棍棒

——《平民史诗》故事之三

一

人们为舍姆斯丁·纳基之死悲恸不已。全街集资兴建适合他身份的坟墓,为他举行的葬礼也是与任何一个男人或女人不同的,既庄严又肃穆。大家将他的英雄气概视为传奇,将他的仁慈当作圣徒的德行,他甚至还被称为征服年迈和疾病的人。他纯洁、公正的事业如同他伟大的父亲一样永垂不朽,谁也不会忘记他活着和死去时,都是勤劳终生,一贫如洗。

靠着他和他父亲,全街人才生活得美满幸福,延续了许多代的受人景仰的崇高理想实现了。

二

苏莱曼接替了舍姆斯丁·纳基成为头领。他像祖父一样高大,虽然不及父亲漂亮和匀称,但亦具备土生土长的那种激情。没有人敢于向他挑战,阿特里斯满腔热情地辅佐他。苏莱曼的生活情趣没有丝毫改变。一度产生的豪商巨贾的希望破灭了。他已经过了二十岁的生日,毫不犹豫地继承父亲的传统,继续保护平民,压制富人和无赖,心安理得地从事父亲的职业。

不出所料,他受到邻近街道头领的挑战,毫不畏惧地投入一场又一场战斗,每次均取得胜利。他的胜利并不是靠父亲或者祖父的力量。他保护了街道的安全,留下了不可小觑的影响。战斗给他的额角和脖颈带来永久的痕迹,也是令人惊羡的英雄主义的确凿证据。

确实有人传说他有时受到过小康生活的想法的袭扰,这从他的助手和人们的表情上也能看出。他虽然软弱,但是真正的崇高所具备的魅力仍然在心扉里占有重要的位置。

三

苏莱曼的朋友阿特里斯的妹妹法特希娅也是他在学堂里的同学。两人很久没有见面,他在为父亲送葬的行列里才又见了她。当时,苏莱曼尽管悲哀,但立刻被她吸引住。她与他年岁相差无几,扁平的鼻子、深褐色的皮肤、美丽的眼睛,具有非凡的活力与朝气。苏莱曼觉得同法特希娅结婚有助于保持事业的纯洁,于是向阿特里斯提出向她求婚。很快就举行了婚礼,全街为之欢喜鼓舞,认为这是平民和纯洁事业的胜利。

四

十年平安无事。苏莱曼觉得当头领是沉重的负担,但也有短暂的欢乐。法特希娅像阿格米雅和菲拉一样干活儿,生了一个女儿,又生了一个女儿。

在平安无事的十年中的最后一年,苏莱曼见到了赛妮娅·赛姆利。

他在咖啡馆憩息和驾车经过她家时注视着她。这位大面粉商的千金白面纱后露出的眼睛炯炯发光,目光顾盼,安谧而富有魅力。

他在车上出神地望着赛姆利家高大的宅邸,伴着两轮车铃铛的节拍遐想。身为头领,他仪表堂堂,两轮车却那样简陋寒酸,他感到狼狈不堪。除了修道院的大门,任何一扇门都对他迎面关闭。软弱是可耻的。可是,阿舒尔不是也眷恋过祖母菲拉吗?赛姆利的宅邸不是比达尔维什的酒馆干净整齐吗?假如菲拉是巴纳的女儿,阿舒尔也会畏缩不前吗?他占有巴纳的宅邸不也被认为是公正和善良的吗?他能征服各街的头领,不受诱惑,但爱情是命中注定的,就连舍姆斯丁也陷入了盖迈尔的情欲中。平民们将为此惊骇，绅士们则兴高采烈，可是苏莱曼将不会变。如果爱情做出判决，那还有什么办法呢？是啊，法特希娅是忠实的妻子和多产的母亲，还是诚实的阿特里斯的妹妹。新的爱情如喧嚣的波涛淹没了他，但他根底坚强。难以驾驭的情欲造成的痛苦是多么难熬啊！

五

聚礼日的祈祷后，街长赛义德·费基与苏莱曼同行。街长对他说：

"我做了一个怪梦……"

苏莱曼以目示问，注视着他。街长又说：

"我梦见许多好人希望会见你……"

苏莱曼的心剧烈地跳动起来，感到自己突然被剥去衣服。他嘲讽地说着，以掩饰自己的慌乱。

"魔鬼般的希望……"

街长正经地往下说：

"可是他们希望你主动迈出一步……"

苏莱曼恶意地问道：

"对一个车夫他们想干什么？"

赛义德·费基尊敬地回答：

"让他成为街上无可争议的首领……"

六

诱惑的波浪排山倒海。苏莱曼邀请阿特里斯到咖啡馆聚会，对他说：

"我有一个秘密，想透露给你。"

阿特里斯顺从地打量着他。苏莱曼问道：

"你是我的朋友,假如我再次结婚,你将怎样看待我?"

阿特里斯明确地问他:

"你想摆脱法特希娅?"

"不,她仍然处在最尊贵的地位……"

阿特里斯呵呵大笑,说道:

"你知道,师傅,我正准备第三次结婚呢!"

"男子汉不会因为女人而断绝关系,可是这件事里有个棘手的问题……"

阿特里斯微微笑着,说道:

"那个新人来自绅士的宅邸吧!"

苏莱曼大吃一惊,问道:

"秘密竟传得这么广?"

"爱情的气味无孔不入!"

"人们对这说些什么?"

"我们何必管他们?"

"平民们会说什么?"

阿特里斯鲁莽地说:

"诅咒那些平民,至于你忠实的助手们会欢乐地跳起舞来的……"

苏莱曼皱着眉头抢白道:

"你想错了,阿特里斯,苏莱曼·纳基是不会变的……"

阿特里斯被浇了一盆凉水,说道:

"那位小姐将同法特希娅共享地下室吗?"

"不论哪种解决办法,苏莱曼都不会变……事实是你们会像体面人那样讨厌公正!"

"师傅,有哪一个头领像我们一样满足现有的生活?"

苏莱曼执拗地说:

"苏莱曼不会变,阿特里斯!"

七

赛义德·费基把苏莱曼的愿望转告给赛姆利。这一愿望被赛姆利高兴地接受了。赛姆利从内心深处瞧不起马车夫及其出身,但又渴望与强大的首领、富人的约束者联姻。赛姆利只提出一个要求,那就是在他住宅一侧为女儿修建一所住宅。苏莱曼对此不表示反对。法特希娅闻讯昏厥过去,醒后哭泣不已,但一切只能听天由命。绅士们颇为高兴,平民们则预感不祥。苏莱曼公开宣称他不会变。

全街目睹了盛况空前的婚礼。

八

头领苏莱曼同绅士赛姆利就这样结成了亲戚关系。街长赛义德·费基在谈到此事时说:

"这是头领同绅士之间吉祥的联姻。"

街长的口袋里装满了奔波说合而得到的谢礼,虽然苏莱曼宣称自己将不会变。苏莱曼的生活中有了新的内容和乐趣,充满了甜蜜的甘泉之水。他对自己说,女人有的像干酪,有的似奶油。他为纯洁的味道所陶醉,受到喜讯的奉承,被悦耳的乐声弄得神魂颠倒。他每星期在赛姆利的宅邸住几天,那里座位舒适,炉火熊熊,衣服适体,宽敞的浴室热气蒸腾,令人叹为观止,各种睡枕、靠枕,各色珠宝琳琅满目;比这些更为重要的是精致的食品,多种肉类和糖果点心。所有这些使这位头领目瞪口呆,奇怪在这条清苦的街道里竟有这样的乐园。苏莱曼在外边继续保持过去的样子,坚持从事那卑鄙的工作,在绅士面前照旧那样庄重。可是,他对吹来的新风感到亲切,觉得眼花缭乱。星星之火将要燎原。一些目光犀利的人们一眼就能看穿他吃的山珍海味;他的助手及从人在悄悄议论那个隐蔽的乐园。他第一次被迫在节日里,极其秘密地向助手等分发税金,从而欺骗了穷人和平民。在从事这些勾当时,他也感到向堕落下滑了一步,在某种意义上背叛了纳基的道路。随之使他恐惧的是他在赛姆利住宅里享福,而这时法特希娅及其女儿们的境况悲惨。有一天,他再次动用税金,给了母女们一些,从而在堕落之路上又下滑了一步。他自我安慰地说道:

"这只触及一点点穷人和平民的权利……"

他不停地自言自语,生活的阴影不曾骚扰过他。那个赛妮娅坚持要他停止从事原来的职业,另雇一人驾驶马车。他都厌恶地拒绝了,企图保持强有力的统治地位。她受到宠爱,只得装着服从,实际上想靠柔情和软功潜移默化地征服他。

每当苏莱曼觉得自己在变时,总是坚决地说:

"过去我没有变,将来也不会变……"

九

在赛姆利宅邸举行了苏莱曼和街道上绅士参加的晚宴。过去绅士们总害怕地躲着他,或者客客气气,敬而远之。而现在他们像观赏动物园里的狮子一样,放心地围着他。

互相敬酒,血液里增添了勇气,喜气洋洋。代理商店老板说:

"也许过去你以为我们只会被压服,师傅,你难道不知道公正的价值是有些人最终靠它赢利和蚀本吗?"

苏莱曼小声地问:

"谁蚀本?"

"你只要使我们避开怨恨、忌妒和小偷就行了。"

这时,巴纳说:

"可是我们认为你的全面公正中也有一点儿不公!"

他皱着眉头问:

"不公？"

"你对你本人及手下人不公！"

草药商问：

"你和他们都得到自己的一份，这有什么不公呢？"

他的岳父赛姆利问道：

"你们难道不准备为维护我们的尊严而流血吗？"

粮商问道：

"头领及其手下的人就是绅士，或者说他们应该是……"

苏莱曼反对说：

"不，我父亲及祖父都不这么做……"

代理商店老板说：

"要不是你伟大的祖父进住巴纳的住宅，这条街都不理解幸福是什么意思……"

苏莱曼坚持说：

"他是最伟大的头领……"

代理商店老板说：

"造就头领的目的就是使他成为绅士，我如果撒谎或者带有私心，那就让安拉诅咒我！"

他讽刺地大笑，酒劲儿已经上来了……

十

赛妮娅继生下伯克尔之后，又为苏莱曼生了赫德尔。他认为这才像个真正的父亲。在此期间，为赛妮娅盖的新宅落成。苏莱曼在新宅里度过的日子十分美满，其程度同被迫去法特希娅的地下室受苦一样。赛妮娅完全占有了他的心，就连她的住宅也都是按她的意愿修建的。随着时间的推移，他已经被逐渐麻醉。他停止干活儿，让手下一个人代替他。他给自己及助手们的钱数增加，他们上升到绅士的水平，放弃了原有的手艺,或者三天打鱼、两天晒网。穷人和平民的收入虽未被完全剥夺,但已大量减少。原先生机勃勃、欣欣向荣的街道变了样。人们到处询问:阿舒尔的保证到哪里去了?舍姆斯丁的忠诚在何处?苏莱曼的助手们行动起来,对不满者进行威胁。

赛妮娅为伯克尔和赫德尔准备了舒适安逸的生活条件,把他俩送进学堂,要让他们经商。这两个孩子谁也不打算有朝一日继承父业。当两人成年时,为他俩开了一家粮店,他俩因此变成了体面的商人。

苏莱曼尽量避免打架,并且终于决定与侯赛因街的头领联合,避免孤军作战。这样,本街失去了自阿舒尔·纳基时代以来建立的统治中心的地位。

这位庞然大物的外表也变了,他身着长袍,裹上缠头巾。他外出办事使用名片,完全忘了本。他吃得肥头大耳,活像宣礼塔顶,两个下巴低垂,酷似魔术布袋。

当苏莱曼在某个节日受到街长赛义德·费基祝贺时,听他说:

"你的日子可全是在过节啊,苏莱曼师傅……"

十一

兄弟俩——伯克尔和赫德尔外貌不相同。伯克尔像母亲赛妮娅那样漂亮、苗条,神态经常显得悠然自得,目空一切;赫德尔也很漂亮,继承了父亲突出的颧骨,颀长而不及父亲魁伟。也许他不像哥哥目空一切,但无论如何说不上谦虚有礼。他们都享受着赛姆利家的上等生活,接受绅士习惯和讲究的风度。他们从阳台上瞰俯着大理石的大街,却从未涉足其间。他们的活动范围仅限于豪华的房间,只与大商人来往接触。他们都不理解父亲,尽管见到他总是那样雍容华贵,但对事业总不满意,也没有起码的尊重。他们尚未意识到,如果没有父亲的权威,他们的买卖就做不成,那些经纪人和豪商巨贾就会玩弄他俩。他俩是在最幸运的条件下得到了经验,可是他俩却对此一无所知。

十二

有一天晚上,全家围坐在镶有银边的火炉旁边,从清晨开始,雨雪霏霏,下个不停。苏莱曼望着披着天鹅绒斗篷的两兄弟,微笑着说:

"假如阿舒尔·纳基看见你们,定会不认你们,同你们脱离关系……"

赛妮娅爱恋和赞赏地瞟了他俩一眼,说道:

"连国王们都指望着他俩!"

苏莱曼闷闷不乐地说:

"这两个孩子都是你一个人的,谁也不跟着我学……"

她抢着问道:

"是谁告诉你我希望他俩当头领?"

他无可奈何地反问:

"难道你不尊敬事业?"

她又圆滑地说:

"我尊重它,但讨厌我的两个儿子对它感兴趣……"

苏莱曼想,争吵有什么好处?……阿舒尔时代还残留些什么?……大女儿们都嫁给平民了,而与他体面的现在相称的小女儿则同一个"受尊敬的"人结了婚,将要生育出同父亲不一样的后代。现在他内心已经倾向于过舒适安逸的生活,贪食的绳梯向诱惑和屈辱投降。在这种情况下,提出反对意见无疑是带有讽刺性的举动。

他的儿子伯克尔说:

"可是曾祖父阿舒尔·纳基也喜欢豪华生活!"

他生气地问:

"你是谁,竟这样理解阿舒尔师傅?"

"有人这样说,爸爸……"

"只有胸中燃有神圣之火的人才理解阿舒尔……"

"他不是占了巴纳的住宅吗?"

苏莱曼生气地说:

"他的奇迹在于理想和保证!"

伯克尔以不受赞许的勇气说道:

"他也能在没有理想的情况下逃避瘟疫。"

苏莱曼气得满脸通红,喊起来:

"你就这样议论纳基?"

这位有名望的人在瞬间变得粗野起来,阿舒尔——神话般的阿舒尔复活了。赛妮娅被吓跑了,边跑边对儿子生气地说:

"你曾祖父是个神圣的人,伯克尔……"

苏莱曼则大叫:

"你就不配干高尚的事……"

苏莱曼离开座位去卧室。赛妮娅对伯克尔说:

"你别忘了你是伯克尔·苏莱曼·舍姆斯丁·阿舒尔·纳基!"

赫德尔应了一句:

"是的。"

伯克尔因父亲发怒而情绪激动地说:

"可我也是一个商人和赛姆利宗族的人。"

十三

赛妮娅决定要取悦于两个儿子。她喜欢里德旺·舒布克西·阿塔尔的女儿里德瓦娜。这个姑娘有天蓝色的眼睛,一头金发。赛妮娅为儿子聘了她。伯克尔在此之前,从未见过她,但相信母亲的说法。

哈吉里德旺·舒布克西荣华富贵,子孙满堂,性喜消遣。他把里德瓦娜许配给伯克尔,并在住宅里特设新人住房。

十四

伯克尔的新婚给宅院里带来新气象,他喜欢这所住宅。新婚之夜,他十分迷恋蓝眼睛金头发的新娘。她个子高高,但看来匀称。使伯克尔感到暂时不快的是她的身高同自己一般高,穿上高跟鞋时会显得比自己更高。母亲则安慰他说:

"你会看到她发福,假如安拉意欲的话,会变得同她母亲一样……"

新娘多少有点儿害羞,几乎谁都不看,低头凝视。但随着时间的流逝,她观察起周围,目光敏锐地端详起巨人般的公公及小叔子赫德尔,打量着周围其他的东西。

赫德尔有一次对母亲说:

"新娘子心神不定。"

母亲微笑地说:

"生了孩子就定下心了,我知道这种类型的人。难道你不愿意我也给你娶一个这样的姑娘吗?"

赫德尔说:

"我还不到二十岁呢……"

他犹豫不决,凝视着墙上挂毯上那双波斯人的眼睛。然后他说道:

"我喜欢天蓝色的眼睛和金黄色的头发……"

赛妮娅解开辫子,将黑发展现在眼前,微笑地说:

"黑发过时了吗?"

十五

里德瓦娜同赫德尔结下了友情。每当伯克尔外出忙于商务时,赫德尔就担负起伺候嫂子的义务。在此期间,他认识了她的妹妹薇珐。

薇珐身体瘦小，姿色过人，头发是栗色的，眼睛则是褐色的。赫德尔想，里德瓦娜会以这种或那种方式命令妹妹向他做出表示，他生怕自己的拒绝将激怒里德瓦娜。有一次，母亲问他：

"你喜欢薇珐吗？"

他坚定地说：

"她是个很好的姑娘，但不属于我……"

母亲遗憾地咕哝道：

"我看她真是很好的……"

这时，他对母亲说：

"我怕里德瓦娜知道我……会生气……"

赛妮娅说：

"里德瓦娜很自负，她不会卖妹妹的，再说结婚是福气，人各有份！"

十六

伯克尔为商务又要在外盘桓数日。

赫德尔晚间从商店回到住处时，看见里德瓦娜站在自己房门口。两人握手后，他正想走，她叫住他：

"我想同你商量一件事。"

他随她到客厅，坐在沙发上。她坐在对面安乐椅上，像是不知如何开始，默默地端详着他。客厅里香气四溢，他聆听静默中的点滴声响。为了鼓励她说话，他说：

"我听你的吩咐……"

她还是不吭气。直到觉得等待已久之后，她才说道：

"我不知道要说什么，你同我在一起，是不是很快就感到厌烦了？"

"不！我愿为你效劳！"

她神秘地说：

"我只希望这样,别无他求……"

在她目光的注视下,他不安地等待着,脑海里做着种种猜测。出了什么意外的事?会提出难为他的建议来吗?他说:

"等你的吩咐!"

她以奇怪的口吻说:

"你对我的情况一无所知,所以我原谅你的急性子……"

"让我为你宽心……"

"这可能吗?"

"为什么不能?……这应该可以……"

她回避着他的目光,问道:

"你在生活中尝过失败的滋味吗?"

"我没有。可是,是什么样的失败?谁是你的敌人?"

"我没有敌人,那是内心的一种失败……"

他困惑地摇摇头。她则更露骨地怂恿道:

"是人在自身面前的示意,如果你愿意,就以破坏为满足……"

他愁眉苦脸地说:

"我求安拉不受魔鬼的诱惑!……你就像哥哥一样直截了当地对我说吧……"

她斩钉截铁地说:

"不,我的兄弟们都在那边……"

"可是,我也是你的兄弟……"

"你不是,可是你为什么不从头听我的故事呢?"

他叹息着说:

"我听。"

她带着明显的不安说:

"还在家里做女儿时,我一次又一次地见过你,我听人说你是头领苏莱曼·纳基的儿子。"

他默默地点点头,同时又像坠入五里云雾,摸不着头脑。里德瓦娜接着说：

"我从没有看见过伯克尔，事情就这样，甚至不知道你还有个哥哥，这不怨谁……"

他更加不能理解。在散发着馨香的空气中危机四伏，眼前出现了伯克尔、母亲和父亲，全家人都来听这奇怪的故事。

"你为什么不说话？"

"我在听……"

她慌乱地哈哈大笑，说：

"可是故事已经结束了。"

"我还一点儿不懂呢……"

"你是不想懂……"

他感到隐约的失望，说：

"不是……"

她大胆而狡猾地瞟了他一眼，又说：

"我要同你在一起，不是别的。有一天，我母亲告诉我，赛妮娅·赛姆利太太让我同她儿子定亲……"

她抬头望着天花板，脖子伸长活像银烛台。有一个东西在对赫德尔呼喊说：迷人的美貌会杀人。他的悲伤比地球还要沉重，比天空还要宽阔。人只有在逃跑的流放地才能自由呼吸。

她温柔、甜蜜地承认：

"真困难，我已经把我的欢乐指出来了！"

她又像抒情似的接着说：

"我从来没有怀疑过你呀！"

他哑口无言，大惊失色。她还大胆地凝视着他，说道：

"这就是那个故事，你懂了吗？"

他声音战抖地说：

"命运使你有两个最好的兄弟……"

她温柔而又责备地说：

"你别让我听那可怕的声音!"

"那是得救的声音。"

"你总是让我感到你是亲切的。"

"当然了,因为你是可爱的哥哥的妻子嘛!"

她轻盈地靠近他,香气袭人。她说:

"还是说点儿你的心里话吧……"

他吓得站起来,躲远了才说:

"我把一切都对你实说了……"

"你害怕了!"

"不对。"

"你怕你哥哥,怕你父亲,还怕你自己……"

"够苦恼的了……"

"墙上没长耳朵,也不生眼睛……"

他转身朝门口走去,喃喃地说:

"再见……"

他什么也看不见,什么也不想地离开了客厅。

十七

赫德尔为了避免见她,甚至午饭都在店里吃,晚饭则佯称有个什么晚会,也不回家吃。赛妮娅什么也没看见,赛妮娅·赛姆利家也平静地过着日子。

赫德尔的心中思潮起伏,忐忑不安,他该怎么办?他连同那不可告人的难题被遗弃,真想离开这条街出走。可是去哪里呢?找什么样的借口呢?他做着激烈的思想斗争。他是个正直的人。苏莱曼在谈到他的时候,说他确实有点儿纳基的精神,虽然没有纳基那样的力量和权势;他同醉心于商业、冒险和赢利的伯克尔不同。

他什么也不干,忍受着痛苦的折磨,既不自信也不放心地听天由命……

十八

伯克尔出门归来,先去了商店。赫德尔热情地迎接他。伯克尔为此行成功而沾沾自喜,说道:

"一笔赚钱的交易,赞美安拉……"

赫德尔欢欣地微笑了。伯克尔问道:

"生意怎么样?"

"很好……"

伯克尔突然问道:

"你不像从前了,怎么了?"

他浑身发抖,就说偶然不适。今后将如何和睦相处呢?他一边思绪纷纭地想着,一边将账目详细地记下来。将秘密和盘托出是一种罪恶,而隐瞒则又是一种罪过。他怎样才能躲起来呢?

伯克尔站起来说:

"我累了,还是回家吧……"

十九

伯克尔见到了里德瓦娜,与此同时赫德尔也明白了留在街上的失算。那个大胆的美人怎样对待哥哥?她能扮演渴望丈夫归来的妻子的角色吗?她会以火辣辣的目光与激情迎接他哥哥吗?那时的冲动将被遮掩过去,生活之流还会像往常一样地淌过去吗?

也许她萎靡不振,受内心感情的制约而患病吧?……新的夫妻生活会受到腐蚀和损害吗?事情复杂了,生活竟这样愁眉苦脸吗?

他全身战栗,自言自语道:

"她也是有能力报复的!"

当哥哥问她怎么了的时候,她会哭着说:

"你弟弟不讲廉耻!"

什么样的谎言,恶人先告状啊!

但是,且慢,她为什么不告诉公公,或至少也要同婆婆说一声呢?无论如何她会看到谁相信她,谁不相信她。

不行。她既大胆又狡猾。她会装成忧愁的样子,含混不清地说:

"我们还是离这个地方远点儿吧!"

伯克尔会问她为什么讨厌这里,她则愁眉苦脸地不回答。她同我母亲吵嘴了?同父亲?不,不是……那只有赫德尔了。赫德尔不是伺候她伺候得很好吗?她依旧不答,但显得不能忍受听到赫德尔的名字。他犯了什么错误?就像拨开乌云见晴天一样,真相大白了。在这种情况下,狡诈的女人可能使他哥哥相信,她才宁肯远离赛姆利家!

他怎样自卫呢?毁掉哥哥的幸福和一家的名声吗?还是带着罪名独自逃跑呢?

但是,难道不会是他毫无根据地胡猜乱想吗?他们俩久别重逢正卿卿我我吧!

正在这时,他听到急促的脚步声,然后见到哥哥由于极度愤怒而浑身发抖地挡住了房门。

二十

伯克尔大嚷:

"你这个卑劣的小人……"

他像野兽一样扑向弟弟,大打出手。弟弟不还手。被打的嘴角和鼻孔流血,他还是不还手。伯克尔大喊:

"愿耻辱使你瘫痪……"

赫德尔朝后退,问道:

"你是怎么啦?"

"你难道真不知道?"

"我什么都不明白。"

伯克尔大喊:

"你竟然勾引你哥哥的妻子。"

赫德尔也大叫起来:

"这是发疯了!"

伯克尔继续打他,直到工人们来到房门口,商店前也聚集了一批人为止。

从远处传来了苏莱曼吼叫的声音……

二十一

人们散开,工人们也回去了。苏莱曼喊道:

"谁动手,我就剁他的手……"

伯克尔后退,赫德尔用手绢擦干血迹。伯克尔说:

"他不讲廉耻,理该受到教训……"

"我不想在这里听到什么……"

苏莱曼扫了他俩几眼,十分生气,命令道:

"跟我来……"

他像一头受了伤的狮子朝家走去。

二十二

伯克尔、赫德尔、里德瓦娜和赛妮娅全都站在苏莱曼面前。他粗暴无理地叫嚷:

"我要明白事情的真相!"

谁也不吭声,他又喊道:

"谁不开口谁就该死……"

他朝里德瓦娜投去生气的一瞥,命令道:

"你说,里德瓦娜……"

她失声痛哭起来。苏莱曼烦恼地叫嚷:

"我不喜欢眼泪……"

她呜咽着咕哝道:

"我没说别的,就说想住远点儿……"

"光这一点没什么了不起的!"

伯克尔说道:

"我从她的话里明白她不愿意一个人同赫德尔住在家里!"

"为什么?……我要具体的事实……"

伯克尔说:

"我清楚事实,但不能明说……"

苏莱曼又嚷起来:

"事实就是事实,我好行使职权……"

苏莱曼又注视着里德瓦娜,命令道:

"你当众讲出全部情况……"

她失声痛哭起来。苏莱曼愤慨地挥了挥手,然后望了赫德尔一眼,生气地问他:

"你干了什么?"

赫德尔喃喃地回答:

"我什么也没干,安拉做证……"

"我想知道一切,你不要无缘无故地惹是生非……"

赛妮娅说道:

"肯定是误会,不会是别的……"

苏莱曼愤怒地对她说:

"你住嘴……"

她悲哀地说:

"魔鬼潜到我们中间了……"

苏莱曼愤慨地说：

"魔鬼只有在得到我们允许后才会来……"

赛妮娅不耐烦地说：

"我们算是遭到诅咒了！"

苏莱曼说：

"谁该诅咒就诅咒谁好了……"

赫德尔突然离开了客厅，苏莱曼叫他：

"回来，孩子……"

他不见了，伯克尔说：

"你难道没有见到他逃跑了吗，父亲？"

苏莱曼站起来，大喊：

"你算承认了？罪犯。"

可是赫德尔并没有回来，也没有人去追他。

二十三

苏莱曼·纳基家的丑事尽人皆知。平民们怀念着老纳基的时代，认为那是对苏莱曼及其两个儿子偏离正道和背叛正义的报应。他们说，阿舒尔是圣徒，安拉以理想和拯救支援他，在他生前和死后都给予荣誉。而仇视苏莱曼的人则说，那不过是浪子和娼妇的一脉相承。

苏莱曼又疯狂地改变了个性。这是第二次了，在大街上，他魁梧的身体横冲直撞，等候着任何不顺眼的事，连最亲近的人都怕他。他的外表同头领再也不相称了。他萎靡不振，懒惰迟钝，沉湎在奢侈之中。他变得大腹便便、下巴低垂、饮食过度，常常在咖啡馆里的安乐椅上昏昏欲睡。

二十四

一天早晨,苏莱曼·纳基站在因夜间下雨而泥泞不堪的街上,同街长赛义德·费基说话。赛义德·费基对他说:

"安拉在考验他虔诚的信徒……"

苏莱曼想说点儿什么,突然瞪大眼睛直视敌人,不知不觉地扑过去,像宣礼塔那样倒在地上。他好几次都企图站起来,但站不起来,最后像是睡着了。赛义德·费基等人跑过来,他只会发出含混不清的声音,说不出话来。

苏莱曼·纳基被送到赛妮娅·赛姆利太太的住处。他活像个无力的孩子。

二十五

苏莱曼患了半身不遂,疲惫地躺着。所有来看他的人都明白,苏莱曼·纳基变得什么也不是了。法特希娅及其女儿们像陌生人似的回来看了一下就走了。赛妮娅耐心而忧伤地关心和看护他,经常唠叨:

"我们遭诅咒了!"

又过了好几年,他才能下地活动,但只靠半边身子,还要借助双拐。他坐在家里和咖啡馆里欣赏风景,说上一两句话,漠然地朝周围看上一眼,对许多事物已经不理解了。

二十六

阿特里斯任代理头领,一开始还来探望他,问寒问暖,忠心地呈上全份税金,行使实际权力。阿特里斯对他说:

"你是我们的头领和王冠……"

然而,后来头领的事务缠身,他便不常来探望,除非是送钱来。

最后,阿特里斯宣布自己为头领,并且将苏莱曼那份税金据为己有,他的所有助手都不表示异议。也许这些助手也早想摆脱过去在苏莱曼手下对平民们所尽的义务,好自由自在地各行其是。

很快,这个新头领恢复了阿舒尔之前那个年代的面貌,只抵挡其他头领的侵入。即使在这个方面,阿特里斯也是被迫同一些敌人媾和,同另一些联合,甚至将税金付给侯赛因街的头领,以避免打架。每当外面平静,他对内就更加横行霸道。他无视法特希娅,多次结婚、休妻。他将税金据为自己那一伙人所有,对平民动辄申斥和教训,而对绅士们——用赛义德·费基的话来说——是安拉降福于他们了……

二十七

苏莱曼·纳基不仅丢掉了头领职位,甚至连自己都丢掉了。他什么也不是,只有希望痊愈的浑噩念头。有一天,他问亲家里德旺·舒布克西·阿塔尔:

"难道你那里没有治我这种病的药吗?"

那人蔑视地回答:

"药品已经尽了最大的努力了……"

里德旺·舒布克西·阿塔尔心想:"他还想恢复力气和头领的职位,愿安拉诅咒他和他的祖宗。"

苏莱曼遍访圣徒,不论是活人还是死人,向他们低声细语地述说自己的希望。但他仍旧挂着双拐,或者像焖锅一样坐在安乐椅上纹丝不动。他悟得了一辈子不曾明白的哲理:人是孱弱的玩具,生活如梦。阿特里斯全然不管他了,原先的助手也都不睬他,平民们也不关心他,全无怜悯之心。

不幸也渗入家里。赛妮娅在他那里待了一小会儿,只留女仆去照顾他。生活要多苦就有多苦。赛妮娅从没忘记跑掉的儿子赫德尔。她越来越不愿待在家中,而是去邻居家消磨时光。苏莱曼对此极端伤心,说太阳的光辉隐没在乌云后,一点儿都不怜悯一个无能为力的人。

一天,他对赛妮娅说:

"你离家的时间太长了。"

她生气地说:

"家里什么也没有。"

他曾多次想过休掉她,但又担心在法特希娅那里得不到必要的舒适,只得忍气吞声地背负屈辱了……

二十八

一天,赛义德·费基陪苏莱曼在咖啡馆坐着,亲切地望着他。赛义德·费基心怀宿怨,他以朋友的口吻对苏莱曼说:

"苏莱曼师傅,你的情况使我们十分为难。"

他无所表示地看了赛义德·费基一眼。赛义德·费基接着说:

"可是你应该对我们讲友谊和忠诚……"

那个人想干什么?

"我有一个看法,师傅,那就是休掉赛妮娅吧!"

他的眼皮抽搐,手发抖。赛义德又说:

"这是我作为一个老朋友提的忠告……"

苏莱曼喃喃了一句:

"为什么?"

那人回答:

"我不再说什么了……"

二十九

苏莱曼再也不能对事物做出有意识的反应,只感到疼痛。快乐不能使他欢乐,忧伤也不能使他哭泣。他必须要休妻。他将一直走到被堵塞的路的尽头。

他从咖啡馆回到法特希娅的住处——在发生重要变动之后为她租赁的地方。全权证婚人被召来,赛妮娅被休弃了。伯克尔为此惊慌,对苏莱曼说:

"本来不应该发生这样的事……"

苏莱曼对他说:

"你应该保护母亲,伯克尔!"

伯克尔大叫:

"割掉造谣中伤者的舌头!"

父子俩分道扬镳,互为仇人。苏莱曼靠积蓄度日,说道:

"我祈求安拉在我向伯克尔求援之前赐我一死……"

三十

在此期间,伯克尔买卖兴隆,财政状况良好。他同里德瓦娜生了三个孩子:里德旺、赛菲娅和萨马哈。母亲被休弃震动了他,他听到了痛苦的流言蜚语,被迫开导她认识那些行径所造成的影响。赛妮娅发怒了,诅咒全街,而丝毫不收敛自己的放荡,一意孤行。

除此之外,伯克尔对自己的夫妻生活也十分不安。他从未感到自己把握得住里德瓦娜。他不遗余力地去爱她,但她桀骜不驯,毫不谅解,又不通融。她的忌妒莫名其妙地与日俱增,觉得得不到幸福。假如她疏远他或同他作对,他也无法忍受这种局面。她对他的爱缺乏热情,使得他都要发疯了。她还缺少什么？她要什么？难道他不是模范丈夫吗？他避免招致她或近或远，但怎样才能使她不发牢骚？房事不起作用，子女也同样不起作用。这个脓疮在损害伯克尔的生活。

"里德瓦娜，你能够把我们家变成一个安乐窝……"

她含糊其词地反问：

"难道现在不是那样吗？"

"可是你无视我的爱情，里德瓦娜！"

她烦躁地说：

"你只图自己欢乐，你忘了我是三个孩子的母亲……"

他遗憾地说：

"我在寻找弥补我伟大爱情的热情！"

她有气无力地大笑起来，唠叨着：

"你贪得无厌，我已经尽了最大的职责。"

他的不幸也破坏了母亲同他妻子的良好关系。自赫德尔失踪后，赛妮娅就变了，而且很快碰上和里德瓦娜相同的甚至更大的变化。事情终于发展到赛妮娅生气地指责她说：

"我的心对我说赫德尔是无辜的！"

她更生气地说：

"你最好还是顾一下自己的名声！"

赛妮娅勃然大怒，将小烛台朝儿媳妇扔过去，但未击中。伯克尔回来时，见里德瓦娜正怒气冲冲，便私下责备母亲。但是母亲对他说：

"我作为母亲，劝你将她休掉……"

伯克尔不知所措。母亲又嘲讽地说：

"她是只践踏你兄弟、父亲和母亲的坏脚……"

母亲接着又声音发颤地说：

"就连恶魔鬼怪也做不出这些事，何况你是伟大的纳基的孙子，向为你父亲、祖父服务的人纳税……"

伯克尔自言自语地说：

"诅咒确实落到我们身上了!"

时光的车轮一如既往地不停转动,赛妮娅的父亲赛姆利死了,赛妮娅继承了一笔可观的钱财。伯克尔向她索取了一点儿钱,以增加资本,她也不拒绝。伯克尔朝着致富之路走下去,那是没有尽头的。他埋头经商,以抛弃烦恼和苦闷;他进行成功的冒险和重大的投机活动,攫取钱财的贪欲使他变得近乎疯狂。他聚敛金钱想以它为堡垒抵御死亡和忧愁。他从悲哀的土地出发,投入战斗,向痛苦和愚昧挑衅。伯克尔并不慷慨大方,但也不吝啬小气。他从不在外面花费于己无益的一分钱。到家则为里德瓦娜购置奇珍异宝,更新家具……家里成了博物馆。悲哀在刺伤他的心,他说:

"但愿幸福能用钱买。"

三十一

有一天,里德瓦娜的父亲——里德旺·舒布克西宣布破产。他是个挥金如土的人,最好寻欢作乐,结果入不敷出,一跑了之。伯克尔趁这个时机以表白自己对桀骜不驯的妻子的爱情和仁慈。在舒布克西拍卖住宅时,他以骇人听闻的高价买下,以便岳父能还债过关。里德瓦娜的小弟弟易卜拉辛被伯克尔任命为代理人和司库。但是,里德旺·舒布克西经不住这一打击,中风亡故。伯克尔为其举丧,按其地位举行葬礼,追悼三天。此后,伯克尔期待里德瓦娜改弦更张,但她本性难移,越发萎靡不振。伯克尔自言自语说:

"她自己是不会改变的了……"

三十二

赛妮娅从家中和街里消失时,正是天大黑时分。这是伯克尔无力抵挡的灾难。他很快就知道她是带着钱走的。

她同一个水夫逃跑,并嫁给了他。伯克尔被弄得头昏脑涨,也不关心打听她的新地址,只是躲在账本和外出的屏障之后。

头领阿特里斯来找他,说道:

"如果你愿意的话,我为你效劳……"

伯克尔讨厌他的外表,不怀好意地微笑,他说道:

"感谢你,师傅,听凭安拉的安排吧……"

对伯克尔来说,天显得灰蒙蒙的,并且带有红色。他自忖,我们为什么要爱这种生活,甚至如此贪求呢?为什么要对它残酷的希望如此俯首帖耳?它将授权我们掌管大地上的虫豸吗?愿安拉诅咒虚假的神话般的阿舒尔·纳基,诅咒不断歌唱的疯狂的修士。他又问道:

"有一个巨大的错误,但是它在哪里呢?"

三十三

一天晚间,苏莱曼·纳基派人来叫伯克尔。伯克尔想起已经有好几个月没去看望父亲,不禁感到羞愧。父亲身患半身不遂已有十年之久,最近一年来竟卧床不起,还好得到法特希娅的照顾。伯克尔应召去父亲那里,吻他的手,坐在床边,以工作缠身和心情不畅为理由向父亲做辩解。

苏莱曼·纳基说:

"我的死期已近,伯克尔。"

伯克尔为他长寿祈祷,祝他健康。父亲说:

"我连续三个晚上都梦见你爷爷舍姆斯丁……"

"这不是什么凶兆,爸爸!"

苏莱曼悲伤地说:

"这意味着一切,他对我说,世界算不了什么,即使人献出了生命,它也算不了什么。"

"愿安拉怜悯他。"

父亲依旧悲伤地说:

"过去的已经过去了。可是我问你,你的孩子中谁合适呢?"

伯克尔明白父亲指的是头领的事,便微笑着答:

"他们都还小,也不合适……"

"你姐妹的孩子中也没有一个吗?"

他稍稍犹豫一下,说:

"我不知道,爸爸……"

"这是因为你一点儿也不了解他们……"

苏莱曼悲叹着说:

"我像一个囚徒告别尘世……求安拉保佑你长生不老!"

三十四

半夜里,苏莱曼·舍姆斯丁·阿舒尔·纳基归主了。尽管他长期隐居在家,但全街的都来为他送殡,甚至连阿特里斯及其手下人也都来了。他被葬在舍姆斯丁墓旁。

纳基这一族人心中悲哀,平民们的忧愁都迸发出来,怀念着祖先的伟业。

三十五

发生了不寻常的情况。一些有安排的事件和巧合像流星闪过夜空。

里德瓦娜惊慌地打听:

"那人在干什么?"

伯克尔一反习俗拉住她的手,在宽敞的楼房里一层一层地察看。他的认真劲儿超出她的想象。他极为专注,好像为一次旅行或者重大投机做准备。

"凭安拉发誓,你在干什么?"

他没有回答，也没有微笑，带着她从一间屋子里走向另一间屋子，从一个客厅走向另一个客厅，巡视着罕见的家具、珠宝、窗帘、枕头、灯架、烛台和水晶，察看里德旺、赛菲娅和萨马哈的卧室。

里德瓦娜不耐烦地唠叨道：

"我累了……"

他指着占了整个一面墙的金框镜子说：

"这是本地独一无二的……"

他又指着高大的舒展的枝形灯架说：

"这是全城三架中的一架……"

他指着上部安装各种灯座的玻璃钟架说：

"制作和装饰它就花了整整一年的时间，花费了大量的军队口粮！"

他朝铺满大客厅的那块大地毯望去，说：

"特地从波斯运来的！"

他没有放弃赞扬柜橱，也没有忽略珠宝。

这时候，里德瓦娜从他手中抽回手腕，问道：

"到底怎么回事？"

他将两臂交叉在胸前，以神秘的奇怪眼光端详着她，然后说道：

"据说我是命运的宠儿！"

"什么意思？"

"命运喜欢我，从不忘记我！"

"在我看来，你显得极为陌生。"

"好好看着我，尽管凝视我。我是不折不扣的世界……"

"我的神经再也受不了了……"

他第一次微笑起来，说道：

"全部故事就是，高贵、可爱、娇气和骄傲的里德瓦娜，我，伯克尔·苏莱曼·舍姆斯丁·阿舒尔·纳基已经破产了！"

三十六

她一点儿也不理解,也不相信那不可能的事。她头抵着灯架,想象着世界像一个女人对自己眨着左眼,她打算租一辆旧车去瓦格山。伯克尔的脸现在看来比实际更美,比可能的更为愁苦。她发出一声喊叫,宛如蝎子一样。

伯克尔嗫嚅道:

"那是真的,里德瓦娜!"

他见她好似雕像无知无觉,便严厉、悲伤、怨恨地喊:

"没有事业,没有钱财,也没有幸福!"

她喉咙发干地说:

"但是……但是怎么会落到这步田地呢?"

"就像瘫痪、出丑和死亡一样,你为什么惊奇呢?这不过是冒险,我把目标搞错了!"

她痛苦地说:

"他们经常警告你不要冒险……"

他不以为然地说:

"那些什么也不干的人现在说风凉话、提忠告和忌妒我了。愿安拉诅咒他们……"

一片寂静,不久恐惧的阴影又开始游荡。不可能的幻想撞到铁石心肠和愁眉不展的现实墙上。里德瓦娜说:

"以后怎么办?"

"结算买卖,拍卖一切财产,再以后嘛……"

他停顿下来。她问道:

"以后怎么呢?"

"以后我们就加入乞丐行列……"

"你无疑是在吓唬我……"

"我只不过是警告你,不然的话……"

她大叫:

"这是疯狂的报应……"

他嘲讽地说:

"那是做买卖,而且命运是合伙人!"

"是你而不是命运在那里冒险……"

"你过去总是反对、不愿意,这同市场没关系……"

她泪如泉涌,说道:

"现在我算明白我父亲是怎样死的了……"

他痛苦地说:

"他还是走运的!"

"孩子们会有什么结局呢?"

他懊恼地答道:

"让我们为他们祈求享有幸福的睡眠。"

三十七

整条街都停止了活动,观看一度是最富有的那个人拍卖财产,现在他坠入破产的深渊了。

古历六月的最后一天,云彩遮日,伯克尔·苏莱曼·纳基站在昔日合伙、今日摇身一变成为债权人的中间。他们的嘴角上露出友好的表示,脸颊上不安的白色正渐渐增加,内心充斥着准备行动的激情,显示了势在必行的决心。

街长赛义德·费基贴着酒馆老板奥斯曼·杜鲁兹的耳朵,奚落地问:

"怎么没见到他像他太爷一样得救呢?"

酒馆老板压低嗓音说:

"揣测出来的理想就是噩梦!"

离开拍还有一分钟,动人心弦的铃声响了。

人们的眼睛转向街口,见到一人乘车前来。主啊,突然从外地来了个竞买者吗?车停下后,身披斗篷的青年下了车,他头裹缠头巾,身材高大匀称,面孔并不陌生……

不止一个声音喊道:

"安拉的恩惠啊,这是赫德尔·苏莱曼·纳基呀!"

三十八

各种各样的估计纷至沓来,人们发出蜂群般的嗡嗡声。赛义德·费基收起笑容,伯克尔脸色发黄,浑身战栗。赫德尔安详地举起手,对欢迎和期望作答。赛义德·费基说:

"你来得正是时候!"

奥斯曼·杜鲁兹问:

"你是来竞买的吗?"

赫德尔忧伤地说:

"我是来尽力拯救的。"

所有的人都明白他说这话是既有力量又有信心的。这个青年人出走后成功了。债权人们振作起来,一个人说:

"愿安拉赐你吉祥……"

赫德尔说:

"那么,推迟拍卖,也许我们能取得一致意见。"

他话音刚落,伯克尔就大叫:

"决不!"

人们的目光都集中在他身上,感到迷惑不解。伯克尔对弟弟说:

"时光不能洗刷你的罪名,滚开,不受感谢的被诅咒者!"

反对意见似牛毛细雨洒下,乌云密布,黑暗笼罩。

赫德尔怀着期望说：

"让我尽自己的责任吧……"

伯克尔大怒，喊道：

"比起从你手中得救，我更喜欢垮台……"

小清真寺长老塔勒拜·卡迪说：

"不能拒绝来自安拉的仁慈！"

伯克尔喊道：

"那只会得到辱骂和报复……"

债权人围住伯克尔，劝他安定下来。塔勒拜·卡迪长老说：

"推迟拍卖，确定一个不会后悔的办法……"

三十九

伯克尔结束了自己的谈话，朝里德瓦娜望去，又说：

"就是那么回事。"

他殷切而焦灼地等待下文。里德瓦娜发抖了，说不出话。她被伯克尔的眼光盯住，怎么也脱不开。伯克尔说：

"你怎么了，不说话？"

她沉默不语，完全被征服了。伯克尔的语调里带着嘲讽说道：

"把你的意见告诉我呀……"

她躲着他的目光，朝挂在墙上的镶有金框的"奉安拉之名"的条幅望去，绝望而被动地说：

"我说什么，孩子们受到要饭的威胁！"

"你直截了当些，让我听听你的看法。"

她又变得执拗起来，说道：

"我看他是想拯救纳基的名声……"

他怨恨地说：

"绝不是，他要是重视名声，就不会勾引哥哥的妻子……"

她局促不安地嗫嚅道：

"也许他谋求赎罪……"

"没有良心的人赎不了罪……"

"那他为什么要牺牲自己的钱？"

他怒气冲冲地说：

"大概是想拯救你吧！"

她抗议地挥了挥手，生气地说：

"绝不是……"

"才不，他什么也不为。"

"我相信他在尽力挽救他家的名声……"

他怒火中烧，说道：

"你撒谎！"

她也生气地说：

"你不要成事不足，败事有余。"

"我怀疑一切，甚至包括你！"

她冲他嚷道：

"你现在是不能正确处事的……"

"我头脑清醒，人可能见利忘义，但从破产和灾难中会得到智慧。你不过是个女人，肮脏的女人，又在等候过去的情夫……"

她大叫：

"你发疯了！"

"我同你交往的整个期间，我没有失去理智，这真是奇迹。难道你不觉得自己忘恩负义、桀骜不驯和胆小怕事吗？你不是个背信弃义的叛逆者吗？我把一切都给了你，得到的却是一场空。我破产和发狂，是该受诅咒，你也该受诅咒……"

她像火苗一样腾地起来，对他大声嚷：

"快割掉你那下贱的舌头吧！"

他发疯了。

他劈头盖脸地朝她打去,直到把她打晕在地。他眼里冒着怒火,茫然地凝视着她,相信她咽了气,死了。他很快摆脱了生活的烦恼和不知所措的痛苦,从现实的墙上跳下,以破坏一切的决心离开了那个地方……

四十

当伯克尔冲进街里时,赫德尔正同债主们聚在街长的店铺里。伯克尔手持匕首,疯狂地挥舞着。他大叫:

"我已经杀了她,还要杀你,傻瓜!"

他朝弟弟扑去,因为偏了,所以匕首只刺中缠头巾,没有伤到头部。人们扑向他,夺下匕首,将他打倒在地。

"这个人发疯了!"

"他是个罪犯!"

伯克尔扬起头,喊道:

"你们追求金钱,连堕落的深渊里的钱也不放过!"

街长说:

"把他交给警察局。"

赫德尔不安地大声说:

"他杀死自己的妻子……"

"送警察局!"

伯克尔又喊起来:

"你们都是下流痞子,一群狗……"

四十一

很快,真相大白,里德瓦娜没有死,人们便把伯克尔放了。他躲着大家,在街里见不到他了。

赫德尔按协议向债主们付清了欠款,结算了买卖。而赛姆利和舒布克西两家住宅仍由里德瓦娜掌管。

法特希娅太太告别了赫德尔,住进他父亲的小屋子,让他自己安排生活。十分明显,赫德尔打算住在街里。他毫不迟疑地买下了粮店,重操旧业。他还想买下赛姆利或者舒布克西的住宅,一方面适合自己居住,另外里德瓦娜也可以从卖房中获益,以聊补她和三个孩子里德旺、赛菲娅和萨马哈生活之需。

法特希娅对他说:

"你心里想的一切都是高尚的……"

他不冷不热地回答:

"我没忘记家,它一直同我在一起……"

那条街也一样。在出走之前,他知道纳基带有永生的含义,而赛姆利则不值一提,他还知道真正的英雄主义是于人有益的理想。难道这就是他返回本街的主要原因吗?

法特希娅问他:

"你为什么还没有还清那一半债?"

他急忙说:

"离乡背井时,我讨厌结婚!"

四十二

凭灵感,赫德尔要求会见阿特里斯。他俩在阿特里斯富丽堂皇的寓所里见面。阿特里斯殷勤地接待他,说道:

"承蒙英雄后代光临,不胜荣幸……"

赫德尔谦虚地说:

"这是对我们头领应尽的义务……"

阿特里斯欢悦地说:

"你们是善良和吉祥的一族……"

令人不安的疑惑就这样被扼杀在襁褓里了。

四十三

赫德尔要等候到什么时候？他在粮店里忙碌，受到各种对立的感情的冲击。五旬风扑打着墙壁，吹起阵阵尘土，带来滚滚热浪，空气变得污浊。过不了多久，夏季朴素威严、灼热而坦率地到来，使人们裹足不出。赫德尔将等候到什么时候呢？里德瓦娜已经派人致谢，他也以礼回复。法特希娅代表他对里德瓦娜说，他常常提到他们像陌生人一般互派信使。最后，赫德尔请法特希娅去里德瓦娜那里，说他要会见她。夜间，他避开人们的注意到她家，免得再次成为人们的话题。他心里如十五个吊桶打水——七上八下，渐渐下了决心。

里德瓦娜在会客室里接待他，羞涩地望着他。她头上缠着为丈夫致哀的面纱。两人握手，目光再次相遇了一秒钟。像两块石头相碰产生火花而燃烧起来。两人默默地局促不安地坐下。

里德瓦娜说：

"这是我亲自向你致谢的好机会……"

他从进退两难的处境中脱身，说道：

"这也是我为你效劳的一次机会。"

"伯克尔有什么消息吗？"

"我一直没有疏忽自己的责任，但得不到一点儿蛛丝马迹。"

"你看他什么时候会回来？"

"我知道，他很自尊，离开的时间怕会很长……孩子们好吗？"

"很好，如你所愿……"

赫德尔稍微犹豫了一会儿，然后说道：

"假如你允许的话，我想买下舒布克西的住宅！"

她微微皱起眉头，说道：

"你愿为一个破产的女人提供一笔钱！"

"我急需一处住宅……"

说完后,他又承认道:

"无论如何,你的孩子就是我的孩子!"

她凝目审视着他,说道:

"你的好心该受到感谢……"

她沉默片刻,问道:

"主啊,你忘了过去那使你不快的事情?"

他赶紧说:

"谁总是背着过去的包袱,谁就步履艰难。"

"可是,过去真的被遗忘了吗?"

"真的,假如忘却对我们是最好的话……"

"我不知道。"

"如果不是忘掉过去的话,我不会回来,我们也不会见面……"

她美丽的眼睛里闪过留意的一瞥。她问:

"你来这里真是为了买房子吗?"

瞬息之间,他浑身战栗。他回答说:

"是的……"

"但是你明白那处住宅仍然属于不在这里的伯克尔啊!"

他满脸通红,说:

"对这,我们也许会找到一个解决的办法……"

她怀疑地摇摇头,于是他接着说:

"至少让我为你效劳……"

她傲然地说:

"两处住宅里的古董珍品就够我们过上小康生活的了!"

"那些我也负责付钱。"

她神秘地瞟了他一眼,说道:

"我不需要帮助,谢谢你了……"

他顺从地低下头,挪动了一下,表示终止这次会见。她担心地问:

"你来这里是不是还有别的事?"

他惊讶地望了她一眼。她大着胆子说:

"为了来斥责和教训?"

他真诚地叫起来:

"我祈求安拉保佑我不受非分想法的毒害!"

她不作声了。他旋即热情地说:

"我说的都是实话……"

她紧绷的嘴角松弛下来,变得平服舒展。她换了一个话题说:

"你在出走期间获得成功,赞美安拉……"

"是啊,靠随身携带的那些积蓄……"

"你帮助了我们,你将幸福无疑……"

他没有紧接着谈,而略微停顿了一下,然后说道:

"成功并不总是增加幸福的……"

"这是真理,我也有亲身体验。可是,什么在阻碍你幸福呢?"

他颇有含义地保持沉默。她不由地战栗起来,然后又说:

"我们也失去了幸福。"

他含含糊糊地说:

"真该诅咒……"

"赛妮娅太太过去说过安拉的诅咒降到我们的头上了……"

从赫德尔避而不问她母亲的情况看,里德瓦娜知道他已经得知母亲的结局,因此后悔提及那句话。可是,赫德尔说:

"也许她说得对。"

她悲哀地说道:

"她还诅咒我……"

他声音低微地说:

"我们夸大了自己的忧愁……"

她大胆地说:

"我承认自己过去是个恶人,对你以怨报德……"

他含含糊糊地说：

"不要回溯过去了……"

她一味大胆地说：

"谁也不真正承认感情……"

他不知道该说什么，她又往下说：

"即使那感情是真诚的！"

就在这一瞬间，他对会见她真感到悲观失望了，他来也许就是为了她，回街里也是为了她，也许正是她的缘故，他才没尝到幸福的滋味。

他宛如沉浸到痛苦中，说：

"甚至多愁善感的人也可能不承认……"

她的眼睛一亮，闪现出思索和了解的渴望。她追问道：

"你指的是什么？"

他感到耻辱，便不吭气了。她再问：

"你指的是什么？"

"我刚才说什么？"

"甚至多愁善感的人也可能不承认，你不要回避……"

他以默不作声回避。她沉浸在突兀而至的陶醉中，说：

"从我这方面说，我不否认……"

他依然沉默着。她十分冲动地说：

"你别沉默，你为什么来这里？"

他绝望地说：

"我已经说过了……"

"我指的是刚才那句话……"

他以招认的口吻说：

"我说得太多了。"

她失去理智地大叫：

"什么太多，什么不多，你为什么来？你来就是为了说那些话的……"

他越陷越深，说道：

"开始,那是诅咒,而现在是发狂……"

她做出媚态驱散了悲哀,说道:

"你坦率明白地告诉我……"

"你一切都清楚……"

"那不重要,我要听听你的声音……"

他温柔亲热的目光已经招认了。他靠近她,目光拨动了心弦,她显得妩媚可爱,格外迷人。他也因胜利而容光焕发。

"那么,你不是过去说不的那个人了……"

他悲哀地说:

"还是那个人……"

"那个人在那边,他说什么?"

他极为严肃地说:

"过去我爱你,现在仍然爱你,但我们应从长计议……"

在严峻的夜晚,两个人都默然无声。在静默中,心怦怦跳的声音清晰可闻……

四十四

假如有什么事物可以长此以往,那为什么还会有四季相连呢?

四十五

等待即灾难。在等待中,精神毁灭了;在等待中,时光死亡了。未来依靠着清晰的前提,同时忍受着各种矛盾的结局,让忧愁者都随心所欲地干完不安的酒吧!

嫁,不嫁,当情妇。她将心里话透露给圣徒,向律师咨询,发疯地想着下一步。

在粮店里,买卖在巧妙地进行着,思绪如海涛翻滚,渴望经受着痛苦,欲念猛烈地冲击,希望和祈求直抵苍穹。

人们在观察,在回忆,在左顾右盼,在揣测估量。

街长赛义德·费基说:

"侠义是假面具,淫妇比魔鬼还精。"

奥斯曼·杜鲁兹在酒馆里问道:

"他为什么至今仍未结婚?"

四十六

里德瓦娜的弟弟、赫德尔的代理人易卜拉辛·舒布克西终于被悲哀压倒。流言蜚语似火星袭来,他觉得脸面几乎丢尽。生活正逐步酿成一场悲剧。

有一天,他问赫德尔说:

"鉴于我还清债,你不是有权索要舒布克西和赛姆利这两处住宅吗?"

赫德尔惊奇地答道:

"我从未想过这个。"

易卜拉辛狡猾地说:

"尽管伯克尔已经丢掉了保证,你恪守它可是一件美德……"

赫德尔表白道:

"伯克尔的孩子就是我的孩子……"

多么华丽的辞藻,但是,他心里想干什么?

四十七

易卜拉辛·舒布克西如临火狱。他面前展现着康庄大道和颇有希望的生活。但是来自无名处的强大力量却将他推往崎岖的小路。他并非闭目行走,而是十分警觉,知道自己在敲击恐怖之门。

夜间，他去看望姐姐里德瓦娜。他们一向互相爱护，互相关心。但这次，他却不得不将人们的种种说法坦率陈告。里德瓦娜表现出明显的委屈和不悦，生气地说：

"人们总是这样的……"

易卜拉辛说：

"我们的责任是斩断这些长舌。"

"我想毫不怜悯地斩断它……"

易卜拉辛狡猾地说：

"我们已经承受了伯克尔失踪的一切后果，他真是个下流痞！"

她中了计，说：

"正是这样，我不想对此保持沉默……"

他怒火中烧，问道：

"你指的是……"

"我有权要求被休弃！"

易卜拉辛发怒了，大喊：

"休弃！"

"是的，你为什么生气？"

"受尊敬的女人不会干这种事……"

"只有受尊敬的女人才这样干！"

"你怎样辩解呢？"

"他毫无理由地抛弃了我！"

他设下埋伏，说：

"他有根据休掉你吗？"

她醒悟到自己太坦率了，有点儿慌乱。过了一会儿，才咕哝道：

"至少我要断绝那毫无意义的联系……"

他期待着说：

"请你再说明白些。那是条复杂的路，我们还一点儿摸不着头脑呢！"

"不,律师有另外的看法!"

他惶惶然地问:

"同律师都商量过了?"

她进退维谷地不吭一声。他喊道:

"不要脸!背着我干的!"

"单纯的商议,并没有坏处……"

"就凭这个,人们有权说你谋求被休,为同赫德尔结婚铺平道路!"

"愿安拉诅咒他们……"

"可是那对我们的名声是件严重的事!"

她生气地说:

"我的行为无可指摘,我是纯洁的。"

他粗暴地凝视着她的脸,说道:

"他们又会有借口想,你从前与他合伙犯了罪……"

"他们总是见风便是雨……"

"但这太严重了,会彻底毁掉我们的名声……"

她发怒了,说:

"我可不是小孩子,易卜拉辛……"

她收敛起怒气,说:

"我们以后再谈。"

他执拗地说:

"这不能拖延……"

她神经质地大叫:

"这是我的事,让我……"

他吼道:

"现在我明白你同他是一伙的了!"

"你忘了那时的情景了?"

"我可是知道那个亲爱的女人的事……"

她大怒,大声喊:

"我自己相信自己就够了!"

他脸色苍白,停了一会儿。他问:

"坦白地回答我,你想同赫德尔结婚吗?"

"我拒绝这种指控,也拒绝回答……"

"这些灾难呀,它不愿停下来!"

她停顿了一下,问:

"结婚不是一种合法关系吗?"

"有时候结婚同私情是一样的。"

"我从前没听说过……"

他突然平静地说:

"那么,你想同赫德尔结婚了?"

她浑身哆嗦,一声不吭。

"你想同赫德尔结婚!人们有欲望,这一点不假……"

她悲哀地说:

"你如果愿意,同我脱离关系吧,让我们分开,易卜拉辛!"

他不慌不忙地说:

"我们将要分开了,里德瓦娜……"

他突然扑向她,以十足的野蛮和疯狂用双手扼住她的脖子。他用力,想要掐死她。她用软弱无力的双手保护自己的生命,浑身盲目地抖动,想喊却喊不来,连求救声也没有,一切亮光和物体都变模糊了。

她浑身瘫软,消沉,无声无息地死了。

被追捕的人

——《平民史诗》故事之四

一

日落日出，光明照亮黑暗，黑暗笼罩大地，歌声在夜空回旋。里德瓦娜消失在地下，易卜拉辛锒铛入狱，伯克尔音讯全无。

没有人悼念那个被杀的女人。易卜拉辛赢得同情和赞誉；赫德尔则悲哀忧愁，没有人同他往来。人们常以那个败坏的女人，那个背叛兄长的男人为前车之鉴，诅咒落到纳基这一族人身上。

事业与这些人无缘。阿特里斯身着豪华服装直至末日，他最强有力的随从费莱里接替了他。阿舒尔、舍姆斯丁直至苏莱曼都归并到神话人物之列了。

这就是这个家族声望最大的赫德尔·苏莱曼·纳基，他盘腿坐在粮店的椅子上。财富与日俱增，他按时向费莱里纳税，毫无英雄气概。

赫德尔盖了新住宅，潜心教育里德旺、赛菲娅和萨马哈。他虽然年近四十，但依旧鳏居。他曾殡葬了父亲的妻子法特希娅，目睹塔勒拜·卡迪长老死在清真寺前，还有街长赛义德·费基和酒馆老板奥斯曼·杜鲁兹的去世。

他最终娶了里德瓦娜的小妹妹迪娅·舒布克西为妻。她酷肖大姐，风姿秀逸，而且很快又表现出不寻常的善良、纯洁和近乎呆傻的单纯、朴实。在家里她没能尽责，也不曾生育，不讲打扮和修饰。赫德尔知足常乐，不想再娶，而倾心于强身、虔敬，就像先人阿舒尔那样，常常到修道院广场上去熬夜。

赛菲娅嫁给木材店老板的小儿子；里德旺在粮店忙碌，代替在监狱服刑的舅舅易卜拉辛·舒布克西。在此期间，里德旺显示出稳重、守信和商业天赋，前程光明。

萨马哈却成了难题。

二

萨马哈中等个子,精力充沛,筋骨发达,像祖父苏莱曼一样相貌平平,聪明的头脑和白净的皮肤使人想起他母亲里德瓦娜……

他在学堂里完成了学业,学得了某些豪侠虔敬的美德。但他热衷于青年人的冒险和勇猛,崇拜英雄,根本不把粮店的营生放在心上,并且没有这方面的天赋。他把费莱里的一些随从当作朋友,多次出入大烟馆和酒馆酗酒。

赫德尔颇为此担忧,常常告诉他:

"你应该有志气,应该稳重些……"

萨马哈不满地望了哥哥里德旺一眼,说道:

"我生来不是做买卖的,叔叔……"

赫德尔不安地问他:

"那你生来是干什么的呢,萨马哈?"

他慌乱地转动着眼珠。赫德尔又说:

"同献身事业的人为伍,不是像你这样的人的目标……"

萨马哈反问:

"我们的祖先是什么人,叔叔?"

赫德尔严肃地说:

"他们是真正的头领,但不是无赖。我们只能经商和体面,否则绝无希望!"

赫德尔深爱着他的母亲,力求规劝和引导他走正路,将崇高的父亲之情倾注在他以及里德旺和赛菲娅身上。是啊,对里德瓦娜只剩下了怀念,不会消失的永久怀念……

三

没等赫德尔·苏莱曼·纳基知道,萨马哈便入了费莱里那一伙。成为他的人了。他们欢庆纳基的子孙入伙,并将此作为在这条街上的最大胜利。平民们认为这是蹂躏他们的又一新的步骤。有人说,安拉有时会从英雄的骨肉中造就一些无赖;理想和得救之父、全面公正的实施者阿舒尔,不过是不会再现的神奇现象。

赫德尔颇为忧愁,忍受着失败和耻辱的苦涩。他对侄子说:

"你玷污了入土的纳基、赛姆利和舒布克西的名声……"

萨马哈说:

"我头脑中充满了希望,叔叔……"

"你指的是什么呢?"

"总有一天纳基时代会恢复的!"

赫德尔骇然道:

"你受当头领的念头诱惑了吧?"

他自信地说:

"为什么不呢?"

"可是你缺少足够的力量啊……"

他热情地说:

"舍姆斯丁也曾被人这样议论过!"

"可你不是舍姆斯丁……"

他说:

"到了打架的时候……"

赫德尔打断他的话:

"你要提防费莱里,他是个狡猾的魔鬼。小心你的冒险冲走了我们,我们可就丢尽了脸面而彻底完蛋了……"

哥哥里德旺对他说：

"放弃你的雄心吧，费莱里有一千只眼。你怎么挣扎也逃不脱他的掌心……"

他却勇敢地微笑着，理想似黑夜的火花在眼里闪耀……

四

当晚，赫德尔在修道院广场上过夜，将担忧和恐惧葬在吉祥的夜间。他仰头长时间地望着不眠的星宿，然后庄重地走近古老的墙边，朝巍峨的大门祈祷。他悲哀地凝视着旷野里的小径，向桑树的浓荫致意，然后无限眷恋地怀念起埋在墓地里的和消失了的人们。灼热的情感并非来源于生活之火，希望则消失在永恒之中。理想似流星，溅落在寂静的洼地。不稳的宝座建在一切善良和丑恶的估计之上。赫德尔问道：

"明天什么又将隐藏起来了？……怎么只有阿舒尔一人得到正路的指引呢？"

他聆听着似摇篮曲的歌声，委婉、直上云霄：

> 那点土成金的人，
> 是匕斜我们的人。

五

赫德尔想为萨马哈娶哈拉勒的女儿，认为这个侄子生活在愚昧的冒险之中，缺少理智。将他同一个仁慈的家庭拴在一起，会恢复思考。让他定居在富丽堂皇的住所里，生儿育女，与大人物家结亲，可以改换门庭，脱胎换骨；他又寄希望于穆罕默德·贝斯尤尼·阿塔尔的女儿温西雅，刚一试探，便受到出乎意料的欢迎……

此刻，他对萨马哈说：

"我给你找了个姑娘,是哈拉勒的女儿。"

萨马哈反问:

"难道不应该从大哥里德旺开始吗?"

"也可以从不受管束的快马开始!"

萨马哈既痛苦又勇敢地说:

"事实上,我已经走到您的前面了,叔叔……"

"真的吗?"

他从容地点点头。赫德尔悲伤地问:

"那个走运的姑娘是谁?"

他的唇边绽出挑战的微笑,说道:

"穆海莱比雅!"

迪娅高声大笑,从眼神中看不出她对这消息感到高兴还是悲伤。里德旺则茫然地叨叨道:

"穆海莱比雅!"

萨马哈不慌不忙地说:

"就是萨巴赫·库迪耶·查尔的女儿!"

赫德尔紧皱眉头,绷着脸。迪娅不置可否地拍着手,依旧笑吟吟的。赫德尔问道:

"此后你将怎么样处置我们呢?"

萨马哈依然不紧不慢地说:

"叔叔,我爱您,我也爱穆海莱比雅!"

六

萨马哈第一次见到她是在游坟季节,她坐在两轮车上,身边坐着她的母亲。当时萨马哈站在舍姆斯丁的墓栅前,她正从车上跑下来。她皮肤棕色,身段匀称,眉清目秀,笑逐颜开,生机勃勃,充满了女性的妩媚。他立刻就倾心于她,两人就开始眉目传情。这对青年人的秘密融化在阳光照耀着的空气中,人们呼吸的热气中,以及椰枣、甜罗勒和肉饼的香味中。他如向日葵一样总翘首张望她居住的小巷,急切地盼望尽早实现自己的愿望。

事情并无意外。他渴望成为首领,最初的全部冒险活动便在她的怀抱中,在漆黑的墓地或者酒馆后的残垣断壁下进行了。

七

萨马哈全靠自身的力量,第一次就挑选了最坏的人进行查询。他向赛迪克·艾布·塔基耶,打听穆海莱及其母亲的情况。那人说:

"我没离开过酒馆,可是消息不断地传到我这里……"

那人回忆了一下,然后说:

"有许多人喜欢这个姑娘,不过我还没有听见有人说过她的坏话……"

萨马哈颇为得意,他从最坏的人那里得到了最好的证明。但他还不满足,又问清真寺的长老易司马仪·盖勒尤比谢赫,长老说:

"她母亲的职业该受诅咒……"

"我问的是女儿。"

谢赫不悦地讲:

"你为什么要从住着精灵的那个家庭挑选妻子呢?"

代理街长穆罕默德的态度鲜明,他说:

"姑娘的名声并无灰尘覆盖……"

萨马哈自言自语道:

"她最纯洁,比我祖母赛姆利·赛妮娅太太还要纯洁。"

八

萨马哈朝临近蓄水池的萨巴赫·库迪耶·查尔家走去。从一开始她就想到他会作为一个顾客来找他。萨巴赫对他说：

"你好，尊敬的阁下……"

他平静地注视着她，苏丹香料的香味扑鼻而来，使他感到迷糊，眼睛看到铃鼓、皮鞭、宝剑，各色珠子镶嵌的盾牌散置一地。他定睛注视着像煤口袋似的肥胖躯体。萨巴赫说：

"为一切人效劳……"

萨马哈咕哝道：

"不是你所想象的……"

"可以为一切人效劳……"

他眼睛盯着织锦毯子，说道：

"我向你女儿穆海莱比雅求婚……"

那个女人一开始吃了一惊，脸色也突然变了。然后她满脸堆笑，露出一口整齐洁白的牙齿，说道：

"好极了！"

他微笑了，扬起头说：

"我求安拉保佑成功……"

她又有所指地说：

"家里人没陪你来吗？"

他神秘地说：

"我说过我要自己开始……"

"真的吗？……我多么喜欢自由的男子汉！"

他受到鼓舞而笑呵呵的。于是她又说了一句：

"好极了！"

他们的手握在一起，诵读起《开端章》……

九

赫德尔并没有放过穆罕默德·贝斯尤尼·阿塔尔的女儿温西雅。

里德旺娶了她,为自己打下坚实的基础。

萨马哈问叔叔:

"你们愿为我结婚做证吗?"

赫德尔毫不犹豫地回答:

"我们是一家人,骨肉之情不可分……"

萨马哈十分高兴,也同样问了里德旺。里德旺热诚地说:

"你会经常看到我在你的身边……"

潜在的忧虑是无法抹杀的。

十

"欢迎一切的主人纳基!"

费莱里这样欢迎萨马哈。费莱里盘腿坐在特尔巴塞大烟馆里,周围簇拥着他的助手。他毫不轻率鲁莽,经常保持警惕。他觉得有人在监视他的行动,盯他的梢,他总是提心吊胆地窥测提防。但萨马哈一如往常,扮演着分内的角色,跑向大师傅,谦恭地吻了他的肩膀,站在助手之间一个不显眼的位置。

萨马哈满面春风,说道:

"我邀请师傅和众兄弟光临我的婚宴……"

费莱里心情舒畅地开怀大笑,对自己的司机哈穆岱说:

"欢呼吧,伊本·范格里耶!"

哈穆岱不像妇女那样容易发出欢呼声。费莱里说:

"祝福你,什么时候举行?"

"如蒙安拉保佑,在下星期四……"

"在这珍贵之夜,那个幸福的姑娘将是谁?"

"萨巴赫·库迪耶·查尔的女儿。"

人们目瞪口呆,不知所措地朝头领望去,他们的面孔在各色灯光的照耀下变得丑陋。费莱里说:

"萨巴赫只有一个女儿!"

"正是她,师傅……"

人们保持沉默,只听到场内外辘辘作响,偶尔闯出几声咳嗽,模糊不清的秘密隐匿在弥漫的烟雾中。

费莱里大叫:

"侯赛因!殉教者之主!"

他眼睛盯着自己的人,问道:

"你们对这个奇特的世界的把戏怎么看,小伙子们?"

他们在前车之鉴的压力下,纷纷清清嗓子、舔舔嘴唇,七嘴八舌地说:

"这个世界呀!"

"真是怪事!"

"瞧呀!"

费莱里亲切地打了哈穆岱一巴掌,对他说:

"你应该把秘密告诉这位光荣和尊贵的阁下……"

哈穆岱对萨马哈说:

"一个小时之前,你想象一下,一小时之前,师傅决定委派你去萨巴赫那里的信使,代表他向她女儿求婚!"

萨马哈懵懂了,大地在脚下摇晃,深井在等待他的躯体。他一句话也说不出来。

费莱里说:

"那是命运。我的决定是昨天才做出的,一小时之前我决定派你当我的信使……"

真相大白。过去他未经考验便被收纳。费莱里在等候着,等候合适的机会。现在残忍到极点的时机到了。他面临着生死选择,不是灭亡,便是放弃。

费莱里望着手下人,问道:

"怎么办?"

各种声音此起彼落:

"谁敢否认天上的太阳?"

"眼睛能长在眉毛上面吗?"

"谁被师傅选为信使就是福气。"

哈穆岱问他:

"你什么时候说话,萨马哈?"

他应该说,大烟馆里充斥火星,他应该钻进地里,欢迎灭亡。他应该一口一口地咽下这致命的毒药。

萨马哈·苏莱曼·纳基说:

"遵命,师傅……"

十一

深夜十一点钟,他同家人坐在一起。叔叔赫德尔对他说:

"刚才迪娅对我们讲她梦见了你……"

他没有听。嫂嫂温西雅对他说:

"她梦见你骑一头骡子,用鞭子抽它,可是它就是不走。"

里德旺对他说:

"我们婶婶的梦,是值得圆一下的……"

迪娅说:

"他是新郎,你们不要打搅新郎了……"

大家都听见他叹了一口气,里德旺注意地端详着他,担心地唠叨:

"你成了另外一个人了,萨马哈……"

赫德尔说:

"这我没想到,我疏忽了,有一段时间没管他了……"

萨马哈把那件事一五一十地说了,人们的心上都压了沉重的沙块。迪娅漂亮的脸庞露出惊慌的神色,赫德尔喃喃地说:

"我总是要你提防……"

里德旺说：

"你同那伙人再这样混下去真使人担惊受怕，即使这次没有触及费莱里本人，那将来他们也会等着你的。毫无疑问，他们想挑拨你同头领之间的关系……"

赫德尔同意他的话，说道：

"这就是要把你推向死路，出路就是要你丢面子甚至还要你的命……"

里德旺说：

"要加倍小心，睁大眼睛，连砖缝也别放过！"

迪娅担心地说：

"骡子赖着不走！"

温西雅问他：

"你打算怎么办？"

萨马哈一声不吭，显出一副可怜相……

赫德尔明确而坚定地说：

"采取任何形式的反抗都要小心谨慎！"

十二

萨马哈一清早就去萨巴赫的住处。一路上人们虎视眈眈，他如被火灼。萨巴赫以手抚额，说道：

"再有两天，就到那幸福的星期四了……"

他有气无力地笑了笑，轻轻地说：

"出事了！"

她担惊受怕地看了他一眼。他简略而坦率地说：

"我只是费莱里的信使，代表他来向你的女儿穆海莱比雅求婚！"

这些话没有引起任何反响。他又重复了一遍，并要求叫穆海莱比雅来。她来后，他向母女俩叙述了一遍，她俩默不作声地倾听着。最后沉重的静默笼罩了一切。

萨马哈首先打破沉默,说道:

"这首先是我的灾难……"

萨巴赫诅咒起来,这才相信那是真事。萨马哈说:

"我们应该筹划一下……"

萨巴赫说:

"那真可怕!"

穆海莱比雅问他:

"你打算怎么办?"

尽管处境艰难,但她的话强烈地刺激了他,他答道:

"重要的是我要了解你们的意思……"

萨巴赫突然说道:

"孩子,你要考虑费莱里的不妥协态度吧?"

"那我们屈服、投降?"

"那是最理智的,没有别的办法……"

他朝穆海莱比雅看去,于是她说道:

"先说说你的看法是什么。"

他明确地说:

"我不能背弃你!"

萨巴赫害怕地大喊:

"那是死路一条,会毁了我的家!"

穆海莱比雅说:

"我同你在一起,萨马哈……"

他的心怦怦直跳,胸中燃起熊熊火焰。萨巴赫说:

"这是发疯……"

穆海莱比雅说:

"我们逃走!"

他赞同地点点头。萨巴赫问道:

"那我呢?"

"事情同你无关……"

"难道报复起来还讲理智吗?"

"那跟我们一起逃走!"

"我的生计在这里……"

"哪儿都能吃饭。"

穆海莱比雅说:

"我们会有钱的。"

萨巴赫大声说:

"啊,假如那样做,那真是发疯……"

萨马哈去进行周密的计划……

十三

萨马哈立即去咖啡馆找费莱里,吻了他的肩膀后,高兴地说:

"祝贺你,师傅……"

费莱里长时间地望着他,然后说道:

"好极了,名门之子!"

十四

萨马哈藏身在古墙和修道院围墙之间的漆黑小路上。就是在这里,好几代之前,当时无名无姓的、包在襁褓里的阿舒尔被人捡到了。当时歌声缭绕,仁慈之手向他伸去,把他从遗弃中拯救出来。就是这样的歌声回响在夜空:

现在伴侣没有缺点,

酒杯里只有醇酒和爱情诗篇。

穆海莱比雅将在夜色的掩护下来到这里，靠照亮心房的爱情来到这里。他们将在小路上碰头，这是充满灼热希望的永恒之路，又是希望不断更新的永恒之路。

他确实有些慌张，不止一次裹紧长袍，憧憬着得救，同各种挑战和揣测搏斗。他给家里许下多只公羊的愿，期待像叔叔一样突然消失，最后衣锦还乡。也许他有朝一日回来，恢复纳基时代的传统……

费莱里正在梦乡，期待着明天的婚宴，欢呼声、各种保证及笑脸使他陶醉。而穆海莱比雅现在也正在沿着围墙朝墓地走来，也许正穿过空地。她的身体发热，心脏剧烈地跳动，那歌声合着心跳的节律，祝福她，驱散着黑夜的孤寂……

十五

在黑夜王国的某处发出的一声喊叫，是那么悲伤，那么凄厉。很快又听到活埋被俘猎物的欢笑。她以抗议的眼光望着那颗亮星，发出挣扎的呼叫，最后屈服于残酷的沉默之中。

十六

萨马哈从隐藏的地方跳出来，浑身像着了火似的。是穆海莱比雅，除了她没有别人。他毫不提防地朝空地跑去，但那边传来了脚步声。脚步声带来了警告和血腥的含义。秘密一定泄露了。他和那个牺牲者之间有整整十根棍棒和匕首，往前去毫无用处。他停下来，那边发出哈哈大笑，并且朝他走来。在小路的另一端也传来脚步声。他被包围了，死路一条。古墙极高，修道院围墙上插满破玻璃碴儿。他竭尽全力攀上墙角，趴在上面，将怒火忍在肚子里。这一点人们没有估计到……

两批人相遇，声音此起彼伏：

"那条蛇哪里去了？"

"肯定溜进广场了！"

"广场上没有他的足迹……"

"路上也没有。"

痛苦撕裂着他的躯体，直触及灵魂。希望破灭了，他宁愿去死。

十七

云彩像尘埃一样踉跄而来，云缝间星星闪烁。妖魔像幻影般跳动，水夫分送盛满泪水的皮囊。阿舒尔·纳基访问空荡荡的街道，向殉难者表示哀悼，对流行病魔严加斥责，一把抓住它的衣领，随即跳起胜利之舞。他同我们年轻的主人相遇在空地。"我来是为了引导你去寻找滨枣。"两个人手挽着手在星光下同行。

舍姆斯丁拒绝接待衰迈，将它拒之门外。他携带饮水朝墓地走去。乞丐并不为自己的处境痛苦，舍姆斯丁也拒不跳胜利之舞。可是，我们年轻的主人在哪里？乞丐不为自己的处境痛苦，是个那么顽固的乞丐。他不怜悯苏莱曼的半身不遂和泪水涔涔，随他去一级一级朝下走。奇迹在哪里？理想在哪里？蓄水池注满了血，饮水处的水槽也都是血，但血管里却枯竭了。乞丐自发地动了一下，还是第一次开口讲话："阿舒尔没有死，他在死神出现之前将回来……"

十八

他首先感到眼皮动了一下。简单的发现，意识的气息。

他见到浓雾，消失在卧室天花板上无穷的雕刻花纹中。安拉的慈爱啊，在那里听到这些低声细语，这么些颜色。婶婶迪娅弯腰俯身，低声说道：

"这么多的梦……"

赫德尔转过来，这就是他亲切的声音：

"我们赞美安拉……"

那些在梦中突然袭来的回忆啊,他是怎样流着血回到家。修道院的墙用玻璃片武装起来,金柄的枣木棍是多么残忍。穆海莱比雅在夜空的呼叫,带走了一切希望,她自己也被抛在古墙后,剩下的只有血淋淋的痛苦。他从心田发出悲叹。叔叔对着他的耳朵悄悄说:

"你在这里是一个秘密……"

里德旺说:

"泄露了秘密,我们谁的生命都没有保证!"

这就是羞惭、耻辱的现实。他逃跑的秘密怎样才能公之于世呢?……

十九

他的健康状况一天好似一天,残酷的回忆从细枝末节开始了。穆海莱比雅被杀死了,数十人证明他——萨马哈——将她拐骗到旷野杀害,对她倾心费莱里一事进行报复。穆海莱比雅的母亲也这样做证,她愿活而不愿死,所以站在凶手一边。因此,他杀了人,然后逃跑。萨马哈说:

"可怜的萨巴赫,正是她被迫泄露了我们的秘密!"

现在干什么呢?

必须逃跑。像他父亲伯克尔和祖母赛妮娅一样逃跑,如阿舒尔那样消失。让他告别修道院和墓地,告别清真寺、饮水处和蓄水池,告别那些亲切的脸庞,同时也是告别幸福。

他问叔叔:

"你们将受到怎样的对待?"

赫德尔忧伤地说:

"粗暴无礼和蔑视……"

他悲叹不已。但叔叔对他说:

"你这次逃走应该成为永不泄露的秘密!"

二十

有确实消息说,已经对他判处死刑。赫德尔对他说:
"现在有许多理由决定你必须逃跑……"
在冤屈和愤慨的压力下,他透不过气。赫德尔接着说:
"你不要让任何人发现你,过十五年再回来。"
里德旺对他说:
"政府在寻找你的下落,你的敌人也在寻找。你要特别留神哈穆岱、底格莱、昂特尔和法里德这些主要证人……"
唉,什么时候才能坚强起来?什么时候痛苦才能减轻,什么时候才能忘却他在援救穆海莱比雅时畏缩不前?什么时候才能向敌人报仇雪恨?什么时候和怎样才能逃脱绞架?
纳基的族人受到虐待,穷人和平民不向屈辱低头。顽童向赫德尔扔土疙瘩,抢了他的运粮车,晚间拥进他们的住宅。但是赫德尔并不过分悲观。他说:
"到最后,他们将服从金钱的魅力……"

二十一

萨马哈随着身体的完全康复,获得新鲜血液的心有力地搏动。他瞻念前途,运筹帷幄。路途确实没有欢乐,但也没有失败。他心中重又萌生了对生活的热爱,并且转化为渴求,他顽强、坚忍不拔地准备着。

二十二

过了尼罗河,他相信自己来到一个新的地方。他的脸长满胡子,缠头直盖至眉毛，名字改为巴德尔·萨埃迪，职业是卖枣、葫芦和扁豆的商贩。他住在布拉克区的地下室，生活颇为艰辛。

在他的想象中，绞刑架的绳索总像不离身的秤一样竖在眼前，他明白，死神在等候他，魔鬼在跟踪他。他在一个专门的本子上记录过去的日子，同时在另一个本子上记账。旧的世界已然过去，他的亲人和街上的居民也都不在。他曾雄心勃勃要当头领，他热爱这个职务，这是火热的希望。可是现在，他只有被流放、干活儿和自强不息。

一开始，在布拉克区他感到寂寞。是的，景物相似，也有饮水处、蓄水池、学堂、小清真寺及长老。他渴求权力，喜爱它，这是火热的希望。难道他只能被流放、干活儿和自强不息吗？他没有引起人们的一点儿好奇心。布拉克是个港口，每天要迎接许多帆船，异乡客在这里落脚，然后又离去。所以，受到法律追捕的人不会久留，这里也不讨厌异乡人。这布拉克区不同于他原先住的街道，路长且岔道多。尽管他觉得陌生，但却感到安全。他有充裕的时间憧憬生活、研究计划，坚定报仇的决心和期待正义掌权。他就在陋屋里安排着宏图，享受着仁慈，满足于正当的收入，探索着未知世界。

街长对他说：

"像你这样的好人是罕见的。"

他彬彬有礼地说：

"我是你们中间的一个……"

"到底是什么原因使你离开上埃及①来到这里？"

他心怦怦跳，狡猾地回答：

"上埃及人怎么会问这个呢？"

街长大笑。巴德尔·萨埃迪接着说：

"我祖上是布拉克区人！"

---

① 上埃及，即埃及南部地区。上下埃及是埃及在前王朝时期，以孟斐斯为界，位处尼罗河上下游的两个各自独立政权。上游南方地区为上埃及，下游北方地区为下埃及。

街长从他手上接过装着各种蔬菜的大包，说道：

"人归故土，好得很……"

二十三

　　胡同的一侧有一个姑娘，看样子是长期定居的。人们称她为卖肝的穆哈西娜，她的摊子稍一用力就能提走，鼓吊在枣椰树枝圆棍上，棍上还缠着枣椰叶。她的摊子出售牛肝和羊肝，中间放着秤和刀子。这位姑娘身材修长，体态丰腴，有一双褐色的眼睛，既犀利又有风韵。

　　这个异乡人渴望摆脱寂寞和内心的不安，便注意起她的动作，观察得十分专注，对她的粗暴颇感兴趣。她是很多青年人追逐的目标，于是厉害的舌头和尖利的指甲成为她自卫的武器。他最好是甘拜下风。可是，为什么没有好人家的孩子向她求婚呢？

　　他有了吃肝的嗜好。他知道自己正走在后果不可知的道路上。他受到内在的力量的推动，虽然心思还在家乡。穆哈西娜给他称了一磅，包在一张纸里，然后简短地说：

　　"拿着，高贵的人！"

　　对她的取笑，他感到高兴，便向她致意。她匀称的身材，丰腴的肌体和深褐色的眼睛使他想起了穆海莱比雅，也勾起了他对自己畏葸不前的痛苦自责。他忍耐地生活着，也许要长期忍受铁锤似的打击。每当死神的阴影笼罩着他，他就更加眷恋生活。

　　穆哈西娜也从他那里买扁豆、豆子和葫芦。"拿着，高贵的人""给我，高贵的人""拿着，穆哈西娜女士""拿着，女士"。在同她交往中，他规规矩矩，斯文有礼。她大概能从他的话语和行动中看到更多的含义，并欣赏他善良的品行……

　　在街道的两侧，毫无疑问，有一种强烈的感情正在成熟……

二十四

晡礼①之后,他就穆哈西娜的身世同清真寺的长老进行了一次谈话。

"她是单独一个人吗,主人?"

"不是,她同瞎眼的母亲生活在一起……"

"除此之外,再没有别的亲人了吗?"

"她父亲在一场斗殴中被打死,一个哥哥在港口……"

"我看她有二十岁了,她为什么还没结婚?"

长老请求安拉饶恕,说道:

"她母亲的名声不好!"

"可是,女儿……"

长老打断他的话,说:

"她洁白无瑕,凭全知的安拉发誓!"

他从其他修行者那里也听到同样的评价。异乡人不适合同人争斗。婚姻将使他定居在这个地方,人们将建立对他的信任。这个姑娘比起那些想刨根问底的人家的姑娘都好,而且更为重要的是,他为何不全力以赴表白他倾心于她呢?

二十五

他抓住她在店里购买必需品的机会,受她欢乐与挑逗的鼓励,问她道:

"如果有一个人按照安拉及其使者的法律向你求婚,你怎样看待这

---

① 晡礼,下午三时到五时的礼拜。

件事呢?"

她注意地端详着他,这种关注被明显的讥笑所掩盖。她反问:

"有这样的疯子吗?"

"有,一个有血有肉的人,受安拉关照的纯洁的人……"

他俩长时间地满意地对视着。她十分兴奋,问道:

"那人是不是有山羊胡子?"

"正是……"

"我怎么对待他的胡子呢?"

他哈哈大笑,说道:

"招人喜爱的胡子,绝对没有坏处……"

她的脸上露出欢喜的神色,但没再说话便走了……

他极为忧愁地怀念起穆海莱比雅……

二十六

不久,两人宣布订婚了,过了几个月,举行了婚礼。

尽管这对新人都没有亲属,婚宴上仍然挤满了应邀前来的邻居和顾客。巴德尔·萨埃迪进行了广泛的交际。婚礼的行列在头领的保护下,平安地通过了大街。

他们准备了有一个房间和一个客厅的套房。房间供睡觉,客厅用来起居。穆哈西娜同母亲积极准备了受人尊敬的嫁妆。

巴德尔很喜欢新娘,但岳母同他俩住在一起,也颇使他烦恼。岳母白天黑夜都占着客厅,瞎了双眼的脸上还能看出过去的姿色。她厚颜无耻,说话无礼,快得像机关枪,即使在他俩蜜月期间,说话也不留分寸,更不用说加以修饰了。但是爱情将一切都染上了玫瑰的色彩……

二十七

穆哈西娜一心顾家,喜欢她的丈夫。事实证明,情况比他说的要好得多,他也比在路上的时候漂亮英俊。有一次,她对他说:

"假如你剃了胡子,那就成了最好看的人了……"

他回答道:

"那是我生活中成功的秘密所在。"

岳母放肆地大笑,随着他的话音说:

"你把它当扫帚使吧,穆哈西娜!"

他认为岳母无足轻重,但也没有原谅她,并且对她怀有怨恨。他生气地说:

"我同意,但我们用它来清扫你……"

老太婆气得七窍生烟,喊道:

"穆哈西娜,你要小心这个人,他的心是黑的……"

他朝她投去怨恨的一瞥,认为她也是紧紧跟踪他的厄运之一。

二十八

就连穆哈西娜也没躲过老太婆的箭矢。这个老太婆性本堕落,对一切都怀有恶意,常常对女儿说:

"你们舍不得给我吃好的,总是把最次的给我……"

穆哈西娜对她说:

"您吃的就是我们吃的。"

可是她硬说:

"撒谎!那东西的味道瞒不过我,你同你丈夫一样是撒谎的东西!"

巴德尔生气了,说道:

"跟我什么相干?"

"你是灾难的根子……"

"忍耐……忍耐……忍到满意为止!"

老太婆嚷道:

"满意!……你比我先进坟墓!"

"我们在一切问题上都格格不入。"

她咯咯大笑,说道:

"我敢打赌你在上埃及杀了你父亲,你是逃避绞刑架才到我们这里来的!"

他既生气又愤恨,浑身直打哆嗦,真想砸碎她的头……

二十九

不过,他真心喜欢穆哈西娜,靠着她,逃避那根深蒂固的苦恼。她对他也是有求必应,因而他感到幸福。诚然,他从第一个月开始就相信她不是温驯的,而是大胆、泼辣、自信,开起玩笑有时近乎残忍。她过多地关心自己,经常洗澡,不断地涂抹丁香,装饰打扮个没完。他认为这是优点,但是讨厌陌生人张望。为此,两人首次发生真正的分歧。

有一次,他对她说:

"你不要临窗站着,特别是这副打扮时……"

她委屈地说:

"我常这样走在路上……"

"你就像安拉刚造出你那样……"

她生气了,说:

"你过去是见过我怎样教训下流痞子的!"

老太婆过来干预说:

"难道我没对你说过他的心是黑的吗?"

他呵斥她道:

"割掉你那脏舌头吧……"

老太婆恸哭道：

"愿安拉保佑你不受杀父凶手的害！"

他不理她，气得浑身哆嗦。他对穆哈西娜说：

"她教唆你变坏了……"

穆哈西娜更加不悦，说：

"我可不容易变坏……"

"在这件事上，我要求你完全服从……"

"我不是孩子，也不是仆人……"

他控制不住自己，嚷着：

"我把你扔进厕所……"

老太婆大喊：

"好极了！"

巴德尔大叫：

"我警告你，不要管我的事……"

争吵到此为止。第二天夫妻俩和好如初，当晚，她告诉他一个好消息，她就要当母亲了……

三十

他那双目失明的岳母奇怪地死去了……

她从临街的窗口摔到灯座上，头摔烂了。也许是巴德尔·萨埃迪走运，当时他正在店里。一切都很顺利，没有遇到任何麻烦，死者便入坟墓了。巴德尔举行丧宴和葬礼仪式，这是看在穆哈西娜的面子上，同时也照顾他在街里的地位。尽管如此，他仍为自己同死者之间根深蒂固的敌意感到进退两难。

穆哈西娜痛哭流涕。他对她说：

"别哭了，你有身孕……"

她严厉地斥责他说：

"你就不关心死去的妈妈？"

当他一声不吭时，她指责说：

"你别掩饰你的高兴！"

他争辩说：

"死神规定了它的敬意。"

穆哈西娜列举她母亲不容忘记的优点，尽管表面争吵，骨子里还是爱她的。从前，母亲爱父亲到了崇拜的地步，而父亲正值青春就死去了，她痛不欲生；当哥哥被判无期徒刑时，她又悲痛欲绝。她抽鸦片成瘾，染上各种恶疾，以致双目失明，变得更加忧郁。在一个根本不欢迎她的男人家里，被人看不起！

她还说，母亲年轻时是布拉克区最标致的姑娘，宁愿嫁给父亲而不愿嫁给一个富足的屠夫。她绝不是微不足道的。

巴德尔聆听着岳母的生平，回忆起祖母赛妮娅·赛姆利夫人，她和一个与儿子同龄的水夫逃走了。他自忖道："主啊，她现在住在何处，岁月将她变成什么样了，父亲伯克尔怎么样了？过去包藏了多少耻辱和忧愁啊！"

三十一

夏季带着热风来临。巴德尔喜欢光明，但也不讨厌狂风，觉得夜晚凉爽宜人。他喜爱锦葵、秋葵、西瓜和香瓜，也为日出而浴感到喜悦。

穆哈西娜生了个男孩，他感到自豪，多么想给儿子起名叫舍姆斯丁，但又担心这个名字会招灾惹祸。他最后同意穆哈西娜起的名字，即拉马纳，是她父亲的名字。

他更加发迹，财富越来越多。穆哈西娜的两个腕子上的镯子增加了。生活在微笑。他一天接一天在秘密记事本上写下时光缓慢的步伐，每天都想到绞架上的绳索。他自忖，真的注定会得救吗？他怀念亲人，街上的人们。主啊，他们怎么样了？他想起自己的敌人，费莱里、底格莱、昂特尔、法里德、司机哈穆岱，他们还是胜利者吗？纳基时代还能回到街上吗？还能听到那歌声吗？

三十二

继拉马纳之后，穆哈西娜又生了古莱和瓦希德。巴德尔同街上的绅士们平起平坐，以善良著称，在穷人中享有特殊的地位。

穆哈西娜仍不放弃打扮装饰，她讲究清洁，担当母亲的责任也没能妨碍她关心女性的魅力。除此之外，她迷恋上大麻叶，后来竟离不开它。这起因是丈夫每晚都吸，她开玩笑地试一试，竟至成瘾，从不离手。

夜以继日，年复一年。巴德尔觉得结局安全，几乎没有什么危险了。

三十三

一个奇特的新闻传到布拉克区。

布拉克区的头领同费莱里之间的友谊进一步巩固并发展！

这个消息如同惊雷。巴德尔脚下犹如突然裂开一口深井，整个世界的基础动摇了。

他问街长，街长说：

"好消息，这意味着加强两个头领的力量！"

巴德尔装出高兴的样子。街长又说：

"要好好庆祝和狂欢一番……"

"这正是人们所希望的。"

"相信这一点吧，以后要继续互访，就是说要歌唱、跳舞和喝个一醉方休。"

巴德尔喉咙发干，咕哝道：

"这多么好呀……"

蛇潜进了平安无事的住宅，他绝没有料到。他常以为尼罗河是不可逾越的障碍。这么说，费莱里及他那伙人要到这里来，到街上狂欢。真是半途而废，又要面临绞架的威胁了。

在费莱里来访的前几天，他称病不起，连穆哈西娜也信以为真，代替他去商店。

三十四

在那个夜晚，他躲在窗边。

世界变了样子，一切都那么陌生。发出耀眼光辉的汽灯讥讽地微笑着。残存的安全感抛到了垃圾堆上。整条街道拥满了跳舞的男男女女，到处弥漫着烤鱼的气味。已是冬季，为何不下雨？电闪雷鸣又在哪里？凛冽的寒风在哪里？鼓声震天，欢呼声此起彼伏。朋友们的行列临近了，作为前导的骏马上的银饰闪闪发光。那个安拉所造的最卑鄙的人来了，他就是暴虐、丑陋的费莱里，同这里的头领手挽着手，咧着镶着金牙的嘴笑。那底格莱、昂特尔、法里德、哈穆岱在什么地方？被杀了？被囚禁了？死了？下流痞子都聚在一起了。运气在哪里？怨恨啊，你有什么好处，他们远去了，但嘈杂声并未平息。吵闹的一夜，骚动不止，包含着模糊不清的痛苦，预示着一切不祥。死神在向他祝福。绞刑架的绳索已经套上，梦想也已破灭，那些亲人——穆哈西娜、拉马纳、古莱和瓦希德——都化为幻影，随时会消失。黑夜伸手不见五指，极度的悲哀和空虚……

三十五

他回到店里，接受祝福。藏在家里，有损身心，徒生悲愁。活动是吉祥，与人交往能促进新陈代谢和血液更新，使人恢复勇气。敌人不见了，死神消失了。生活的甘美复又流出。恳求安拉激励精神。希望再生，灵感将至。放心吧，巴德尔，别害怕。用胡须作为盾牌，仰仗正义吧！

他同穆哈西娜及拉马纳、古莱和瓦希德的感情更加深厚。一起吃饭，一起饮水，一起祈祷，一起生活。在他看来，连冬天的云彩都值得爱恋。他为一切响动欢欣鼓舞，甚至对骂声也不例外。他感到惆怅的是不能将阿舒尔和舍姆斯丁的故事讲给孩子们听；他们只能在对祖先一无所知的情况下长大。托理想和我们年轻的主人的福吧。拉马纳什么时候才能知道自己是拉马纳·萨马哈·纳基呢？

他自言自语说：

"为日出而欢乐，不必为日落而忧愁！"

三十六

秘密的记事本上，他又记下逝去的日子。正在这时，一种内在的力量命令他抬起眼睛。他抬眼瞧见原籍同他一条街的穆罕默德·泰沃克勒正在店门口一米处。他见他走过来，并且扫了自己一眼。

他的心紧缩起来，像被斧子砍了一样感到剧痛。一切都完了。

那个人看见他了吗？还记得他吗？

他瞥见那人远远地坐在街长的店里，同街长有说有笑，眼睛滴溜溜地转动。那人是死神。他为能抓住萨马哈向费莱里邀功请赏而高兴。假如那人没看见他，那此刻他还将是安全的。布拉克区已变成敌人横行无阻的地方了。

穆罕默德·泰沃克勒要当杂货商女婿的消息不胫而走。他来此地大概是陪同费莱里的，顺便寻觅一个新妻子，从而变成布拉克区的居民。布拉克区不再是安全的避风港了。

是的，布拉克区不再是安全的避风港了。

三十七

穆哈西娜端详着他的脸,问道:

"你有什么心事?"

孩子们都睡了。她正在他身边梳妆打扮,但愿自己的猜测不对。他说:

"有许多心事……"

她失望地问道:

"是买卖上的?"

他忧郁地喃喃道:

"买卖还赚钱,我要走很久……"

"去上埃及?"

"也许……"

"为什么呢?"

他装着没听见她的问话,说:

"要走几年……"

"几年?……带着我们走……"

"我也希望这样,但不可能……"

她满腹狐疑地紧皱眉头。他又说:

"是被赶走的,而不是去做生意!"

"被赶走?"

他长叹一声,悲哀地说:

"告诉你一个受欺负人的故事吧,穆哈西娜!"

三十八

他告别了妻子和孩子,拂晓前就溜出了家门。

一清早,穆哈西娜站在店门口料理新生活。她忧愁、悲哀,对心中的秘密感到烦恼。对丈夫所说的,她半信半疑。他骗了她许多年,也许他有借口,但还是骗了她。他最后说的是实话呢,还是继续在欺骗?

街长路过时,问起她丈夫,为什么把她留在家里?她愁眉不展地说:

"他去上埃及了……"

街长大吃一惊,说:

"昨天遇见他时,可什么也没对我说……"

她气馁地说:

"走了!"

"真是个勤勉的人。可是你不像往常了,穆哈西娜太太……"

"我很好,街长。"

"他什么时候回来?"

她愁眉紧锁,默不作声。街长小心翼翼地询问:

"又有一个女人了?"

她生气地说:

"不是!"

"要离开很久吗?"

"要好几年,街长……"

"这是什么话!"

"我起誓……"

"你还瞒了一些事……"

她有气无力地说:

"没有。"

街长边走边说:

"上埃及人不可靠!"

三十九

街长把巴德尔出走的消息传开后,穆罕默德·泰沃克勒也知道了,便到街长那里做客。出人意料的是客人十分关心那个消息,打听道:

"就是那个大胡子巴德尔吗?"

街长做了肯定的答复。

这时穆罕默德·泰沃克勒闭目思索起来……

四十

不久,全街被抄家的消息所震动。由一名警官率领的一群人突然袭击了巴德尔·萨埃迪的住处,由侦探哈莱米·阿卜杜·巴希特率领的另一群人同时冲进了他的店铺。

人群像蚂蚁一样朝现场拥去。

哈莱米·阿卜杜·巴希特粗野地询问穆哈西娜:

"萨马哈·苏莱曼·纳基在什么地方?"

她坚定地回答:

"我不认识任何叫这个名字的人……"

"真的吗?……巴德尔·萨埃迪在哪儿?"

"我不知道。"

"撒谎……"

"别骂人,侦探。你们对一个体面的人想干什么?"

"体面的人!……你不知道他是从绞刑架下逃跑的吗?……"

"我求安拉保佑……全街的人都了解他……"

侦探吼道：

"跟我走，去局里……"

她大声喊：

"我有三个孩子没人照看，你们要我去干什么？"

四十一

家里和店里都被搜查了。穆哈西娜在受到详细审问后被释放了。消息像火一样传遍全街，人们都如坠云雾。

"巴德尔·萨埃迪！"

"那个大胡子……"

"是个善心人！"

"从绞刑架下逃跑的凶手！"

"只有他岳母看出来了，尽管她跟他一样坏！"

四十二

穆哈西娜把孩子送进学堂，从学堂接回来又带到店里，让他们在眼前玩耍。她十分担忧丈夫，也为自己的厄运担忧。尽管一次又一次地恼怒，但她没忘记他留给她的是赚钱的买卖。

自抄家后，侦探哈莱米·阿卜杜·巴希特不时地到街里转悠，或者坐在街长的店里。主啊，他还在监视她吗？她感到他在注视自己，她讨厌他的举动，但假装不知道。一个粗暴无礼的男人，个子高，脸庞大，鼻子大，还留着锦葵叶一样的胡子，一副凶神恶煞的样子，想起来就不吉利，投过奇怪和询问的一瞥；坐在街长的店里，和蔼地盯着她。他在想什么，想要什么？她不住地寻思着。她准备奋起战斗，也在竭力地探索着。

有一次，他站在店门口，朝里边迈了一步，她顿时紧张起来。他满脸堆笑地问道：

"你真的相信你丈夫是无辜的吗？"

她眼睛不看他，回答道：

"我相信他！"

他以训诫的口吻说：

"当绞索套在杀人犯的脖子上时，也会坚持说他是清白的！"说完后，便走了。

四十三

有一天，她见到街长穆罕默德·泰沃克勒，便请他进店，款待他。她对他说：

"你也许知道我受的这些罪。"

他温和地说：

"安拉在帮助你。"

"可是，就你一个人知道真情……"

"什么真情？"

"控告的真情……"

穆罕默德·泰沃克勒圆滑地说：

"我只知道调查的结果。"

"可是他对我发誓说他是清白无辜的……"

"他杀了那姑娘后逃跑是确凿无疑的……"

穆哈西娜沮丧地叹了口气，然后说：

"告诉我，我丈夫的亲戚的情况……"

穆罕默德·泰沃克勒微笑着说：

"他们属于勇猛坚强的头领家族，说起来有点儿像奇迹。不过，我不相信街上人们的想象，他们总是从最好的开始，以模糊和神秘结束。他们对实际和空想不加区分，感情用事，以自己的苦难来衡量事情。他们相信天使某天离开天庭，来保护这个或那个人……"

"费莱里是他们的人吗？"

"不是，他们的头领时代已经结束了，现在谁也不想他了。他们大部分人贫困，或者是手艺人，可是你丈夫却成为他们中间唯一的富户。他的叔叔赫德尔是个大商人，他哥哥里德旺也是。你想把孩子交给他们吗？"

她抢着说：

"不！我不会抛弃孩子们，我谁也不需要，我不过是问问我该知道的情况……"

"也许有朝一日他们会提出要孩子呢？"

穆哈西娜热切地说：

"我要尽一切能力保护他们……"

街长站起来，说：

"从前安拉在帮助你……"

四十四

天长日久，哈莱米·阿卜杜·巴希特成了商店的主顾。这是他执行监视计划的一部分吗？那种饥渴的目光不乏刺探的目的，他连自己也骗不了。她的生活无须监视。他迷恋地围着她转，满脸堆起殷勤的笑容，因内心的打算而惊慌失措。她本能地理解了这一切，但伪装不知。她觉得厌恶，但又避免下决心。她担心前途，日甚一日。

有一次，他对她说：

"愿安拉宽恕他……"

尽管她明白他的意思，仍然带着疑问望着他。他进一步说：

"他扔下你一个人带着三个孩子……"

她没吭声。他说：

"即使他注定得救，你还得等八年……"

她皱起眉头。他又肯定地说：

"他将不会得救！"

她忧郁地开了口：

"安拉与被欺负的人们在一起！"

他固执地说：

"我这一辈子还不曾听说过哪个杀人犯逃脱过绞索！"

四十五

这些日子一直艰难而且沉重。她受到劳累和烦躁的压迫，还受到苦守空房的熬煎。商店进货困难重重，收入日减，虽说还够食用。她开始觉得萨马哈有罪，每当感到烦躁或寂寞，就越想同他了结。现在大部分时间是把拉马纳、古莱和瓦希德扔在路上不管，甚至清真寺的长老都对她说：

"孩子们在学坏，穆哈西娜太太……"

她伤心地说：

"怎么办？还没到把他们送进店里干活儿的年龄……"

"教他们一门手艺不是很好吗？"

她愁眉不展地说：

"我不能把他们交给我不信任的人……"

她更加忧心忡忡和苦恼了……

四十六

哈莱米·阿卜杜·巴希特仍然不停地纠缠她。有一次，他说：

"我同情你，穆哈西娜太太……"

她坚持说：

"我壮实，也一直很顺利……"

"可是你不自在……"

"你是什么意思?"

"你仍然同绞索连在一起……"

她皱起眉头说:

"我愿意……"

"为了你自己和孩子们好,你应该解脱出来……"

他想说什么?

"像你这样的女人会提出被休弃的要求!"

她讥刺地大笑。他又说下去:

"一个好人向你求婚,你实际上是块宝石……"

他不想听到答复,便离开商店走了……

四十七

他刚消失几分钟,她便听见一声撕心裂肺的惨叫。她发疯似的朝外边跑去,只见瓦希德在泥地上打滚,血流满面。远处,几个孩子惊慌地逃走了。她顾不上抓肇事者,把瓦希德抱在怀里不住地喊。当她看清儿子的脸时,声嘶力竭地喊道:

"孩子的眼睛没了!"

四十八

阴霾密布,忧郁和愁苦降临,到处是烦恼。诱惑似彩虹出现。

四十九

商店门前停着一辆双轮马车,穆哈西娜欠起身来张望。先是一个中年人走下马车,随后又下来一个青年,两人都风尘仆仆地朝她走来。

中年人询问道：

"是穆哈西娜太太吗？"

她做了肯定的答复。中年人说：

"我是赫德尔·苏莱曼·纳基，你丈夫的叔叔，这是他哥哥里德旺……"

她的心猛烈地跳起来，为他们递去凳子，讷讷地说：

"欢迎你们两位，十分荣幸……"

赫德尔说：

"我们以前就该认识，可是消息昨天才传到我们那里！"

她想说她知道他们许多情况，但很快就改变了主意。赫德尔说：

"我们作为你丈夫的亲人，认识你很荣幸，很愿意为你效劳！"

"太谢谢了，赫德尔师傅……"

里德旺说：

"我们信服安拉，被欺负者的冤屈将会大白于天下……"

"萨马哈把一切都告诉我了，可是，你们不能证明他无辜和清白吗？"

赫德尔遗憾地说：

"我们是拿生命在一场失败的官司中冒险啊……"

里德旺问道：

"孩子在哪里？"

"在学堂里……"

她的脸色变了，说道：

"最小的孩子同别的孩子打架，失去了眼睛。"

赫德尔和里德旺的脸都变色了。赫德尔说：

"你的负担沉重啊，穆哈西娜。"

她小心翼翼地说：

"我并不示弱，但是命运不佳……"

赫德尔看出了她的想法，问道：

"你对将来有什么打算?"

"让他们到店里来……"

赫德尔环视了一下店堂。她说:

"收入还算富裕,赞美安拉……"

赫德尔温和地说:

"我们那里也许还有一个更好的机会!"

她遗憾地说:

"我不愿意离开他们……"

赫德尔明确地说:

"我们不会使你为难,可是,不让他们过更好的生活,岂非不公道吗?"

她下意识地啃着手指甲。赫德尔往下说:

"我们决不让你为难……"

里德旺补充说:

"请你把这次来访看作是互相认识和友好的表示……"

赫德尔说:

"你要知道,你并不孤单,我们也是你的亲人。我提出来的建议,你再慢慢考虑。如果愿意,你同孩子们一起来。你可随时让他们来,或者让他们留在你身边。无论如何,事情由你做主……"

五十

马车铃铛响声刚刚消失,哈莱米·阿卜杜·巴希特就坐在店里,关心地问她:

"先生们要什么?"

他这样直截了当地说话并不奇怪,她已不向他挑衅和提防他。他来这里,已成为她生活中的家常便饭,甚至他的丑陋也不让人产生反感。就这样,她对他推心置腹,无话不说。他先开口:

"十分正确……"

"我把孩子送过去?"

"这是让他们享福。"

"对母亲的心,你懂什么?"

"做母亲的责任就是牺牲自己!"

她狡诈地说:

"也许最为正确的是我同他们一起去……"

他大叫起来:

"求安拉保佑!"

"他们也是我的亲戚……"

"可你是外人!你是布拉克区的,他们是侯赛因区的。这里才有你的尊严和荣誉……"

他贪婪的小眼睛盯住她的脸,讷讷地说:

"这里有爱你的人,他眼里闪着光芒……"

五十一

只有运动是经常的。他既痛苦又快乐。当树叶再次泛绿时,当春暖花开时,当秋天结果时,记忆中冬季的冰雹和寒风就都抹去了。

五十二

一切都安排得如意妥帖,像椰子似的,坚硬的外壳里包含着甜美的甘汁。拉马纳、古莱、瓦希德从布拉克区迁到赫德尔·纳基家,他们不知道将会受到什么样的待遇,因此都呜咽哭泣。穆哈西娜哭得更为伤心。她为自己的决定进行辩解,佯称他们对她进行了威胁。但她的悲哀是真诚和发自内心的。她的心怦怦直跳,两种矛盾的感情进行激烈交锋,如同杏的肉甜核苦一般。她既做了好事,又为他们做出了牺牲。

这里包含了忠于萨马哈和同他断绝关系的斗争,因为他扔下她孤单一人走了。一方面需要忍耐,一方面屈服于生活的潮流。她以自己是软弱的女人自我安慰,应该保持行为正派。清真寺长老、街长及许多邻里都支持她的想法。

"忠于一个杀人犯没有好处……"

"一个年轻漂亮没有丈夫的女人死守着没有好处……"

她能忘记死去的母亲名声不好吗?除此之外,嫁给一个侦探也是绝大多数人所向往的事。

穆哈西娜就这样把孩子交给了萨马哈的亲人,并且与逃亡的杀人犯萨马哈离婚。

五十三

在欢乐的气氛中,她同侦探哈莱米·阿卜杜·巴希特完了婚。她更新了家具,但依旧住在那个套间里。她还在店里忙碌,以保持自己的独立性和尊严,因为她是侦探的第三个妻子。从与萨马哈同床共枕到与哈莱米·阿卜杜·巴希特朝夕相处,她还遇到一些困难。但新的总要抹去旧的,她对萨马哈渐渐淡漠了。于是同哈莱米情投意合,同他生了孩子。她坚持去赫德尔家看望拉马纳、古莱和瓦希德,受到热烈地欢迎和尊重,得到孩子们强烈地爱恋。她发现孩子们迅速学会写和算,容貌也各不相同。他们没有忘记母亲、玩耍的场所和对手,也没忘记离别许久的父亲。但是,由于天长日久和穆哈西娜的多产,她看望孩子们的次数越来越少,间隔越来越长,竟到了罕见的地步。孩子们坐着双轮马车来看她,可是哈莱米·阿卜杜·巴希特极为冷淡,使他们再也不想来了。这种联系快要中断了。

五十四

哈莱米·阿卜杜·巴希特只是在度蜜月时才花费了自己的钱。后来,他极为坦率地对她说:

"你有钱,我很穷,夫妻合作是天经地义的……"

她对这种立场表示抗议,认为这是蔑视她的爱情。但抗议也无用,因为双方都刚愎自用,态度强硬。她不愿在忍受了那么多艰辛之后,为新的夫妻生活再做出任何牺牲。

哈莱米·阿卜杜·巴希特不得不在必须时向她借贷。欠债之多,偿还是毫无希望的。因此吵架时有发生,并发展为互相诅咒,动手自然也不在话下。不过生活之流并未中断,卿卿我我、长吁短叹和欲念同吵嘴打架并驾齐驱。一个孩子接着一个孩子,一共生了六个。对他来说,唯一没有变化的就是对女性姿色永久的追求。

五十五

又过了些日子,生活在继续和发展,各种结局云集在天际。

五十六

萨马哈·伯克尔·纳基听着时光轧轧而过。人有时等待一小时都感到不幸,怎么可能在生活空虚时持续不断地等候下去呢?从一开始,他就决心不住在一个地方,当个走街串巷的流动小贩。他蓄起胡须,挡上左眼装成独眼。他仍然在秘密记事本上写下时间,记下拉马纳、古莱和瓦希德的年龄。在空闲时间,他总是思念家庭、穆哈西娜和孩子们。一天劳累之余,临睡前以憧憬理想聊以自慰。他期待着期满的那一天,期待能避免上绞刑架的那一天，期待回到亲人身边的那一天。到了那一天，他要回到本街，挥舞教训的手杖，从当今的黑暗中复兴纳基时代令人瞩目的公正。有时他自言自语，因为思念之情使自己的心不住地跳动。他想男扮女装去看亲人。但他克制自己，把渴望埋在心里。有时他对会导致多年忍耐却付诸东流的可怕后果望而却步。

他孑然一身，生活在幻觉之中。那是黑暗、思念、禁绝和不断的恐惧的幻觉。他同自己和幻影对话，有时是无言的，有时发出的声音也只有旷野、树木和尼罗河才能听见。有一次，他因为觉得看见了穆哈西娜而发疯。还有一次，他梦见自己同穆罕默德·泰沃克勒在杜麦市场相遇。最好的梦是他看了我们的主人。令人奇怪的是，梦境什么也没有留下，只不过造成心灵的沉重负担和带来神秘的希望。他自言自语道：

"它只会带来好处……"

他还说：

"不存在无意义的痛苦，总有一天光明会来到……"

确实，如果说他已经失去了一切，而并不气馁和沮丧。也许，靠着顽强，他勇气倍增；靠着勇气，他更坚强。但是，世界是怎样对待穆哈西娜、拉马纳、古莱和瓦希德的呢？他在某一天回去时，看到他们在店里已赫然长大，不知所措地注视着他，他们不会从记忆中将他抹去。

每过一年，他总要叹道：

"那座山将要搬开了！"

五十七

最后一年，也是最痛苦的一年。每过一天，苦甚一分。他坚持忍受着，克制自己坚持到最后一分钟。他顽强地同痛苦搏斗，思想沉浸在日常的烦恼中。它在流逝，不时追随着他。这些烦恼在一瞬间膨胀，变成永久性的，犹如冻结起来了，一切运动都不复存在。

五十八

只剩下一天了。到了明天早上,一切都结束了。他要投身工作,以忘却一切。但是,他已经无力工作,什么都干不了,只能同时光拥抱。他的决心动摇,然后化为乌有。他高声讲话,像是要从高声中汲取力量,将高声作为对宇宙的许诺:

"我在这里过夜,明天早晨回家……"

但他心烦意乱,刚才的保证失效了。他不由自主地行动起来,停止干活儿。没有食物,没有饮水,也没有理想。他望着太阳在天上放光,最后一点儿耐性消失了。

他要睡到家庭的怀抱里去,将自己抛向希望的地方……

五十九

穆哈西娜听到轻轻的敲门声。

孩子们都在客厅里的垫子上睡了,她也梳洗完毕,准备安寝。

谁在敲门,快到半夜了?

从门缝中,她见到一个人影,便问道:

"谁?"

他推开门,朝她扑过来。在她喊出声之前,他已经捂住了她的嘴。在灯光底下,他俩抱成了一团。他亲吻着她说:

"我是萨马哈,穆哈西娜。萨马哈回来了……"

这时候,他才松开手。她凝视着他那被头发遮盖着的脸,慌乱不堪。

"你放心,萨马哈回来了,苦难结束了!"

她还没从慌乱中苏醒过来。他又说:

"期限到了,还剩下几个小时,我忍不住了……"

这时,哈莱米·阿卜杜·巴希特出现在门口,他手里拿着匕首,说道:

"我来结束你,投案吧……"

萨马哈像挨了当头一棒,转过身来……咕哝道:

"这是谁?……你房里有一个男人?!……这是什么意思,穆哈西娜……"

穆哈西娜躲到丈夫那里,咽了口唾沫,说道:

"他是我丈夫……"

她又指了指他第一次见到的那些孩子,说:

"这些孩子的父亲……"

他举起左手,放在头上,感到头晕目眩。他说:

"真的?……你的丈夫?!……我真想不到会是这样!"

哈莱米·阿卜杜·巴希特挥了挥匕首,说:

"自首吧,我是侦探!"

"真的吗?"

他抽搐着发出大笑。哈莱米·阿卜杜·巴希特喊道:

"如果你抵抗,我就砸碎你的头……"

穆哈西娜低声说:

"让他走吧……"

他以命令的口吻对她说:

"到窗户那里去喊一声……"

说时迟,那时快,萨马哈扑过去,一只手抓住一个孩子,另一只手掐住孩子的脖子。孩子叫唤起来,他说:

"当心点儿,不许动,也不许出声,否则我就要这孩子的命……"

穆哈西娜叫起来:

"放开我的孩子,罪犯!"

"不许动,不许出声,不要攻击受伤的蛇……"

"放下孩子!"

"只要我没事,他也没事……"

穆哈西娜说:

"拉马纳、古莱和瓦希德都由你叔叔抚养着。"

他点点头,说道:

"好。但是想把我送上绞刑架的人要倒霉的……"

穆哈西娜恳求丈夫说:

"让他走吧!"

哈莱米·阿卜杜·巴希特以同意的口吻说:

"让他去火狱……"

"你先把匕首扔掉……"

哈莱米·阿卜杜·巴希特扔掉匕首,穆哈西娜跑向萨马哈,抱过孩子。哈莱米·阿卜杜·巴希特迅速拾起匕首,朝萨马哈刺过去。匕首擦着他的头皮,穿过缠头巾。萨马哈捡起匕首,朝哈莱米·阿卜杜·巴希特扑去,一下刺中他的脖子,他失去知觉倒在地上。

他跑着离开这个家,穆哈西娜的叫声尾随着他。当他走在路上,几个巡夜人朝发出呼救声的地方赶去。他竭尽全力朝尼罗河跑去……很快又开始了新的追捕。他跳上小船,划着它远离河岸……

到了河中心,一个不陌生的声音传来,那是街长在喊他:

"自首吧,萨马哈,政府的侦探哈莱米·阿卜杜·巴希特被杀死了……"

六十

赫德尔·苏莱曼·纳基凝视着萨马哈,喊道:

"萨马哈,终于来了!"

两人热烈拥抱。赫德尔大声说:

"我常梦见你得救的那一天,赞美两个世界之主——安拉。让我叫醒里德旺……"

可是萨马哈抓住他的手,急问道:

"孩子们呢?"

"等到早晨,你应该先剃胡子……"

萨马哈执拗地低声说:

"孩子们……"

六十一

他走进旁边的那一间屋子,无限深情地凝视着熟睡的脸庞。松弛的嘴巴,生气勃勃的面孔,带着稚气,同时又受到时间的哺育,显得青春焕发。他觉得,这些脸预示着未来的种种矛盾。

他的眼睛湿润了,思念之情是源源不断的泪泉。他激动不已,竟至发出窒息的喊叫。

他用手压住胡须,露出嘴来。赫德尔对着他的耳朵低声说:

"我怕会吓着他们。"

但他亲切而温柔地亲吻着那几张脸,动作迅速而神秘。他缓缓地后退,小心翼翼,黯然神伤。

六十二

赫德尔对他说:

"你应该睡觉……"

他摇着头说:

"没时间睡……"

"可是你太疲倦了,萨马哈……"

"我前面是无尽的疲倦。"

他告诉萨马哈,费莱里死了有两年了,法赛汉尼取而代之。他还谈到底格莱和哈穆岱也死了,昂特尔和法里德白日囚禁。萨马哈不注意地听他说着。

萨马哈将手搁在他肩上,说道:

"我依旧被追捕,叔叔……"

赫德尔惊慌地问:

"你不是已经过了那个期限了吗?"

他长叹道:

"我刚才又被迫杀了一个恶棍!"

六十三

在去隐居的路上,他站在修道院的广场上。啊,这里充满了街道的气息。但是,欢天喜地又在哪里呢?他多么希望从此开始新生活,教训那些无赖,复兴阿舒尔的精神啊!但这夜晚只不过是在这痛苦的世界上,受追捕的新的漫长历程的开端。他要回来,回来时已是无能为力的老翁了……

他朝小路走去,各种声音汇成的颂歌在夜空回响:

任何东西医治不了我们的痛苦,
任何东西不能把我们分离。

古莱·埃尼的失踪

——《平民史诗》故事之五

一

萨马哈·伯克尔·纳基的突然归来及迅速离去，给纳基家族和平民带来极大的震动。他的孩子们却是最为平静的，因为他来和走的时候，他们都在梦乡，而且父亲比起在布拉克区的母亲穆哈西娜来，印象是淡漠的。萨马哈的故事，实际上是个悲剧，流传开来，变成了神话和一个殷鉴。

二

拉马纳、古莱和瓦希德先后到粮店同他们的伯伯里德旺、他们的父亲的叔叔赫德尔一起忙碌。一个奇怪的消息传到街里，消息说侦探哈莱米·阿卜杜·巴希特并不像人们想象的那样被打死了，他受伤痊愈后，继续为政府效力，并对穆哈西娜蛮横无理。因此，萨马哈的逃跑就毫无必要。赫德尔十分想念他，到处寻找，甚至请杰马里耶区警察局局长帮忙。为了寻找萨马哈，赫德尔向头领法赛汉尼缴纳双份税金，并答应给他诱人的酬金；为了寻找萨马哈，赫德尔悬巨赏，金额十分可观。

赫德尔的活动也引起法赛汉尼的猜忌，他的助手们说萨马哈觊觎权势。他同街里的绅士们都忐忑不安。

人们突然得知那个善良的男子汉赫德尔在凯巴比基胡同身负重伤。他被晚会延误到半夜才动身回家。当时得不到救治，两天后不治身亡了。尽管人们一致认为是那些罪犯所为，但此事同其他事件一样不了了之。赫德尔就如同一颗沙子般消失了。

三

纳基家族因失去他们的支柱而受到震动,并把这看作命中注定的屈辱结局之一。尽管如此,他们服从天命,决定忍气吞声。但是,萨马哈的小儿子瓦希德暴跳如雷,警告罪犯们小心自己的下场。他愤慨地说:

"杀我们叔祖的凶手正兴高采烈,他名叫法赛汉尼!"

他又痛苦地问道:

"阿舒尔·纳基可曾想到过他的后代会有这样的结果?"

同他一样激动的是赫德尔的遗孀迪娅,但她采取了她的方式。这件罪行将她推入了不可理解的深渊,她见人就逃,说起话来颠三倒四,毫无意义。她变得衰老不堪,浑浑噩噩,嘟囔着含混不清的预言。她整天穿着白长衫,戴绿面纱,捧个铜香炉。每天黄昏,她在广场和空地之间摇摇晃晃地踽踽独行,她边走边喷着香烟,一声不吭。女仆紧跟在她身后,许多双眼睛盯着她看。

一些人嘲讽头领,他们中的一个人说:

"这下不怀疑别人贪图权势了吧……"

她的举止刺痛了青年们的心,同样刺痛了里德旺夫妇和赛菲娅的心,但他们无法改变这一现实。暴怒的瓦希德对她说:

"叔祖母,待在你的家里,怀念我们的叔祖赫德尔吧……"

她呆头呆脑地注视着他,说道:

"我在梦中看见你是个绿蚂蚱蹦蹦跳跳……"

瓦希德对同她辩论感到气馁了。可是她却问他:

"你难道不懂那个意思吗?"

他未加理会。她自己回答说:

"你生来是个胆小鬼!"

四

在愤慨的力量推动下,瓦希德冲破了谨慎小心的围墙。他在粮店里感到无比烦躁,离拉马纳和古莱越来越远。老太婆都说他生来就是胆小鬼,主啊,他还配向人挑战吗?

瓦希德中等个子,尽管只有一只眼睛,但容貌清秀,臂力过人。可是他同法赛汉尼相比,不啻是猫站在公羊面前。他尚不敢造次冒险,因此经常感到不可名状的不安和痛苦。伯伯里德旺常对他说:

"别胡思乱想,好好干事……"

姑娘赛菲娅也常对他说:

"不要按你的喜好去解释迪娅太太的梦象……"

他远离家人,不顾年岁上的差别,与街长穆罕默德·泰沃克勒交上朋友,经常同他一起在萨耶迪基大烟馆过夜。他同赛迪克·艾布·塔基耶的关系不错,不时去他那里,或者到酒馆碰头。一有打架斗殴,他便闻风而去,而聚礼日的祈祷却从见不到他。一次,易司马仪·盖勒尤比说起他时讲:

"安拉能在酒馆和清真寺之间拴住一个人的心吗?"

瓦希德也苦恼地自忖道:

"难道你没有见到杀人凶手欢天喜地,无辜者却孤独地受尽磨难吗?"

五

在辗转反侧睡不安稳的后半夜,瓦希德做了一个长梦。梦见自己在修道院前的广场上,可他并不爱去那里。一个修行者来到他面前,说:

"大长老告诉你,安拉已经创造了黎明。"

瓦希德相信他的话,沉醉在幸福里。他出乎意料地坐上轿子,在男女的夹道欢迎下穿过大街,见到布拉克区的母亲穆哈西娜。她指着他说:

"上去。"

轿子带着他乘风来到旷野,周围红山环绕。他问自己道:

"这是在哪里?"

从山顶上下来一个巨人,对他说:

"你肯定得救了……"

他对那个巨人说:

"你就是阿舒尔。"

巨人友好地抚摩着他的胳膊,说道:

"这就是魔力!"

六

瓦希德醒来时,觉得自己颇受启发,感到自己有力、乐观,并能获得成功。他毫不怀疑自己有创造奇迹的能力,能从房顶跳到地面,不必害怕摔断骨头。

狂风呼啸。他穿上衣服,立刻去咖啡馆找法赛汉尼。他严厉地瞥了法赛汉尼一眼,说道:

"我向你挑战,你这个罪人……"

头领抬起沉重的眼皮,以为瓦希德发疯了。不过,他无论如何是喜欢教训纳基家的小崽子的,便对他说:

"喝醉了,上一代的小子……"

瓦希德朝他脸上唾了一口唾沫。

法赛汉尼猛地跳起来,人群围拢来观看。

瓦希德毫不犹豫,朝头领猛扑过去,竭尽全力用神奇的手掐住他的脖子。法赛汉尼透不过气，后背着地，发出临死的哀鸣。瓦希德又猛击他的膝盖，他瘫成了一团。他的随从一拥而上，也被瓦希德一一打倒，他们全都惊慌不已。

不到一天，瓦希德·萨马哈·纳基就成了头领！

七

整条街的人都大吃一惊。

平民们的心中搏动着希望，绅士们则惴惴不安。纳基一家憧憬着发光的宝座。瓦希德逢人就说他见到的梦象以及那只魔手所创造的奇迹，他轻而易举地战胜了死神，靠的是对胜利的坚定信念。他很快感到人们瞩目于他，同时也对他产生种种的疑虑和恐惧。可是他从容不迫，工于算计，除了为平民及受苦人献身的事情外，其余的事都任其自然。

伯伯里德旺问他：

"你什么时候实现你父亲的理想？"

他谨慎地说：

"得一步一步来，否则我就会失去控制权的……"

"这是在搞经营，而不是英雄气概，我的侄儿……"

他暧昧地说：

"安拉怜悯懂得自身能力的人。"

里德旺非常失望，因为他观察过瓦希德很长时间。瓦希德日甚一日地受到头领的尊严和财富带来的好处以及绅士们的奉承谄媚，便经不起诱惑，利己主义逐渐萌发膨胀，英雄伟业和誓言的影响越来越弱。他盖起私邸，享尽生活中一切荣华富贵，越来越流连于酒馆和麻醉品。他一味地蛮干，从秘密逐渐走向公开。里德旺对妻子温西雅说：

"这个恶棍若不是我们家的人岂不更好！"

平民们想起苏莱曼的堕落，说纳基家族的人单单继承了坏毛病。古莱为之痛苦，而拉马纳却说：

"纳基家族的荣誉已使我们心满意足了……"

拉马纳同瓦希德大同小异,只顾享乐,无视纳基过去的允诺。瓦希德自封为圆梦家,平民们私下叫他"独眼"。他以不守规矩闻名,尚未娶妻,然而却像帝王一样左拥右抱。

就这样,瓦希德·艾瓦尔的地位稳固了。

八

里德旺尽管年纪不过四十,却已心力交瘁,动辄出虚汗,眼前发黑。由于萨马哈的悲剧和瓦希德的行径,他经常处于愁云悲雾之中。因此不顾做买卖,在家离群索居,崇拜安拉,最后把事务都交给拉马纳和古莱管理。

九

拉马纳和古莱负责管理,虽做一样的事情,但心地却截然不同。古莱眉清目秀,两眼有神,从母亲那里继承了细腻和匀称的特点,此外,他还以有教养和正直著称。他除了力气之外,在容貌和待人接物上都与舍姆斯丁相似。拉马纳五短身材,胖得像个油桶,皮肤粗糙发黑。在买卖上,古莱比他更精明,待顾客更纯真。工人们都喜欢古莱的宽容。拉马纳同瓦希德混迹于大烟馆,迷恋冒险,如果喝得酩酊大醉,便对古莱竭尽讽刺挖苦之事。

有一天,他对古莱说:

"你总是花钱收买人心,这是什么道理?"

古莱对他说:

"同情不是做生意……"

"那又是什么呢?"

"你自己试验一下,拉马纳!"

他嘲笑地说：

"你真狡猾……"

尽管古莱比拉马纳小一岁，但他觉得自己应对拉马纳、瓦希德负责，而他们俩则讨厌这类典范。一次，瓦希德怒气冲冲地对他说：

"你们卑贱然而高贵，难道不让我享受这种好事吗？"

古莱生气地说：

"我们就是因为你才失去了昔日的声望……"

他怒不可遏地说：

"我不相信那些胡说八道！"

古莱嘲笑地问道：

"你不是'圆梦家'吗？"

他大发雷霆，咬牙切齿地走了。

古莱对拉马纳的打架斗殴不以为然，一次对他说：

"你结婚吧，我们也好清静一些……"

拉马纳怨恨地说：

"你是我弟弟。比我小一岁，别想干涉我的自由……"

里德旺对兄弟俩的争执深感不安，便对古莱说：

"我担心的是你同哥哥之间能否和睦相处……"

姑娘赛菲娅也说：

"我们心灵上的伤疤已经够多了，这个世界不会变了……"

每天黄昏，迪娅依旧端着香炉踽踽独行，对着苍天低声细语，热泪盈眶……

十

古莱夜里回家时，黑暗中有一老妇人挡住他，说道：

"你好，古莱。"

他惊奇地回了礼。她又说：

"现在有人在修道院广场等着你……"

他顿生好奇心,问道:

"是谁?"

"易司马仪·巴纳的女儿阿齐宰!"

十一

他跟着老妇人走去。两人穿过黑暗,一直来到星光闪烁的广场。时值仲夏,微风吹拂,夜空中充满了歌声。老妇人领着他朝古城下的一个人影走去。他一点儿也认不出来,从前没见过也没听说过她。双方保持沉默,良久,他鼓起勇气说:

"愿为夫人效劳。"

一个柔和但又慌乱的声音对他说:

"谢谢你……"

她随即补充了一句:

"不要认为我有什么不好的想法!"

"求安拉保佑……"

两人又像刚见面时一声不吭。他明白她在追逐那失去的勇气,便做了一切可能的猜测,最后强迫自己开口:

"我在听你的吩咐……"

她更加慌乱地说:

"你的名声犹如玫瑰。我只有一句话,让安拉赋予它以含义吧……"

"我全神贯注地听着……"

"你的哥哥拉马纳……"

声音像窒息般突然中断,他的心怦怦直跳。他又做了种种猜测,心上蒙上了一层阴影,嘀咕道:

"我哥哥拉马纳?"

她难以继续谈下去,真情像虫子一样在黑暗中蠕动。这时,老妇人悄声说：

"他答应过要娶她……"

"是这么回事吗？"

老妇人说：

"如果他不履行诺言，我们就要去死！"

两个人影远去，而隐约的抽噎声不时敲击着他的耳膜……

十二

他同伯伯里德旺及温西雅吃完晚饭，迪娅没离开小房。拉马纳经常在外面过夜，伯伯对古莱说：

"你同往常不一样……"

他喃喃地说：

"我很好……"

温西雅说：

"凭侯赛因起誓，你就是同往常不一样……"

怎么开口呢？他想把事情告诉他们，从广场回来时就这样打算了。现在，他退缩了，一种力量阻止并警告他说，姑娘托付给他的是秘密，他理应保密。尽管拉马纳恨他，但他还是应该先对哥哥说。

十三

全家人都睡了，他还没睡。拉马纳直至天亮前一小时才回来。

他见拉马纳眼睛喝得通红，立刻醒悟到这次任务的艰难。可是，怎么办呢？他哥哥要睡到中午才醒，而他一早就要去粮店开门，在那里不好谈这种话吧？

"什么把你吵醒了？"

哥哥朝自己房间走去,一边倒在安乐椅上,一边说:

"是黎明的训诫吧?"

古莱装着不懂这种讥刺,温和地说:

"我有重要的话,希望你能耐心地听,拉马纳……"

"真的吗?"

"当然!"

他防备地说:

"条件是与道德无关的!"

"没有与道德截然无关的事……"

他固执地说:

"我不听……"

"忍耐点儿,并非如你所想象的。这件事你比我更关心,不容忽视……"

"能引起我的兴趣吗?"

古莱用手扶着他的肩膀,温和而小声地说道:

"关系到阿齐宰!"

拉马纳像挨了一棍,往后闪,惊问道:

"阿齐宰?"

"易司马仪·巴纳的女儿……"

"我一点儿也不明白,你想说什么?"

古莱从容不迫、和蔼,同时又强有力地说:

"你应该同她结婚,而且是马上!"

他从头上解下缠头巾,抖抖肩膀,挣脱古莱的手,生气地说:

"不要脸,廉耻在哪里?……她怎么同你联系上的?"

"这不重要,重要的是我们要阻止酿成悲剧。"

他讽刺地说:

"在你的想象中才有悲剧!"

"我相信那是真正的悲剧。"

拉马纳喘着气说：

"不，我对她没有兴趣和要求……"

"为什么不，毫无疑问，她有一次使你着了迷，再说，他父亲是个名声很好的体面人！"

拉马纳冷淡地说：

"我不相信有谁会屈服！"

"不管怎么看，要做得高尚些……"

"什么高尚？！……我鄙视这些……"

古莱抱着希望说：

"需要遮掩，然后你看着办吧……"

他困惑地点点头，说：

"就是还有一个障碍……"

"是什么？"

"我同她妹妹拉伊法之间的爱情！"

古莱吃了一惊，说：

"你不能牺牲一个再同另一个结婚呀……"

他咕哝了一些含糊不清的话。古莱又说：

"也许有一天拉伊法知道了这个悲剧……"

"她确实知道！"

"她也同意你这样做？"

拉马纳肯定地点点头。古莱说：

"她真是个恶人，哥哥……"

"她同我一样鄙视向人屈服！"

"可是她是她的亲妹妹！"

拉马纳悻悻地说：

"只有在兄弟姐妹之间才有真正的仇恨！"

古莱着实吃惊，然后发起怒来，喊道：

"你应该立刻同阿齐宰结婚！"

他叫嚷道:

"我不允许你!"

他说完,挑衅地站起身,一边走,一边说:

"你要是真仁慈,你就娶了她!"

十四

雨水落到地上,而没消失在空中。流星闪烁一下,然后消失;树木扎根在土地里,而不立足于空气中;鸟儿凌空飞,栖息在枝头。有一种力量使所有的人都按一个节拍起舞,谁也不知道是痛苦还是欢乐。云彩在天空相撞而电闪雷鸣。

古莱苦恼地思忖良久。他自言自语说,他已经做出了努力,还应该继续下去。但是他有能力做出更多的努力吗?他不可能如愿以偿。阿齐宰的求救声同歌声混杂在一起,它像古墙一样不屈不挠,呜咽声似擂鼓一般在耳边震响。他要负责,纳基家族甚至奇迹的阿舒尔都要负责。他不能耸耸肩膀一走了事。一种拽引的力量推动着他,没有比飞鸟、云彩和雨水更多自由的了。去忍受痛苦,去那相互争论的火狱吧!

"你要是真仁慈,你就娶了她!"

那个恶棍在向他挑战,在考验他。那个恶棍在向他报复。这是命运要他结婚吗?不,一千个不。可是出路在哪里?他鄙视屈服,赞美忍受。那是不可摇撼的命运。他不是对那个恶棍说过了吗?

"需要遮掩,然后看着办吧……"

是啊,遮掩一下,然后看着办。

十五

古莱对伯伯里德旺说:

"我决定偿还那一半义务!"

伯伯朗声大笑,说:

"拉马纳走在你前面约有一个小时!"

古莱的心怦怦直跳,希望安拉将他引上正道。他问伯伯:

"是谁,伯伯?"

"易司马仪·巴纳的女儿拉伊法。"

他的希望落空了,默不作声。里德旺问他:

"你呢?"

他的嘴角绽放出笑容,装出吃惊的样子,说:

"真是奇遇!……您想象一下,伯伯,我要娶她的姐姐阿齐宰!"

里德旺大笑,说:

"愿安拉降福给你们,我很高兴。易司马仪·巴纳是个高尚的邻居,忠实的商人。"

十六

那个决定并未使他的疑虑消失,而像雨水落进泥潭,欢乐中掺杂着不安。拉马纳和拉伊法知道他的秘密更使他忧愁。除此之外,他担心阿齐宰拒绝他的一片好心,再生出什么意外,幸好,传来了令人满意的喜讯,锋利的刀尖穿过肌肉直刺骨髓。事情发展之快,令人瞠目。

十七

阿齐宰、拉伊法分别嫁给古莱和拉马纳的婚礼同时举行,全街为之庆祝。在婚宴上,古莱第一次见到姐妹俩,她俩的相似颇使他咋舌。她们的个子适中,体态丰满,肤色赤褐,面部洁净,眼睛黑亮,一切都显得匀称。他尽力找出两人的差别,终于找到了。阿齐宰的下牙较大,嘴唇更厚,这倒无足轻重。他从两人的眼睛里找到了显而易见的区别。阿齐宰的目光稳定安详,显得从容满足;拉伊法则慌乱不定,总在别人的面孔上扫来扫去，两眼虽聪明，但不仁厚，毫不掩饰她的成功和得意。而阿齐宰则长时间地看着饰以缎子和金线的白鞋。古莱对自己说，她是个不幸的新娘，而他是不幸的新郎，也许这正是做出那个决定的原因。他领着她走入洞房，铃鼓和歌声不绝于耳。他想，他将怎么办呢？

十八

他与她一起待在房内，见她从头到脚都在发抖，不敢看他，也不敢做出任何举动。她没有办法，没有尊严，是他行善的猎物。他尽力和蔼地对待她，她美丽而忧郁的表情颇使他动容，他没有忘记她的心仍然封闭着，对他来说，她是完全陌生的。结婚礼服像是囚服。就在这同一时刻，拉伊法胜利而欲火中烧地躺在拉马纳的怀里。主啊，古莱该说些什么呢？一个柔情缱绻的声音解放了他。她说：

"感谢你……"

他更加温和地说：

"我很遗憾和忧郁……"

"我感觉到你承受的沉重的冤屈……"

他友好地说：

"你所承受的比我更为沉重……"

"无论如何，那是我的错！"

在新婚之夜的谈话竟是这样！谁都没有动一下，连结婚的面罩还依旧在头上。他盯着那双低垂的眼睛，仔细地端详着她。她的美丽和魅力撞击着他的心房，若不是不可能，他真想一口把她吞下去。他平静地说：

"在这个天地里，你不会被迫做你不愿意的事情……"

她热情地说：

"我相信你的豪侠，但是我……"

她停顿了一下，接着说：

"我向你肯定,过去只留下了痛苦的回忆。"

主啊,她指的是什么?……她在想什么?……难道她不明白他这一步迈得多么远吗?……什么时候他能将一切和盘托出呢?……什么时候他能从她女性的魅力中解放出来呢?……他装着不懂,也许是为了回避,说道:

"我为你的妹妹感到惊奇,她的卑劣不亚于我的哥哥!"

她不屑地说:

"他们倒真是很般配!"

"你俩怎样?"

"不好,很不好!"

"可是为了什么呢?"

"她想将一切据为己有,争强好胜,连爱情也包括在内。可是我超过她了,她认为双亲更喜爱我,便忌恨我,她是可恶的……"

"我哥哥也可恶……"

古莱接着又说:

"可是你……"

他没往下说,她热情地接过话来说道:

"已经结束了,我明白我是昏了头!"

安拉啊,很明显,她还生活在理想中,而且十分真诚。真的吗?是的,是真的。那有什么价值?任务是困难重重的,为什么害怕她的美貌和魅力呢?她第一次抬起眼睛注视着他,四目汇聚。蜡烛仍在烛台上融滴。

她动情地问他:

"我想知道你心里在想什么!"

多么宁静的夏夜啊!他一声不吭。她说:

"你认为我配不上你!"

他冲动地说:

"你真诚、纯洁,值得尊敬!"

"我感谢你,并且领你仁慈的情意。但是同情并不适合做生活的基础!"

他在考虑,感到痛苦,抵抗着诱惑。他问她:

"你心里在想什么?"

她热情很高,越说越大胆:

"我是自由人,完全自由的。但是,一切都取决于你……"

他坦率地说:

"我没忘记你要求他同你结婚!"

她抢着说:

"那是恐惧而不是渴望在驱使我,请你相信我……"

他被她迷住了,说:

"我相信你!"

她又退一步说:

"可是,你有一切权利,可以按你的意愿行事……"

这是什么样的深渊和诱惑,疯狂已在他心里横冲直撞。他不安的心房里欲念在跳动,像是同时吞服了鸦片和安眠药,睡神柔嫩的手指正摩挲着额角……

十九

炎热的夏天过去了。古莱完全屈服了,他热恋着阿齐宰。他相信只要愿意,爱情能征服传统。阿齐宰和拉伊法都精心地各司其职,温西雅没有发现任何需要费心的事。在粮店的办公室,古莱和拉马纳继续忙碌,除了生意上的事,彼此相对无言。就这样,爱和恨并行不悖。

阿齐宰很快怀孕了,巴纳一家兴高采烈,纳基家族欢天喜地。只有古莱但愿她晚一些怀孕。他问,是什么时候怀上的?昆虫正慢慢爬进含苞欲放的鲜花,寺院的光辉被恶魔的影子挡住,怀疑之心正在滋生。可是阿齐宰不知道他的疑虑,纯洁真挚高兴非凡。再没有后退的余地了。他是真诚、爱恋的自由人,相信至大的安拉,同时感受到欢乐和痛苦。

二十

拉伊法为什么没有怀孕?

巴纳和纳基家的人都不断地担心这个问题。拉伊法为之焦头烂额,眼里充满了怨恨。迟迟不怀孕是因为有病,而不是自然地拖延。围绕着拉伊法的怀疑不断,她母亲十分不安。她用了各种各样的偏方,请了一个又一个名医,担忧和恐惧却与日俱增。

拉马纳喝得酩酊大醉,说道:

"多么喧哗吵闹!"

拉伊法生气地说:

"他们得不到宽恕,要入火狱……"

拉马纳烦恼地说:

"你们俩那么相似,在你身上有什么缺陷?"

她勃然大怒,反问:

"安拉启示给你说了,这是我的缺陷,而不是你的?"

他也大怒道:

"我完美无缺……"

"任何男人都这么想!"

他醉醺醺地、火冒三丈地说:

"那我与另一个妻子试一试?"

她扬起头,脖子扭向另一边,活似一条蛇,不屑地咕哝道:

"醉鬼!"

他更为生气地说:

"也许我的孩子正在另一个女人的肚子里!"

她大叫:

"管住你那卑贱的舌头……"

"你才是卑贱的!"

他威胁着站起身,她赶忙跳起来后退,进行自卫。他没有动手,但怨恨地说:

"魔鬼,不生孩子的!"

这是夫妻第一次吵架,其激烈程度令人惊诧。

以后的厮打更是愈演愈烈,一发不可收拾。

二十一

街长穆罕默德·泰沃克勒同赛迪克·艾布·塔基耶坐在一起,迪娅端着香炉走过。赛迪克哈哈大笑,低声说:

"权势又回到纳基家族手中,那个疯婆子为什么还哭啊?"

二十二

早春时节,小贩的叫卖声不绝于耳。阿齐宰生了个儿子,起名阿齐兹。古莱忙得不可开交,终于安定下来。阿齐宰正卧床休养,古莱怜悯地凝视着婴儿。他内心受到种种感情的撞击,慌乱不已。阿齐宰温柔地望着他,眼里充满了疲倦与骄傲。她喃喃地说:

"他多么像你!"

她为何要强调这一点?他还看不出模样来,她却做此表白。她把过去全然忘掉,沉浸在清白无辜和爱情之中。那一对伴侣——欢乐和痛苦双双归来,都在拉扯他。他决心要幸福地生活下去。

二十三

为了应付表面关系,拉马纳和拉伊法来探望古莱一家,给新生儿带来一部烫金封面的《古兰经》。拉马纳对古莱说：

"愿他在你的钟爱下成长……"

拉伊法盯着婴儿看，说：

"多么漂亮！"

阿齐宰的心紧缩起来，她看着拉伊法的目光。古莱十分高兴，因为长期以来，他一直祈求安拉指引他走正道，用真理照亮他的道路。他的爱情不是一度迷误，受到蛊惑和委屈吗？他最后相信阿齐宰的清白，以免使自己的意愿坠入火狱。

二十四

古莱把孩子包在襁褓中，在夜间抱着他来到修道院的广场，迎接最初的歌声。他向安拉请求，让孩子自小就具备英雄气概和善良品德，胸怀神圣的理想，抵御罪恶的邪念。他的思想飞到当年阿舒尔被丢弃的那条窄路，像云彩遮月匆匆而过，短暂的黑暗之后重放光明。他想起敌人对阿舒尔及其出身的诽谤中伤，不由得忧郁难过。他倾听着歌声，以此荡涤不快的情绪。他讷讷自语："主啊，赐我以力量。"

他聆听着歌词的叠句：

是那检验金币的人，

使修士们无所事事？

二十五

他从墓地回家时，听到一个粗哑的声音：

"来人是谁？"

他听出这是头领——弟弟瓦希德的声音，便微笑着说：

"古莱·萨马哈·纳基。"

头领咯咯大笑。两人站在黑地里。瓦希德问道：

"你像善良的祖先一样去广场了？"

"我还带着孩子去的，这不是我还抱着的吗？！……"

"祝贺你，我想明天去你店里祝贺……"

"为什么不到家里看看？"

"你知道我避免去那里！"

古莱和蔼地说：

"那是你的家，凭指引正路的安拉起誓……"

瓦希德换了一种口气说道：

"我本来想同你谈另外一件事的。"

"好啊。"

"我们的哥哥拉马纳……"

古莱长叹一声，保持沉默，瓦希德说：

"他愚蠢、挥金如土。我不是说教者，但是我知道只有头领才花得起！"

"我知道。忠告不起作用，只会引起他发脾气！"

瓦希德愤慨地说：

"他这是自寻死路。"

二十六

有一种东西，比好事、坏事和争论更为有力地把拉马纳和拉伊法联系在一起，不论他们之间发生什么样的纠纷，谁都不会超越一定限度。口角不断，情意也不断。粗暴无礼与打情骂俏并存，呵斥谴责与唉声叹气同在，接吻连着猜疑。他相信，她是不能生育的；她寻思，他是不能生育的。他是她唯一的男人，他也不打算另娶。他喝醉了，说道：

"那是命里注定的！"

二十七

经过短期患病之后，里德旺·伯克尔·纳基逝世了。他离群索居，人们完全忘记了他，死了几天才有人提起他。遗产经过协商，商店交给了拉马纳和古莱，其余的则分配给妻子温西雅和他妹妹赛菲娅。

二十八

拉马纳不再仅仅以在酒馆和大烟馆厮混为满足，而靠赌博来埋藏心中的烦躁。古莱忍了又忍，直至忍无可忍，趁两人都在办公室，对拉马纳说：

"你毫无计划地浪费金钱……"

他愤愤地说：

"那是我的钱！"

"有时你不得不向我借钱！"

"可是我赖账不还吗？"

古莱蔑视地说：

"这损害了我们共同的利益，再说，你几乎不出力！"

拉马纳愤愤地说：

"你不要辜负我对你的信任！"

古莱沉默良久，然后说道：

"我们最好分开，在倒霉之前各自独立经营……"

二十九

龃龉发生后，举家为之不安。

瓦希德在看望古莱时，直截了当地说：

"怎么有利你就怎么干。"

他还说：

"你的孩子一天大似一天。"

瓦希德随即又蔑视地谈起拉马纳：

"同他继父一样，是头猪！"

赛菲娅把古莱和拉马纳叫到一起，向他俩建议说：

"让古莱一人管理商店，拉马纳取一份红利，他可以自由自在……"

拉马纳说：

"我不是孩子，姑姑……"

她热泪盈眶，说道：

"纳基的声誉寄托在你们手中……"

古莱忧伤地说：

"纳基的声誉！……我们有权势，可是有了又能怎么样呢？父亲没有过错，不见了。哥哥不是在酒馆，就是在烟馆，或是就去赌博！"

她恳求他说：

"你就是希望，古莱！"

他激动地说：

"所以我要独立经营……"

三十

拉伊法对分手的主意大吃一惊，表示了她的恐惧。拉马纳对她说：

"你也不相信我？"

她温和并奉承地说：

"你如果放弃一些坏习惯，那就可以信赖。"

"我如果放弃，被迫负起责任，那一定改掉它！"

"你真懂行吗？"

他皱皱眉头,她便又说:

"你需要时间安排,拉马纳。要当心欺诈和顽固,过去总是你弟弟拿主意、定合同、出去做买卖,他就是一切,你缩在办公桌后面,什么也不是!"

他怨恨了半天,然后说道:

"如果他非要按他的主张办,那怎么办呢?"

她眼里显露出恶意,说道:

"要不惜任何代价阻止他……"

"用武力?"

"用任何代价。你明白你现在独立意味着什么吗?那就是在几天或者几个星期内破产。一个兄弟是绅士,一个兄弟是头领,一个兄弟是乞丐!"

"那怎么办?"

"首先要讲和,同时改变你的生活,同他一起干,然后我们再来考虑一切……"

他皱着眉头,一声不吭。她又说:

"你的损失是沉重的,如果现在分开,你还剩下什么呢?想想这些,再想想……"

她稍稍停顿了一下,接着说:

"你再想想,没有什么不可能的事……"

三十一

古莱准备了一次紧急旅行,拉马纳建议将分开推迟到他回来之后。他用以前所未有的温和态度说:

"也许你回来时会发现我变成另外一个人了……"

三十二

夜里,古莱同阿齐宰仍就这个话题进行交谈。阿齐宰毫不掩饰自己的感情,说道:

"他确实不值得信任……"

古莱说:

"先这样吧,但不要犹豫。他不喜欢你,他和他的妻子都希望我完蛋!"

她望着玩弄猫的阿齐兹,眼睛盯着他,嘴里说着:

"我从天上得到了给你的新礼物……"

他深情而欢愉地瞟了一眼她的肚子。阿齐宰指着阿齐兹,咕哝着:

"你们家的人盼望他当头领……"

他微笑着说:

"纳基家族就是这样!"

阿齐宰说:

"我认为,行善的门路很多……"

"阿舒尔呢?"

"总是阿舒尔!……你也向往他们的理想?"

"我要像赫德尔培养我那样培养他,在这以后就随他的便,愿意干什么就干什么……"

"假如你忘了自己是阿舒尔·纳基的后代,该多么好!"

"无论如何,我们总是他的后代……"

她久久凝视着阿齐兹,然后问道:

"什么时候我亲眼看到他坐在办公室里?"

三十三

　　车夫端坐在两轮马车的驭手位置上。古莱同送行者站在一起,他们是:瓦希德、拉马纳、易司马仪·盖勒尤比谢赫和街长穆罕默德·泰沃克勒以及其他人。穆罕默德·泰沃克勒握住拉马纳的手,话里有话地说:

　　"师傅,你们俩如果都各自经营,出门期间谁代替你呢?"

　　古莱装着同易司马仪谢赫谈话,未予置理。这时,迪娅端着香炉,泪汪汪地走过来。现在她的样子已不再引起族人们的不悦了。瓦希德说:

　　"老太婆在为你的出门祝福!"

　　古莱同他们一一握手,登上马车。拉马纳说:

　　"来去平安……"

　　铃铛响了一下,马车朝广场驶去……

三十四

　　按照习惯,出门需时一周。但是一个星期过去了,古莱却没有回来,家里不免猜测起来。晚上,拉马纳说:

　　"一定被什么事耽搁了。"

　　温西雅咕哝道:

　　"他出门不会计较个把小时的。"

　　拉伊法说:

　　"有一次他就比预定时间晚归两天……"

　　阿齐宰保持沉默。

三十五

第二天同第一天一样过去了。人们用宽心的话安慰她。阿齐宰对自己说:

"毫无根据的担忧是多么糟糕呀……"

三十六

两轮马车早晨去布拉克码头,晚上又空车返回。阿齐宰因为失眠,在床上苦恼地辗转反侧直至天亮……

三十七

街坊邻里开始打听古莱为何不归。阿齐宰请瓦希德来到家中,问他道:

"你怎么估计,瓦希德师傅?"

头领说:

"我决定亲自去一趟……"

三十八

瓦希德走了三天,第四天晚上回来了。阿齐宰一见他的脸色,心便往下一沉,大声喊:

"准不是好事!"

瓦希德愁眉苦脸地说:

"他的助手们确认他没去他们那里……"

阿齐宰脸色苍白地问：

"那意味着什么呢？"

温西雅掩饰自己的慌乱说：

"我的心告诉我他平安无事……"

阿齐宰说：

"我的心可不这么认为……"

拉马纳说：

"你们不要悲观……"

阿齐宰大叫：

"你们这一家失踪的人比在家的还多……"

温西雅说：

"但愿安拉使那些坏主意失败……"

拉伊法咕哝着：

"阿敏……"

此刻，阿齐宰痛哭流涕，喊道：

"我一个没能耐的女人，该怎么办呀？"

瓦希德说：

"我才走了第一步，还可以再想些办法……"

温西雅说：

"他没有仇人……"

拉马纳说：

"这倒是真的，可是路上有危险……"

阿齐宰唉声叹气起来。瓦希德说：

"我在办不可能的事情……"

三十九

过了一个星期又一个星期，时间无谓地逝去。人们日出而起，日落而归,白天干活儿,晚上吃饭睡觉。他们相信,古莱是回不到街里来了。

四十

阿齐宰竭力同忘却和无所谓做顽强的斗争。古莱的失踪是一个灾难,每天早晨都冲击着她的心房。她的心被忧郁和愤怒撕扯着。她不愿意相信宇宙的规律竟会在瞬息之间被其他东西所代替。由于极度的伤心,她小产了,在病榻上躺了一个星期。她请瓦希德来,对他说:

"我将不保持沉默,也不灰心丧气,即使要花毕生的精力,我也要……"

瓦希德说:

"你不知道我的忧愁,阿齐宰太太。这种事出在头领的弟弟家,实在是一种耻辱……"

"我将不保持沉默,也不灰心丧气……"

"寻找他是我手下人的首要任务,我也请其他街道的头领帮助……"

他稍做停顿,接下去说:

"我去过布拉克,找了我母亲,她现在已双目失明。她同我一起拜访了布拉克的头领。全世界都在寻找古莱……"

四十一

从另一方面,阿齐宰的父亲拜访了警察局长。局长答应给予一切可能的帮助。她父亲鼓励和安慰她。她对父亲说:

"我的心像是知道秘密……"

父亲明白了她的想法,便担心起来,说:

"你要小心,不要对清白无辜的人乱加猜测……"

"那些清白无辜的人?!"

"你听我的话,管住你的舌头……"

"只有他们俩才是我们的仇人……"

"你没有证据,只凭过去那些恶意猜测……"

她顽强地说:

"我不灰心,即使花毕生的精力……"

四十二

她闯入迪娅的小耳房,这是谁也不敢去的。她见迪娅盘腿坐在褥垫子上,靠在五光十色的枕头上。她跪在迪娅身边,迪娅没有回过头,也没发觉。阿齐宰低声说:

"迪娅太太,你怎么看?"

声音并未敲响她上闩的大门。她又热情地说:

"对我说点儿吧,迪娅太太!"

可是迪娅听不见,没感觉。

阿齐宰觉得她在向不可知的世界挑战,无路可走,她是在做不可能的事……

四十三

阿齐宰带着阿齐兹在自己的小房间里,过着半隐居的生活。她吃的饭都是由阿齐兹送来的。拉马纳和拉伊法脸上带着明显的悲哀来小房子看她。拉马纳对她说:

"这样隐居更使我们发愁……"

她不看他俩,说道:

"我不适于同别人交往了……"

拉马纳咕哝道:

"我们是最亲近的一家人……"

她不耐烦地说：

"忧愁像瘟疫，不得不隐居……"

拉马纳说：

"同人们来往可以治愈它，你要知道，我在不停地寻找……"

她固执地说：

"好吧，我们应该知道凶手……"

拉伊法喊起来：

"我不相信他被害……"

阿齐宰自尊地强忍着眼泪，不为任何一句好话而欢乐。这次会见不欢而散。阿齐宰并没有同瓦希德或父亲中断联系，也没有悲观。时间在流逝，古莱依旧消失在无名的大海中……

四十四

古莱的失踪是因为剪径强盗所致的消息传开了，每当提起这件事时，都有人这么说。可是在酒馆和大烟馆里，私下的指控都围绕着拉马纳，说他面临分手和破产，因此杀掉了弟弟古莱。这样，他独占鳌头，肆意花费他和侄子的钱财。不过，他已经放弃了赌博和横行不法，因此也无人说他在挥霍孤儿的钱。这样就导致了商店经营范围的缩小，交往也很有限，但他宁愿这样，并且借口说自己阅历浅，商业上不是行家里手。

他对弟弟瓦希德说：

"我无法搞得更好，如果你愿意，我欢迎你同我一起干……"

但是，瓦希德冷漠地说：

"你知道，我对这些事是毫无经验的。"

四十五

对商店的变化及利润的减少，阿齐宰并不顾及太多。她希望有朝一日由阿齐兹代替父亲，与伯伯分家。再恢复商店原来的规模。为此，她悉心教子，将他送进学堂，延聘家庭教师，授以算术和礼教。她不遗余力地向他叙述祖辈的经历，这里面有巴纳家族，也有她出于对古莱的忠诚而讲到的纳基的英雄气概、崇高理想和神话般的荣誉。有时，有意或无意的，她也告诫儿子要提防拉马纳及其妻子，躲开他们。在阿齐兹年幼的心灵中，就已经罩上了父亲同他伯伯不和、父亲令人可疑的失踪等阴影……

古莱已被忘却，只有在阿齐宰的心中他还活着，阿齐兹有时也会在想象中见到他。有时，她憧憬到各地寻找，遇到他了，或者查访到凶手，并向他们报了仇，正义又回到了永恒的位置，她终于心情舒畅了。

四十六

阿齐兹刚满十岁，阿齐宰就提出要他代替父亲到商店工作。拉马纳很快表示同意，说道：

"欢迎亲爱的，亲爱的人的儿子……"

阿齐兹到商店后，易司马仪·巴纳——阿齐宰的父亲逝世了。她继承了一笔可观的钱财，决定存起来，待阿齐兹和伯伯分家独立后，供做生意用。温西雅在她父亲逝世后也死了，相隔一年又半载。家里的亲人都走了，就剩下拉马纳、拉伊法，还有你认为在就在的迪娅。这个老太婆已经不能继续她每天在街上的长行，而完全隐居在那间小耳房里了。每天黄昏，她举起香炉，眼泪也救不了她了……

四十七

拉马纳每次得闲,总是凝目注视。

阿齐兹端坐在办公室他父亲的位子上。他循序渐进,表现出稳健和认真。毫无疑问,他正在叩击着青春的大门。他是精力充沛的英俊少年;个子修长而匀称;一副讨人喜欢的笑脸;眼睛则因思索而显出忧虑;眉宇间给人以客气的印象,但不是真正的亲切;在有教养的言辞和甜蜜的笑容后面,也有令人反感的一面,掺杂着母亲有毒的念头。他总有一天会是一个敌人!拉马纳有时也想象他是自己的儿子!尽管阿齐兹的脸结合了阿齐宰和古莱的特点,但他摆脱不了那个想法。可是,那又有什么用呢?教训来自生命而不是流血。他是侄子,而且是他的敌人。不管怎么想象,他不能够爱他的敌人。他的想象或许没有根据,也许侄子知道他的思想后会更加恨他。

拉马纳对阿齐兹说:

"你总是落落寡合,阿齐兹,为什么呢?"

阿齐兹困惑地看了他一眼,表示不理解。于是拉马纳又说:

"你的朋友在哪里?……你为什么不到街上同他们在一起……"

他咕哝道:

"我有时在家里款待他们……"

"这样是不够的……"

拉马纳说完大笑,然后说:

"我还一次都没听你叫我伯伯呢,孩子……"

阿齐兹发慌了。拉马纳又说:

"我是你伯伯,也是你的朋友。"

阿齐兹笑了,说:

"当然……"

此刻他似乎也不讨厌这个侄子。他在心里说：应该让他跻身于大人的行列，从孤僻、疏远中脱身，并且摆脱他母亲的掌握……

他眼望着记事本，可是眼前却是各种不受约束的图像，其中有阿齐兹在一次事件后临死的情景……

四十八

拉马纳将疑虑告诉给拉伊法。她对他说：

"我过去一直告诉你要把他看作是条竹根蛇……"

他不耐烦地说：

"我不需要什么警告！"

"你也不需要谁向你指出该做的事……"

他们之间的这种口角何其多！在她那双美丽的眼睛里，他就是魔鬼。他怨恨地说：

"每次都是寻衅闹事……"

她嘲笑道：

"那我们就等候那个结局吧。"

"他现在同我合作了。事情还有希望！"

"你想把他从满肚子怨恨的母亲那里夺过来？"

"蛇总是在深处……"

他没精打采地叹着气。除了那些血淋淋的念头的低语之外，一切都静默着。街上传来孩童的喧哗声，阳台上的凉棚发出滴滴答答的声响，拉伊法低声自语：

"又下雨了……"

他用火筷子翻炉子里的炭块以作消遣，说道：

"真冷啊！"

她从他的想法中得到一点儿启发，说：

"那倒是理想……"

"是什么?"

"用纳基的光荣业绩也不是引诱不了他那样的人!"

"是阿齐兹吗?"

"就是他,他正处在憧憬的年龄,像你那被追捕的父亲一样!"

他茫然地凝视着她,既赏识她又害怕她。他迟钝地说:

"他不信任我呀!"

"不要让他发现是你……"

他深深地叹了口气,又说:

"在适当的时机,瓦希德就会受到警告!"

这一切有什么好处?他有时坐立不安,但却常以清醒时的梦想为消遣。

四十九

拉马纳以介绍代理人为名,陪阿齐兹到一些大人物聚会的场合,阿齐兹无法拒绝。当水烟管轮流使用时,并没有交到阿齐兹的手中。拉马纳对他说:

"在男子汉的聚会上水烟是必须的,但是你要避免吸它,因为它对你不合适……"

阿齐兹结识了许多人。他感到幸福的是,他们对父亲的友情真挚,印象良好。他们接二连三地说:

"我们从没见过像这样讲信用和细致入微的人了……"

"他首先讲究第一流的品德,然后才说做生意……"

"他做生意就跟他祖父当头领一样!"

"阿舒尔时代及他的光荣业绩是多么可惜啊!"

"总有一天会有人复兴那个时代……"

每次见面,这些话总是被重复。在回家的路上,拉马纳对他说:

"这些人总不放弃理想……"

拉马纳还对他说：

"若不是你叔叔瓦希德，我们在这条街就不算什么……"

有一次，阿齐兹说：

"可是阿齐兹不像阿舒尔。"

"没有一个人像阿舒尔，奇迹的时代已经结束了，我们也别想让事业回到纳基家族手里了……"

拉马纳希望这些话能深入他的心房。在各种场合，拉马纳总是偷瞧阿齐兹，一见他眼中放射出光芒，不由得放心了……

五十

一天晚上。阿齐宰对阿齐兹说：

"预定的日子到了。"

他明白母亲的意思，但等待着她进一步往下说。她说：

"你现在已能胜任你的事，你不再是个孩子了，独立经营你的买卖吧。我这里有些钱，可以保证你像你父亲一样获得成功……"

他点点头，表示同意。她没见到预期的那种热情，于是又说：

"离你父亲的仇人远一些，他抢你的钱抢得多了……"

"这他已经承认了！"

"可是你缺少必要的热情……"

"热情很高，我很久以来就等着这一天……"

"你准备立刻实行？"

"是的……"

"可是你有心事，我不止一次看到这一点，还总认为你是工作劳累……"

"就是嘛！"

她怀疑地说：

"不，阿齐兹，你的眼睛告诉我还有什么别的事……"

他大笑说：

"您不要把种子当成圆屋顶……"

他对能像瓦希德本人隐瞒那样瞒着她感到高兴。他对母亲的立场和感情十分清楚。但是母亲说：

"什么也不要瞒着我，阿齐兹。我们被仇人包围，你应该把一切都讲给我听……"

他装出高兴的样子说：

"凡是我们一致同意的我都执行。除此以外，那就是空想……"

母亲更为不安地说：

"什么样的空想？致命的空想可是太多了！"

面对着母亲敏锐的洞察力和来自母爱的恐惧天性，他战栗不已，逃避地说：

"没什么！"

她热烈地喊叫：

"你不要让我发疯，你母亲永远是忧心忡忡，忍受了任何一个忠诚的妻子所不曾忍受过的苦痛，你是她唯一的希望。她忍受了一切，终于从长久的梦魇中苏醒。我们注定要生活在罪恶的诡计中，送来的毒药必定裹在糖衣里。你不必畏惧公开的敌人，倒是要警惕甜蜜的笑脸、悦耳的言辞和所谓治病的药物以及数不胜数的忠诚的外衣……"

他缩在羊毛衫中，说：

"我不是莽撞的人，妈妈……"

"你是清白的人，但是清白却是那些恶棍的猎物……"

他不知不觉地脱口而出：

"他不在那范围之内！"

"拉马纳吗？"

"是的……"

"告诉我那个范围，我真担心，难道我变得心不在焉，竟然不了解最重要的事，而盲目地瞎碰吗？"

"我什么也没隐瞒，可是我知道您内心的忧虑！"

"坦率些吧，我的心都快停止跳动了……"

他站起身，在房间里走动起来。过了一会儿，他站在她面前，问道：

"难道我没有权利变得高尚尊贵吗？"

一些可怕的念头突然袭击了她。她说：

"会有什么后果，阿齐兹？这很重要，你的祖父萨马哈曾想过，结果像乞丐一样被驱赶，谁也不知道他的任何消息……告诉我你的尊贵的想法，阿齐兹……"

他以自白的口吻向她谈起同代理人的历次会见，她脸色苍白地凝望着他，最后脸色变得像死人一样地蜡黄……她声音颤抖地说：

"那是蛊惑，明显地挑拨你同叔叔瓦希德的关系！"

"我不是鲁莽的人……"

"我看拉马纳在搞阴谋……"

他抢白道：

"他一句话也没说，还经常同瓦希德在一起，而且经常告诫我……"

"你不要相信他，他们正是在散布他的话，你把那些想法都明白地告诉他们了？"

他真诚地说：

"没有，我不做莽撞的事，我对他们表示，我不背叛我的叔叔瓦希德……"

"这很好，你对叔叔还说了什么别的吗？"

"没有，……我装着倾向他的说法……"

她深深地叹了口气，热泪盈眶，咕哝道：

"赞美安拉……"

她随即又生气地说：

"我已经中计了，你只应该多工作，离开你父亲的敌人即凶手而独立，好好工作，我已经被绳索套住了……"

五十一

沉寂预示着风暴来临。阿齐兹的目光没有显示出好事。当他懂得人生时,拉马纳知道自己将受到残酷的打击。拉马纳没能取得他的信任。双方客客气气。他虽然还没有摔倒,但鞋底已经沾上了油。阿齐兹正准备报复呢。

有一天早上,阿齐兹对他说:

"伯伯!"

这是阿齐兹第一次这样称呼他,他相信是个好兆头。

"什么事情,侄儿?"

阿齐兹想起母亲谈到的父亲的情况,以令人气恼的缓慢速度说:

"我想独立管理我的买卖!"

尽管拉马纳估计到这一点,而且早就估计到了,但是心仍然往下一沉,含糊地说:

"真的?当然,你是自由的。可是,为什么呢?为什么要削弱我们的力量?"

"我母亲渴望同我合伙!"

"在保持现状下,也是可以的……"

"你知道,我父亲早就想独立经营的!"

"有一天他说过这一点,但是没有下决心,可是没有什么在妨碍他……"

阿齐兹冷淡地说:

"是奇怪的失踪妨碍了他……"

拉马纳的心紧缩起来,可是他佯装不在乎,说道:

"他本来可以推迟出门,按照自己的意愿去做的……"

他以明显的委屈的神情说:

"你不要相信那些传闻……"

阿齐兹鼓起以前所未有的勇气说：

"我相信那些值得相信的事情……"

拉马纳沮丧地说：

"我重复一遍，你是自由的。但是那样做对我们双方都不利……"

"对我来说可不是那样……"

拉马纳挨了第二下刺，怒火中烧。他在心里说：如果他真是我的儿子，我怎样才能充当那痛苦的受讽刺的角色呢？怎样才能制服他心中的魔鬼，不致向我报复呢？拉马纳说：

"这种说法对你不合适，你不再从长计议了？"

阿齐兹尽可能温和地说：

"这已经商议定了。"

他垂头丧气地问：

"甚至如果我请求你，也不能改变了？"

"我很遗憾无法实现你的要求……"

"也许你母亲她？"

"我刚才说过了，她想同我合作……"

"那是建筑在空想基础上的坏念头，会产生仇恨。"

阿齐兹犹豫了一下，然后说道：

"不是空想，计算下来不能令人满意。现在的合作对我不利……"

"从现在起，你将发挥你的全部作用……"

阿齐兹无法忍受地说：

"没有用，先生。"

拉马纳勃然大怒，喊道：

"那是怨恨，是仇恨，是驱逐纳基家族的诅咒……"

五十二

拉马纳一败涂地地回到拉伊法身边,很快把一切告诉了她。随后,他说:

"仇恨的种子真结出了有毒的果实。"

拉伊法满脸怨恨地说:

"希望寄托在瓦希德身上……"

"可是这个小机灵鬼并没有上圈套……"

"你会看到他上圈套的……"

"事情并不像你想象的那样容易……"

他又不慌不忙地说:

"希望寄托在你的遗产上!"

"我的遗产?!"

"阿齐宰将把她的给他……"

"她是为了报复时刻准备的……"

"靠着你的遗产我可以重新开始!"

她不解地问道:

"那你的钱呢?"

他绝望地说:

"剩下的已经不够开一个像样的店了……"

她大叫:

"叫赌场吃了?!"

"什么?这是呵斥的时候吗?"

"我不会像那条蛇那样储存我的遗产,你想把剩下的钱挥霍掉,好让我们一起要饭!"

他生气了,说:

"我要开始新行动！"

她讽刺地大笑，更激起他的怒火。他说：

"我只有向他透露，他是我的儿子！"

这次轮到她发火了，她大喊：

"你醒醒吧！难道你还不知道你是个不能生育的人吗？"

他悻悻地说：

"你才是不能生育的呢！"

"检查证明我没有病！"

他想掴她一个耳光，但她像头母狮准备回击。他退后一步，她更加怒气冲冲，说道：

"我们的敌人会幸灾乐祸，也许无意义的父亲的情感能使他摆脱被过去岁月的影响！"

他惊讶地点头，问道：

"你把杀人当儿戏？"

这时，女仆进来说，街长穆罕默德·泰沃克勒来访了。

五十三

拉马纳在一层的接待室迎接街长。街长来得匆忙，神情既担忧又关注，拉马纳的心不由得紧缩起来。街长开门见山地问：

"你惹你兄弟瓦希德生气了？"

拉马纳怔住了，说：

"我同他很好呀！"

"我见他在酒馆喝醉了，十分愤怒，又是诅咒，又是大骂，指责你煽动阿齐兹反对他！"

拉马纳大吃一惊，喊道：

"诽谤，撒谎……"

穆罕默德·泰沃克勒拦住他说：

"你要尽一切努力说服他……要快……"

拉马纳生气地问：

"你这是什么意思？"

"如果你不抓紧，会遭到意想不到的伤害……"

"可他是我的兄弟！"

泰沃克勒不顾说话的深浅，讲道：

"我们街上哥哥杀弟弟也不是没有的！"

拉马纳烦恼地咽了口唾沫，咕哝着：

"是这样……"

街长说：

"凭侯赛因起誓，该忠告的已经忠告了，行动吧……"

五十四

拉马纳不敢去见喝醉了的瓦希德，决定等到天亮之后。但是小清真寺的长老易司马仪·盖勒尤比在半夜里闯到他家，带来瓦希德的警告：如果他离开家里就会送命。

拉马纳明白是阿齐兹在他和瓦希德之间挑拨离间，便冲进阿齐兹的房间，对他大肆谩骂。两人几乎动起手来。这时候，阿齐宰承认她觉察到他针对儿子的阴谋，便将这些看法披露给瓦希德。拉马纳转而朝她发泄怒气，她当面喊道：

"你滚远些，杀害古莱的凶手！"

这些仇恨和怒气就当着仆人们的面公开发泄出来了。

阿齐宰和阿齐兹当即搬到巴纳的住宅，原来的宅邸只剩下了拉马纳、拉伊法和老太婆迪娅。

阿齐兹独立经营粮店，面貌焕然一新，恢复了古莱时期的繁荣景象。瓦希德对他不再存有疑虑，而且又由于阿齐宰的提醒，对他完全放心了。瓦希德到粮店表示祝贺，并在全街做了宣传，表达出满意和保护它的心愿。阿齐兹放弃了理想，以在店里行善为满足。他是忧郁的，但不自卑。他向工人、顾客提供帮助，得到平民们的支持。

五十五

拉马纳闲在家中，对自己实行没有判决的囚禁。他被恐惧所笼罩，犹如芒刺在背。他花费那得不到利用的钱和拉伊法的钱，心烦意乱，靠酗酒和吸毒逃避置人于死地的烦恼，向仆人、墙壁、家具和不可知的空间发泄怒气。

他与拉伊法的关系日趋紧张和恶化，她厌恶他的怯懦、无业、昏睡和叫嚷。裂痕越来越大，昔日的和谐已为分道扬镳所代替。每当发生争吵，她都提出要他休掉自己。有一次，他决定休弃了她。这个决定不啻是个晴天霹雳，因为过去如胶似漆。但是愤怒即疯狂，自尊是横行无阻的，一时蛮干即酿成疾病。双方都想证明对方是不育的，于是拉伊法很快嫁给了一个亲戚，而拉马纳即刻娶一女仆为妻。对两人同样确凿的是他俩都是不育者。拉马纳娶了第二个、第三个和第四个妻子，直至酒杯倒尽了最后一滴酒。

拉马纳同拉伊法一样生活在火狱里，在没有爱情的烦恼中……

五十六

一天早晨，街上来了一个陌生男人，裹着黑缠头巾，身穿紫长袍，双目失明，靠木棍探路。他胡须银白，气宇轩昂。人们毫不在意地走过去，有些人打听他从哪里来。

当离街口只有几拃远时，他喊道：

"安拉的人们！"

酒馆老板赛迪克·艾布·塔基耶问：

"你要干什么？"

他以忧郁的口吻答:

"请你们带我去赫德尔·苏莱曼·纳基的家。"

赛迪克·艾布·塔基耶久久地端详他的脸,开始还以为自己是在做梦,赛迪克一下子不知所措地大叫:

"安拉的慈悯啊!……是萨马哈·伯克尔·纳基!"

盲人感激地说:

"安拉照亮了你的心!"

很快,许多人走过来,最前面的是瓦希德、阿齐兹、穆罕默德·泰沃克勒和易司马仪·盖勒尤比。人们不停地拥抱、祝福和祈祷。

"幸福的一天,父亲。"

"正义的一天,祖父。"

"光明的一天,师傅。"

萨马哈一遍又一遍地重复着,容光焕发,兴奋地说:

"安拉降福给你们,安拉降福给你们……"

所有的人都邀请他到家里去,但他坚持说:

"我的家在赫德尔那里!"

消息传开,商店里的人祈祷,洞里和废墟里的平民赞颂安拉,妇女们从窗户和阳台上发出欢呼。

赛迪克·艾布·塔基耶说:

"赞颂至大的安拉,失踪不长久,不义非永存。"

五十七

萨马哈盘腿坐在沙发上,面前的垫子坐着瓦希德、拉马纳和阿齐兹。瓦希德、拉马纳和阿齐兹是这样聚在一起的,在压抑的和平气氛中团聚的。真是鱼龙混杂。在饱经沧桑的父亲面前,敌对情绪消失了。

瓦希德对萨马哈说:

"我们为您准备了洗澡房和食物……"

他平静地说：

"别着急，首先让我的心定一定……"

他晃了晃头，然后问道：

"赫德尔在哪里？"

瓦希德说：

"赞颂安拉，他得永生。"

他略感不悦，又问道：

"他妻子迪娅呢？"

"在她小房间里，一个消失在安拉王国里的老太太……"

萨马哈同情地停顿了一下，然后问道：

"古莱呢？"

一片沉默。萨马哈叹气道：

"提前了！……我总是梦见臼齿脱落了……"

他伸出手掌，说：

"你的手，阿齐兹……"

他怜悯地握住阿齐兹的手，问道：

"你怀念他，毫无疑问吧？"

阿齐兹说：

"我还是个孩子时，安拉就选择了他……"

"安拉的仁慈啊！你母亲是谁，孩子？"

"易司马仪·巴纳的女儿……"

"最好不过，她在哪里？"

"她同我姑姑赛菲娅正朝这里走来……"

萨马哈问：

"你呢，拉马纳？"

瓦希德同拉马纳迅速互相瞥了一眼。拉马纳说：

"我不止一个妻子，她们会来伺候您……"

"你的孩子们呢？"

"我还没有得过孩子呢!"

他深深地叹息了一下,咕哝着:

"安拉的意愿和智慧。你怎么样,瓦希德?"

瓦希德默不作声,萨马哈不安地晃了晃头,又问:

"你呢,瓦希德?"

瓦希德皱着眉头说:

"我还没结婚!"

"我听到的最为奇特的事,无缘无故的梦魇!里德旺呢?"

"您还活得长着呢……"①

"真的?……只留下些名字了……"

他沉默良久,以思考各种消息,毫不顾及坐在面前的人。他问:

"现在谁是头领?"

瓦希德第一次勇敢地说:

"您的儿子瓦希德!"

萨马哈激动地站起来,说:

"真的?"

"是您的儿子瓦希德,父亲……"

瓦希德讲起圆梦和如何执掌权势。萨马哈笑逐颜开,喊道:

"第一个来自安拉的消息……"

他两手交叉在胸前,说:

"那么,阿舒尔时代已经回来了……"

他们都发抖,局促不安。但瓦希德勇敢地说:

"阿舒尔时代回来了!"

失明的萨马哈说:

"七重天②的吉祥和如意!"

从眉飞色舞的动作中可以看出他很满意……他说:

---

① 安慰死者家属时说的话。
② 阿拉伯人认为天有七重,如我国所讲的九重天。

"让在天使那里的阿舒尔享福吧……让在乐园里的舍姆斯丁幸运吧……"

谁也没有把他从理想中拽回来,他憧憬着,仿佛忘却了离乡背井,逃难亡命,享受着最终的幸福。他缓缓地说:

"带我去洗澡和吃饭。愿安拉降福给大地。"

五十八

萨马哈睡了一整天,夜晚去修道院广场熬了一宿。这次他是靠耳朵、鼻子和触觉来辨路,虔诚祈祷,想象着修道院、桑树和古墙。心中充满了喜悦和欢乐。

他摊开手掌,说:

"赞美安拉,但愿他让我葬在舍姆斯丁旁;赞美安拉,但愿他让正义继续留在街上;赞美安拉,赐予我的儿子以人世间最好的遗产和力量。"

他的感谢声与铿锵的歌声融汇在一起:

愿安拉护佑苍生,
处处禳灾免祸。

"王后"祖海莱

——《平民史诗》故事之六

一

萨马哈的健康恶化了,生命危在旦夕。他做完礼拜,正要准备睡觉,突然间一命呜呼了。好像他从逃亡地回来没有别的目的,只是为了葬身在舍姆斯丁的墓旁。然而他却是幸福地死去了。他还幻想着自己由一个乐园走向另一个乐园就安然死去了。

阿齐兹说:

"在他的面前,我们否认了我们的生活现实,我们承认他在我们中间是孤立的。我们的生活是丑恶的,是不能向善良的人们泄露的。"

二

粮店生意兴隆,阿齐兹发了大财。因此,他十分自信,慷慨好施,从善如流,致使他感到心有余而力不足,阿齐兹中断了攀龙附凤的梦想,决计平平庸庸地过日子。他借口良心上过不去,不再慷慨无度、广济博施了。

阿齐宰为阿齐兹订了婚,女方是伊勒珐蒂·戴赫舒里,她是铁匠铺老板阿米尔·戴赫舒里的千金。母亲对于阿齐兹的选择是很满意的,并且祈祷安拉保佑他生活快乐、顺利平安。

阿齐兹在他祖父萨马哈去世一年之后,和伊勒珐蒂结了婚。小两口就住在巴纳那座房子里。阿齐兹已经把这座房子买了下来,并且进行了翻新,成了阿齐兹住宅。新娘子容貌出众,体态微胖,善于操持家务,待人接物彬彬有礼,完全合乎新郎的心意。小两口儿很快相爱如命,亲密无间。

小两口儿的日子过得舒适、幸福、愉快。

三

拉马纳常常毫无原因地赖在阿齐兹家里不走,只有说萨马哈来了,他才退席。但是,拉马纳还是不想走,他缺少理想和自尊。他近乎在抛开他的四个妻子的情况下孤单地生活着。他绝对不乞求任何怜悯,一直是醉生梦死。

一天晚上,他喝得酩酊大醉,跟跟跄跄地走到迪娅老太婆的房间里,大笑着绕着她的座位转了一圈,然后嘲笑说:

"你是呆傻、祸患的根子……"

老太太没有开口。他又说:

"我需要你的钱!傻婆娘,你把钱藏到哪儿去了?"

他抓住老太太的手,凶狠地拽着她。老太太害怕了,顺手抄起香炉朝他脸上砸去。拉马纳勃然大怒,掐住老太太的脖颈,拼命地掐,直到她变成一具死尸,他才松开了手。

四

整个院落充满了恐惧的气氛,消息顿时传遍了全街。新街长吉布里勒·范斯报告了警察分局。拉马纳被捕了,并且被判了无期徒刑。服刑前,他将阿齐兹叫到面前,他对阿齐兹说:

"我承认,是我谋害了你的父亲。"

阿齐兹悲伤地说:

"我知道。"

拉马纳痛心地说:

"他被埋在尤尼斯长老墓附近的一个孤零零的坟里……"

五

阿齐兹在街长在场的情况下挖出了父亲古莱的尸体,并且马上通知了瓦希德和阿齐宰。古莱只留下了一具骨头架子,这唤起了人们心灵中的又一次悲伤。之后,给死者穿上殓衣,举行了庄重的葬礼,安葬在舍姆斯丁墓地。

阿齐宰说:

"今天,我的心才平静下来了,原先总觉得是在梦中一样。在我百年之后,我也要长眠在他的身旁。"

六

痛苦再次缠绕着阿齐兹的心。瓦希德的名声越坏,阿齐兹越感到痛心。这位头领的卑鄙无耻、贪婪好色不仅在本街,就是在全区都出了名。他在他父亲死后没几年,便由于放荡不羁而引起心脏病突然发作死去了。

在那期间,阿齐兹一心想从纳基的家族中找一个能够担当头领的人,期望新头领能重振家风,恢复阿舒尔时代的荣光。但是,他发现纳基家族的人都已化为平民百姓,而且个个一贫如洗,由于贫困的折磨,他们已失去了精神支柱。

瓦希德暴死,连一个合适的继承人都没选到。阿齐兹这时面临着一个十分棘手的难题,把瓦希德葬在舍姆斯丁墓旁行吗?他实在不情愿那样做。

伊勒珐蒂·戴赫舒里对他说:

"不管怎么说,他总还是你的叔叔吧……"

阿齐兹坚持自己的意见,就把瓦希德埋在赛德盖公墓的纳基的墓

地旁,奇怪的是,这种做法并没有得到本街人的称赞。酒店新老板桑格尔·舍马穆说:

"他活着时,你对他客客气气,他死了,你又报复他……"

七

努哈·古拉卜当了头领。这个人粗暴无礼,贪得无厌;但是,正是他镇住了大街小巷的流氓歹徒。他把精力全投在本街,不到一年,竟成了一位富豪,人们只能毫无反抗地忍受着他的压迫。纳基事业的美梦在瓦希德手中破灭了,再没有人痛惜纳基家族的事业了。名流绅士们兴高采烈;而平民却走投无路,又陷入了新的贫困泥潭之中。

八

太阳又转过来了,它时而从晴空俯瞰大地,时而又躲藏在乌云背后……

阿齐兹重修了小清真寺,并且在易司马仪·盖勒尤比长老逝世之后,为小清真寺选择了一位新长老,那就是海里勒·德赫尚长老。此外,阿齐兹还重修了道路,重修了牲口饮水池和学堂。

拉伊法守寡了,她和仆人一起住在她的宅院里。她从她的新丈夫那里继承了一笔不小的财产;但是,她和她的胞姐阿齐宰之间的来往中断了,不单单是两个素不相识的陌生人,简直成了冤家对头。奇怪的是,拉伊法怨恨她姐姐,说自己的不幸全都是她姐姐一手造成的;说自打两个人在摇篮时起,阿齐宰就向她的体内吹入不幸的晦气。

拉伊法打破传统观念来到监狱探望拉马纳,而且不顾一切地宣布她还爱着拉马纳。

岁月蹉跎。就这样,许多年过去了。这期间,好事层出不穷;而坏事呢,也数不胜数。

九

有一天，阿齐兹·古莱·纳基得知他的一个工人在搬运粮食时死了。这位死者是名叫阿舒尔，是苏莱曼·纳基的原配妻子法特希娅所生，因而也是属于纳基家族的。阿齐兹的怜悯之心充满了悲痛，安葬了死者，而且为死者的遗孀安排了生活费用。经过调查，获悉死者的女儿们大多成家立业，家里只剩下了一个六岁的小女儿，名叫祖海莱，仍然需要抚养。阿齐兹提议，把这位小姑娘接到他家去，当他母亲阿齐宰太太的使唤丫头。法特希娅听到他这么一说，不禁喜出望外，十分高兴。

祖海莱来到了阿齐宰身旁，宛如进入了乐园，她第一次露出了笑容。在这里，她有吃有穿，开始学习家务活儿。这位小姑娘本应受到阿齐宰太太的同情，但实则不然，太太对她的刻薄胜过邻居和仆人，而且一度把她送给了学堂。阿齐兹并没有去看看那位小姑娘，他只是开玩笑式地叮嘱母亲说：

"可别忘了，她也是纳基家族的人……"

十

祖海莱的母亲来到办公室拜访阿齐兹师傅，阿齐兹却早已把她忘却了。幸亏她提醒了阿齐兹，提起了十年前不幸去世的阿舒尔，阿齐兹才想起她是祖海莱的母亲。这位女人为死者祈祷了一阵之后，说：

"阿齐兹师傅，恭喜你！安拉的仆人想让祖海莱成婚了！"

阿齐兹想起了那个姑娘。他问道：

"你为她选中人家了吗？"

她自豪地说：

"选中了！一个挺好的小伙子，收入也足够花的……"

阿齐兹心不在焉地说：

"安拉保佑……"

十一

在晚饭桌上，阿齐兹把此事告诉了阿齐宰太太和伊勒珐蒂。伊勒珐蒂当即笑道：

"阿卜杜·法拉尼！蠢货一个……"

阿齐宰惋惜地说：

"姑娘很漂亮，应该配一个比阿卜杜·法拉尼更好一点儿的人！"

阿齐兹笑着问：

"你们猜想买卖人会要她吗？"

"她那么漂亮，会有富商娶她的……"

阿齐兹不在意地说：

"那小伙子配得上她！她母亲也称心如意，我们就不该想这想那了！也许我们的想法是永远实现不了的……"

阿齐兹想结束这个话题，于是说：

"她已经同意了！不管怎样，大主意由她自己拿吧。"

十二

阿齐宰太太为祖海莱准备好床上用品、衣服和铜器。她口中不时地重复说：

"多大的损失啊……"

清晨，阿齐兹在即将离家上班去的时候喝了一口咖啡。阿齐宰太太把祖海莱带到阿齐兹面前，以便让姑娘面谢阿齐兹。阿齐宰一边朝阿齐兹的房间走去，一面喊道：

"祖海莱，快来！来吻吻主人的手吧……"

阿齐兹小声拒绝说：

"妈，不必了吧！"

姑娘羞涩、局促不安地走进来，站在屋门一旁。阿齐兹带着鼓励的神情朝姑娘望去。看了片刻，便收回了目光，转而在母亲和妻子的眼下保持着他那庄严的外表，把惊异的神色深深地埋在心底。那是一种强烈的放肆的惊异神色。这么一块宝玉怎么埋在他母亲的房中了呢？这块宝玉的秘密，他怎么一点儿不知道呢？看哪！她身材苗条，体态轻盈，就连舞女恐怕也要自叹不如吧！她肤色嫩白，无与伦比；她双目炯炯有神，令人陶醉眷恋；她姿色之美，真叫人为之倾倒。阿齐兹看了看伊勒珠蒂，发现她正专心为孩子喂奶，他这才控制住自己的情感，得救似的说：

"祖海莱，为你祝福！"

阿齐宰说：

"吻吻主人的手吧！"

阿齐兹伸出手，祖海莱朝他走去。她那乌黑发亮的发髻里散发出浓郁的芳香，直朝阿齐兹的鼻子扑去。阿齐兹真切地感触到她的双唇贴在了自己的手背上。祖海莱朝后退去，阿齐兹又瞥了她一眼。阿齐兹突然预感到，某年某月某日，将会有奇迹问世。

十三

阿齐兹习惯于先乘马车去侯赛因清真寺，之后念《古兰经》的《开端章》。然后转向新干线，经萨埃到努哈辛，最后到商店。一路上，他通常气都不喘，脚步不歇。他的灵魂徘徊在天空；而留在马车上的，只有他的躯壳。那么多问题，他弄明白了吗？为什么太阳从东方升起？为什么星辰在夜里闪光？修道院里传出的歌声是什么意思？为什么疯人却受幸福的折磨呢？我们为什么为死亡感到痛苦悲伤呢？十年已经过去了，姑娘的美貌依然在他的脑海里浮动着。那神奇的魅力怎么在母亲和妻子的身上消失了呢?姑娘知道对方财产的底细吗?难道她就像风一样,毫无目的地摆动柱子吗?母亲那样盲目欢迎阿卜杜·法拉尼,难道是发疯了吗?他能够将雨水和泪水区分开来吗?疏忽的心,多么不幸啊!

婚礼前夕,祖海莱的母亲前来拜谢阿齐兹师傅。她的脸上闪现出好问的神情。她已是一位老太婆了,但衣着却经过了一番精心整理。阿齐兹怀着内在的仇恨瞟了她一眼,说:

"一切都称心如意吗?"

"多亏安拉和您的恩典。"

"难道你不着急吗?"

她顺从地说:

"她一降生,就念过《开端章》了。"

她离去了,阿齐兹却在暗暗地咒骂她。阿齐兹难过地自问:为什么我们不能得偿所愿呢?

十四

祖海莱和阿卜杜·法拉尼结了婚,举行了一个简单的婚礼。

自打祖海莱六岁起,阿卜杜就再也没有见过她,但他却一直把她当作自己的妻子。洞房花烛夜看到了她,她的美貌令阿卜杜·法拉尼神魂颠倒,如痴如醉。但阿卜杜素有涵养,十分镇静,看上去显得庄重、严肃。

阿卜杜年岁二十有一,高高的个子,肌肉丰满结实,面孔平常淳朴,两颧突出,鼻子扁平,胡须浓密。他的头剃得光光的,活像鹅卵石,前额上面却留下了一撮突出的刘海。礼拜时,他总是叩两次头,跪在粗糙的兽皮上,借以掩饰内心深处的甘甜。

祖海莱敬佩阿卜杜的男子汉大丈夫气概,生活在这么一位男子身边,她感到由衷的幸福、温暖、安详。

祖海莱住在地下室的一个房间里，走廊当厨房和卫生间。她回想起失去的乐园，她认为这里不过是路人寄宿的旅馆，并不是用来长期居住的。但是她在这里占有了一个男人，实现了她的梦想，因而她的心也安定下来了。

十五

爱情深深地征服了阿卜杜的心，然而也几乎撕掉了他的假面具。他的大男子主义终于表现出来了。蜜月未满，阿卜杜便问妻子：

"你能像太太们那样待在家里吗？"

祖海莱问：

"你要我做什么呢？"

阿卜杜坚定地说：

"不干活儿是不能生活的！"

十六

就这样，祖海莱顶着奶桶干活儿去了。她穿起蓝色的工作袍，把脖颈和肩膀盖得严严实实，边走边喊：

"孩子们，买奶来吧！"

祖海莱在路上走着，她的魅力清清楚楚地显示出来了。所有的眼睛都望着她，所有的人都称赞她。她的美貌发出诱人的魅力，她走到哪里，哪里便充满了生气。她身体健美，婀娜多姿，博得了大自然和人们的喜爱。她自信自重，常以自负的态度冷眼看待那些调情者。

十七

祖海莱和阿卜杜·法拉尼之间的关系日益亲密，在双方的心灵深处,他是她的男人,而她却是他的女神。阿卜杜常用大男子主义传统对待她,但发现她坚强得可敬可爱,即使有时发脾气,也是出于一片诚心。

祖海莱生下了贾拉勒,母爱在她的内心里油然而生,她享受着新的幸福。

十八

阿卜杜·朗比·法拉尼常常把面包送到拉伊法太太家里,有一天,太太问他:

"你为什么让你妻子走街串巷呢?"

阿卜杜·朗比随和地说:

"为了谋生啊,太太!"

"谋生的办法多得很哪!我是个孤老婆子,很需要女仆,来我家干活儿不比走街串巷挣的钱多?再说,这也可以避开街上的坏人坏事嘛……"

阿卜杜·朗比愣住了。他疑惑地问道:

"那么,小贾拉勒怎么办呢?"

拉伊法太太诱导说:

"我绝不会把母子分开的……"

阿卜杜·朗比顿生贪婪之心,随即说:

"太太,那我让她母子都来伺候您。"

十九

祖海莱忐忑不安地叨叨道:

"拉伊法太太!"

阿卜杜·朗比说:

"太太家里有的是钱,又是孤寡一人。"

"可她是阿齐宰太太的冤家对头啊!"

"那与我们有什么相干。伺候她总比你一只胳膊拎着篮子,一只胳膊抱着孩子走街串巷讨饭要好吧?……"

"我最好去伺候阿齐宰太太。"

阿卜杜·朗比生气地说:

"但她没有叫你去,这就是说她不要你……"

祖海莱沉默了。攀登乐园的美梦又在她的脑际里重新活跃起来了……

二十

阿齐宰太太得知此事后大发雷霆。她咆哮道:

"好一个忘恩负义的死丫头……"

伊勒珐蒂说:

"她并不是看不起您,她是为了谋生……"

"雇佣她,我们有优选权!"

伊勒珐蒂不同意这个说法:

"她已经是孩子的妈妈了。在这个时候,孩子还小。离不开手,她得一把屎一把尿地拉扯自己的孩子……"

阿齐兹留神地听着婆媳之间的对话。他感到他的妻子不愿意让祖海莱再回到这个家里来。想到这里,他又感到惶恐不安,仿佛有人指着他的鼻子谴责他。他急忙坚决地说:

"伊勒珐蒂说得完全对!"

二十一

祖海莱正在客厅里为拉伊法梳头时,女仆进来了,报告说有人求见。

"穆罕默德·安沃尔师傅……"

从拉伊法的评论中,祖海莱知道来客是拉伊法太太已故丈夫的儿子。直到他听说她去探望狱中的拉马纳以后,他仍然与她保持着来往。

时隔不久,客人来到了。只见他递给他父亲的遗孀一件包装雅致的东西,并且说:

"这是鱼子酱!"

拉伊法满脸堆笑,频频表示感谢。

穆罕默德·安沃尔是一位中等身材的青年。论容貌还过得去,穿着漂亮的外袍和长衫。

拉伊法说:

"你好,穆罕默德!"

他高兴地说:

"我最关心的是:在我的商店接待顾客之前,首先让您尝尝这鱼子酱……"

"什么时候让我和其他爱吃鱼子酱的人一样付钱呢?"

他一面拿过来装满杏仁、核桃仁和榛子的盘子,一面说:

"当太阳从西边出来的时候!"

拉伊法笑了。她说:

"穆罕默德,祝你生意兴隆,吉星高照。"

他边剥干果皮,边看着祖海莱。祖海莱正专心致志地为女主人梳头。他看得出了神,简直不敢相信自己的两只眼睛。他又像逃走似的把目光收回到果仁盘上。他暗自说:"求安拉相助!"

拉伊法问他:

"生意好吗?"

他急忙收回了自己走失的灵魂,说:

"赞美安拉,生意还可以。"

祖海莱发现他瞟了自己一眼,那目光中充满了乞求的意思,又有说不出的贪婪意味,这使她内心的欣喜顿时消散一空。

二十二

穆罕默德·安沃尔一有机会就来拉伊法太太家里。这对祖海莱来说已习以为常,同时也习惯了他那单相思的目光。他倒是十分谨慎小心,以防引起拉伊法的任何怀疑。因此,每来这里,总是对拉伊法太太表示应有的敬重和爱戴。

除了迷恋祖海莱的人,谁到这里来呢?祖海莱相信,她自己比本街所有的太太都漂亮。她和众人尊敬的阿齐兹先生一样,同属纳基家族。可是,在这个世界上,她是多么不幸啊……一个女人住着华丽的洋房;而另一个女人却只占有一间简陋的地下室。一个女人婚配了一位豪商巨贾;而另一个女人却嫁给了一个卖面包的摊贩。还在祖海莱一无所知的时候,阿卜杜·朗比当面包商的命运就注定了。如今,就连她对丈夫最初的爱慕都不能使她感到满意。生活不仅仅是情欲、母性、劳累和向阔太太那里乞求来的虚假享乐。祖海莱并非先占据了大批财富,而后挥霍掉的女人。她的心理缓慢地变化着,然而是稳定地。她的心理每天都在波动,每个星期都在变化,每个月都会产生飞跃。她的欲望是无穷的,一个接着一个,各种事各种人的形象涌上她的心头。她思念着她的母亲、丈夫、住宅和命运。她憎恨一切向她寻欢求乐的事情。她憎恨太太的同情和丈夫的大男子主义。她糊里糊涂地喝下了烈性酒,她的头脑充满了想象力,不久就酩酊大醉,一觉睡到了大天亮。

有一天,穆罕默德·安沃尔对拉伊法太太说:

"我想看到一个能摔倒男人的女人……"

祖海莱听到这句话,禁不住流露出惊讶的微笑,在她心中顿时燃起了神秘的火焰。穆罕默德朝她投去殷勤、渴望的一眼,似乎在问:难道她不想找一个像穆罕默德·安沃尔那样的男子汉吗?但她心中没有回答这个问题的任何波动。祖海莱不冷不热地朝穆罕默德·安沃尔瞧了一眼,一种强烈的念头突然朝她袭来:女人啊,就是心软。生活的天地是广阔无边的。什么爱情,他不过是一个走街串巷的叫花子。她叹了一口气,自言自语道:

"再没有比命不好的倒霉事了,除非心甘情愿。"

二十三

祖海莱正在客厅里给贾拉勒喂奶,穆罕默德突然闯了进来。她马上用衣服遮住了奶子,慌忙、羞涩地拉下了面纱。穆罕默德目光茫然地走近她,问道:

"拉伊法太太呢?"

祖海莱听信了他的谎言,也没有怀疑他在马车上看到了太太,因为她到广场去是一定要乘两轮马车的。于是,她彬彬有礼地回答说:

"太太出远门了。"

他久久地踱来踱去,然后又问:

"我就等着吧!……不,现在我应该回商店去,是吗?"

祖海莱毫不客气地说:

"再见,先生!"

但他并不想走,他站在原地一动不动。他的目光里包含着疯狂的欲望。他斜视着祖海莱,慢慢地朝她靠近;而祖海莱立刻生气地后退了几步。当他仍朝她靠近时,祖海莱愤怒地说:

"不……"

穆罕默德情态淫荡地说:

"祖海莱!"

她喊叫道:

"你不走,我就走了!"

"……我……我爱你……"

祖海莱坚定地说:

"我不是妓女!"

"求安拉保佑,我爱你……"

窗外突然闪过一个人的身影,穆罕默德害怕是拉伊法回来了,这才被迫后退。他边退边说:

"我怎么会跟已婚的女人做出不耻的事情呢!"

二十四

祖海莱在叛逆和动荡的漩涡中挣扎着。生活的面貌应该改变了,实力才是改变宇宙的后盾。时间一分一秒地过去了,但屈辱和不幸的处境并没有一丝一毫的变化。如何进行斗争呢?一次,正好遇上拉伊法太太头晕,祖海莱自愿地说:

"太太,我陪着你过夜……"

太太问:

"你丈夫怎么办呢?"

"他独自过夜没有关系!"

按平时回家的钟点已经过了两个小时,祖海莱仍未回来,阿卜杜·朗比便跑来看她。她说:

"太太生病了……"

阿卜杜·朗比沉默不语,也不知道该说什么。过了一会儿,他才苦涩地问:

"难道你不该先告诉我一声吗?"

她不高兴地说:

"太太病了,难道你不明白?"

二十五

第二天晚上,祖海莱回到了地下室。阿卜杜·朗比认为太太稍有

不适,妻子可没必要在外边过夜,于是大发雷霆说:

"太太哪里需要你照顾,人家家里有的是仆人……"

祖海莱心中早就压着火,随即愤怒地反问:

"难道这就是行善的报应吗?"

阿卜杜·朗比断然说:

"你的品德一天不如一天,我已经想好了,不要你再回这个家了……"

"多可耻啊!"

阿卜杜·朗比喊叫道:

"可恶的家!可恶的婆娘!"

祖海莱也喊道:

"我不忘恩负义……"

阿卜杜·朗比朝祖海莱的脸上狠狠地抽了一巴掌,愤然地离开了地下室。

祖海莱气疯了,埋藏在心中的怨恨一齐迸发出来。她用决绝的目光扫视了一下整个房间。这一巴掌抽得很重,脸都肿了起来。她心灵上的创伤更加惨重,简直使她丧失了理智。她高声喊着法拉尼的名字,拳头攥得紧紧的,用尽周身的力气,狠狠地朝床头砸去。

祖海莱离开地下室,走出地面,来到了院落之中。

二十六

一个小时过后,祖海莱便回到了拉伊法太太的身边。太太感到不解,但祖海莱问道:

"太太,你家宽敞,能够容得下我吗?"

"安拉怎会不保佑我们免遭灾难呢?"

祖海莱可怜地说:

"从今以后,和男人在一起生活就没个好了……"

太太边望着她,边摇头。祖海莱说:

"他想阻拦我来伺候您!"

拉伊法太太生气地说:

"好一个忘恩负义的人……"

"他还打了我……"

"好野蛮的东西!他根本不懂得什么是财宝……"

太太沉思片刻,又说:

"可是,我是不愿意破坏一个家庭的……"

祖海莱固执地说:

"我心甘情愿……"

拉伊法微笑道:

"祖海莱,这个家就是你的家!"

二十七

在拉伊法太太咄咄逼人的目光下,阿卜杜·朗比·法拉尼张口结舌,支支吾吾、含含糊糊地求饶。然而,他仍然坚持他的大男子主义。他说:

"您说什么?打了一耳光?……没有留下终生缺陷嘛!"

太太愤怒地说:

"你错了,你这个傻小子……"

阿卜杜·朗比有礼貌地坚持说:

"她应该马上跟我回家……"

拉伊法太太气愤已极地说:

"等你懂得了她的作用的时候再说吧!"

阿卜杜·朗比拔腿走时,整个世界在他的眼中变得一片火红。

二十八

阿卜杜·朗比坐在酒馆里,边喝酒,边用蓝袍袖子擦胡须。除了祖海莱,他什么都不谈。他说:

"她带着孩子走了。"

一个醉鬼说:

"你是个熊包、软蛋……"

他嚷着辩解道:

"拉伊法太太包庇怂恿她嘛!"

酒店老板桑格尔·舍马穆说:

"要像一个男子汉那样行事嘛!"

"你说怎么办?"

"和她离婚!"

他的脸一皱,说:

"我身上的一根毫毛都能杀死一个人。"

霸王努哈·古拉卜哈哈大笑,他拍了拍阿卜杜·朗比的脖颈,开玩笑地说:

"好一个安泰尔[①]!"

阿卜杜·朗比的怒气平息下来了。他恭恭敬敬地说:

"你是我的先生,那你就给我出个主意吧!"

努哈·古拉卜两眼呈血红色,喝得醉醺醺的。他说:

"用脚踢她呀!一直把她踢个稀巴烂,看她还往哪儿走……"

街长吉布里勒·范斯说:

"休了她,就省心了。"

---

① 安泰尔:阿拉伯古代英雄。

努哈·古拉卜说：

"在这种情况下，离婚是无能的表现。"

阿卜杜·朗比·法拉尼问道：

"谁说结婚是半宗教呢？……然而结婚也是半背叛宗教啊！"

二十九

在漆黑的夜色之中，阿卜杜·朗比跟跟跄跄地朝前走去，一直来到拉伊法太太的门前。他止不住酒性的发作，感到头晕眼花，心中充满了愤恨。在他那憋闷的心中，大男子主义传统正在与缠绵的悄悄话相互搏斗着。他用粗鲁垂死的声音喊道：

"祖海莱，你下来……"

他周身酸软，摇摇摆摆。然后又喊道：

"我有面包炉火，我有地下室……"

一扇窗户打开了。小清真寺长老海里勒·德赫尚谢赫探头往下看了看。生气地说：

"是哪个疯子？"

"我是阿卜杜·朗比·法拉尼。"

"滚开！你这个该死的醉鬼！"

"我想让我老婆和我一起走！"

"别在善良人家门前胡闹了！"

"那么只有等魔鬼来瓜分我吗？"

谢赫喊道：

"你这个该死的东西……"

阿卜杜·朗比朝拉伊法太太家门扑去，用拳头拼命地砸门。直到本街街长吉布里勒·范斯赶来，用力抓住了他的胳膊，才听不到咚咚的敲门声了。街长说：

"疯子，住手！跟我来，我到太太面前为你说情！"

三十

吉布里勒·范斯发现拉伊法太太正在发脾气。起初,战斗在祖海莱和阿卜杜·朗比之间进行;现在转移到了拉伊法太太和阿卜杜·朗比之间。太太大怒道:

"好一个下贱的面包贩儿!"

街长说:

"她嘛,不过是您的一个奴仆……"

"难道你没看到他那种卑劣相吗?……难道我能够把祖海莱交给他,让他进行报复吗?……"

"太太,我相信他是爱她的……"

"畜生是不懂得爱情的……"

吉布里勒·范斯问:

"如果他请求她回家去呢?"

她固执地说:

"骗不了我!"

三十一

努哈·古拉卜邀请阿卜杜·朗比·法拉尼到咖啡馆去聊天。他久久地望着阿卜杜·朗比·法拉尼,然后用命令的口吻说:

"你把这个女人休掉!"

阿卜杜·朗比不知所措,他失望了。他知道拉伊法太太会怎样报复他。这位霸王的话使他难以开口。努哈·古拉卜喊道:

"你哑巴啦?"

他恭恭敬敬地说:

"老兄,你不是说过吗,在这种情况下离婚是无能的表现?!"

努哈·古拉卜挖苦地说:

"可你是个无能的人!"

"老兄,主动权在我手里!"

霸王斩钉截铁地说:

"阿卜杜·朗比,离婚!"

三十二

果然离婚了。阿卜杜·朗比就像被判处死刑的人被带往绞刑架一样地被带走了。梦想结束了,宝玉丢掉了。祖海莱沉醉在胜利和自由的欢乐之中;同时,她也发现,她那热烈跳动着的脉搏也永远地消逝了。她把贾拉勒紧紧地搂在怀里,毫无疑问,这是不容歧视的爱情之果。但不久之后,她又想弥补一下这已经造成的损失。她的个性表现得清清楚楚:清高之中夹杂着由衷的痛苦。

拉伊法太太自豪地对她说:

"这就是我的意志!我下了决心的事情是一定能够实现的。"

是啊!拉伊法太太是位坚强、高尚的女性。但是,还是在她采取了霸道手段之后,她的想法才实现的。担当头领是纳基家族许久以来的梦想,同时也是这个家族人士的致命忧虑和理想生活的顶峰。

三十三

祖海莱受到了鼓励,她微笑了。

鱼子酱商穆罕默德·安沃尔对她说:

"祝贺你获得了自由和尊严!"

穆罕默德·安沃尔利用来为拉伊法太太办事的机会,低声说:

"我和我的心都在等待着。"

他的两眼中闪烁着贪婪的光芒,继续恳求说:

"求安拉和他的使者相助!"

他在用什么样的目光看她呢?是用一个商人的目光看一个女人吗?实际上,祖海莱根本看不起他,在她看来,他是个屈辱的懦夫。但是,穆罕默德·安沃尔能够把她变成某种太太。祖海莱能得到他的好处吗?

祖海莱得到了鼓励,她对着穆罕默德·安沃尔微笑了。

三十四

阿卜杜·朗比完全醉了。他走起路来摇摇晃晃,跌跌撞撞。他问桑格尔·舍马穆:

"男子汉哭,丢人吗?"

酒店老板笑道:

"像你这样的大块头……"

阿卜杜·朗比双手捧起酒杯,左右摇摆,仿佛在跳舞,他说:

"阿卜杜·朗比,你沉默吧,你消亡吧!你躲到黑暗角落里去吧!就连街上的沙土都比你厉害、坚强。你检验过自己的力量吗?你只不过能和面团搏斗,把面团送到炉子里去烘烤,你还有什么本事?……阿卜杜·朗比,安拉怜悯你!"

"你的头脑怎么啦?"

"自由了……我自由了……一句话,我全完了!就连虱子也敢向我挑战!阿卜杜·朗比,除你之外,谁不快乐……"

桑格尔·舍马穆警告他说:

"屈从于英雄是一种光荣!"

尽管阿卜杜·朗比醉了,但却吃了一惊,随即咕哝道:

"赞美安拉……"

之后,他叹了口气,说:

"还有一种力量呢,简直要把我吞掉!"

"什么力量?"

"该死的女人的爱情!"

桑格尔·舍马穆笑了。他说:

"这真使男子汉感到害羞!"

阿卜杜·朗比用驴叫似的声音唱起来:

"真是奇怪啊!凭安拉起誓,真是奇怪!……"

桑格尔·舍马穆说:

"阿卜杜·朗比,你唱吧!看来那些歌唱家都像你一样,他们都在爱情中失败了……"

三十五

在众人说情之后,阿卜杜·朗比恢复了给拉伊法太太家送面包的习惯。有一次,他恭恭敬敬地问太太:

"也许您对我还满意吧?"

拉伊法太太冷冰冰地回答说:

"过去的事情就让它过去吧!"

阿卜杜·朗比犹豫片刻,然后央求道:

"您让我和她单独见一分钟的面吧!"

太太警惕地瞅了他一眼,之后说:

"不能!"

"如果您允许,就让我跟她说句话吧!"

太太思考片刻,然后把祖海莱喊了出来。

祖海莱穿着一件深蓝色的长袍,她简直就像一朵艳丽多姿的玫瑰花。两人相互注视了好久好久,祖海莱眼都没眨一下。她表现出离奇的冷漠和疏远,呈现出与内心的斗争完全不同的样子。

阿卜杜·朗比说:

"我的心是洁白的,就让我们忘掉过去的事情吧……"

祖海莱一句话都没说。阿卜杜·朗比又说:

"祖海莱,你说话呀!"

阿卜杜·朗比又鼓励道:

"我想和你重新和好,结交是不容易的……"

祖海莱咕哝道:

"不……"

"结交是不容易的,可别忘了,我们曾经有过甜蜜的岁月!"

祖海莱第一次垂下了眼皮,坚定地说:

"你不属于我,我也不属于你!"

三十六

趁拉伊法太太不在家的时候,穆罕默德·安沃尔悄悄溜进了太太家。他一见到祖海莱,便急切地说:

"我是不应该到这里来的。但是,我为了你才冒险闯了进来。快,马上跟我走,我们结婚吧!"

祖海莱自负地问道:

"谁敢向你保证我准同意呢?"

他低三下四地表示:

"祖海莱,我爱你。"

"你为什么让我像贼一样地逃跑呢?"

他叹了口气说:

"没有别的办法!太太是永远也不会同意的。"

祖海莱惊异地问道:

"是她说的?"

穆罕默德·安沃尔悲伤地低下了头。他说:

"太太顽固执拗,盛气凌人!"

祖海莱的心像是被刺了一下，自负地说：

"我也是纳基家族的人！"

"太太顽固得很，她命令我不要再来这里看她，可我是在这个家里出生的呀！……"

祖海莱生气了。她说：

"我马上跟你走！"

三十七

祖海莱嫁给了鱼子酱商穆罕默德·安沃尔师傅。拉伊法太太生气了，把这桩事看成是背信弃义、伤风败俗。本街上的人听了，也大吃一惊，把祖海莱当成了话题：有的说她运气好，天命好；有的说她创造了爱情的奇迹。

祖海莱带着贾拉勒过去了，受到男人的欢迎。在穆罕默德·安沃尔的心目中，小贾拉勒是安拉创造的最幸福的人。

祖海莱第一次发现自己成了家庭主妇。她有一套多居室的房子，家具齐备豪华，还有厨房和卫生间。家里还有一个巨大的水箱，每天都有水夫送水到门。祖海莱有了裙子，也有了项链，耳朵上添了耳环，手腕上套上了金镯子，小腿上也带上了脚镯。

祖海莱家里的餐桌上摆满了美味食品，绝不比阿齐兹和拉伊法家里的吃喝逊色。祖海莱既是这个家庭的主妇，也是厨师。

蜜月刚过，祖海莱便决意打破禁忌。她走出门去，有时去探望母亲，有时串门访友。人们看见她穿着崭新的衣服，禁不住打心眼里赞美至仁至慈的安拉。

三十八

穆罕默德·安沃尔与祖海莱一起生活，感到幸福过望。他发狂似地爱着她、敬重她，无限度地放纵她，一切都听她的，她说怎么办就怎么办。起初，他不愿意让祖海莱出门，不愿意让她把女人的诱人之处露在人们的眼前。他一遇到事情，就先和她商量，但她却不那么感兴趣，对他也不怎么热情。穆罕默德·安沃尔强忍着这一切，却换不到祖海莱的一丝笑意和欢欣。

穆罕默德·安沃尔知道自己是个留恋旧传统的人，自觉无力劝阻她。在一种前所未有的潮流面前，他束手无策，无力反抗，于是投降了，他清楚地知道自己是爱情的俘虏和玩具。

穆罕默德·安沃尔还感觉到眼前有一种传说中的怪物。的确，他还没能够占据他的女神，也许他没有能力掌握她。什么原因呢？他没有什么办法，只有用礼品和甜言蜜语来掩饰他苦涩的内心。

他是爱情的奴隶，不是爱情的对手，更不是爱情的主人。他的力量在她的手里，而不是在她的心里和躯体里。有什么办法呢？没法子！他只有隐藏在同情和痛苦的后面，看那玫瑰花瓣似的嘴唇绽出的微笑、无精打采的目光和左右摇晃的脖颈的影子吧！

三十九

有一天，祖海莱拜访了她的恩人阿齐宰太太，她吻过太太的手，说：

"由于环境所迫，我到另一家去了。但是，我的心没有变。"

听到这句甜蜜的话，阿齐宰的心豁然开朗。她吻了吻祖海莱的面颊，把她让到自己的身边坐下，待若自家人。祖海莱的心中顿时充满了幸福和自豪的芳香。接着，两人一起喝冷饮吃起干果来。阿齐宰不时地询问她和她的丈夫以及小贾拉勒的近况。伊勒珐蒂走出来向祖海莱表示欢迎。阿齐宰对她说：

"祖海莱，你生得这样俊俏，这是你命中注定的。你应该得到幸福。美是宇宙的主宰。"

祖海莱说：

"太太，多亏了您的祈祷和同情。"

四十

这次访问过后，穆罕默德·安沃尔问道：

"难道你不想也去看望看望拉伊法太太？"

祖海莱烦恼地说：

"她那么自高自大！……真该死！"

"她都要发疯了。"

"就让她疯去好啦，与我有何相干？！"

穆罕默德·安沃尔忐忑不安地咕哝道：

"她可厉害得很哪！"

祖海莱机灵地眨了眨眼问：

"难道说你不是个男子汉吗？"

他只觉得心一沉，便沉默不语了。

四十一

一天傍晚，街上出现了一种令人难忘的景象。祖海莱穿着华丽的长袍走向两轮轻便马车，她发现拉伊法太太就在距她不远的地方站着。太太探了探头，说话的声音都能听到。太太用不友好的责备的语气叫道：

"祖海莱！"

祖海莱茫然若失地一回头，听到另外一个人说：

"哎！好一个背信弃义的女人！"

祖海莱无可奈何，只有呆看着那一张张熟悉的面孔，听着那熟悉的声音。他们中间有吉布里勒·范斯、海里勒·德赫尚、阿卜杜·朗比·

法拉尼。

拉伊法太太说：

"你什么时候来看看我呢？"

祖海莱愈加惊慌失措。她回答说：

"太太，最近我就去看您，只是……"

她说话含含糊糊，吞吞吐吐；拉伊法太太用敌对、严酷、突如其来的语气说：

"欢迎我忠实的仆人来家做客，我感到幸福、光荣……"

祖海莱心中立刻燃起愤怒的火焰。她喊道：

"我和你一样，我也是太太！"

说完，愤愤离去了……

四十二

阿卜杜·朗比·法拉尼喝得醉醺醺的。酒馆外面狂风大作。他突然说：

"昨天晚上我做了个奇怪的梦……"

没有一个人问他做的是什么梦，他便继续说道：

"我梦见五旬风来得不是时候……"

酒店老板桑格尔·舍马穆笑道：

"这真是个鬼梦……"

"屋门被吹上了天，天下起了土雨，手推车也飞起来了，头巾、围脖都被卷上了天空……"

"你呢？"

"一下子把我甩到一匹骏马背上，我跳起舞来了……"

桑格尔嘱咐他：

"睡觉前，要把你的屁股盖严实！"

四十三

穆罕默德·安沃尔感到有一种可怕的东西正向他袭来。一个巨大的魔影正在这狭窄的天地角落里翩翩起舞。难道说阿卜杜·朗比·法拉尼的命运也即将降临到他的头上？他边发愁，边偷看祖海莱的面孔。他对她说：

"你已经怀孕四个月了，最好待在家里少出去，以免……"

祖海莱轻蔑地说：

"我还没有感到行动笨重！"

穆罕默德·安沃尔弯下腰去逗逗贾拉勒，借以减轻他说话的分量。他说：

"我得罪了一伙人，他们是有力量的。我们还是小心一些为妙……"

祖海莱冷淡地说：

"你好像害怕了！"

他竭力掩饰着生气的表情，说：

"我想让我们的家庭幸福一些！"

"我要合法的自由。"

他进一步明白地表示：

"其实我是不喜欢这样的。"

祖海莱思考片刻，然后说：

"实际上，我是不能照你的主张行事的！"

他温柔地说：

"但我是你的丈夫。"

"难道这就是说你可以把我踩在脚下吗？"

"安拉保佑！但是，我对你拥有不可蔑视的权利。"

"不……"

穆罕默德·安沃尔徘徊在沉默与对抗之间。他待她温存和善，然而换来的却是轻蔑冷淡，这激起了他心中的愤慨。他恼怒地说：

"我有权……"

她蔑视地说：

"休要用你的权把我搅得头痛……"

穆罕默德·安沃尔更加恼怒了。他以从未有过的愤怒说道：

"我有权让你顺从……"

她用惊讶的目光逼视着他，这使他火上浇油。他又说：

"我有权让你完全顺从！"

祖海莱的脸上堆满拒绝、执拗的神情，气氛也空前地紧张起来了。

四十四

穆罕默德·安沃尔从失望之中找到了勇气。他决心谨慎小心地跟踪她，看看她究竟到外面去做什么。

穆罕默德·安沃尔在商店里边营业，边注视着门外。他一见到她上街，便立刻失去了平素的镇静，马上跑出去截住她，说：

"你给我回家去！"

祖海莱张皇失措，低声说：

"不要在这里出丑……"

他固执地说：

"你回家去！"

多少双眼睛望着她，她无可奈何，只得憋着一肚子气低着头回家去了……

四十五

晚上,穆罕默德·安沃尔回到家里,顿时感到一场风暴正在等着他。这是他完全预料到的事。最使他感到内疚的是他动了肝火,破坏了气氛,抹杀了自己心中所崇拜的美的形象。他想,在服从他的合法愿望的条件下,他准备做出任何让步。他对她说:

"你不要以为我因你的屈服而高兴,我只想维护我们的家庭幸福……"

祖海莱就像一个泥人,脸色发黄,面目皆非,两眼里闪着凶光。她发怒了,简直要暴跳起来。穆罕默德·安沃尔自言自语,求安拉保佑!让我幸免于这场灾殃;求安拉怜悯,让我免遭这场祸害。……

四十六

祖海莱怒火中烧。她不能认输,她不能忘掉在街上他双手揪住她的尴尬情景。她不爱他,她从未爱过他。然而,她怎么办呢?她向何处去呢?在类似的情况下,妻子往往串亲戚、回娘家;可她呢,已经没有亲戚可走。要么忍辱做主妇,要么出门漫游。她不止在一家遭殃受苦,就是在阿卜杜·朗比的地下室也没有能够幸免。

她想起了她的第一家主人阿齐兹·萨马哈·纳基师傅。他是本街里的头面人物,也是丈夫的朋友。她的丈夫终将明白,她至少不是被砍断的一根树枝。

天下着蒙蒙细雨,雨滴落在她的长袍和面颊上。她悄悄地来到了阿齐兹的粮店,闯进了办公室。她发现只有阿齐兹师傅一个人坐在那里,表情严肃,像是有些焦急的样子。阿齐兹的头发斑白,胡须已经全白了。尽管祖海莱蒙着面纱,但他还是一下子认出了她。祖海莱那两只饱含魅力的大眼睛依然铭刻在他那记忆之中。在阿齐兹师傅看来,这正是天命把她送到自己怀里来了。

她那温柔娇嫩的声音传入了他的双耳里。祖海莱说:

"除了到您这里避难,我再也找不到别的地方了。"

阿齐兹师傅竭力控制着他那自相矛盾的心情,说:

"安拉能使你免遭灾殃!你有什么不顺心的事情吗?"

"我的丈夫,他……"

"据我所知,他是一个很好的人。"

"但是,最近一段时间对我很不好……"

"什么原因呢?"

"他想压服我。"

她把在街上发生的那桩事从头到尾讲了一遍。阿齐兹想了片刻,然后说:

"这种举动太不近情理了!但是,这无疑是他的合法权利啊!"

祖海莱激动地说:

"在我们这条街上,不能这样限制一个女人的行动……"

阿齐兹师傅微笑道:

"我将把你当作纳基家族的人来对待,但你应该以合情合理为满足……"

四十七

阿齐兹师傅的调解所收到的效果是微乎其微的。她只有服从他的劝解,哪怕是暂时的。不过,她和阿齐兹这次见面出现了许多她从未想到过的事情,那是动人心弦的有趣的事情。正是这些有趣的事情把她抛入了一个梦幻般的神秘世界中去了。

祖海莱暗自思忖,仿佛阿齐兹师傅很喜欢她,不只如此,简直比喜欢的程度更深更甚。阿齐兹的两眼流露出着迷人的神情,那究竟是打什么时候开始的呢？是的，无论哪个男子看见她都会着迷的，难道说堂堂正正的阿齐兹师傅也不例外吗？可是他是个有妻室的人；而她也是有夫之妇。阿齐兹是个中年人，出身高贵，仪表堂堂。像他这样的男子，对有夫之妇是一眼都不看的，更何况是朋友的妻子。建立不正当的关系，那是多么下贱啊！又有什么好处呢？

祖海莱渴望得到自己的权利。为达到这个目的，她不惜践踏自己的心。为了达到这个目的，她常常像喝了圣酒，心神恍惚，眼花缭乱。阿齐兹·萨马哈·纳基常常出现在她的梦境里：他披着玫瑰花组成的光环……她想，这梦什么时候能变成现实呢？难道真会有那么神奇的一天，她能变成伊勒珠蒂太太的姐妹①和阿齐宰太太半合法的女儿吗？难道真会有那么一天，她也能住上一座装有门铃的华丽洋房吗？

穆罕默德·安沃尔在祖海莱的眼里越来越微小，直到变成了一粒飞扬的烟尘，飘落消失在无头无尾的漫长沙路上……

四十八

当农家主妇们报告尼罗河发水、叫卖椰枣的时候，祖海莱正面临着难产的痛苦。她生下第二个孩子，取名拉迪。

拉迪的出生，使穆罕默德·安沃尔感到高兴，减轻了他的忧虑和痛苦，他期望从此开始夫妻恩爱、相敬如宾的美好新时期。

胡沙姆·达耶玛也劝她好好过日子，祖海莱终于平平安安地顺从了。在最近的一次访问时，胡沙姆·达耶玛对祖海莱耳语说：

"我这里有你一封信……"

祖海莱用疑问的目光注视着她。老太太说：

"是一封从天上来的信！"

祖海莱立刻想起了阿齐兹师傅，随即问道：

---

① 指同夫之妻间的相互称呼。

"胡沙姆,您说什么?"

老太太面色显得憔悴。她说:

"是我们街上的头领努哈·古拉卜写来的信……"

祖海莱的心里骤然打起鼓来。她预感到东方的流星要向西方飞来。她竭力遏制着自己的神情,说:

"难道你不知道我是孩子的妈妈?"

老太太说:

"我们每天只看见太阳从东方升起,又打西方落下去。信使嘛,只不过是传传音信罢了。"

四十九

穆罕默德·安沃尔很快便退却了。他抛弃了他那偶然的假固执,恢复了本来的怯懦。他认为,祖海莱是一颗没有心的宝石,会像风一样从他手中丢掉的。但是,他却没有想到失去了祖海莱之后如何生活。在穆罕默德·安沃尔的眼里,祖海莱是他生活的灵魂和希望。但她性情狂暴,难以驾驭。难道阿卜杜·朗比·法拉尼所经历的桩桩事情会让人忘掉吗?

穆罕默德·安沃尔已经不信任她了。每当他的信心动摇时,他就更加想和她贴在一起,不惜任何代价地占有她。他在这方面失败了,就意味着在整个生活中失败了,在今世和后世也就都失败了。他和拉伊法太太之间的纠纷将成为他毕生伤心的根源。他认为自己是最不幸的人,他只有不惜牺牲了。

夜间,人们坐在一起聊天,其中也有这一对夫妻。祖海莱坐在沙发上给拉迪喂奶,穆罕默德·安沃尔在一旁抽烟;贾拉勒在人们中间逗猫玩。虽然他过去同情、喜欢贾拉勒,但现在他再也容不下他了。自从有了拉迪,他便一心扑在自己的儿子身上,开始讨厌贾拉勒,恨不得把这个外姓孩子赶出家门。但是,他并没有改变对贾拉勒的待遇,依然保持着父亲的虚假笑貌,只是烦在心里。

穆罕默德·安沃尔自信取得祖海莱的欢心是不可能的了。他对她说:

"我有一件你想不到的东西。"

祖海莱用那无精打采的眼朝他望了望,他又说:

"一件无瑕疵的礼物。"

她微微笑了。穆罕默德·安沃尔继续说:

"一份正式购买合同,你将变成我这座房子的主人!"

她的脸顿时绯红,高兴地说:

"你真是个慷慨的男子汉!"

那是一座三层楼房,底层是豆类店。祖海莱显得很高兴;穆罕默德·安沃尔感到愉快,同时也感到放心一些了。祖海莱变成了主人,当然感到高兴,她打心眼里感谢他。同时,也感谢他承认了自己的力量,因与她斗而感到后悔了。可是,她仍然瞧不起他。这也并没有终止她与阿齐兹、努哈·古拉卜的来往。

阿齐兹家财万贯,努哈·古拉卜无人敢惹。阿齐兹不仅有钱而且有势;而努哈·古拉卜的家财也与日俱增。阿齐兹有一房妻子;而努哈·古拉卜则有四个老婆和一大群孩子。有道是:"有钱有势。"有钱就有势,有势也便有钱。钱能生势,势能生钱。事态会怎样发展呢?祖海莱相信她的生活还没有开始,她一边感触着穆罕默德·安沃尔的呼吸,一边思考着那一切……

五十

穆罕默德·安沃尔决计借努哈·古拉卜的力量保卫他的幸福。为此,他特意前往努哈·古拉卜的府上拜访。

努哈·古拉卜坐在客厅里,小孩子坐在学堂长老的怀里。穆罕默德·安沃尔一句话没说便递上一个钱袋。努哈·古拉卜接过去,数了

数,然后说:

"你已经纳了税,为什么又送来这么多钱呢?"

穆罕默德·安沃尔说:

"我想继续得到您的关照。"

"你有敌人吗?"

"为了防备天命的侵袭。"

努哈·古拉卜毫不在乎地把钱还给了穆罕默德·安沃尔,并且露出了笑容。这种情况完全出乎穆罕默德·安沃尔所料,他禁不住心怦怦直跳,两只眼睛里也闪现出迷离、焦躁的神色。

努哈·古拉卜咕哝道:

"天命天命,命由天定!"

真糟糕!努哈·古拉卜又玩什么新花招呢?他这样想,他绝没有想到努哈·古拉卜正打着他的算盘。

努哈·古拉卜说:

"我本想给你写封信……"

穆罕默德·安沃尔求之不得地说:

"师傅,您有什么事?"

努哈·古拉卜从容不迫地说:

"想劝你休妻!"

穆罕默德·安沃尔的心几乎要停止跳动,他感到自己简直要死了。他惊恐不安地说:

"休妻?……我没必要这样做!"

努哈·古拉卜斩钉截铁地说:

"把你的老婆休掉!"

五十一

离开努哈·古拉卜的家时,穆罕默德·安沃尔的五官都失灵了。难道说阿卜杜·朗比·法拉尼的命运就要降临到他的头上了吗?一个受人敬重的豪商巨贾能够忍受得住这样从未经历过的遭遇吗?那种微不足道的生活,幸福和尊严对他来说,又有什么价值呢?

他失望,他愤怒。这种失望和愤怒就像风暴把他的犹豫之心卷上了七重天。

穆罕默德·安沃尔完全疯了。

他干了一件本街上任何人都没干过的事。

五十二

本街街长吉布里勒·范斯来到努哈·古拉卜头领家里喝咖啡。一阵寒暄之后,街长说:

"警察分局局长福阿德·阿卜杜·图瓦布阁下求见你。"

头领感到奇怪。他生气地说:

"有什么事?"

"师傅,我不清楚。信使嘛,只不过传传音信罢了。"

头领挑衅般地说:

"如果我拒绝呢?"

街长温和地说:

"也许他想请你为公共安全事务出点儿力,千万不要惹不必要的是非!"

头领轻蔑地晃了晃肩膀,便默不作声了。

五十三

福阿德·阿卜杜·图瓦布局长对努哈·古拉卜头领表示欢迎。头领坐在局长办公桌前,谄媚地微笑着,身上散发出一阵刺鼻的香气。头领说:

"我作为侯赛因区之主,见到阁下倍感荣幸。"

局长微笑了。局长是个胖子,中等身材,留着小胡子,面孔英俊。他说:

"师傅,见到你我也很高兴。实际上,头领也属于保安人员!"

"谢谢局长阁下!"

"头领是街道里的勇士,也是街道的卫士。头领既是豪侠、高贵的象征,同时又是本区警察的手和眼睛。内政部就是这样评价你们的……"

他神情愈加紧张,重复说:

"谢谢局长阁下。"

局长果断且不大客气地说:

"因此,我想穆罕默德·安沃尔师傅的安全就担在你的肩上了。"

努哈·古拉卜面色通红,问道:

"他向您告发我了?"

"我是有办法得到情况的。你让他到我这里避避难,这是他的权利,我应该保卫他的安全。但是,我也要求你负责他的安全!"

两个人都沉默下来了。他心里明白,局长在警告他,是在用温和的方式劝诫他。二人沉默了良久,局长说:

"你怎么办?"

努哈·古拉卜平心静气地说:

"我们应该首先遵纪守法。"

局长坚决地说：

"你要对他负责！"

五十四

以前，本街里从未发生这样的事情，不到非常必要的时候，警察是绝不进来干涉的。头领的全部罪恶统统归咎于围观者的无知，如果在地下室或走廊里发现了穆罕默德·安沃尔的尸体的话，福阿德·阿卜杜·图瓦布敢做别人没有做过的事情吗？穆罕默德·安沃尔怎么敢向警察分局局长求救呢？局长怎么敢用那种方式向努哈·古拉卜挑战呢？一位警察分局局长自己把自己放在天平的一个秤盘上，用自己的威严与一个头领斗，看来这还是破天荒第一次！

但是，人们还有一点是不清楚的，那就是福阿德·阿卜杜·图瓦布的个性。他是个勇敢、坚强的男子汉。在他来开罗之前，在上埃及的农村里就以"屠夫"而闻名！要不是有内政部颁发的关于对待流氓的明文规定，他早就把各条街巷里的歹徒收拾干净了。

因此，他刚刚听穆罕默德·安沃尔说自己感到不安全，面色顿时铁青，令人望而生畏，张口结舌，胆战心惊。

有一天，局长率领一队警察走进了这条街，他喊出的响亮号令吸引了人们的注意力，人们这才真正了解了他。吉布里勒·范斯出现在一群便衣侦探人员中间，分局的警官们跟在后面。局长身穿便服，一大队荷枪实弹的士兵跟在后面。队伍雄壮威武地朝前走去，穿过凯旋门，来到广场。在那里进行一阵军事操练之后，然后缓慢地回到营房去。这时候，人们夹道观看，仿佛在举行什么盛大典礼仪式。局长不时地望望人们的面孔；但他的两眼有时也偷偷看看从窗户向外探望的女人的面孔。就在离道路不远的地方，街长朝局长走来；而他却留神地望着站在窗口的祖海莱，祖海莱正是这次行动的中心人物。

努哈·古拉卜一直坐在咖啡馆里。穆罕默德·安沃尔没有离开他的商店，他愁思满怀，他想着会发生更多的麻烦，想到这里心神不得安宁。阿卜杜·朗比·法拉尼茫然若失地跟在队伍的后面。他对周围的人说：

"我们马上就要看到热闹了！"

五十五

祖海莱不止一次在她从侯赛因区回来的路上"巧遇"福阿德·阿卜杜·图瓦布。她也不止一次地发觉那位局长用锐利、放肆的目光注视着她。她不由得自言自语道："就连局长大人也这样！"

广场上一片骚动，就像魔术袋，里面装的是耗子、猫和蛇。祖海莱十分得意，觉得自己很了不起。她想象着自己骑上了一只神鹰，那神鹰展开双翅，充满活力、生机，飞向阿齐兹……飞向努哈·古拉卜……飞向福阿德·阿卜杜·图瓦布……飞向神奇爱情和满挂星斗的天空。她的内心在剧烈地跳动。她的心脏的每一次跳动都构成一幅闪闪发光的图画，这光芒穿过每一个熟悉她的人的心……

五十六

警察分局局长秘密把穆罕默德·安沃尔召来，让他在自己的面前坐下。局长说：

"我已经有力地举起了法律的旗帜，任何街道都没出现过这样的情况。怎么样，他保卫你的安全了吗？"

穆罕默德·安沃尔窘迫地摇了摇头，说：

"不知道……"

"不知道？"

福阿德·阿卜杜·图瓦布温和地说：

"你说得对，我想也是这样，我担心你……"

穆罕默德·安沃尔不安地说：

"在我们这条街上，生命连一文都不值！"

"你说的是实话。也许任何一个坏蛋都可以把你杀掉。假如说，我们粉碎了骚乱活动，拔掉了祸根，此后你会得到好处吗？"

"对我有什么好处？"

局长问：

"我有一言劝告，也许很离奇，可你会听从吗？"

"什么劝告？"

"把你的妻子休掉！"

穆罕默德·安沃尔茫然，咕哝道：

"您也这样劝我？"

"当然喽！这有损于我的尊严，同时也有损于你的体面！但是，我为你的生命感到忧虑……"

"局长阁下，我都快疯了……"

局长狡猾地说：

"这只是个权宜之计，以便让我跟这些坏蛋算清账……"

"权宜之计？"

"过后，一切都恢复原样！"

穆罕默德·安沃尔思考许久，然后说：

"让我好好考虑一下。"

五十七

穆罕默德·安沃尔周身颤抖，失望地回到家里。正当他失望的时候，一种意外的灵感突然朝他袭来。他对祖海莱说：

"赶快把你的贵重东西收拾起来，等人们睡熟了，我们就逃走。"

祖海莱张皇失措，问道：

"逃走？"

"就连警察分局局长都劝我把你休掉!"

"局长?"

"我知道,他是无力保护我的。我们只有逃走,没有别的办法……"

她心里全然明白局长的劝告意味着什么,但她不知如何和丈夫一起行动。她惊骇地问:

"我们去哪儿?"

"安拉的土地宽广无边,我有一笔不少的钱,我们去建立新的生活吧……"

好一个鬼主意!他想把她的梦想一举捣毁,让她沦为逃亡者,永久地依附于他。他想让她隐匿起来,像萨马哈一样,消失在茫茫的黑暗之中。谁知道呢?也许她会像乞讨的叫花子一样,被迫用自己的手去谋生。不然,就让懦夫自己逃走吧,在她的生活之中永远地消失掉。

"不要磨时间了……"

祖海莱不冷不热地说:

"你再考虑一下吧!"

"我考虑过一百次了,没有别的办法,只有逃走……"

"不!"

"不?"

"那是不可能的……"

"完全可能!不等天亮,你就知道了。"

祖海莱固执地说:

"不会的……"

穆罕默德·安沃尔茫然地望着她……祖海莱说:

"去流浪?"

他惶恐地说:

"我带的钱足够用……"

"不!"

"难道你不知道我正面临着被杀害的危险吗?"

"你弄错了!"

"我一点儿办法都没有了!"

"我有什么罪过呢?"

穆罕默德·安沃尔发疯似的说:

"妻子就应该跟着丈夫走。"

她一心想甩掉他,自然流露出可恶的顽固性。她说:

"你没有能力保护我!"

他用拳头击打自己的胸脯,喊道:

"你这条毒蛇!"

她本能地朝窗子退去。穆罕默德·安沃尔继续喊叫道:

"你还想玩弄你的旧把戏!"

从他那失望的面色、紧握的拳头和强健的胳膊上看,祖海莱认为她的末日要来临了。祖海莱对着窗子大声喊救命,穆罕默德·安沃尔像猛虎一样朝她扑了过去……

五十八

门被撞破了。

努哈·古拉卜、阿齐兹师傅、吉布里勒·范斯一起拥了进来。穆罕默德·安沃尔后退了。祖海莱昏倒在地,已经不省人事。贾拉勒、拉迪哭着叫着……

人们立刻抢救祖海莱,祖海莱醒了过来,穆罕默德·安沃尔不见了。努哈·古拉卜向吉布里勒·范斯使了个眼色。这位街长用官话说:

"杀人未遂,潜逃了!"

阿齐兹叨唠道:

"逃了,就完了?……"

努哈·古拉卜问道:

"罪恶呢?"

吉布里勒·范斯说：

"罪恶就像太阳一样，清晰可见，我们都是见证人！"

阿齐兹对祖海莱说：

"今天晚上，你就到我母亲那里去过夜吧！"

五十九

穆罕默德·安沃尔休妻未成，自己反倒隐匿起来了。

祖海莱很快回到了家中。起初，她沉醉在自由、欢快的气氛之中；之后，她自信自己仍然与丈夫保持着夫妻关系。她很想走，她憧憬着美好的梦境。她决心不白白地丢掉她生命的每一分钟。

一天，祖海莱登门拜访阿齐兹·萨马哈·纳基师傅。她说：

"他逃跑了，现在正在远方从事报复活动……"

阿齐兹明白她说的话是什么意思，他感到这话甜蜜而且具有魅力，不由得沉醉在欢乐和希望之中，遂问道：

"你以后怎么生活呢？"

"出租房子，换取糊口的钱……"

阿齐兹怜悯地说：

"你并不是单独一个人，你放心好了……"

她点头表示感谢：

"谢谢您！但我想保证两个孩子的生命安全。"

他的心怦怦直跳，问道：

"你有什么想法？"

"他是个杀人未遂的潜逃犯，我要求和他离婚。"

就这样，一扇可以冒险的大门在阿齐兹的面前被打开了。阿齐兹说：

"应该考虑考虑……"

六十

阿齐兹师傅决计对穆罕默德·安沃尔进行缺席审判,他委托律师代为提出离婚要求。但是,他始终在他的愿望和声誉之间徘徊。他敬重他的妻子伊勒珑蒂太太,他也尊重他的老朋友穆罕默德·安沃尔。在祖海莱宣布了自己的狂放愿望之后,一系列的事情发生了。

六十一

夜晚,第一位敲门者来了。祖海莱打开一扇门,看见一个黑影,同时嗅到了一种令人恶心的气味。她疑惑地问道:

"天都这么晚了,谁?"

只听到一种熟悉的声音喊道:

"阿卜杜·朗比·法拉尼……"

她的心里充满着矛盾,又是生气,又想说些什么话。她终于抛弃了怯懦的天性,愤怒地问道:

"你来干什么?"

他用醉汉的腔调乞求道:

"让我们恢复我们过去的生活吧!"

"疯子……醉汉……"

"我是你独一无二的丈夫。"

"你走开!不然,我就喊人了!"

她满肚子愤恨地关上了门……

六十二

就在同一个晚上,街长吉布里勒·范斯悄悄地来到了祖海莱门前。他小心、害怕地进了门,刚刚坐下便说:

"安拉保佑我免遭魔鬼纠缠!我是来给你送信儿的……"

她边揣测着他的来意,边说:

"你说吧!"

"警察分局局长阁下向你求爱!"

她揣测得完全正确。同时,她也担心努哈·古拉卜扮演同样的角色。但是,局长又怎么样呢?他空有其名,空有堂堂的仪表。在这三个人当中,也许阿齐兹最为可取;努哈·古拉卜的努力也是不容忽视的,他可是个权势无限的实力派人物。

"祖海莱太太,你说怎么办?"

"努哈·古拉卜什么也没说吗?"

"局长把他的事全包了。"

她机灵地说:

"我有两个孩子,收入也有限;再说,局长也有妻室,而且当了爸爸……"

"他最知道自己的力量……"

祖海莱犹豫片刻,然后说:

"我最清楚我自己的想法!"

吉布里勒·范斯问:

"那么,你就当古拉卜的情妇,同时也做局长阁下的妻子吧!"

祖海莱发怒了。她说:

"我是本街最高贵的太太!"

六十三

吉布里勒·范斯还没有走,胡沙姆·达耶玛便来了。祖海莱马上把吉布里勒·范斯藏到了另一个房间去。老太太来到便说:

"现在没有什么问题了……"

祖海莱说:

"努哈·古拉卜很好,但他已经有四房妻室了!"

"你去取代其中的一房嘛!"

祖海莱傲气十足地说:

"祖海莱不与任何女人当姐妹!"

老太太吃惊地问:

"他得把四房妻子都休掉吗?"

祖海莱固执地说:

"由他去吧!"

六十四

努哈·古拉卜果然把四房妻子都休掉了。

消息传开,整条街为此感到震惊,同时也波及了四个家庭。祖海莱的名字被当作威严、冷酷的悲歌在人群中流传。警察分局局长得知这个消息,咬着嘴唇不说话;阿齐兹得到这个消息,不禁茫然,但他还是无声地掩藏了他那悲伤、抑郁的情感。

举行婚礼的那天,碰巧传来了拉马纳死在狱中的消息;同一天,拉伊法太太因拉马纳的死亡而悲伤过度终于自杀身亡。参加努哈·古拉卜婚礼的人很多,因与邻近街道的头领们订有互相友好条约,故由他们负责保卫安全。但是,在商谈中发生了谁都没有预料到的事情:一位头领公然背弃条约，扰乱了婚礼。

怎么会发生这种事呢？原因究竟在哪里呢？

无论如何，血淋淋的肉搏战还是发生了。刹那间，警察部队出现在人们眼前，仿佛在专门监视着这种场合。

警察部队毫不手软地平息了这场骚乱。

突然之间，一颗子弹击中了新郎，新郎当即倒在血泊之中……

六十五

消息传开，整条街燃烧起来，为头领举行了隆重的葬礼。祖海莱为此感到恐惧；她的恐惧心理胜过她的悲伤感。婚礼时子弹射中新郎使新娘祖海莱大为扫兴。她感到遗憾，因为她仅仅尝到了几小时称王称霸的滋味。忌妒者真是数不胜数。他们说，祖海莱的婚礼遇上了两个灾难，带来了六个不幸。两个灾难是：拉马纳死在狱中，拉伊法太太闻讯自尽；六个不幸是：穆罕默德·安沃尔被判刑，头领原来的四个妻子被休，努哈·古拉卜中弹丧命。这个贪得无厌的女人的手相上究竟还有什么凶兆？

祖海莱愁眉苦脸，无精打采。但是，她仍然以顽强的意志从自己的心中驱逐了这些忧愁和悲伤。她高兴地计算了一下自己应该得到的财产，然后为死者服丧。

祖海莱很快就从这次打击中苏醒过来了，接着又沉醉在欢乐之中。就这样，她没有付出任何代价便尝到了一些称王称霸的滋味。最值得高兴的是，还没有入洞房，新郎就一命呜呼了，他得到了一切坏蛋的下场。祖海莱清楚地知道，向任何歹徒屈服，都会给纳基家族带来耻辱。她说，有骨气的风专门摧毁虫蛀的朽木，这完全不能埋怨她。

六十六

人们在纷纷议论，到处都在窃窃私语。传说谋杀努哈·古拉卜的幕后策划人就是警察分局局长福阿德·阿卜杜·图瓦布，因为努哈·古拉卜挡住了他的路，所以非把头领除掉不可，这完全不是为了社会治安，纯粹为了霸占努哈·古拉卜年轻貌美的妻子祖海莱。

福阿德·阿卜杜·图瓦布出奇地阻挠了本街推举头领的举动更加使人生疑了。在漫长的岁月中，本街还是第一次在没有头领的情况下过日子，人们都感到空前的屈辱。

人们都问，局长什么时候才撕下自己的假面具和祖海莱结婚呢？

六十七

街长要求见祖海莱。祖海莱立刻知道了求见的目的。

在警察分局局长的面前，祖海莱表现得冷淡沉默。现在，她比局长，甚至比他的警察局都富有。阿齐兹·萨马哈·纳基是一颗贵重的珍珠，只有他才配实现她的王后美梦。阿齐兹的缺点在于他是一位高贵的先生，从祖辈那里继承下来了高贵文雅的气质，然而缺乏力量和勇气。他的先祖曾恋上一个女人，不料他的两个儿子也来和父亲争夺这个女人；父亲把两个儿子叫来训斥了一顿，然后才同那个女人结了婚。多情的阿齐兹总是把爱情埋在心中，唯恐冒犯风俗，一直不敢表露。也许只有她可以勾引他，占有他，但那有何用呢？再说，那里还有一个可恶的局长大人，难道他不会像处置努哈·古拉卜那样，将阿齐兹也一举置于死地吗？

唉！这希望不过是云霄之上失去方向的微风罢了！

六十八

祖海莱对吉布里勒·范斯说：

"你告诉他，我不乐意当姨太太！"

街长说：

"大家都知道，局长的妻子年岁很大，简直像个老太婆，她很富裕，你去填个空缺吧！"

"什么原因造成这种情况？"

街长说：

"那是历史的罪恶之一。"

祖海莱十分生气，但她掩盖着自己的怒气。她的想象力活跃起来了；她的意志坚定起来了。她佯装屈从地说：

"让他准备一下吧！安拉保佑……"

街长满面春风，高兴地说：

"万赞归主！"

六十九

祖海莱一分钟都没有休闲。她像惠风一样，夹带着露珠的芳香闯入了阿齐兹师傅的房间。她打扮雅致，看上去外表悲伤，但目光却闪现出祈求的神情。她发现阿齐兹师傅面色绯红，双目颤动，神态激动。她用温柔的乞求语气说：

"我在痛苦之中向您求援。我该怎么办呢？"

阿齐兹只是口头上不承认爱她。他说：

"祖海莱太太，欢迎你！"

她恭恭敬敬地问道：

"我该怎么办呢？……难道我应该向流氓局长妥协吗？"

阿齐兹问：

"他向你求婚了吗？"

"他真不要脸！"

阿齐兹生气了。

祖海莱说：

"一个不能自由选择自己终身伴侣的苦命女人会有什么结果呢……"

阿齐兹显得很激动，他说：

"你不要去爱你所讨厌的东西……"

"我向您承认，我怕他！"

"不要怕！"

"大家都知道，他是个罪犯，正是他杀害了努哈·古拉卜……"

"罪犯杀了罪犯！"

她从容不迫地说：

"说得对！如果内政部向有关人员查问一下，那是一定可以把事情真相弄清楚的……"

她久久地望着他说：

"要有一个受尊重的人才行，这样他的意见才有人听……"

天空的云朵消散了，明亮的太阳照耀着大地……

七十

一道突如其来的命令将福阿德·阿卜杜·图瓦布局长调到了上埃及，天空中的暴风信号消失了。

夏季来临了，西瓜、香瓜、葡萄普遍获得丰收。过了不久，赛迈凯特·阿拉杰当了头领。祖海莱非常高兴，她相信自己是真正的英雄。她说："我就是智慧，我就是理想，我就是美人，我就是胜利。"她慈爱地注视着贾拉勒和拉迪，低声地说：

"希望你们俩能登上古今荣誉的最高峰!"

七十一

祖海莱主动去拜访阿齐兹·萨马哈·纳基师傅。她高兴地说:

"男人就该这样!不然就不叫……"

这位被弄糊涂了的男子微笑着说:

"你幸福,我也高兴……"

祖海莱娇滴滴地说:

"像我们的祖辈一样,我摆脱了灾难……"

然后她又难过地说:

"至于幸福嘛……"

阿齐兹眷恋地凝视着她,她继续说:

"有什么值得称为幸福的呢?"

"也许幸福就是前定的!"

"您什么时候能把我这样的女人说成是幸福的人呢?"

阿齐兹竭力掩盖着他那狼狈的神情,说:

"你今天什么也不缺了!"

她轻盈地站了起来,久久地注视着他。他简直要被看腻了。她边走边说:

"我缺少人生中最重要的东西!"

七十二

阿齐兹师傅终于向天命投降了。因为他软弱,所以被一种强大的力量征服了。阿齐兹师傅像一堵腐朽的墙,像修道院的大门。他的经历颇似先祖在酒馆里的奇遇,一种罕见的愚昧症击中了壮年男子汉。

阿齐兹与母亲阿齐宰一起坐在屋里。儿子久久地望着母亲，咕咕哝哝地说：

"妈妈……"

她感到气氛异乎寻常，于是问：

"有什么话你就说吧！"

阿齐兹从容不迫地说：

"蒙安拉意愿，我要再娶一房太太……"

母亲感到迷惑不解，久久凝视着阿齐兹，问道：

"当真？"

"是的。"

"谁？"

阿齐兹犹豫片刻之后，说：

"祖海莱！"

阿齐宰责备道：

"不可能……"

"真的是她……"

母亲怒喊道：

"她是一条毒蛇！"

阿齐兹恳求地说：

"妈妈，您不要急于下断语……"

"毒蛇！"

"妈妈，我爱上了她……"

"伊勒珐蒂也喜欢她，但她是条毒蛇……"

"妈妈，她是个苦命的女人……"

阿齐宰苦笑道：

"她是另一个拉伊法。"

阿齐兹乞求地说：

"妈妈，您不要只看表面现象……"

"聪明的先生,她怎么把你给迷住了?"

"妈妈,我对自己的所作所为是完全清楚的……"

母亲唉声叹气地问道:

"你的原配妻子伊勒珐蒂怎么办?"

阿齐兹坚定地说:

"她仍然是主妇、孩子的母亲……"

"你还尊重你的母亲吗?"

"妈妈,我完全尊重您。"

"那你就改变这个主意吧!"

阿齐兹悲伤地说:

"不能啊……"

"孩子,她怎么把你给迷惑住了……"

"您应该为我的幸福感到高兴……"

"难道你忘记了阿卜杜·朗比、穆罕默德·安沃尔和努哈·古拉卜的下场了吗?"

阿齐兹生气地说:

"他们都不把祖海莱当人看待!"

"她是个刁婆,你是自投火坑……"

阿齐兹平心静气地说:

"事在人为嘛……"

阿齐宰异常气愤:

"她是个卑贱的下流货……"

他不满意地说:

"妈妈,我们同属一个宗族。"

"你们为你们的祖宗感到自豪,那是因为他们行善积德,并非因为血统高贵!杀害你父亲的拉马纳不也是你们一个宗族的吗?……瓦希德和你们不也是一个宗族的吗?……"

阿齐兹镇静地说:

"听天由命吧……"

七十三

祖海莱和阿齐兹·古莱·纳基结了婚。阿齐宰太太大为不满，拒绝认他为子，和伊勒珐蒂及孩子们住在一起，过着苦闷烦恼的生活。

阿齐兹从继承人手中买下了努哈·古拉卜的那座房子，把它送给祖海莱，并且更新了房间里的全部家具、地毯、摆设，从而将之变成了他们的永恒爱情的安乐窝。他尊重伊勒珐蒂太太的全部权力，对她和孩子从不吝啬，给他们母子以相当优厚的待遇。但是，他认为只有在他的壮年快要消逝的时候，他才懂得了真正的爱情。

七十四

祖海莱沉浸在一种神奇的幻想之中。阿齐兹讲究排场、豪华、尊严，他有房子，是名流绅士之首。祖海莱并没有因为阿齐宰太太生气而发愁，也没有因伊勒珐蒂的苦恼而不安。祖海莱是个高傲自负的女人。安拉赐给她那美貌和智慧是她最值得骄傲的资本。她自信自己是女中王后，她相信神圣的生活只能属于强者。她第一次感到，她有了个称心如意的丈夫。至于爱情，为了一种最伟大最高尚的东西，她是可以抛弃爱情的。她常想：我可不像其他女人那样是个软弱无能的女人！

她千方百计地享受她的荣誉和体面。她坐在轻便马车的正中间，让贾拉勒、拉迪坐在她前面的两个座位上。马车响着银铃缓慢地前进着，她就像大权在握的王后，两只水灵灵的大眼睛不时地透过面纱偷看。人们望着她，有的赞美，有的憎恨，有的感到迷惑不解。她文雅恬静，落落大方，从容不迫，十分认真地欣赏着两侧的景色，陶醉在一种插上了双翅的幻觉之中。她幻想把整个世界化为她手指上的一颗钻石，也好映出她那甜美动人的尊容。

她到侯赛因区去，兴奋地把乞丐们叫到她的周围，开始了施舍、救济……

七十五

祖海莱为阿齐兹生下了一个男孩，取名舍姆斯丁，因此，世界在她的眼里更加壮观了。

祖海莱年轻而貌美，而阿齐兹却向未老先衰迈进了。祖海莱对她的娘家人十分慷慨，其程度远远超出了人们的想象，因此，她的母亲和姐妹们也都过上了宽裕的生活。但有一个亟待回答的问题：为了给自己创造任何一个女人都不曾得到过的高贵名誉，她该怎么办呢？

七十六

有一次，祖海莱像往常一样离开侯赛因清真寺。当时，四周是乞丐和疯子们的游行队伍。她把贾拉勒和拉迪送到车上，当她正抬脚登车时，突然听到近处有人低声喊道：

"祖海莱……"

她顺着话音方向望去，发现穆罕默德·安沃尔正用垂死的双目望着她。她慌慌张张地朝车上爬。与此同时，穆罕默德·安沃尔抡起粗棒子，竭尽全力地朝祖海莱那花枝招展的头上打去，只听见她大喊一声，立即倒在了地上。他连续棒击她的头颅，把棒子都打裂了。至于两个孩子的哭叫声，他仿佛全然没有听到……

漂亮、诱人的面孔不见了，只有一颗碎裂的头颅浸泡在鲜红的血泊之中……

寻求长生不老

——《平民史诗》故事之七

一

祖海莱的死给阿齐兹师傅带来了无法愈合的创伤。出殡的时候，他像一个幽灵一样出现在人们的面前。他失去了幸福，失去了希望，他完全被生活抛弃了。在人们面前抬不起头来，这更加重了他的痛苦。在他看来，世界仿佛变成了一个狡猾无度、残暴至极的老太婆，面对着她的一切承诺，他只有拒绝、憎恶，别无选择。

母亲阿齐宰前来探望儿子，而儿子阿齐兹却对她不冷不热，心中暗藏着无声的责怪。母亲哭了，把儿子搂在怀里，耳语道：

"天命这么无情，我们不要再争辩了……"

她吻了吻儿子的面颊，继续叹息说：

"好像我单是为了伤心和悲痛才来到了这个世界上的……"

吊慰的话从阿齐兹的心上一滑而过，一点儿痕迹都没有留下……

二

祖海莱死后没过几个月，阿齐兹师傅便瘫痪了。只有几个星期的光景，阿齐兹便辞别了人间。阿齐宰太太悲痛欲绝，因为她从未想到过，自己要亲手去掩埋那宝贝的独生儿子。她也实在无法设想，自己在儿子去世之后能否再活上一天。此时此刻，她失去儿子的痛苦，胜过当年失去丈夫古莱时的痛苦。阿齐宰是位十分庄重严肃的妇道人家，她的这种庄严外貌，只有在巨大痛苦袭来时，才显示出来。漂亮、高雅的阿齐宰太太中断了正常的生活，以极大的耐心，忍受着痛苦的煎熬。

按照阿齐兹的遗嘱，阿齐宰太太把拉迪领到了她的住所，和舍姆斯丁一起由她抚养。虽然她对舍姆斯丁关怀备至，但孩子到八个月大时却死去了。至于贾拉勒，则由他的父亲阿卜杜·朗比·法拉尼领了回去。

三

祖海莱的死震惊了整个街道，整条街为幸福和天命之间的斗争而震动。在反复发生的事件之中，人们摸索到了一条教训：为什么有的人笑呢？为什么有的人手舞足蹈，欢庆胜利呢？为什么有人稳坐在宝座上而无所顾忌呢？为什么在玩耍时，有人忘掉了自己的真正角色呢？为什么有人忘掉了自己的必然下场呢？……阿齐宰的心中充满了悲伤，这悲伤很快便沉入了愤恨的大海之中。至于阿齐兹的悲剧，则没有一个人同情，纷纷谴责他从阿卜杜·朗比·法拉尼手中抢去了祖海莱。没有一个人对阿齐兹的死感到悲伤。平民们都说，纳基的家族成了悲伤和痛苦的舞台。格言说得好："善有善报，恶有恶报。"这是纳基家族后辈背叛的报应……

那时候，八月的天气有些反常：乌云不合时宜地笼罩着天空；怪雨淋漓，时而又转为滂沱大雨……人们不禁茫然，感到奇怪，不由得心惊肉跳。大家不约而同地祈祷说："安拉啊，但求平安无事！"

四

祖海莱和阿卜杜·朗比·法拉尼生的贾拉勒所遭遇的苦难是任何一个孩子都没有经历过的。母亲脑浆四溅的惨状深深地铭刻在小贾拉勒的心灵上。梦魇时常折磨、缠绕着他的心，昼夜不离他的身。世上为什么会有这么残暴的行为？高尚的美德怎么会落到如此悲惨的结局？为什么会发生那种事情？为什么他的母亲不会说话了？为什么见不到母亲了呢？他究竟犯了什么罪，致使他失去了母亲的关怀和怜悯？为什么岁月只向前走，而不向后倒退呢？我们喜欢的东西总是去而不返，而我们讨厌的东西却总是来折磨我们，这究竟是为什么呢？为什么事物总是屈从于冷酷的命运？自己为什么要从一座阔气豪华的洋楼里搬到阿卜杜·朗比·法拉尼的阴暗破旧的地下室来呢？阿卜杜·朗比·法拉尼又算得了什么呢？他为什么要孩子认他为父亲呢？孩子是母亲的孩子，母亲是孩子的生身母亲，是孩子的摇篮和爱神，是孩子的灵魂、血和肉。母亲的形象鲜明地印在孩子的脸上，母亲的声音永远地萦绕在孩子的耳际，母亲回返的希望在孩子的心灵中始终是不会消逝的。

浸泡在血泊里的碎头颅的形象是永远不能忘掉的。

五

阿卜杜·朗比·法拉尼的境况也发生了变化。由于贾拉勒的努力，他们从地下室搬迁到一套不错的房间。阿卜杜·朗比·法拉尼以他儿子的名义，从面包房老板那里买来了一个面包烤炉；但因为他沉溺在酒瘾之中，所以经营管理得很差。阿卜杜·朗比·法拉尼穿着白色的大袍缠着彩色头巾，戴着绣花的小帽儿，他那两只粗大的脚第一次穿上红靴。他抽筋似的对自己说："阿卜杜·朗比·法拉尼……你欣赏一下祖海莱美丽的容貌吧！"在花钱上，他从不亏待小贾拉勒；尽管他贪酒，但他的心里是喜爱贾拉勒的。从贾拉勒的面孔上，可以看到祖海莱的美丽容貌，这使他感到欣慰、兴奋。他不时地向贾拉勒讲述他所经历的最幸福安详的生活……

六

一天夜里，天将近拂晓时，贾拉勒醒了。贾拉勒的哭声唤醒了爸爸。阿卜杜·朗比·法拉尼很难受，他抚摸着贾拉勒那乌黑发亮的头发，问道：

"贾拉勒，你做梦啦？"

贾拉勒哭叫着问：

"妈妈什么时候才回来？"

阿卜杜·朗比·法拉尼感到头痛，他说：

"等你长大了，我们找妈妈去，你不要着急……"

七

祖海莱的事传到啤酒馆里，赛迈凯特·阿拉杰述说：

"这是第一个被杀的豪强女人……"

阿卜杜·朗比佯装刚强地说：

"她罪有应得……"

街长吉布里勒·范斯说：

"你真不珍惜爱情！"

阿卜杜·朗比挑衅地说：

"我真担心，她死后会有几个人在乐园里把她瓜分掉！"

酒店老板桑格尔·舍马穆笑道：

"你希望她下火狱，也好和你相会喽！"

阿卜杜·朗比叹了口气，他抛掉了伪装的外表，说：

"真遗憾！难道说世上的大美人真的只会变成虫蚁的食物吗？"

酒店老板大声说：

"相信我吧！她本来爱我爱到了崇拜的地步；然而，她是个疯子，所以……"

阿卜杜·朗比驴叫似的唱道：

> 带小帽的人啊，
> 请你告诉我是谁强占了她？
> 神仙缠住了我的心，
> 你的心也会感到不安。

八

贾拉勒进了学堂。贾拉勒面孔英俊,天资聪颖,精力旺盛,体格健壮。有一天,先生要他背诵"人固有一死",他问先生:

"人为什么会死呢?"

先生告诉他:

"这是万物之主安拉的旨意……"

贾拉勒追问道:

"为什么呢?"

先生生气了,先用笞刑,然后用鞭子抽他的背。贾拉勒哭叫起来。一整天,先生的怒气都没有平息下去。如果孩子的母亲仍然活着的话,怎么会发生这样的事情呢……

九

贾拉勒不论在学堂里,还是在大街上,都不时地遇上一场接一场的小小风波。孩子们都喊他"祖海莱的儿子"。可他确实是祖海莱的儿子。可怜的孩子们,难道那也是骂名吗?难道祖海莱应该遭受辱骂吗?孩子们把他还不大了解的母亲的罪名一股脑儿地加在贾拉勒的身上:什么忘恩负义,背信弃义;什么一嫁再嫁,自高自大;什么残暴严酷,贱贼奴仆冒充太太……

贾拉勒急忙去问父亲:

"他们为什么骂我妈妈?"

父亲安慰他说:

"因为你妈妈比天使还要漂亮……"

父亲又劝他:

"你要用忍耐把他们的嘴堵住……"

贾拉勒的脸上现出愁容。他反问道:

"忍耐?"

父亲伤心地望着贾拉勒……

十

东听一言,西听一语,母亲的往事渐渐传入贾拉勒的耳朵里。他不相信那些流言蜚语。如果强迫他相信,他便拒绝把那些事情认作是不体面、不光彩的事情。无论母亲做过什么事,在他眼里,母亲总是天使。人们望望宣礼塔上的新月,那又算得上什么毛病呢?这种推理又怎么适用于魔鬼的儿子呢?

就这样,贾拉勒被迫一次又一次地进行斗争。其实,他并不希望那样,他喜欢和睦相处,友好亲善。但是,孩子们却想借此侮辱他,和他吵架,向他挑衅。在挑衅面前,他坚强不屈;在高墙面前,他顽强勇敢。披甲上阵并不是他的天性;但回答辱骂只有用拳头。他与孩子们打架的次数日渐增多,但往往以他的胜利而告终。贾拉勒终于变成了一个令孩子们望而生畏的少年,都知道他厉害无比。由于他力大无穷,致使对手们哑口无言,纷纷降服于他,听凭他的驱使。

十一

在学堂里,贾拉勒又遇上了他的同母弟弟拉迪。拉迪是杀人犯的儿子,同时也是杀人犯的牺牲品。拉迪是个身子单薄、彬彬有礼的孩子。他像贾拉勒一样,也被耻笑为"祖海莱的儿子",他因此大哭起来,贾拉勒便奋起保护弟弟,遏制住了对方的辱骂。贾拉勒很喜欢拉迪,对他说:

"你是我的弟弟,我为你感到自豪。"

拉迪不及贾拉勒健壮、漂亮，但他很有礼貌。有一次，拉迪对贾拉勒说：

"我请你和我一道吃午饭……"

十二

贾拉勒来到了已故阿齐兹的家里，他见到了年迈的阿齐宰太太和伊勒珐蒂太太。贾拉勒走上前去，吻了吻她俩的手，她俩对贾拉勒表示欢迎，并且对他英俊的面容、健壮的体魄表示惊讶。他还看到了阿齐兹师傅最小的女儿，盖迈尔是位容貌俊秀、腼腆可爱的姑娘，比贾拉勒小两岁。她漂亮的面孔，使贾拉勒眼花缭乱，心神不安。午饭间和午饭后，贾拉勒久久地望着她。当他单独与拉迪坐在一起时，他对拉迪说：

"盖迈尔就像我们的妈妈一样长得美丽非凡，你看呢？"

拉迪心不在焉地点了点头。贾拉勒又说：

"你和她生活在一个家庭中，你真幸福！"

拉迪说：

"只是她的声音我不大喜欢！"

十三

贾拉勒接近成年，对自己生活变化的原因已经完全明白了。他相信，他母亲是本街上最善良的妇女。他自信，他是至今仍不知其秘密的纳基家族的后裔。他没能成为赛迈凯特·阿拉杰那样的英雄，但他已经是赫德尔的伙伴和挚友。贾拉勒打破了头脑中固执的想象和邪念，他和生着金翅膀的天使交上了朋友。他敲开伊斯兰修道院的两扇大门，但由于那里一片漆黑，没有灯火，他感到害怕又走了。他发现盖迈尔站在阳台上，一直留心地注视着他。

他自负地自问道：

"我母亲有什么不好?……她想找一个像样的男子,但在她那短暂的一生中很不走运……"

十四

阿卜杜·朗比·法拉尼开始让贾拉勒和自己一道操作面包炉。父亲看到贾拉勒健壮、聪明、志气高,感到由衷的高兴,便把面包房的大权交给了贾拉勒,而自己则整天泡在酒馆里。随着手中钱财的增加,阿卜杜·朗比·法拉尼开始堕落了。但看到儿子那样能干,又感到自豪、欣慰。尽管贾拉勒母亲的名声不佳,但贾拉勒已经能够用自己的能力管理雇工,并且赢得了他们的尊敬。贾拉勒坚强刚毅,四肢发达,身材高大,浑身是力,英俊的面孔闪烁着青春的光芒。

除了一个面包房,贾拉勒手里一无所有。他想想过去,心中充满了难言的痛苦。口头上的客气、唇边上的微笑欺骗不了他。他知道,在这一切表面现象的背后,隐藏着对他那漂亮母亲的低声咒骂。但是,他自信,像他这样健壮、标志的男子汉应该有着美好的前程。阿齐兹的姑娘盖迈尔的形象是他心中最甜蜜的希望所在……

十五

傍晚时分,贾拉勒坐在面包炉前斗鸡。打赌斗雄鸡是他的头等爱好。伊勒珐蒂太太坐着轻便马车过来了,盖迈尔就坐在母亲的身边。贾拉勒目不转睛地望着盖迈尔,简直看得出了神。他回想起自己童年在阿齐宰太太家里和拉迪、盖迈尔一起玩耍的情景,那是多么幸福的岁月啊!然而,这种美好的日子很快就中断了,阿齐宰和伊勒珐蒂对他也冷淡起来了。他和拉迪都是祖海莱的儿子,为什么那两位太太抱起拉迪而丢下他呢?没有什么别的原因,一方面是为了执行阿齐兹师傅的遗嘱;另一方面,因为他与他那死去的母亲面容相似,这使那两位太太想起了那个可恶的女死鬼。

自那时候起，贾拉勒这个声名狼藉的面包商的儿子与门第高贵的阿齐兹的千金之间就隔了一条明显的鸿沟。但是，他爱盖迈尔，那种爱慕占据了他的整个身心，那种爱明显地表露在他那两只炯炯有神的大眼睛里。难道他就像胆小鬼那样为他的好运气整天担惊受怕吗？

十六

贾拉勒知道父亲在怎样的挥霍钱财，于是温和地责备了他，并且不让父亲再干预面包房的活计。他说：

"您快快乐乐地生活吧！"

但是，父亲是他无穷无尽的伤心事的根子：他贪酒，酒严重地损害了他的健康和尊严；他每天夜里都泡在酒馆里；他任意挥霍从儿子手里要来的钱。阿卜杜·朗比·法拉尼说：

"他待我真好！好像我是儿子，他是爸爸。他就像老板那样提防着我……"

他或者有时大笑着问道：

"诸位听说过吗？因为父亲喝个一杯两杯酒的，竟然遭到了儿子的大声呵斥……"

他这样说倒是出于爱，并非出于恨。阿卜杜·朗比·法拉尼继续说：

"难道我们忘记了安拉对双亲的嘱咐了吗？"

贾拉勒实在没有办法使父亲变成一个受尊敬的人。他之所以想让父亲成为一个有尊严的人，一方面是出于对父亲的爱戴；另一方面，也是为了扫除他在爱情道路上的障碍。

阿卜杜·朗比·法拉尼对自己无意之中亏待自己那容貌标致的儿子感到内疚。一次，他道歉地对儿子说：

"你妈才是祸根呢！你看哪，爱过她的男人，没有一个有好结果的……"

贾拉勒生气了。阿卜杜·朗比·法拉尼继续说：

"穆罕默德·安沃尔被绞死了；努哈·吉拉卜被杀害了；警察局局长销声匿迹了；阿齐兹暴病死了；我在他们当中算是最幸运不过的了……"

贾拉勒恳求道：

"爸爸，您就不要再说我妈妈的坏话了……"

阿卜杜·朗比·法拉尼叨叨道：

"不要苦恼，不要伤心，但你要好好想一想！你想和盖迈尔结婚吗？孩子啊，你千万不要以为我是障碍，真正的障碍是你那死去的母亲。怎么可以设想，伊勒珐蒂太太会把她的千金小姐许配给祖海莱的儿子呢？"

贾拉勒喊道：

"您不要再提那伤心的事了……"

父亲温情地对儿子说：

"我劝你不要和你爱的那个女人结婚！我劝你结了婚也不要去爱她，交交朋友，互敬互爱也就够了。千万要警惕爱情，爱情就是阴谋，爱情就是欺骗……"

十七

一天晚上，贾拉勒得知他父亲正在修道院广场上胡闹，他急忙赶到那里，他发现父亲正用假嗓哼着小曲。贾拉勒走上前去，扯起他的胳膊，往家拖。一路上边走边对父亲说：

"在大街上干什么都没关系，唯独不许哼小曲！"

父亲睡下之后，贾拉勒一心想回广场去逛逛。他从没有单独到修道院广场前玩过。那天夜里，天色漆黑，星斗也都隐藏到浓厚的冬云背后去了。天气也很冷，贾拉勒裹紧斗篷，又用头巾把脸包了个严严实实。广场上的歌声此起彼伏，就像滚滚的热浪一样把他淹没了。他回想起来了，到这地方来的，都是纳基家族的人。第一代祖宗，就像永远解不开的谜一样在这里销声匿迹了。他突然听到一种声音在他的耳边低回：男子汉大丈夫是不畏艰险的。刹那间，他的心里充满了喜悦的胜利和启示。他决心像神鸟一样，飞越那重重障碍……

十八

拉迪用他从母亲那里继承下来的钱买了一家粮店，并和努哈·古拉卜的孙女努埃蔓结了婚。贾拉勒因此受到了鼓舞，于是前去拜见阿齐宰老太太，坚决地说：

"尊敬的太太，我想向您的孙女盖迈尔求婚……"

老太太用她那无神的双眼久久地望着贾拉勒，用老年人的坦诚态度说：

"我早提过建议，把她许配给拉迪，但伊勒珐蒂太太拒绝了！"

贾拉勒满怀信心地说：

"这次是贾拉勒来求婚。"

"难道你不知道太太为什么拒绝吗？"

贾拉勒生气地沉默了。老太太开诚布公地说：

"你要知道，拉迪有你不具备的长处！"

他气愤地说：

"我不是穷光蛋！再说，我也是纳基家族的后代……"

老太太不耐烦地说：

"我把我所知道的全说出来了。"

贾拉勒恳求道：

"把我的要求告诉她。"

"好吧！"

贾拉勒碰了一鼻子灰，扫兴地离去了。

十九

已故阿齐兹的家里发生了一场小小的意外风波。伊勒珐蒂·戴赫舒里太太果断拒绝了贾拉勒的求婚，然而盖迈尔却闷闷不乐，似病魔缠身。祖母阿齐宰问她：

"你想嫁给他吗？"

盖迈尔以罕见的勇敢回答道：

"是的。"

伊勒珐蒂怒喊道：

"他可是祖海莱的儿子！"

她轻蔑地耸了耸肩膀。但是，母亲顽固地佯装不知道女儿的心愿，依然欢迎戴赫舒里家族前来求婚的人。盖迈尔毫不犹豫地公开拒绝来者的求婚。母亲狠狠地责备女儿；但女儿坚持自己的意见，最后她说：

"我永远也不结婚了……"

母亲喊道：

"坏女人祖海莱的鬼魂附在你身上了……"

盖迈尔哭了。但伊勒珐蒂毫不怜悯她，用执拗的语气说：

"不结婚，就这样待下去吧！这对我来说是再好不过的了……"

二十

由于年迈和过度悲伤，阿齐宰老太太的健康突然恶化了。她面色憔悴，双目无神，很快便不能动了，整天卧床不起。伊勒珐蒂一直守在她的身边，寸步不离。伊勒珐蒂担心在这个庞大的家中就剩下她一个人。但是，阿齐宰对她说：

"用不着担心！安拉保佑，我会好的……"

就像平日一样，她完全相信老太太的话。但老太太又用判若两人的声音咕哝道：

"伊勒珐蒂，那是最终结果……"

老太太觉得眼前一黑，就再也看不见什么了。尽管如此，她还是想看，并且喊着古莱和阿齐兹的名字。伊勒珐蒂周身发抖，感到死神已经闯入了老夫人的卧室，并且已经伏候在室内的一个角落里，那死神才是这三个人当中的最强者。

伊勒珐蒂哭泣着说：

"安拉啊！怜悯怜悯我们吧！"

阿齐宰说：

"我太折磨人了，我最后的希望寄托在有尊严的人身上。"

伊勒珐蒂喊道：

"安拉啊，救救太太吧！"

阿齐宰说：

"我有两件事托付给你……"

伊勒珐蒂凝视着老太太的面容，老太太说：

"你不要难为古莱的孙女儿！"

她深深地叹了一口气，吃力地说：

"不要难为阿齐兹的女儿！"

话音刚落，老太太便停止了呼吸。至死，她的心都充满着对后代的慈爱和怜恤。

二十一

守孝年已经过去了六个月，但伊勒珐蒂·戴赫舒里希望这一年永远不要过去。她把阿齐宰老太太的遗嘱牢牢地记在心里。她希望盖迈尔自己主动改弦更张，然而那是永远也不可能实现的愿望。

拉迪把哥哥贾拉勒叫来，对他说：

"祝贺你订婚……"

欢快的暖流自天而降,贾拉勒高兴得一句话都说不出来了。

拉迪建议他立刻宣布订婚,待守制期满之后就圆房。在贾拉勒的记忆中,这个愉快的时刻是永远也不能忘记的。

二十二

订婚之后没过两个月,贾拉勒便苦苦哀求要结婚,暂不举行婚礼,把圆房和婚礼推迟到守制年之后。他的愿望完全实现了。仿佛他想通过结束这桩心事来驱散长夜的梦幻;面对着一种无名的力量,关起门来,安排自己的命运,从此变成"幸福的人"。在那些日子里,他的可贵的性格充分显露出来了,就连他那醉生梦死的父亲也没有想到,从而震动了雇工和亲属。贾拉勒照旧哼着歌曲干活儿,边干活儿边打赌斗鸡。贾拉勒越长越英俊,力量也越大。每当夜幕垂空,他便到广场去欣赏歌曲,叩头祈祷。

贾拉勒常常给新娘带去礼物,其中有一副金钱穿起来的念珠,那是他从会计那里弄来的。尽管许多人都称赞贾拉勒是美男子,但他看来,最漂亮的还是他的新娘。

伊勒珐蒂也改变了态度,表示称心如意,把贾拉勒称为好后生,并且开始为他们的未来勾勒新图景,建议贾拉勒用盖迈尔的钱开办粮店。

有一次,贾拉勒对盖迈尔说:

"纳基家族的非凡之处在许多方面都表现出来了,如今也表现在爱情方面……"

盖迈尔妩媚地微笑了。贾拉勒说:

"爱情会创造奇迹……"

她甜滋滋地说:

"你不要忘记我在创造奇迹上的作用!"

他情不自禁地把盖迈尔紧紧搂在怀里……

二十三

贾拉勒领着父亲前来拜访伊勒珐蒂太太和盖迈尔。阿卜杜·朗比·法拉尼倒是醒着来的,然而看上去却像是一个醉汉:他二目无光,步履蹒跚,头重脚轻。他自己知道他演的是头面人物的角色。他胆怯地望了望伊勒珐蒂太太,觉得自己变成了另外一个人。他自己也感到奇怪,怎么竟会有一天自己变成了站高枝的凤凰了呢?他对伊勒珐蒂太太说:

"太太,我嘛,您是了解的,我的儿子嘛,那真是一块宝玉呀……"

太太温情地说道:

"阿卜杜·朗比师傅,你是个好人……"

阿卜杜·朗比·法拉尼从来也没有得到过这样的尊敬,一时不知所措,不禁飘飘然起来。他指着贾拉勒说:

"凭你对爸爸的孝敬,你应该得到幸福……"

他毫无原因地高声笑了一下,却马上又惶恐地严肃起来。

当父子俩一同离开主人家时,贾拉勒问阿卜杜·朗比·法拉尼:

"您为什么没把礼物送给新娘呢?"

阿卜杜·朗比·法拉尼想起了手中的礼物,那本来是要亲手送给新娘的礼物,可是,当时他一句话也没有提到送礼的事。

贾拉勒不高兴地说:

"您忘了!"

阿卜杜·朗比·法拉尼卑劣地说:

"盖迈尔是一块无瑕之玉,她不是你的新娘,我认为你不需要她,而我倒是更需要她。"

贾拉勒责备道:

"您忘掉了自己的身份啦?"

他拍了拍贾拉勒的背说：

"不会的！但生活的要求是多种多样的。"

二十四

已是秋高气爽，守制之年的最后几天到来了。薄薄的云层之间，似乎充满了美妙的梦幻。盖迈尔患了感冒，身体稍有不适；但并未中断结婚圆房的准备。疾病的发展变幻莫测，阵发高烧，呼吸都感到困难，阵阵头痛难忍。枯萎、凋谢之神就像凶狠的敌人，悄悄地侵袭着这朵绚丽的鲜花。无计可施。盖迈尔开始卧床不起，眼睛塌陷，面色发黄，话音无力。她盖着厚厚的被子，不时地呻吟叹息，只能靠喝几口柠檬汁维持生命，吞咽时都显得那么困难。见此情景，伊勒珐蒂太太心乱如麻，食不甘味，夜不成寐。贾拉勒看到这种光景，更是忧心忡忡，感到没有希望等到痊愈的那一天了。

一种神秘莫测的感觉笼罩着整个家庭。阿齐兹和阿齐宰太太生命弥留之际的情景重现在伊勒珐蒂的眼前。她只觉得有一种叫不出名字的怪物进了她的住宅，潜藏在房间的角落里，不管怎样也不想离去。

一天夜里，贾拉勒做了一个梦，梦见他的父亲在修道院广场上哼着下流小调……他猛然惊醒过来，感到心情沉重；此时窗外突然传来了巨大的响声，他是被这响声震醒的，那种响声和歌声与修道院毫无关系。静静的夜里，一阵哀声过后，正式宣告盖迈尔姑娘归主了！

二十五

贾拉勒感到有一种神奇的东西附上了他的躯体，他感到新奇，他看到面前有一个奇异的世界。他的头脑思索着一种不寻常的规律。看哪，客观事实正是如此。他久久地眷恋凝视着那宁静的尸体。他捂住了自己的脸。那一切一切都不是现实，都已经是记忆中的事了。她悄悄地、远远地离开了他。多么遥远啊！那是一段无法跨越的距离。一切都变得陌生了，一切都是那样冷冷淡淡，仿佛人们都不认识他。他向往着后世，他沉没在一种无名心理之中，他无法揭开这神奇之谜。那些背弃、奚落、残暴的人是多么可怕！他感到孤独、茫然不知所措。他困窘地低声说：

"不！"

他上前蒙上了她的脸，为她关上了永恒之门。他觉得柱子、屋脚全部塌陷下来了，人们在讥笑他，那边有一个敌人在活动着，将要和他拼搏一场。他决不灰心丧气，他一滴眼泪都没流。他再一次低声地说：

"不！"

他仿佛看到了母亲那被打碎了的脑袋，这引起了他的联想，但没有在他思想中留下任何印象便消失了。他看到天空燃起了大火，他看到了巨大的血泪。如果他再掀起她的脸，那么会有人告诉他一切的，贾拉勒伸出手去，只觉一只大手抓住了他的手，随之听到：

"除安拉外，绝无应受崇拜的。"

安拉啊！还有其他人和安拉在一起吗？世上还有别的人吗？那么，是谁说世界上空无一人了呢？是谁说世界上没有活动，没有颜色，没有声音了呢？又是谁说世界上没有悲伤，没有痛苦，没有后悔了呢？其实他解放了，他没有爱情，没有痛苦。在他看来，折磨已经一去不复返了，和平已经来到了。野蛮的友谊只是属于强者的。幸福属于和星星、云霞交友结谊的人。至于贾拉勒，风是他的同伴，夜色是他的情侣。

他第三次低声地说：

"不！"

二十六

贾拉勒把工作交给了他的助手，他独自出去散散步，休息一下。他走到街上，在本区内转来转去。他走过一个门，又来到另一个门，走过一个城堡又向另一个城堡走去。他独自向咖啡馆走去,想去抽抽水烟。

夜里,他站在修道院的对面,悦耳的歌声回响在他的耳边。他轻轻地敲了敲门,没有听到有人答声。他全然知道他们为什么不应声,因为他们永远地死去了,他们再也答不出声来了。他问道:

"难道邻居没有义务帮忙吗?"

他侧耳聆听着甜美动人的歌声:

清晨,鸟儿在草丛中跳跃,
它对刚刚绽开的花儿说:
"花儿,这庭园繁茂,没有桎梏,
请准许我在这里快活快活!"

二十七

一天,贾拉勒在路上碰到了小清真寺长老海里勒·德赫尚。他温和地朝他微笑着说:

"一句话,没什么……"

长老淡然地望了望他,说:

"安拉正考验他的忠实信徒。"

贾拉勒轻蔑地说:

"没什么新鲜玩意儿!雄鸡每天报晓时就是这样说的。"

长老说:

"我们都要死,孩子们也是要死的。"

他确信无疑地说:

"没有不死的人。"

二十八

一天深夜，贾拉勒经过酒馆门前，看到一个晃动的人影，他当即认出那是他的父亲阿卜杜·朗比·法拉尼的身影。他上前扯住父亲的胳膊就走。父亲问道：

"谁？"

"我是贾拉勒，爸爸！"

这个醉汉沉默片刻之后，说：

"孩子，我真害羞……"

"为什么？"

"本应该我死，而她，不应该死啊……"

"为什么？"

"只有那样才公平，我的孩子。"

贾拉勒满不在乎地说：

"爸爸，世界上只有一件事是真的，那就是死亡。"

父亲阿卜杜·朗比·法拉尼歉意地说：

"这些天我不该喝酒，但是，我实在控制不住自己。"

贾拉勒支持他说：

"爸爸，你就尽情地享受人生吧……"

二十九

秋天过去了，严冬已经来临。朔风抽打着墙壁，使人感到透骨的寒冷。贾拉勒望着天空中的乌云，于是又想起那不可能的事来。有一次，伊勒珐蒂太太游坟回来时，贾拉勒看到了她，不由得打心眼里憎恶她，恨不得走上前去，朝她那肥胖的脸上啐几口唾沫。一个可恶的女人亲吻了他，尔后，却以死亡甩掉了他。正是她为死神提供了适宜的气候和停栖的地方。他们都把死亡看作是神圣不可侵犯的。他们崇拜死神，鼓励死神，甚至将死亡变成了永存的现实。毫无疑问，她是生着闷气接受贾拉勒求婚的。他把钱全部带在身边，准备悄悄地救济穷人。贾拉勒想，他的疾病痊愈的标志，就是把这个妄自尊大的太太的头砸碎。

三十

贾拉勒正往前走，迎面走来街长吉布里勒·范斯。街长向贾拉勒问好之后，说：

"贾拉勒师傅，我看到你来来回回地转悠，你在找什么？"

贾拉勒轻蔑地回答道：

"我不想找的东西找到了，而我要找的东西，却找不到。"

三十一

那天夜里，贾拉勒独自坐在修道院的广场上。他倒不是为了寻欢作乐，而是为了向黑暗和寒冷挑战。这里是阿舒尔隐居的地方，没有什么东西。他心里说，他承认他不是恋人，他不为失恋而苦恼。我不喜欢爱情，我讨厌它。讨厌，仅仅是讨厌。我讨厌盖迈尔，这是真的。她就是痛苦，她就是愚昧，她就是幻想。如果盖迈尔活着，她就会变成她母亲那样的人。她被愚昧蒙住了眼睛，她为小事而喜笑颜开，她仿效贵族王孙，她只是一抔黄土。如今，她在墓里怎么样了呢？一个凸出地面的土堆子，从里面散发出腐朽的臭味。她在毒液中游泳，蛆虫在那里翩翩起舞。你不要为那个瞬间即逝的人悲伤。他没有牢记诺言，他不尊重爱情，他没有把握住生活。他向死亡敞开了胸怀。我们就照我们的理想生存，然后死亡吧！多么惨痛的牺牲！他们是失败的宣传者。叫喊的人们说：死亡是一切生灵的结局。那是真理。他们之所以那样叫喊，是因为他们软弱，因为他们抱了幻想。我们是永生的，我们是不会死亡的，除非背叛，软弱。阿舒尔还活着。我同情人们，他们首先面临着永存，之后销声匿迹了。我是永生的。我找到了要寻找的东西。修士们不把门关上，只因为他们是永生者。有谁看到过修士们的灵柩呢？他们是永生的。他们唱着永生的歌，然而没有一个人能听得懂那永生之歌。

寒夜之中，他喝得酩酊大醉。

贾拉勒边咕哝边朝地下室走去。

"啊！盖迈尔……"

三十二

贾拉勒想到雄鹰展翅高飞的形象，他父亲边打着哈欠边问他：

"你为什么迟迟不向赛迈凯特·阿拉杰纳税？"

贾拉勒简洁、自信地回答说：

"只有懦夫、胆小鬼才向他纳税！"

父亲惊异地凝视着儿子的脸庞，问道：

"你敢向头领挑战？"

贾拉勒冷淡地说：

"爸爸，我就是头领。"

三十三

在咖啡馆里，贾拉勒故意经过那位头领的面前。咖啡馆里的侍童马上走过来问：

"赛迈凯特·阿拉杰师傅问你身体好吗？"

贾拉勒高声说：

"告诉他，我的身体很好，足以向傻瓜挑战！"

听到这句话，那位头领就像被火燎了一样，在场的他唯一的帮手赫尔图士冲了过去，贾拉勒当即抄起木凳朝他砸过去，只见他一下子倒在地上，失去了知觉。见此情景，赛迈凯特·阿拉杰也冲了过来，贾拉勒抡起手中的棍子，像对待野兽一样地朝赛迈凯特·阿拉杰打去。围观的人流奔腾而来，唤来了各条街的头领。贾拉勒和赛迈凯特·阿拉杰厮打起来。但没过多久，厮打便结束了。贾拉勒力大过人，赛迈凯特当即死牛般地倒在了地上。

三十四

身材高大的贾拉勒怒发冲冠，威武雄壮地站在那里，令人望而生畏。头领的那个集团里，仅仅剩下了一个赫尔图士，而且已经倒在了地上。一些人怀着对那个集团的刻骨仇恨，纷纷支持贾拉勒，朝那个集团的人投掷砖头瓦块，权力很快地回到了应该掌权人的手中。

就这样，阿卜杜·朗比·法拉尼和祖海莱所生的贾拉勒便理所当然地登上了头领的宝座。就这样，事业又回到了纳基家族。

三十五

父亲面带笑容地对贾拉勒说：
"尽管你力气过人，但我万万没有想到你能称王……"
贾拉勒笑着说：
"我也没有想过称王，压根儿我都没想过……"
阿卜杜·朗比·法拉尼自豪地说：
"我本来也像你一样力大过人，但我从没想过担当头领！"
"爸爸，您说得对。我本来想得到一个显赫的地位，后来，我突然想到要称王……"
父亲笑了，他说：

"你就像阿舒尔一样有力气，这能使你得到幸福，也能为本街的人带来幸福……"

贾拉勒从容不迫地说：

"爸爸，我们还是迟一点儿谈幸福吧……"

三十六

贾拉勒有用不完的力气。他不停地活动着，并且为自己设计好了前进的道路。为了消耗他那用不尽的力量，他向各条街的头领挑战。他先后战胜了阿图法、迪拉赛、凯夫尔·宰加利、哈噻尼亚、布拉克等区的头领们。大街上每天都会响起报告新胜利的喜庆笛声。贾拉勒变成了王中之王，他登上了力量和权势的顶峰，就像当年的阿舒尔、舍姆斯丁一样威武。

平民们感到幸福。然而，绅士们却大为伤脑筋，他们本能地感到受压抑、遭灾难的日子就要来临了。

三十七

因为儿子出了名，阿卜杜·朗比·法拉尼也兴奋异常，他在酒馆里报喜说：新的时代开始了。他的地位、威望也因此提高了。一些醉鬼们围在他身边探听消息，他说：

"阿舒尔·纳基回来了。"

他端起酒杯，一饮而尽，继续说：

"就让平民们享享福吧！让每一个热爱正义的人享享福吧！让每一个可怜的人都有饭吃！那些绅士们将会知道，安拉是至大至公的！"

酒店老板桑格尔·舍马穆问道：

"贾拉勒师傅都答应了吗？"

阿卜杜·朗比·法拉尼坚定自信地说：

"他担当头领就是为了这个目的嘛!"

三十八

不论朋友还是敌人,都纷纷顺从了贾拉勒,再没有什么力量敢于向他挑战,也没有什么难题扰乱他的心。他整天享受着尊严、体面。他家里有钱,整日闲着无事,渐渐感到疲倦无力。他整天考虑的就是他自己。他的生活过得倒是有声有色,饶有兴味,然而往事却又一幕一幕地浮现在他的眼前:他母亲那浸泡在血泊之中的头颅;本街人们的种种不幸遭遇;盖迈尔的暴死……他的力量是无边的,但是,他想到舍姆斯丁墓地,那里还有等待着吞食一个个死者。悲痛有什么用?高兴有什么用?什么叫力量?什么叫死亡?世上为什么还存在着不可征服的禁区呢?

三十九

一天早晨,父亲问贾拉勒:

"人们在相互问:'什么时候才能实现公正呢?'"

贾拉勒嘲讽地笑了一笑,咕咕哝哝地反问道:

"那有什么要紧的呢?"

阿卜杜·朗比·法拉尼吃惊地说:

"孩子,那比一切都要紧啊!"

贾拉勒轻蔑地说:

"每天都有人死去,虽然如此,人们还是高高兴兴的!"

"死是不可逃避的,我们也逃避不掉。至于贫困和屈辱,我们则可以改变它。"

贾拉勒大声说:

"那些该死的家伙!"

阿卜杜·朗比·法拉尼难过地问：

"难道你不想效法阿舒尔·纳基吗？"

"阿舒尔·纳基在哪里？"

"他的地位是至高无上的，孩子！"

贾拉勒满不在乎地说：

"那无关紧要……"

"但求安拉保佑你这个不虔诚的东西！"

贾拉勒粗野地说：

"求安拉保佑我这个什么都不想的人！"

"我真担心我的儿子将像赛迈凯特·阿拉杰那样走下去……"

"赛迈凯特也像阿舒尔一样地结束了。"

"不是的！他们来路不同，去路也不会一样……"

贾拉勒愤怒地站了起来，说：

"爸爸，您不要再加重我的烦恼了！不要强求我去做什么事，也不要对我寄托什么大的希望！要知道，您的儿子是个不幸的人……"

四十

阿卜杜·朗比·法拉尼感到大失所望，停止了谈论理想的乐园。他醉醺醺地说：

"安拉的旨意至高无上，我们只有百依百顺。"

平民们失望了，纷纷问：

"为什么我们过去对你完全信赖，从不怀疑呢？"

绅士名流们放心了，他们纷纷缴纳了课税，毫不计较地献了礼物。

贾拉勒感到烦闷，失望和忧虑的浪涛在他的心中翻滚；然而表面上，他却显得镇静、威武，与众不同。他像最初一样，成了金钱和权势的俘虏。他让弟弟拉迪加入了他开办的粮店，同时入伙的还有海沙卜、巴纳、阿塔尔等。这倒不是为了满足贾拉勒单方面的愿望；他们如此拥戴贾拉勒,有助于确立他的权势和体面。贾拉勒从此成了最大的英雄、最大的商贾、最大的富翁。与此同时,他并没有忽视收税和接纳礼物。贾拉勒集团的人,就连崇拜他的人都从他那里得到了好处。贾拉勒建造了许多楼房,在路的右侧建造了一座幻想宫,因其雄伟、壮观、高大,故取名叫城堡。城堡内部配备了一套豪华家具,陈设着古玩香玉,就像那永不消失的梦境仙乡。贾拉勒穿上了华丽的衣服,镶上了金牙,手指上带着金戒指,坐着轻便的马车出出入入,好不威风。

贾拉勒没有留心平民们的状况,他也没有询问过纳基时代的情形。在生活的诱惑面前,他表现得既不自私,也不怯懦。然而,他不顾平民们的忧愁,不过问他们面临的难题。说也奇怪,贾拉勒天性喜欢修士的生活,少有欲望。有一种无名的力量推动着他一心向往体面和金钱。他时常感到忧虑、恐惧,仿佛他在努力设防,以便抗击死亡。他已经沉没在生活的汪洋大海之中,他注意到了生活的欺骗性,但也没有忽视世间的欺骗性。今世的微笑并没有使他变得麻木不仁,今世的甜言蜜语也并没有打动他的心。他感到今世的戏剧性和它的既定目标。他不喜欢喝酒,也不喜欢麻醉品;他不贪色,也不留恋修道院。当他单独坐着的时候,他常常自叹道:

"心啊,你多能折磨人哪!"

四十一

有一天,他的弟弟拉迪问他,也许拉迪是他唯一的朋友。拉迪说:
"哥哥,你为什么不结婚呢?"
贾拉勒笑了,但没有回答。拉迪又说:
"光棍汉是经常遇到人提出这个问题的。"
贾拉勒诙谐地问道:
"拉迪,人为什么要结婚呢?"
"享受青春欢乐,生儿育女,传宗接代。"

贾拉勒放声大笑，说：

"我的弟弟，这真是一片谎言……"

拉迪问：

"那么，你为谁积攒这些钱财呢？"

问得好！像贾拉勒这样的人，难道说过苦行僧式的生活不是最合适的吗？死亡之神经常驱赶着他。祖海莱的头颅、盖迈尔的容貌又重新出现在他的眼前了。对他来说，石头和棍棒又有什么作用呢？漂亮的容颜必将衰老，巍峨大厦的柱子必将倒塌！另一些人将以讥笑、奚落的目光望着财主，走来继承这些财产；光辉胜利之后紧接而来的必将是永久的失败。

四十二

贾拉勒盘腿坐在咖啡馆的长椅子上。他像一尊纯美、坚强的塑像，吸引着众人的目光，照耀着人们的心扉。他的脑袋周围一片漆黑，谁也看不清他的面孔。一束光线悄悄地从黑暗之中闪过，一副漂亮的面孔呈现在人们面前。那是个美人的面孔，面容上的微笑在黑暗之中留下了不可磨灭的痕迹。她究竟是谁呢？

她是一个妓女，住在当铺上面的一个套房里，许多绅士名流不断光顾这间套房。每当她途经这里的时候，总要向人们一一示意问候。至于贾拉勒，他既不拒绝，也不还礼。但是，贾拉勒没有忘记这位女性是怎样地同情他的不幸遭遇。她中等身材，体态匀称，容貌俊秀，善于打扮。因为她把头发染成了金黄色，所以人们都叫她金发女郎齐娜特。她确实同情贾拉勒的遭遇，但贾拉勒却不想还她的礼。

贾拉勒正集中力量，建造楼房，积攒资金，不辞辛劳。

四十三

一天晚上，金发女郎齐娜特来求见贾拉勒。贾拉勒在客厅里会见了她，并且让她欣赏室内的家具、名贵古玩及镶金绣银的华丽灯盏。她脱下了长袍，摘下面纱，坐在沙发上。她机灵地说：

"我该为我今晚的来访找个什么理由呢？譬如说，我说想在您的新楼上租一套房间，这可以吗？"

贾拉勒彬彬有礼地回答道：

"有谁要你说明来意的呢？"

她高兴地笑了。齐娜特坦率地说：

"我自己想，只要有机会，我还是来看看的好……"

贾拉勒立即感到这是诱惑的第一步。但他并不介意地说：

"你来，欢迎你！"

"既然您这么热情，我可以每天晚上来访问您……"

贾拉勒微笑了。在这微笑的背后，有一个问题始终在他的头脑中浮动着：在坟墓中的盖迈尔会怎样呢？

齐娜特以奇特的勇气问道：

"你不喜欢我吗？"

贾拉勒诚挚地说：

"你是一块宝玉……"

"像你这样的人可以只有感情，而不行动吗？"

他为难地咕哝道：

"有许多事情你不知道……"

"你是个有能力的男子汉，你怎么像穷汉子们那样睡觉呢？"

贾拉勒打趣地说：

"穷汉子睡得香甜！"

"你怎样睡觉呢?"

"也许我不睡觉!"

齐娜特甜蜜地笑了。她说:

"我听知情人说,你一杯酒都不喝,一支烟都不抽,一个女人都没有碰过,是吗?"

贾拉勒不知如何回答是好,但他感到她将实现她的理想。齐娜特继续说:

"我告诉你,生活嘛,不外乎爱情和欢乐。"

贾拉勒佯装惊讶地问:

"真的?"

"除此之外,我们都可以让给其他人。"

他愤慨地说:

"让我们也把爱情和欢乐让给其他人吧!"

"绝不能!爱情和欢乐为肉体和精神所吸收,任何人都无法继承!"

"多么荒唐啊!"

她急不可耐地说:

"离开爱情和欢乐,我一天也生活不下去……"

"你真是个令人吃惊的女人……"

"一个堕落的女人?"

"死亡与你无关吗?"

"人必有一死,但我不想死……"

人必有一死?是的,必有一死。贾拉勒问道:

"你知道舍姆斯丁·纳基的事迹吗?"

她自豪地说:

"当然喽!他是一个坚决反对自高自大的人……"

"他顽强地向妄自尊大挑战。"

齐娜特温柔地说:

"安享晚年的人是真正幸福的人!"

他挑衅般地说：

"不知道死亡将至的人才是最幸福的人！"

对于贾拉勒的变化，齐娜特感到很不愉快。她又勾引他说：

"只有在这个时候，才是你欢乐的时候……"

贾拉勒笑着说：

"这种劝告适合于夜晚到来的时候……"

她合上了双眼，仔细地倾听着……只听到窗外微风吹拂，细雨淋淋，风雨轻轻地敲打着紧紧关闭着的窗子……

四十四

不久，金发女郎齐娜特就成了贾拉勒·阿卜杜·朗比·纳基的情妇。人们感到吃惊，但他们说，无论如何，贾拉勒总比声名狼藉的瓦希德要好。齐娜特的那些旧情夫们都疏远了她——她成了贾拉勒一人的情妇。她把一切都交给了他，还为贾拉勒的古玩珍宝堆里增加了镀金酒杯和丁零丁零响的水烟袋。贾拉勒对这一切并不感到遗憾，他说，生活相当富有乐趣。齐娜特非常爱他。贾拉勒做了一个奇怪的梦，梦见有一天，齐娜特成了他的妻子。奇怪的是，他对盖迈尔的旧爱也像永恒的记忆一样复活了，并且充满着甜蜜的回味。贾拉勒知道，他永远也不会忘掉这段爱情，这种爱情不会消逝，他对母亲的爱也不会消逝。母亲那碎裂的头颅、盖迈尔那美丽的容貌始终作为生活的悲剧画面印在他的脑海里，低回在五颜六色灯光下的阴郁哀曲将永远响在他的耳际。贾拉勒不知道齐娜特的确切年龄，也许她与自己年岁相近，或者比他大，那将一直是个秘密。贾拉勒爱上了她，难道那是一种新的爱情吗？他果真爱上了酒杯和水烟袋。他感谢她，她那动人的外貌激起了他的欢乐，同时唤醒了他的忧伤。贾拉勒认为，向潮流投降也没什么了不起的。

四十五

贾拉勒单独和父亲阿卜杜·朗比坐在一起时,父亲问道:

"你为什么不结婚呢?……难道说合法的夫妻不比非法的好吗?"

贾拉勒没有回答。阿卜杜·朗比说:

"就像阿舒尔那样对齐娜特吧……"

贾拉勒摇头否认。父亲又说:

"无论如何,我已经下定决心结婚了!"

贾拉勒惊愕地说:

"爸爸,您都六十岁啦!"

"六十岁为何不可以结婚呢?"

阿卜杜·朗比笑了笑,然后又说:

"尽管如此,我身体很好。感赞安拉,全靠阿卜杜·哈立格·阿塔尔师傅的帮忙……"

"新娘子是谁呢?"

他自鸣得意地说:

"戴维来·法斯哈尼的姑娘,一个年方二十的黄花少女……"

贾拉勒笑问道:

"挑选一位和您年龄相仿的妇女不更合适吗?"

"不行!只有年轻人才能唤回青春……"

贾拉勒小声说道:

"爸爸,愿安拉降福给您……"

阿卜杜·朗比谈起了阿塔尔,说他如何神通广大,称赞他能使人青春再来……

四十六

法里黛·法斯哈尼和阿卜杜·朗比结了婚,住在贾拉勒那座豪华城堡的一角。

贾拉勒一直在思考着阿卜杜·哈立格·阿塔尔无边的魔力。阿塔尔是贾拉勒的亲密伙伴,是值得交往的好朋友。一天夜里,贾拉勒把他请到自己家里做客,喝饮料、吃水果、闲聊。贾拉勒认真地对他说:

"我们俩密谈一下,万万不可对外人泄露……"

阿卜杜·哈立格·阿塔尔师傅应允了,为头领请他来这座新住宅做客感到十分高兴。贾拉勒问道:

"我听说你能妙手回春,让人返老还童,真的吗?"

阿塔尔自信地笑眯眯地回答道:

"全靠安拉默助!"

贾拉勒全神贯注地问:

"那么你一定可以保住青春了?"

"全靠安拉。"

贾拉勒的脸上闪烁着兴奋的光芒。他嘀咕道:

"阿卜杜·哈立格师傅,也许你知道我为什么请你来。"

阿卜杜·哈立格·阿塔尔思考了良久良久,表情严肃地说:

"然而药物不能代替一切,必须有正确的思想配合……"

"你指的是什么?"

阿卜杜·哈立格·阿塔尔谨慎地说:

"你一定要老老实实地告诉我,你究竟有什么软弱无力的感觉?"

"我很健康!"

"那好!你应该像崇拜神圣一样地严格遵循一定的生活规律……"

"你说吧,不要让我猜谜语!"

"吃饭是不可少的,但暴饮暴食是有害的。"

"这是建立理想霸业必不可少的嘱咐。"

"饮料方面,提神的兴奋剂应该少喝,喝多了,就有害于健康。"

"有道理!"

"性生活要限制在力所能及的范围内,切记不可过量……"

"不错。"

"信仰的好处是非同寻常的。"

"是的。"

阿卜杜·哈立格·阿塔尔师傅继续说:

"以上这些都做到了,那么你便得到了神效药方……"

"这都经过检验了吗?"

"有许多士绅名流做证!他们当中的许多人青春常在,简直令周围的人惊叹不已!"

贾拉勒两眼里闪烁着惊喜的光芒。阿卜杜·哈立格·阿塔尔说:

"若是按我的规劝行事,承蒙安拉默助,人应该长寿百年开外,毫无阻碍地活下去,甚至盼望大限来临!"

贾拉勒微笑了,微笑之中不免夹杂着闷闷不乐的成分。而后问道:

"还有呢?"

阿塔尔无可奈何地说:

"人固有一死……"

贾拉勒暗暗诅咒魔鬼,他说,他们都毫不例外地崇拜死神……

四十七

一天晚上,齐娜特、贾拉勒都兴致勃勃,两个人开怀畅谈。齐娜特问道:

"为什么平民百姓的理想不能实现呢?"

贾拉勒吃惊地望着她,问:

"那与你有什么关系?"

她吻了吻他,诚恳地说:

"为了赶走忌妒之神。要知道,忌妒之心害死人!"

贾拉勒轻蔑地耸了耸肩膀,说:

"我坦率地告诉你,我瞧不起他们……"

"可他们是很可怜的!"

"正因为如此,我才看不起他们呢!"

贾拉勒那英俊的面孔令人恶心地一抽,然后说:

"他们只是为了一口饭操心……"

齐娜特同情地说:

"你的想法使我感到害怕……"

"为什么他们不像屈从死亡一样地屈从于饥饿呢?"

她那童年时代的记忆就像一场沙尘暴一样朝她袭来,令人窒息。她说:

"饥饿比死亡更加残暴……"

贾拉勒冷漠地瞥了她一眼,微笑着垂下了眼皮。

四十八

日子一天天地过去了。贾拉勒越来越强壮有力、容光焕发了。时光老人的行踪没有在他的脸上留下任何痕迹,他的脸依然像水刷过的玻璃镜子一样,平滑光亮。齐娜特却不同,尽管她整天梳妆打扮、涂脂抹粉,然而她就像周围的一切那样,不断地变老变丑。贾拉勒知道,他正在顽强地进行着一场神圣的决定命运的战斗。他自己想,遗憾的是殊途同归,结果是一样的、必然的,充其量只能推迟一些时间,但是有什么可以躲避的地方呢?

四十九

贾拉勒和阿卜杜·哈立格·阿塔尔师傅之间的关系密切起来了。以阿卜杜·哈立格师傅之见,如果不是人们过分地在药物上花费钱财,那么他们那条街早就变成寿星街了。贾拉勒不止一次地想让齐娜特使用那个神奇的方子,但他却每每又退缩回来。或许贾拉勒害怕她控制和引诱自己,因此不乐意帮助她抗拒时光老人的作用。原来贾拉勒很喜欢她,一段时间过去了,他又想报复她,想把她抛到垃圾堆里去。他同她的关系非同一般,但也不公开表露出来。齐娜特被粘在一种复杂的关系网上,与贾拉勒对母亲和盖迈尔的回忆交织在一起。贾拉勒憎恶死亡,他迷上了齐娜特,但他恨她有时候表现得过分自信。齐娜特狂饮无度,常常熬夜。她的皮肤都被脂粉烧黑了。难道她会暗暗地用忌妒的目光看待贾拉勒吗?

五十

有一次,贾拉勒问阿卜杜·哈立格师傅:

"不用说,关于阿舒尔·纳基的事迹你早已听说过了,是吗?"

"师傅,我几乎都能背诵下来了……"

贾拉勒犹豫片刻之后,说:

"我相信他仍然活着!"

阿卜杜·哈立格诚惶诚恐,不知如何回答是好。他知道,阿舒尔是家族的圣人,而在一些人眼里却是盗贼,不论怎样,他死了,富人们都感到平静了。

贾拉勒继续说:

"他没死!"

阿卜杜·哈立格说：

"阿舒尔是个好人，死神是不会错认好人的……"

贾拉勒反问道：

"为了长生不老，人们应该当坏人吗？"

"人必有一死，但一个信士是不贪图长生不老的！"

"你相信这种说法吗？"

阿卜杜·哈立格害怕了。他说：

"人们都这样说，安拉是全知的……"

"为什么？"

"我看人是不能长生不老的，除非与妖魔结拜兄弟……"

贾拉勒十分感兴趣地说：

"请说下去……"

"和妖魔、精灵结拜兄弟可以长生，但却要遭永久的咒骂，人们会说人鬼不分了……"

贾拉勒继续追问：

"这是真的，还是胡言乱语？"

"也许是真话！"

"你分析一下……"

"目的何在？难道你真想冒一下险？"

贾拉勒神经质地一笑，说：

"那倒不是！我什么都想弄个明白……"

阿卜杜·哈立格慢条斯理地说：

"据说……沙……沃……尔……"

贾拉勒问道：

"就是那个自称能预报未来的老头儿吗？"

"那是他的公开活动，但他还借此掩盖着令人生畏的秘密呢……"

"我一点儿都没听说过……"

"他是吓唬信士们的……"

"你相信吗?"

"我不知道,师傅!但他真让人讨厌……"

"能长生不老吗?"

"只有和精灵结拜兄弟才能……"

"你怕长生不老吗?"

"我怕!我应该害怕长生不老。你想一想,我一直活着,直到看见世界毁灭,男的女的都走了,我作为异乡客活在陌生人之间,从一个地方逃到另一个地方,我变成了一个永远被驱赶的人……到那时候,我就疯了,我就希望死去……"

"你就永远保持年轻呗!"

"我生儿育女,然后离开他们,每一代人都为我准备新的生活,每一代人都哭妻子儿女,我永远地加入了异国国籍,没有一个人和我发生思想或感情上的联系……"

贾拉勒喊道:

"够了,够了!"

两个人一块儿笑了很久,之后贾拉勒说:

"好一个美梦……"

五十一

沙沃尔住在牲口饮水槽前的一个地下室里,那里有许多房间,有女客厅,也有男客厅。沙沃尔时常隐蔽着,谁也见不到他。他通常是夜间在漆黑的房间里接待客人,客人们可以听到他说话的声音,却看不见他的身影。来客多半是妇女,由于名声传开了,一些男人也来拜访他那个漆黑的房间。沙沃尔逢问必答,酬谢费通常交给一个名叫夏娃的黑女仆。

贾拉勒来求教了,他的要求却遭到了拒绝,说他在他的房子外面丢掉了他的神帽子。照这个说法,贾拉勒应该在深夜里蒙上脸悄悄地潜入沙沃尔的住所，以保证这里没有一个外人。

夏娃把贾拉勒带到了房间去，让他坐在一张软椅子上便离去了。贾拉勒发现四周漆黑一片，他定睛一看，什么都看不见，仿佛失去了时间、空间，也失去了视觉。他已经被提醒过，不许说话，只能开口回答问题。时间过得真慢，实在令人难熬，仿佛忘记了一切，忘掉了人们的讥笑和挖苦。自从他登上头领宝座以来，他还从未受到这种冷遇和轻蔑。伟大的贾拉勒哪里去了？难道他非这样忍耐、等待下去不可吗？该死的妖魔、精灵！如果他的冒险行动得不到一点儿结果的话，那么，这精灵真是该死……

五十二

从黑夜之中发出一种深沉、平稳、诱人的声音，问道：

"你叫什么名字？"

贾拉勒轻轻地叹了一口气，回答说：

"头领贾拉勒。"

"问什么答什么！你叫什么名字？"

他扩了扩胸，回答道：

"贾拉勒·阿卜杜·朗比·纳基。"

"照问话来答！你的名字叫什么？"

他生气地回答道：

"贾拉勒。"

"你母亲叫什么？"

贾拉勒顿时热血沸腾。尽管一片漆黑，但他看到了火狱的颜色。随后又听到问话：

"你母亲的名字呢？"

他强压着心中的怒火，答道：

"祖海莱。"

"你有什么事?"

贾拉勒犹豫片刻,紧接着又听到问话:

"你想干什么?"

"我想知道如何跟精灵结拜兄弟。"

"你想干什么?"

"我已经说过了。"

"你想干什么?"

贾拉勒怒不可遏,警告似的反问道:

"难道你不知道我是谁?"

"贾拉勒·本·祖海莱。"

"我能一下把你打个稀巴烂!"

"绝不可能!"

从话音当中可以听出来,沙沃尔信心百倍,完全有把握。

贾拉勒喊道:

"你想试一试吗?"

那声音冷淡而满不在意地说:

"你想干什么?"

他没有回答,他也没敢做什么。那声音又问:

"你想干什么?"

他完全软了下来,说:

"我想长生不老。"

"为什么?"

"这是我自己的事。"

"信士是不对抗安拉的旨意的。"

"我是信士,我想长生不老。"

"你的要求是危险的。"

"就让它危险去吧!"

"你将求死而不得死。"

贾拉勒的心怦怦直跳，他说：

"随便吧！"

那声音消失了。沙沃尔离去了吗？贾拉勒急切地等待、盼望着他再说些什么，他定睛凝视着前方，但什么也没有看见。

五十三

一阵苦闷寂静过后，那声音又响了起来，问道：

"满足了你的要求之后，你准备还愿吗？"

贾拉勒毫不犹豫地回答：

"当然喽！"

"把你最大的一座楼房捐给我的女仆人夏娃，腾出一个房间来让我赎罪。"

贾拉勒思考片刻之后说：

"我同意。"

"你建造一座十层楼房高的宣礼塔。"

"在小清真寺里建吗？"

"不。"

"建一个新清真寺？"

"不！建造一座独立的宣礼塔。"

"但是……"

"不容讨价还价！"

"我答应。"

"你在你自己的家里隐居一整年，一个人都不许见，只准许你的仆人和你见面，避开一切使你受迷惑的东西……"

他的心一揪，说：

"我答应。"

"在最后一天，你和精灵结合起来，自此之后，你就再也尝不到死亡的滋味了。"

五十四

贾拉勒·阿卜杜·朗比·纳基果然把自己的最大一座楼房捐赠给了女仆夏娃。他和承包商正式签订了合同,在一堆废墟上兴建一座巨大的宣礼塔。由于他贪图钱财,畏惧强暴,所以他完全向那个人屈服了,全部同意了他的要求。贾拉勒把手下的一帮人托付给代理人穆埃尼斯·阿里,并且嘱咐了一番,托词他忠诚实践自己的许诺,宣布隐居了。自此之后,他整日闭门不出,就像萨马哈那样,在异乡孤独地度过日月。他既不喝酒,更不与那金发女郎齐娜特来往。他一心向往着在人们进行的最大的斗争中取得胜利。

五十五

齐娜特得知贾拉勒隐居的决定,就像遭到了一次致命的打击。这是一种她未曾料到的令人痛苦的疏远,而且其中并没有令人信服的理由。这使她多么痛苦,多么害怕,多么失望啊!难道他俩之间不曾有过奶油上加蜂蜜那样又香又甜的关系吗?她自信已经永远地占有了他。但到如今,他却像修道院的苦行僧一样,关上了大门,在困惑和痛苦之中,遗弃了他的朋友和情侣。齐娜特哭了很久很久,仆人们都来规劝她。她又来看望贾拉勒的弟弟拉迪,发现他同样窘迫不堪。她也跑来看看贾拉勒的父亲阿卜杜·朗比。这位老人已经改变了过去的习惯,很少到酒馆去了,变得端正、谦恭起来了。得知儿子的情况之后,他和齐娜特一样忐忑不安。他说:

"尽管我们住在一起,但我看不到他……"

齐娜特遭受着生活的折磨,她不缺钱花,但她失去了生活的皇冠。她的自信心动摇了。她想到神秘难测的未来,不禁愁容满面。

五十六

贾拉勒手下的那帮人惶惶不可终日,虽然谁也没有见过穆埃尼斯·阿里,但对他却百依百顺,完全听他的指挥。他们问,头领有什么训诫?为什么把事业托付给另一个人?为什么不把他的买卖、财产交给他的弟弟拉迪?

消息传开,引起一片轰动。随着时间的推移,头领们又重新宣战了。穆埃尼斯·阿里首先败在本区头领的手里,接着又败倒在凯夫尔·宰加利和哈赛亚区头领们的脚下。后来,穆埃尼斯·阿里被迫用贿赂的办法来换取本街的安全和平静。人们都想把这个情况告诉贾拉勒,但是谁也找不到他的踪影,似乎他们的大限就要来临,被埋葬在永久关闭的坟墓中的日子不远了。

五十七

人们对建造那个奇怪的宣礼塔感到迷惑不解。高度一天天增加,没有休止;这座建筑拔地而起,孤零零的,周围既没有大清真寺,也没有小礼拜堂。谁也不知道这座宣礼塔的建造目的和用途,就连建造的工人也一无所知。人们问道:

"难道贾拉勒疯了?"

至于平民们,他们则说,那是妖魔附上了他的身,借此对他背叛祖宗的行为进行惩罚。他们还说,他手下的人和他不是一条心,他贪得无厌……

五十八

贾拉勒沉没在隐居生活之中，日子一天天过去了。他和外界断绝了联系，外部世界的根也逐渐从他心中被拔掉，诸如充当头领、金钱、美女，好像都与他无关了。他沉默着，忍耐着。他满怀着希望，渴望创造前人没有创造过的奇迹，取得前人没有取得的胜利。伴随着他的只有时光老人，一个朋友也没有。他没有欢乐，没有幸福，面对着时光，他发呆、僵死、懒惰。时光也是那样呆板，他在时光中漫游犹如终日在梦境之中。他的面前，有一堵坚硬、粗糙、令人望而生畏的高墙。离开人们，离开工作，就像我们不工作、不交朋友，没有爱情和欢乐，那是最难以忍耐的。他嫌时间太短，他埋怨时光消失得太快，他抱怨时光为什么不停下脚步。如果他能长生不老，那么，他将毫不畏惧，勤勤恳恳地从事各种工作，毫无顾忌地进行斗争。他将像讥笑愚蠢一样地讥笑聪明。他相信，总有那么一天，他将成为人类家庭的支柱。至于今天，他却在独木桥上爬行，伸出双手去乞求怜恤。贾拉勒问：精灵什么时候才会到来呢？如何和精灵结拜兄弟、结交朋友呢？他能用眼睛看见精灵吗？他能亲耳听到精灵的声音吗？难道说，精灵就像他呼吸的空气那样和他接触吗？他感到烦恼，但他决不沮丧、气馁，决不抛弃斗争。如果自己乐意的话，那就让他痛苦吧、哭泣吧！他相信自己的作为，他决不倒退！他不愿意死去，他要长生不老，但愿整个宇宙都经历四季的变化，而他却独享漫长无边的春天。他将做新世界的先驱，成为第一个探索没有死亡生活的人。他将第一个拒绝长眠，那是一种潜在的力量，弱者是害怕生活的。然而此时他仅仅与时光老人做伴，那真是一种难以想象的折磨……

五十九

就在这一年的最后一天,贾拉勒赤着身子站在敞开着的窗前,沐浴着冬令的阳光和潮气,呼吸着微风吹来的冷冰冰的香气。对于一个忍耐多时的人来说,采摘忍耐果实的时节已经到来了;与此同时,疲惫、辛苦、孤独的长夜,也应该终结了。贾拉勒·阿卜杜·朗比再也不是一个懦夫了,他成了一位具有新精神的人了。新的精神充满了他的灵魂,给他以启迪,赐予他力量和信心。他可以在一定时间里自言自语,并且还可以讲给别人听。他完全相信自己心中发出的低声细语。他没有伴侣,只有和时光面面向对,他终于战胜了时光。从今天开始,他再也不怕时光老人了。就让时光用它那不吉祥的行动去威胁别人吧!至于他,他脸上既不会添皱纹,头上也不会生白发,更不会衰老,他总是精神抖擞,不会困倦,更不会入坟墓。他那硬朗的体躯永远不会衰老,不会化为黄土,更不会尝到诀别的滋味。

贾拉勒赤着身子在屋里踱来踱去,他全然放心地说:

"为长生不老而祝福……"

六十

贾拉勒神经质地推开了门,突然间,齐娜特闯了进来,发疯似的朝贾拉勒扑去,两个人热烈地久久地抱在一起。她激动地哭了起来,急切地责问:

"你怎么啦?"

贾拉勒吻她的双颊和嘴唇,她又问:

"你打算怎么办?"

贾拉勒很想念她。那种想念是一种珍贵、美好,然而是瞬间即逝的感情。他认为她是一位漂亮的青年女子，同时也是个丑陋的老太婆；她虚伪而甜蜜，仿佛诚实已成明日黄花。

贾拉勒对她说：

"忘掉过去吧……"

"但我想知道……"

"好像是一种病，好了……"

"好一个变心鬼……"

"好一个俊俏的女子……"

"你不在时，你知道世界上发生了什么事情吗？"

"过一会儿再谈那些吧……"

她的头朝后一仰，惊讶地说：

"你真漂亮！"

贾拉勒只觉得心向上一抽，不自然地注视着齐娜特，咕咕哝哝地说：

"很抱歉，谢谢你的抬举……"

她说：

"我有了病，几个小时之内就好了……恐怕你有什么心事吧？"

贾拉勒犹豫片刻之后说：

"我病了……现在好了……"

"我应该守在你的身边！"

"治疗一下就行了！"

她把贾拉勒搂在怀里，热恋地说：

"我认为爱情仍然是爱情……至于我的悲伤与痛苦，我以后再跟你谈吧……"

六十一

贾拉勒坐在客厅里，热诚地接待阿卜杜·朗比和拉迪。过了不久，

穆埃尼斯·阿里和手下集团的一帮人也来了,他们一一敬重地吻过贾拉勒的手。穆埃尼斯·阿里难过地说:

"一切都完了!我一点儿办法都没有……"

贾拉勒在手下人的簇拥下走出大街,朝咖啡馆拐去。街上站满了人,纷纷向他致意。然而敬意之中夹杂着厌弃;佩服之中夹带着忌妒。的确,有的人尊敬他,有的人讨厌他,有的人佩服他,有的人忌妒他。

贾拉勒靠近穆埃尼斯·阿里,问道:

"会有人认为我发疯了吧……"

穆埃尼斯说:

"师傅,安拉保佑……"

贾拉勒冷眼望了望聚集着的人们,对穆埃尼斯说:

"谢谢他们,让他们去干活儿吧……"

而后又叨叨道:

"真讨厌……"

六十二

在阿卜杜·朗比和拉迪的陪同下,贾拉勒前来参观宣礼塔。宣礼塔的地基坐落在一堆废墟之间,周围的石头、垃圾都已运走。宣礼塔的底座有一间客厅那么大,装有闪闪发光的木拱形门,塔体十分坚固,高度正在增加,比其他建筑简直要高出数倍,周围没有比它再高的建筑物了。它显得十分牢固,涂满红色,红得出奇,令人生畏。

阿卜杜·朗比问:

"这座宣礼塔是令人满意的,可是清真寺那里呢?"

贾拉勒并没有回答什么,拉迪说:

"我们已经耗费了大批钱财……"

父亲又问:

"孩子,这是什么意思?"

贾拉勒笑了。他说：

"安拉是全知的……"

"从建造时起，人们就谈论它了……"

贾拉勒蔑视地说：

"不管人们议论什么，那是为了还愿啊，爸爸！也许人们要办许多蠢事，以便最终聪明起来……"

父亲似乎还想问点儿什么，但儿子抢着说：

"您看，这就是宣礼塔！大街上的一切东西都会毁灭，唯独它长存。您有什么问题可以问它，它将在自己认为适宜的时候回答您……"

六十三

贾拉勒单独和阿卜杜·哈立格·阿塔尔坐在一起时，贾拉勒用吓人的认真态度问道：

"我隐居，你有什么看法？"

阿塔尔的心微微惊跳，诚恳地说：

"我无话可以回答你了。"

"你对宣礼塔有什么看法？"

阿塔尔犹豫片刻之后答道：

"师傅，兴许那是为了还愿吧！"

贾拉勒愁眉苦脸地说：

"阿卜杜·哈立格，难道你不是一个聪明人吗？"

阿塔尔说：

"如果我窃窃私语过一次，那我就是罪人！"

六十四

夜深人静时分，贾拉勒悄悄地来到宣礼塔下，沿着楼梯，一阶一阶地向上攀登，一直登到最高处的平台。冬日的严寒笼罩着一切。仰望夜空，星罗棋布，宛如一把巨伞遮在他的头顶上；那点点繁星，又像千百只眼睛不时地偷看他。这时候，一切在他的脚下，沉没在一片黑暗之中。也许他并没有登高，但他却站在了应有的高度上。他应该站高一些，只有站得高，才能达到这样真切的程度。他在塔上能听到星星说话，能听到天在窃窃私语，能看到健康常在、长生不老的希望。他可以远远地避开苦难、气馁和迂腐的气息。贾拉勒哼着修道院的曲子，唱着长生不老的歌词，隐蔽的各种命运全暴露在他的眼前。就在这宣礼塔顶上，数代人可以相继出现，一代人起一代人的作用，最终都要加入到天体的大家庭之中去……

六十五

贾拉勒率领着自己手下那帮人教训敌人去了，以便恢复他在本街上原来的地位。时间不长，他便取得了辉煌胜利，战胜了阿图夫、哈赛尼亚、布拉克、凯夫尔·宰加利以及迪拉赛区的头领们。他往往亲自出战，见他上来，敌手们个个望风而逃。自打这时候开始，他认为自己的力量是不可抗拒的，再没有任何力量敢与他对抗了。

六十六

贾拉勒的生活方式改变了，他变得暴饮暴食，嗜酒无度，抽烟过量。每当美色勾引他时，他总是不声不响地答应着。贾拉勒很快甩掉了齐娜特，齐娜特不过是玫瑰花园中的一小朵罢了。

贾拉勒胡闹、冒险的消息不断传入齐娜特的耳里，在她的心中燃起了忌妒的火焰，她展望未来，不免深深感到前途暗淡。她终于发现贾拉勒还是个天真无邪的孩子，但是他具有非凡的信念。他那天真无邪的本质为她打开了希望的大门。齐娜特贪婪着爱情，渴望着婚姻。

贾拉勒显得健壮、英俊、年轻、十分威严，因此，他忘记生活也许比忘记自己更加容易。他摆脱了隐居的生活，随之判若两人。他虽然健壮、英俊，但变得急躁、反复无常、容易发怒。齐娜特感到很受折磨，变得瘦弱、微小了，甚至在令人生畏的无名权势面前，她正在化为乌有。她在贾拉勒的面前只有甘拜下风。但是，她反倒用高傲的温柔的态度对抗贾拉勒，而贾拉勒却以高傲对待高傲，用冷淡的怜悯对待她的高傲温情。齐娜特多么傲气啊！

贾拉勒对齐娜特说：

"你就满足于你的地位吧！这地位是令人忌妒的……"

齐娜特认为自己正值壮年时屈辱地枯萎凋谢了。两人正走在两条敌对的道路上，她的心里充满了爱和恨。

六十七

阿卜杜·朗比得了一个男孩儿，取名哈立德。不久，他便彻底弃绝了酒馆，高高兴兴地开始礼拜、祈祷了，并且选定海里勒·德赫尚长老做他的知心朋友……

阿卜杜·朗比感到恐慌不安。这种恐慌心理一方面来自于贾拉勒，但主要来自于那座令人望而生畏的宣礼塔。在他看来，父子关系正在被割断，他的儿子变成了与他毫无关系的陌生人。贾拉勒与众不同，就像那座高大的宣礼塔那样，远远高出其他建筑物，宛如鹤立鸡群。他也像宣礼塔一样，强健、出奇、神秘。

父亲对儿子说：

"你不成家立业，不生儿育女，我的心总是安静不下来……"

贾拉勒说：

"爸爸，时间是充裕的，让我考虑考虑……"

阿卜杜·朗比又说：

"你不恢复纳基时代，我也放不下心来……"

贾拉勒微笑了,但并没有回答什么。父亲说:

"你不放弃叛教徒的想法,不沿着安拉指出的正道走,我是放心不下的……"

贾拉勒回想起父亲的作为,禁不住放声大笑起来。

六十八

岁月蹉跎,四季相继,冬去春来。坚强的意志压倒了大自然相互斗争的力量,幽寂再也无法掩盖可怖的东西。

在痛苦和失望的深谷里,金发女郎齐娜特听到了爱情的召唤。这是她等待已久的召唤,这是她十分渴望的召唤,这是她那颗受伤的心漫长期盼的召唤。

一天夜里,齐娜特来到贾拉勒的住宅。齐娜特满面春风,看上去满心欢喜。所有的门都打开了,窗帘也都拉开了,让九月惠风尽情地吹进这座华丽的房舍。她欢乐、欣喜地来会贾拉勒,然而她的心底里却埋藏着深深的苦痛。齐娜特畏惧地、谨慎地伺候贾拉勒,她准备好酒,把酒杯递给他,轻轻地靠近贾拉勒的耳边,低声细语地说:

"亲爱的,请喝吧……"

贾拉勒接过酒杯,随之一饮而尽,说:

"你真漂亮……"

齐娜特想,贾拉勒的心就像他那天真无邪的本质一样消失了,他完全不知道自己就像冬天那样严酷。而她自己呢,也正用意识、意志自杀……

贾拉勒醉醺醺地望着她,喃喃道:

"如果我的眼光没有看错的话,我并不了解你……"

她温柔地说:

"那是爱情的尊严……"

贾拉勒笑着说:

"任何东西都没有尊严……"

贾拉勒拨弄着齐娜特的一缕金发，说：

"你仍然在最尊贵的地位上，然而你是个贪心的女人……"

她立刻答道：

"我只不过是个爱悲伤的女人……"

"让我牢记你尊贵的劝告吧：生活是短暂的……"

"那是指爱情的生命……"

"我正是遵从你的劝告行事的，谢谢你……"

齐娜特想，她自己不懂得他的话是什么意思，然而她对于命运的了解要比贾拉勒透彻。尽管人已经升迁到了天使的地位，但仍然摆脱不掉恶魔的侵袭。齐娜特真想哭一场，她终于抑制住了自己的伤感，久久凝视着贾拉勒。

齐娜特沐浴着九月的惠风。她想，九月是叛逆之月，很快将被五旬风所摧毁，顷刻之间，就要变成扼杀春天的恐怖恶魔。贾拉勒伸开双臂搂住了她，齐娜特发狂似的紧紧把他抱在怀里……

六十九

贾拉勒摆脱开她的双臂去脱衣服，转眼间变成了一尊光亮的塑像。他站起来，朝床边走去。他摇摇摆摆、踉踉跄跄地笑了。

齐娜特说：

"你把海水都喝光了……"

"我仍然渴得厉害……"

齐娜特嘟嘟囔囔，像是在自言自语：

"爱情的岁月消逝了……"

贾拉勒摇摇晃晃，一下倒在了沙发上，高声大笑起来。

齐娜特说：

"你醉了……"

贾拉勒愁眉苦脸地说：

"没有！只是头有些沉，好像要睡觉似的……"

贾拉勒站起来，但腿脚不听使唤，他说：

"我没有请困神，他自己就来了……"

齐娜特咬咬自己的嘴唇。她想，终有一天，整个世界就会像这样结束；最不幸的人，就是那种在失败中歌唱胜利的人。

齐娜特声音嘶哑地对贾拉勒说：

"你试着站站！"

他沉静、懒洋洋地说：

"没必要……"

"亲爱的，难道你站不起来了？"

"不！那是火狱之火，困神之火……"

齐娜特战抖地站起来，边用粗野的目光望着贾拉勒，边向床边退去；甜蜜的表情不见了，代之而来的是满面愁云笼罩，变成了一个饱尝苦涩与痛苦的女人。贾拉勒用两只发黑的眼睛望着她，语气沉重地说：

"困倦不碍事！"

齐娜特坦率地说：

"亲爱的，不是困倦……"

"也许是角撑世界的一头牛吧？"

"也不是牛，亲爱的！"

"齐娜特，你净开玩笑，为什么？"

"不是开玩笑，我要自杀……"

"什么？"

"亲爱的，我说要死！"

"死？"

"你已经服了毒药，这毒药足以杀死大象的……"

"我？"

"是你，亲爱的……"

贾拉勒笑了,但他又很快终止了笑容。齐娜特哭着说:

"我是为了结束受折磨的生活才决定杀死你的!"

贾拉勒还想笑,他说:

"贾拉勒是不会死的……"

"死神正从你那两只美丽的眼睛里探出头来……"

"傻瓜,死神早已经死了……"

贾拉勒集中自己所有的力量,直挺挺地站在屋子中间,齐娜特惊恐地后退,疯子般逃离而去……

七十

贾拉勒脚步沉重难拔,仿佛肩上扛着那座可怖的宣礼塔。死神就像一头瞎眼的畜生撞坚硬的石头那样,凶猛地朝贾拉勒冲过去。贾拉勒面无惧色地说:

"真难受啊!"

他跌跌撞撞地朝屋外走去,全身裸露,一丝不挂。他离开了家,朝漆黑的大街奔去,口中不停地嘟囔着:

"贾拉勒痛苦难忍,但他是不会死的……"

在一片漆黑之中,贾拉勒迟缓地向前走动着。他用几乎听不到的声音,含含糊糊地说:

"水……我要水……"

他在黑暗之中迟缓地挪动,难受得低声呻吟,自信他的喊声灌满世界。贾拉勒问:"人们在哪儿?……仆人在哪儿?……水在哪儿?……那个罪恶的齐娜特又到哪里去了?"他心里想那不是死神,那是可恶的梦魇,那里有一种无名的力量正把他送回充满生机和嬉笑的世界中来……可是,他多难受啊!……他渴得要命……

贾拉勒四肢战抖着,突然摸到了一个冷冰冰的东西。他想起来了,那是牲口的饮水槽子,他心中立刻充满了得救的喜悦。他弯下腰去,摸到了水槽边,一直往下摸去。他伸开双臂,一下子浸入了水中,双唇触到了泡满饲料的水,贪婪地发狂似的喝了起来。他感到一阵难过,一声惨叫,随之,他的上半身倒在浑浊的水中,下半身平伏在地上,沾满了污泥浊水……

就在那个令人恐怖的春令之夜,漆黑的夜色为贾拉勒裹上了尸布……

鬼　影

——《平民史诗》故事之八

一

很长时间过去了，但本街上的人们仍然没有忘掉倒在牲口饮水槽旁的贾拉勒尸体的影像。一具白色的巨大尸体横躺在饲料和驴马粪便之间。巨大的躯体预示着长生不老，狼狈难堪的外貌表明人已经死去。人们举着火炬，眼见这种情景，接连发出阵阵奚落、讽刺的笑语。

一个强壮的大汉正值年壮有力、血气方刚的时候就结束了他短暂的一生，随后，他那一帮手下人也不见踪影了。他的父亲阿卜杜·朗比和他的弟弟拉迪将他的尸体抬回去，举行了隆重的葬礼，之后，把他安葬在舍姆斯丁墓地。尽管他禀性怪僻，但是他的业绩仍然载入了史册。

人死了，同时也把他的善事和恶行一起带走了。但关于他的传奇故事却久留人间。

二

贾拉勒死后，穆埃尼斯·阿里继承了事业。贾拉勒的死使人们普遍感到高兴。尽管如此，然而本街却失去了平静，新的恐怖突然朝本街袭击而来，致使本街失去了显赫的地位，变得和本区的其他街巷没有什么两样，功业一去不复返了，穆埃尼斯·阿里开始到处讲和、交朋友，或者进行亏本的斗争，有时被迫用贿赂和送礼的办法来换取平安。本街里没有一个人相信穆埃尼斯·阿里能够恢复纳基时代，因为贾拉勒用暴力背叛了纳基时代。

三

贾拉勒身后留下了相当多的遗产。继承遗产的有两个人：一位是他的父亲阿卜杜·朗比·法拉尼；另一位是他的弟弟拉迪。贾拉勒死于饮酒过度和服用麻醉品过量，至于赤条条地倒在牲口饲料和粪便之间，那则是安拉对他性情狂暴、缺乏人情的罪恶的惩罚。宣礼塔没有人去继承，它依然那样高大、堂皇、挺拔，显得傲气十足，狂放至极。

四

不久，阿卜杜·哈立格师傅开口说话了。他小声地谈起贾拉勒所进行的奇怪冒险活动，谈到他和精灵交朋友，并且还谈到了那个神秘人物沙沃尔所起的作用。就这样，秘密传开了，在人们中广泛流传起来。齐娜特根据这种说法，断定贾拉勒是不会死的。为了躲避人们的愤怒，沙沃尔和他的女仆隐藏起来了。许多人建议拆毁宣礼塔，但大多数人担心那里面真的住着精灵，如果拆毁它，恐怕要给本街的人们带来想象不到的灾难。正因为如此，宣礼塔被保存下来了。但是，人们总是躲着它走，早出晚归的时候，总要诅咒它一顿。宣礼塔的旮旮旯旯住满了蛇蚁、蝙蝠、妖怪。

五

平民们都说，贾拉勒的下场就是背叛纳基时代的人的报应。纳基有一句不朽的祈祷词：安拉给人以力量是让你为人们效劳的。谁忘记了这句祈祷词，谁就没有好下场。纳基的子孙背弃了他的时代，那么，灾难就要降临到他们的头上，他们就会不得好死。尽管阿卜杜·朗比·

法拉尼师傅和拉迪师傅都那么富有，但也遭到了平民们的蔑视。

六

齐娜特在担忧和期待之中生活了一段时间，但没有一个人去告发她，就连怀疑她的那些人，也装起糊涂来，反而称赞起她那不清不白的行为来。这个女人没有能够享受到报仇的滋味，她独身过着修女式的生活，既不担惊受怕，也无欢乐可言。贾拉勒死后不久，齐娜特发现她和贾拉勒的爱情已经在她腹中留下了果实，于是她便以她那永恒的力量加倍珍视那爱情之果。尽管那是非法之果，但她却因有了这爱情之果而自豪。十月怀胎，一朝分娩。齐娜特生下了一个男孩儿，她勇敢、坦然地给孩子起名叫贾拉勒，借以向传统习惯挑战。

七

齐娜特给孩子两种爱：其一，是母爱；其二，是她作为孩子已故父亲的永恒的情妇之爱。小贾拉勒在母亲的怀抱中过着贫寒的生活。齐娜特又回到了妓女的生活中去了。但她没有忘记这个孩子才是贾拉勒遗产的真正继承人。

齐娜特先去阿卜杜·朗比师傅那里，然后又去找拉迪师傅，要求他们俩给这孩子一些钱。阿卜杜·朗比和拉迪断然拒绝，并且怒斥她就是谋害贾拉勒的罪魁祸首。

拉迪师傅说：

"像她这样的浪女人，怎么知道孩子的父亲是谁呢？"

八

像本街上的孩子们一样，小贾拉勒渐渐长大了。他不知道自己的父亲是谁。有的人说他是私生子，也有人说他的父亲就是祖海莱的儿子。但从他的长相上看，有眼睛的人都会断定他是贾拉勒的儿子。是啊，他虽然没有贾拉勒那么健壮、英俊、神气，但谁也不会把一张低劣的照片错配上一张漂亮的底片！

九

贾拉勒进学堂念了两年书，之后便在轻便马车行老板基德阿那里当了赶车夫。齐娜特把自己的积蓄都花光了，也没有给贾拉勒找到一个更好的工作。她为自己的儿子感到自豪，同时也为自己肯忍耐、千方百计维持体面生活的精神而自豪。尽管她已年过四十，但丰韵不减当年，致使基德阿师傅也想要让她做老婆。齐娜特不同意基德阿师傅的想法，但她担心基德阿亏待贾拉勒。基德阿师傅听了别人一句话之后，就放弃了自己的想法。本街街长吉布里勒·范斯去世之后，穆加希德·易卜拉欣接任街长，他对基德阿师傅说：

"你怎么能够相信么一个有朝一日会毒死她男人的女人呢？"

随着岁月的流逝，贾拉勒终于知道了自己是宣礼塔的建造者贾拉勒的儿子、祖海莱的孙子。阿卜杜·朗比是他的爷爷，有名的拉迪就是他的叔叔。他也知道了自己的痛苦身世，同时也知道了纳基的历史。人们都喊他私生子，那确实是事实，并不是编造的谎言。有一天，基德阿师傅对他说：

"你要小心，不要发脾气！你要忍耐，别的办法是没有的，只有依靠安拉！不然，我将让你另找谋生的门路……"

小清真寺长老海里勒·德赫尚谢赫去世之后，继任长老赛义德·奥斯曼谢赫对贾拉勒说：

"穆埃尼斯·阿里一直在监视着你，因为你是纳基的孙子，所以干活儿时要量力而行，免得累着……"

贾拉勒忍耐着，力求平平安安地度日。由于他诚实，而且干活儿卖力气，终于得到了基德阿师傅的称赞……

十

日子一天天过去，希望重新萌芽了。基德阿对贾拉勒的同情使齐娜特深受感动。基德阿有个女儿，名叫阿菲芙。齐娜特为儿子向基德阿求婚，基德阿坦率而没有礼貌地回答说：

"贾拉勒是个好孩子。但是，我不想把我的女儿许配给一个私生子……"

齐娜特气得号啕大哭。贾拉勒却忍下了这刀扎似的疼痛……

十一

基德阿吃完一盘焖蚕豆和一盘奶油乳皮之后便咽气了，享年七十岁。丧年刚刚过去，齐娜特便向阿菲芙的母亲来求婚。因为女儿十分喜欢贾拉勒，于是阿菲芙的母亲同意了齐娜特的求婚……

就这样，阿菲芙·基德阿嫁给了贾拉勒·阿卜杜。

十二

由于和阿菲芙结了婚，贾拉勒便从一位马车夫一跃成为车行老板。贾拉勒善于经营管理，生活状况随之大为好转，不久，当父亲的运气也来了。甜蜜的岁月往往流逝得特别快，贾拉勒先得了个姑娘，又添了个儿子，取名舍姆斯丁·贾拉勒·纳基。纸盒子是包不住火的，从起名字上看，就表明了贾拉勒是何等的自负。大家都说这个名字起得好，然而纳基家族的长者，如头面人物拉迪，对这个名字很反感。至于平民们和其他人，他们都没有忘记孩子的父亲是那座宣礼塔的主人——疯子贾拉勒的私生子。

酒店老板桑格尔·舍马穆去世后，安拜图·富瓦勒接管了酒店，当了店主。安拜图·富瓦勒说：

"我们这条街上叫阿舒尔、舍姆斯丁的人真多啊！"

十三

贾拉勒·阿卜杜的家庭生活过得有条不紊、舒适甜蜜。贾拉勒以善良、忠实、温和、虔诚而著称。他生活宽裕，从不间断礼拜，而且成了最接近小清真寺长老赛义德·奥斯曼谢赫的人之一。他和妻子阿菲芙的关系日益亲密，形影不离，对舍姆斯丁关怀备至。尽管母亲齐娜特声名极坏，常常使他感到痛心疾首，但是他始终不愧为母亲的孝子。一切迹象表明，这个家庭将轻松地开辟新路，大踏步向前迈去……

十四

贾拉勒·阿卜杜年到五十岁时，情况发生了变化，意外的打击降临到他的头上。首先是他母亲的去世。齐娜特八十岁时突然死去。奇怪的是，尽管贾拉勒是壮年，母亲已到老年，但母亲的死却给贾拉勒带来了强烈的打击，致使他失去了泰然自若的常态。他埋葬母亲的时候，痛哭不止；安葬之后，他自己又陷入了沉重的忧郁状态之中，致使他三个月不得安宁，贾拉勒误认为是自己的大限来临了。人们不理解他的痛苦，还有许多人拿他开心。贾拉勒想，他确实很爱他的母亲，但他没有想到母亲的死竟然使他悲痛到这个地步。更奇怪的是在他的忧郁心理消失之后所发生的事情。一个来历不明的人诞生了，仿佛是从那住满鬼怪的地窖里钻出来的。

贾拉勒对他母亲的爱是一种难以捉摸的感情，就像黎明前的封斋饭，在空气中不断蒸发，化成了一块寒冷的顽石。每当他想起母亲，他便生气，咒骂她一顿。他的心中没有痛苦的痕迹，也没有仁爱或忠诚的痕迹。他似乎听到一种低微的声音诉说：她就是他一生怨恨、忧伤的根子；他是她永久的牺牲品。

有一天，贾拉勒自问道：

"难道我真为她的死感到痛苦吗？……她死得多么突然啊！……"

一次，贾拉勒和街长穆加希德·易卜拉欣在一起聊天，贾拉勒说：

"我母亲是个品行不端、名声败坏、性情恶劣的女人……"

街长大吃一惊，说：

"我几乎不敢相信自己的耳朵……"

"我现在相信了，真的是她谋害了我的父亲。她性情恶劣，嗜好毒品。想起她，我就感到厌恶……"

"你念念死者的好处吧！"

贾拉勒怀着前所未有的仇恨，怒喊道：

"她一点儿好处都没有！"

接着更加气愤地说：

"我都活够了……"

十五

贾拉勒的行为发生了类似毁灭性的变化。

贾拉勒终止了礼拜，放弃了小清真寺。他的情绪也发生着剧烈的波动。他突然生平第一次闯进了酒馆。那时候，头领穆埃尼斯·阿里和他的一些打手们也坐在酒馆里。霸王穆埃尼斯·阿里看见贾拉勒来了，挖苦、奚落地喊叫道：

"迷路的驴子终于找到了自己的棚圈……"

在座的人发出一阵哄堂大笑。贾拉勒只是有些慌张地微微一笑，然后把酒杯举到了干渴的唇边……

穆埃尼斯·阿里问道：

"什么风把你刮到这里来，让你也跟这些人学起来了呢？"

贾拉勒高兴地说：

"师傅，效法这些人是一种光荣……"

头领离去时，贾拉勒唱道：

在我们的大街口，

有个卖咖啡的哈桑。

贾拉勒喝醉了。他伸了伸懒腰，说：

"昨天夜里，我做了一个梦，梦见我悄悄地进入了我父亲那座宣礼塔里，有一个面容英俊的男子领着我，一直登到塔顶。然后，他让我和他一起单脚跳着走路。我便单脚跳起来，却立即失去了平衡，结果从平台的围墙缺口处跌落下来。但是，我一点儿伤都没有……"

酒店老板安拜图·富瓦勒对他说：

"如果你醒着来这样试验一下，那该多好啊！"

贾拉勒又唱了起来：

夜里我听到歌声，

姑娘们前来送情，

我没有办法答应。

十六

贾拉勒回到家里，发现阿菲芙正等待着他。他从来没有像这样熬过夜。一股酒味儿直朝阿菲芙的鼻孔里扑去，阿菲芙拍着前胸喊叫道：

"你这个醉鬼！"

贾拉勒手舞足蹈地说：

"基德阿的姑娘啊，我就是基德阿！"

十七

贾拉勒的消息不胫而走,人们不禁感到吃惊,纷纷说:"有其父必有其子,疯子的儿子一定是疯子。"

一天,赛义德·奥斯曼谢赫碰见了贾拉勒,遂问他:

"怎么好久没见到你了?"

贾拉勒没有回答。谢赫伤心地问:

"关于你的传言是真的吗?"

贾拉勒扭脸就走开了。

十八

贾拉勒醉得不省人事时,有一种新的诱惑浮现在他的脑海里,他仿佛变成了另外一个人。贾拉勒被大姑娘们或年龄稍小的姑娘吸引住了,他尽情地去调戏她们;他单独遇到一个姑娘时,禁不住兽性发作起来。因此,他担心产生严重后果,于是白天避免多饮酒;而一到晚上,便恶狼似的悄悄潜入到废墟之中去……

一天夜里,他步行来到妓女戴拉莱的住所,发现窗下排满了人,拥挤不堪……

十九

贾拉勒·阿卜杜变成了一个心灰意懒、不顾体面的人了。他变得蔑视一切。他之所以对戴拉莱感兴趣,也许是因为她年纪小,美丽的面孔上尚带着几分孩童稚气。戴拉莱宽恕了贾拉勒的种种越轨行为,既没有因此疏远他,也没有因此斥责他,却为他准备了一切方便条件。有一次，戴拉莱坦率地对他说：

"我喜欢疯疯癫癫，那种种传言无损你一根毫毛！"

贾拉勒高兴地叫道：

"我终于找到了一个像我奶奶那样的伟大女性！"

贾拉勒愉快地往后一靠，直率地说：

"有一天早上，我醒来时，我发现自己无酒自醉，我感到我的胸中有一颗新的心脏在跳动。现在，我讨厌回忆过去，讨厌做生意、赚钱和已婚女子。我讨厌我的儿子舍姆斯丁在我这里当车夫，他像一头驴子一样在拉另一头驴。我讨厌他的母亲，是他把他母亲的幸福和吉祥给葬送了。我发现她正在像我的母亲一样，不择手段地把我的血吸干喝净。我的心、脑、肝都发怒了。我要大喊着向魔鬼报喜……"

戴拉莱笑着说：

"你是世界上最风趣的人……"

贾拉勒满有信心地说：

"我听说，男人到五十岁时要返老还童……"

戴拉莱信服地说：

"六十岁……七十岁时还有一次……"

贾拉勒叹息道：

"要不是坏女人的忌妒，我父亲会长生不老，死神会战胜的……"

戴拉莱对他说：

"假如你不是出类拔萃的男子汉，那我绝不会爱你的……"

二十

一次又一次的打击，猛烈地朝阿菲芙的头上袭来。她的天地塌陷了，梦想破灭了，幸福消逝了。在她看来，"工作"只是她丈夫的工作。她在圣徒和算命先生们的门前往返出入，对他们的所有劝诫都一一服从；然而贾拉勒却在迷途上越走越远，他对自己的工作漠不关心，一味喝酒胡闹，与戴拉莱形影不离，终于在玩弄女人的勾当中把自己的尊严丢得一干二净。

阿菲芙如果不是担心产生不测后果，她真想在穆埃尼斯·阿里面前告贾拉勒一状。她的痛苦和寂寞无处可诉，只有把自己的苦楚和悲剧讲给儿子舍姆斯丁听。她对儿子说：

"舍姆斯丁，跟你爸爸谈谈吧，也许在你的面前，他会心软下来。"

阿菲芙与舍姆斯丁之间的关系十分密切。儿子为母亲分担痛苦，同时也为自己的名声和尊严感到痛苦；舍姆斯丁鼓了鼓勇气，向父亲讲明了自己心中的苦闷；贾拉勒一听，勃然大怒，狠狠地推搡着舍姆斯丁说：

"好小子，你还想教训老子？"

舍姆斯丁只有把痛苦深深地埋在自己的心里。他也像他父亲那样，身体健壮，面孔清秀，就是有时突然发脾气。一见父亲发脾气，他不知该怎么办，只有忍受。他的母亲并没有停止诉苦，然而得到的却是接二连三的痛苦的愤恨。母亲常常提醒他说：

"你爸爸将把钱财都花得一干二净，将来你要去讨饭为生……"

看来，他的家庭将遭到永久的辱骂，人们会诅咒这个家庭狂暴、淫荡、该死。舍姆斯丁的心一酸，开始对家庭失去了信心、热爱和忠诚，并且开始用武力和反抗向那个糊涂虫挑战。他惊异地问道：

"我母亲为什么同意和这样一个人结婚呢？"

二十一

就像过午的太阳一样，舍姆斯丁的处境一日不如一日，他的心事沉重，深深地陷入了悲伤情感之中。他坐在咖啡馆，看见他的父亲在酒馆里半裸体跳着舞，这位青年几乎要发疯了，他便快速朝酒馆跑去，这才发现他的父亲只穿着一条短裤手舞足蹈，一群醉鬼边拍手边唱：

到水里去吧,

去游泳吧……

贾拉勒没有看到他的儿子,仍然一个劲儿地跳个不停。一些醉汉见到舍姆斯丁来了,于是停止了拍手、歌唱,并且示意醉汉也停下来。有一个人恶毒地引诱说:

"让我们看一场好戏吧!"

随着鼓掌和歌声的停止,贾拉勒师傅生气地停止了跳舞,他这才发现他儿子站在不远的地方。舍姆斯丁生气地和父亲吵了起来,贾拉勒气愤地大声问道:

"孩子,谁让你跑到这里来的?"

舍姆斯丁彬彬有礼地说:

"爸爸,穿上您的衣服吧……"

醉醺醺的贾拉勒说:

"不要脸的东西,谁叫你到这儿来的?"

舍姆斯丁仍然说:

"求求您,快穿上衣服吧!"

贾拉勒跟跟跄跄地朝儿子扑了过去,重重地抽了他一耳光,这耳光震动了寂静的酒馆,不止一个人高兴地怂恿道:

"好极了!"

贾拉勒一巴掌接着一巴掌地朝儿子打去,直至筋疲力尽,加上酒醉,一下子跌倒在地上,失去了知觉……

见此情景,人们先是一阵大笑,而后变得鸦雀无声。有一个人说:

"舍姆斯丁,是你把你爸爸打死了……"

另一个人说:

"铁证如山,不容争辩!"

舍姆斯丁弯下身去,先给父亲穿好衣服,然后双手把他托起来,在一阵卑劣的嘲笑声中走出了酒馆。

二十二

过了不长时间,贾拉勒在自己的床上苏醒过来了,睁开两只血红的眼睛朝周围打量了一下,看见阿菲芙和舍姆斯丁站在他的身边。房间的样式仍然使他感到厌烦。他很快地想起了方才发生的一切。那天夜晚,他本应该睡在戴拉莱的床上。就是这个青年,使他蒙受了醉汉们的讥笑,使他失去了父亲的尊严。他气鼓鼓地坐了起来,一下子跳下床,上前一把揪住舍姆斯丁,劈头盖脸地打了起来。阿菲芙哭着劝他罢手,贾拉勒丧失了理智,扭住阿菲芙的脖子,狠狠地掐。阿菲芙使尽力气挣扎,贾拉勒死死掐住不放,顷刻之间,阿菲芙的脸上泛出了死亡的惨白。舍姆斯丁喊道:

"放开!……你快把她掐死了!"

沉醉在罪恶野蛮之中的贾拉勒根本听不到儿子在说什么,舍姆斯丁抄起木凳,盛怒之下,狠狠地朝贾拉勒的头上砸去……

二十三

一阵喧闹之后,代之而来的是死一般的沉寂。贾拉勒倒在他的床上,浸泡在血泊之中,江湖大夫赶来进行了急救、止血。与此同时,舍姆斯丁朝后退去,接着倒在了一个角落里……

仿佛时间老人隐藏起来了,这时候,什么事情都会发生,黑夜的一刻真比一切思考和筹谋要强大得多,厉害得多。阿菲芙也像舍姆斯丁一样,清清楚楚地知道,现在推翻了过去,抹杀了过去,埋藏了过去。

穆加希德·易卜拉欣惊问道:

"是什么在挑动父子相斗呢?"

阿菲芙号啕大哭地说:

"他……他是个魔鬼……"

寂静像大山一样压在贾拉勒的身上，他的胸口还在上下起伏着。穆加希德·易卜拉欣大声喊着：

"贾拉勒师傅！"

阿菲芙喊道：

"就让万能的安拉可怜可怜我们吧！"

街长问江湖大夫：

"你看怎么样？"

江湖大夫边救护边说：

"人的寿数掌握在安拉手里……"

"凭您的经验呢？"

他靠近穆加希德·易卜拉欣，对他耳语道：

"没救啦……"

二十四

贾拉勒·阿卜杜睁开他那无光的双眼，他几乎一个人也认不出来了。他一声不吭，使周围的人感到神志紧张，但最后他还是恢复了知觉，无力地说：

"我不行了！"

阿菲芙叹息道：

"你把坏事做绝了……"

贾拉勒又低语道：

"我不怕横行霸道的人……"

"你好……"

"但愿如此！"

穆加希德·易卜拉欣走近他的床边，对他说：

"贾拉勒师傅，我是穆加希德·易卜拉欣，这么多证人都在这里，你说吧……"

贾拉勒声音微弱地问道:

"舍姆斯丁在哪儿?"

穆加希德·易卜拉欣把舍姆斯丁叫到他跟前,街长说:

"这不是你的儿子吗?"

"我不行了……"

街长问道:

"你怎么啦?"

"这是安拉的前定……"

"谁把你打成这样的?"

贾拉勒不说话了。穆加希德·易卜拉欣又说:

"贾拉勒师傅,你说话呀!……"

"我要死啦……"

"是谁把你打成这个样子的?"

他叹着气说:

"我爸爸!"

"死去的人是不会打人的!你该说出来,到底是谁打的……"

贾拉勒又长叹了一口气,说:

"我不知道……"

"怎么会呢?"

"街上很黑。"

"有人在街上欺负你?"

"或许在家门口……"

"无疑是你中邪了……"

"不……黑暗和叛逆把他隐藏起来了……"

"你有仇人吗?"

"不知道……"

"你怀疑是哪个人?"

"不……"

"你既没着魔中邪,又不怀疑哪个人?"

"是的。我向我的儿子求救,他来了,把我拉走了;之后,我便什么也不知道了……"

穆加希德·易卜拉欣沉默不语。众人的眼睛都注视着生命垂危的贾拉勒……

二十五

舍姆斯丁听到父亲咽气的声音,不禁惊慌失措,他的勇气完全消失了,一句话也说不出来。他恭敬、胆怯、后悔地领受着临终的父亲的怜悯。他避开穆加希德·易卜拉欣的目光,两手捂住自己的脸哭了。出殡和葬礼的日子里,舍姆斯丁没合过眼,他像是被从火狱里赶出的魔影一样,在人们之间游来转去。他的祖父是个疯子,他的祖母疯过。在他的家族中,确实有几个人现过丑;然而,在整个该死的纳基家族中,舍姆斯丁还是第一个亲手杀死生父的人。

舍姆斯丁单独和母亲坐在一起时,母亲鼓励他说:

"你并不是杀了你的爸爸,而是被迫保卫了你妈妈的安全!"

她也问道:

"难道安拉不是全知的吗?"

而后,她热情地对儿子说:

"你爸爸的罪孽太多了,这都是为你辩护的证据。像你这样的小孩子,安拉会恕你无罪的……"

舍姆斯丁痛哭道:

"我杀死了我的爸爸!"

二十六

阿卜杜·朗比师傅把舍姆斯丁叫到城堡来,这座名叫"城堡"的住宅是宣礼塔的主人贾拉勒的。舍姆斯丁知道,阿卜杜·朗比就是他的祖父贾拉勒的父亲,如今已年满百岁了。他发现阿卜杜·朗比老态龙钟,不出家门,也不出他的房间,但他和年迈的年龄相比,健康情况还算好,精神也还旺盛。阿卜杜·朗比耳不聋,眼不花,什么事情都知道。舍姆斯丁感到很奇怪,这位老人在儿子、孙子死去之后,他竟会如此长寿。舍姆斯丁对他没有半点儿感情,对他一点儿也不敬重;他不会忘记,就是这位老人抛弃了他的父亲……

阿卜杜·朗比把舍姆斯丁拉到自己的跟前,仔细打量了好久之后说:

"你今后怎么办?……"

舍姆斯丁冷淡地回答了他。阿卜杜·朗比说:

"你的脸庞有些像贾拉勒·本·祖海莱……"

他冷冰冰地说:

"你抛弃了我父亲……"

阿卜杜·朗比从容不迫地说:

"事情是复杂的……"

舍姆斯丁一针见血地说:

"主要在于贪婪遗产!"

"除了在阿舒尔时代,一切遗产都是令人生厌的……"

"可是,你一直享受它到生命的最后时刻……"

老人声音颤抖地说:

"我是为了安慰你,才把你叫来的。如果你想要遗产,那你就拿去一份吧……"

舍姆斯丁赎罪似的说：

"谢谢你的慷慨……"

"孩子，你很固执啊！……"

"我不愿理睬与我父亲断绝关系的那种人……"

老人合起双眼，舍姆斯丁便离去了。

二十七

舍姆斯丁面对着残酷的现实生活，他的脸上现出严肃、自信的表情。他开始振作起来，代替父亲经营车行，忘我地埋头在自己的业务之中。街上的人们都知道他打死了他的父亲，把舍姆斯丁当一个能动的可恶的东西，与那座不能动的可憎的宣礼塔相提并论。人们问道：这个私生子的儿子、宣礼塔主人的孙子会怎样呢？舍姆斯丁决心向那可恶的宣礼塔挑战。他表情严肃、信心十足，同时又感到为难，因为他笃信他的宗教，所以不得不广济穷人，善待顾客，过着被抛弃、被诅咒的生活。他的两眼中闪烁着忧愁的光芒。他讨厌说笑话，远离歌声、音乐，更不进酒馆和烟馆。人们打击他，他也讨厌人们，但他坚持要活下去……

二十八

母亲看到舍姆斯丁已成了这个样子，她再也没有别的什么好办法了，只好设法让他结婚。她很喜欢豆店老板的女儿萨迪盖，于是亲自登门为她儿子求婚，而且说她儿子的人品、门第、工作都很好。但是，女方家庭拒绝把女儿嫁给一个杀害亲生父亲的人。舍姆斯丁并不太重视婚事；然而对方的拒绝却加深了他心灵上的创伤。舍姆斯丁决计要结婚，不管付出多少代价……

有一个舞女，名叫努尔·萨芭哈·阿基米。人们并不清楚她的身世，只知道她十分淫荡，寡廉鲜耻。舍姆斯丁见她生的相貌俊秀，便趁夜深人静之时去拜访了她。因为他不单是为了交个朋友，而是来求婚，这使努尔·萨芭哈·阿基米感到大为吃惊。她以为他想利用她，但舍姆斯丁诚恳地说：

"我想让你成为名副其实的家庭主妇……"

她的脸上泛出喜悦的光芒，说：

"你是位高尚的青年，我愿意得到这样的幸福！"

二十九

阿菲芙得知这个消息后，心里很难过。她责备说：

"她是个妓女！"

舍姆斯丁愁眉苦脸地说：

"她就像我奶奶齐娜特一样……"

然后又挖苦地自语道：

"我们这个光荣的家庭中，有多少位妓女啊！"

"孩子，你不要这么快就感到失望……"

舍姆斯丁生气地说：

"她是唯一乐意嫁给我的女人……"

三十

努尔·萨芭哈·阿基米和舍姆斯丁成了亲。舍姆斯丁撕掉了褶皱的帷幕，举行了结婚典礼，他车行里的车夫们以及他母亲的亲戚都赶来参加婚礼，那些假装不知道的人仍然装聋作哑。整条街的人都讥笑这桩婚事，他们讲起了齐娜特、祖海莱，他们说这个家族从天上掉到了地下，在泥潭里打起滚来。酒店老板安拜图·富瓦勒鲁莽地说：

"阿舒尔本人不就是被抛弃的婴儿吗？这个家族的第一位母亲不就

是个酒馆的女招待吗?"

三十一

命中注定这桩婚事应该成功。努尔·萨芭哈·阿基米成了家庭主妇;舍姆斯丁感到幸福,心里也平静下来了。家里一切都好。只是阿菲芙与努尔·萨芭哈之间不断地发生一些口角。因为阿菲芙冷酷刻薄,欠温柔;而努尔·萨芭哈也是个刀子嘴,抓住小理不让人。尽管如此,家庭团结并没有破裂。努尔·萨芭哈·阿基米连生了三个闺女,最后终于生了个儿子,取名萨马哈·舍姆斯丁·纳基。

三十二

岁月蹉跎,舍姆斯丁尽量忘记他过去的烦恼和罪孽,然而忧郁却成了他的本性的一部分。

萨马哈渐渐长大了,虽然他没有他父亲或祖父的标致的容貌,但可喜的是他的体格更加健壮。母亲和祖母都很喜欢他,就像保护贵重珠宝那样爱护他。萨马哈进了学堂,学习成绩不好。有一天,他和一个小同学打架,抄起一块板子朝那个小孩儿砸去,差点把那孩子的眼睛打瞎。这下子可闯了大祸,后来他爸爸赔偿了不小一笔钱,事情才告完结。他父亲一怒之下,痛打了他一顿;母亲和祖母看了不胜心疼。自此之后,父亲就把他带到牲口棚去干活儿,而且对他说:

"你就在驴子中间学习生活的礼貌吧……"

萨马哈在严父的关照下成长了,很快就接近成人了……

三十三

尽管从早到晚儿子不离开父亲的监视,但父亲仍然对萨马哈不太放心。他发现儿子有些放荡不羁,担心他会招惹麻烦。

有一天,街长穆加希德·易卜拉欣来到舍姆斯丁家里,对他说:

"要防微杜渐哪!"

街长感到舍姆斯丁关心自己的儿子有余,而严格管教不足。街长问道:

"你儿子和凯里梅·阿娜比交上了朋友,你相信吗?"

舍姆斯丁禁不住大吃一惊,他什么时候会那样呢?他说:

"他一直到上床睡觉,总是不离开我呀!"

穆加希德·易卜拉欣笑了。他说:

"他上床以后,趁你熟睡之时,悄悄地离开家门……"

舍姆斯丁又是一惊:因为凯里梅·阿娜比是个年近六十的寡妇;而萨马哈只不过是个刚成年的小伙子。

穆加希德·易卜拉欣对他说:

"你要当心孩子上了圈套!"

三十四

舍姆斯丁决计亲自侦察一番。当他确知儿子离开了他的床铺时,他便摸黑来到凯里梅·阿娜比门前等候。到黎明还有一个小时,寡妇的大门开了,从里边闪出一个人影。这就是萨马哈,正落到他父亲的手里。起初,萨马哈有些害怕,幸亏听出了是他父亲的声音,不然,真要大打起来了。萨马哈终于被征服了。

舍姆斯丁怒气冲冲地说:

"你这个蠢猪……"

他上前狠狠地揪住儿子,一股酒味朝他鼻子扑来,他厉声吆喝道:

"你还是个醉鬼!"

舍姆斯丁扬起巴掌重重地朝儿子头上抽去,抽得萨马哈眼冒金星。回到家里,舍姆斯丁又打骂起萨马哈来,这惊醒了熟睡的阿菲芙

和努尔·萨芭哈。舍姆斯丁边对儿子拳打脚踢,边向妻子和母亲说明事情的缘由。萨马哈哀求说:

"爸爸,别打了,我的脸都要破了。"

"该死的东西!你怎么敢欺骗我?"

"我给您丢了脸!"

阿菲芙说:

"那个骚女人才是罪魁祸首……"

舍姆斯丁指着萨马哈喊道:

"他是个罪犯,除了他谁也不是罪犯!"

三十五

舍姆斯丁想,这开端预示着将出现最坏的后果。一个缠上了和他祖母年龄相仿的老女人的青年,会有什么样的结局呢?他发现凯里梅·阿娜比太太出门时,打扮的奇特妖艳,身体过分肥胖,他相信,一个刚刚成年的小伙子被这个老妖婆缠住必定凶多吉少。

就在那个时候,穆埃尼斯·阿里去世了。苏姆阿·凯勒拜什当了头领,本街的处境便更加不好了。平民们连遭磨难,就像命中注定的一样,无处躲藏。不管头领的愿望如何,称王称霸只意味着灾难,别无好处可言。

三十六

阿卜杜·朗比去世了,人们为他举行了盛大葬礼,但在送葬的队伍里,既看不到舍姆斯丁,也找不到萨马哈。事过之后人们才知道,阿卜杜·朗比的遗嘱之中说给萨马哈五百镑钱。萨马哈找父亲要这笔遗产,但他父亲说,只有等他长大成人之后才能将这笔钱交给他。舍姆斯丁对萨马哈管教很严,让他过很艰苦的生活。有一次,父子俩一起在牲口

棚里干活儿,父亲望了儿子一眼,只见儿子的两眼闪着冷漠的目光,这使父亲感到很不愉快。舍姆斯丁自言自语道:

"傻孩子,他不知道。我这样做全是为了他好啊……"

三十七

事情就像滚滚流去的大河里的波浪一样,一件接着一件地发生。一天早晨,舍姆斯丁正在家里喝咖啡,发现阿菲芙与努尔·萨芭哈愁眉不展,他忐忑不安地问道:

"又是因为萨马哈?"

可是谁也不吱声,这更加使他感到苦恼。他生气地问:

"他又出什么事啦?"

努尔·萨芭哈哭了。阿菲芙声音颤抖地说:

"他不在家里……"

"又偷跑出去了?"

"他离开我们了!"

"逃跑了?"

舍姆斯丁立刻想到了那个缠人的骚女人。同时发现那笔钱也不见了。他喊道:

"他也是个贼……"

母亲阿菲芙说:

"孩子,宽容点儿吧!那本来是他的钱……"

舍姆斯丁坚持说:

"他是一个逃跑的贼!"

他的目光望望母亲,又望望妻子,问道:

"他背着我干了些什么事?"

三十八

舍姆斯丁猜想萨马哈一定是躲到凯里梅·阿娜比家里去了，于是把这个猜测告诉了街长穆加希德·易卜拉欣。街长马上进行了调查，然后对舍姆斯丁说：

"在我们这条街上，连萨马哈的一丝踪影都找不到！"

舍姆斯丁认为一定是安拉惩罚了萨马哈，认为他应该像其他人一样赎自己的罪。他想，这孩子也许会在某一天把他干掉，这并不是不可能的。不然，他为什么不喜欢自己呢？……这孩子对这个世界没有好印象……想着，想着，舍姆斯丁朝那高大的宣礼塔投去粗野的一眼，问道：

"这个该死的玩意儿，为什么还立在那里呢？"

三十九

尽管舍姆斯丁叮嘱所有的车夫都要留心察看、打听，但谁也没有发现任何踪迹。就像这个家族里的许多男男女女一样，这个青年紧步他们的后尘，踪影全没了。

转眼许多年过去了。阿菲芙在长期生病卧床后去世了，至于努尔·萨芭哈，她则连一天好日子也没有过。舍姆斯丁身负重任，每当感到痛苦时，他便嘟囔说：

"安拉啊，全听你的安排！"

四十

就像以前的阿舒尔或者古莱一样，萨马哈没有隐藏多久便露面了。

有一天，萨马哈回到本街上，这时他已经成年。他虽然已成年，但失去了许多无法弥补的宝贵东西。他身体健壮，性情凶狠。他的美貌消失了，脸上垂下了一道一筹莫展的帷幕，身上满是明疤暗伤的痕迹。难道他和土匪一起生活过吗？初见之时，就连他的父亲都不敢认他。他把真实情况向父亲一讲，父亲禁不住悲喜交集：他不知道是该感谢，还是该憎恨；也不知道是应该高兴，还是应该气愤。在牲口棚里，在车夫的驴子之间，父子俩久久地面面相对。父亲把儿子叫到一旁，怜悯地问道：

"你是怎么活过来的？"

一个问了又问，一个死不吭气。父亲又问：

"你把钱都乱花了吧？"

萨马哈低下了头。原来是部分钱将会收到结果；另一部分钱则挥霍掉了。舍姆斯丁深深地叹了口气说道：

"也许现实生活给你上了生动有益的一课……"

萨马哈一声不吭，这使舍姆斯丁感到不快，说：

"看看你妈去吧……"

四十一

时过不久，舍姆斯丁心中的一点儿微弱希望也消失了。他从做父亲的焦急情感中苏醒过来，发现萨马哈变得凶暴，而且固执、莽撞而无礼。尽管如此，但他仍然没有失望，和颜悦色地对儿子说：

"孩子，干活儿去吧！练习经营车行吧，明天你就该当老板了。"

努尔·萨芭哈温情、乞求地鼓励萨马哈，而他拒绝当车夫，父亲只得把他留在家里和自己一道干活儿。萨马哈情绪烦躁，总是向父亲要钱。父亲再也不能把他当作一个孩子看待了。萨马哈开始在酒馆、大烟馆和妓院里熬夜，不再去找那个老寡妇凯里梅·阿娜比了。

趁母亲在场之际，舍姆斯丁对萨马哈说：

"你最好结婚……"

萨马哈开玩笑地说:

"世间没有一个姑娘能配得上伟大纳基的后代!"

父亲问他:

"你知道纳基的名字意味着什么吗?"

萨马哈用极为鲁莽的话说:

"那意味着独创奇迹,例如建造魔鬼居住的宣礼塔……"

舍姆斯丁又气又恼,喊道:

"你是个疯子!"

父亲怒气未消,自言自语道:

"无疑,他是讨厌我了……"

有时他故意避开这个念头,但又十分惆怅地说:

"终有一天,他将把我杀掉……"

四十二

舍姆斯丁师傅发现一笔数目可观的钱被盗了,他立即明白了这意味着什么。他明白,让这么一个蠢货管车行,终有一天将落到破产的地步。他毫不犹豫,径直朝酒馆奔去。他发现萨马哈正在和苏姆阿·凯勒拜什及其打手们坐在一起,看上去,萨马哈就像他们之中的一名成员。舍姆斯丁示意让他出来,但萨马哈一动不动。萨马哈已经喝醉了,用挑衅的目光瞥了他父亲一眼。父亲强压着心中的怒火,说:

"你是知道我为什么来找你的……"

萨马哈冷淡地说:

"你的钱就是我的钱,我会花得更好……"

苏姆阿·凯勒拜什说:

"你说得好!"

舍姆斯丁对萨马哈说:

"你指望着我破产……"

萨马哈大着舌头说：

"你能挣，我能花……"

苏姆阿·凯勒拜什说：

"这小伙子真聪明！"

安拜图·富瓦勒走近舍姆斯丁，对他耳语提醒道：

"除安拉外，绝无应受崇拜的！"

但舍姆斯丁发怒说：

"大家为我做证，我要把这个花花公子赶出我的家门，我跟他脱离父子关系，直到世界末日来临……"

四十三

努尔·萨芭哈得知这个消息，如遭天降大祸，禁不住放声喊道：

"我绝不能抛弃我的儿子……"

此时此刻，舍姆斯丁对妻子感到厌倦，又气又恨地说：

"只要我活着，就不让他进这个家门……"

"我的儿啊，我绝不能没有你呀……"

舍姆斯丁下意识地说：

"他的骨头里渗透了你祖宗的恶习……"

努尔·萨芭哈也丧失了理智，失望、愤恨地回敬道：

"在我的祖宗里没有淫乱、疯癫的历史……"

舍姆斯丁一巴掌把努尔·萨芭哈抽倒在地上。努尔·萨芭哈愤怒发狂了，连连朝舍姆斯丁脸上啐唾沫。舍姆斯丁大喊道：

"你给我滚出去！像你这样的女人，我就是休掉三个也不可惜！"

四十四

努尔·萨芭哈和萨马哈住在一个套间里。萨马哈参加了苏姆阿·凯勒拜什的集团,但由于他放肆无理,所以压根儿没得到宠爱。他对父亲的憎恨从不对任何人隐瞒。他大力张扬纳基家族的家丑,仿佛他是这个家族的头号敌人。舍姆斯丁独自生活着,他再也享受不到平静、安详的生活。他预料他的下场将像他的父亲一样,或许更加凄惨。舍姆斯丁千方百计地保卫自己,为此他向他的雇工们大量施舍,借以收买他们的心。他把自己屋子的门窗关得严严实实,以防意外。此外,他还向苏姆阿·凯勒拜什大量送礼,想方设法讨好他。

四十五

有一天,街长穆加希德·易卜拉欣来看望舍姆斯丁,对他说:

"舍姆斯丁师傅,我劝你明智一点儿……"

舍姆斯丁一筹莫展地问:

"你说的是什么意思?"

"别这么敌对下去了!给他一点儿钱吧……"

舍姆斯丁默不作声。街长说:

"昨天,我在酒馆里听酒友们说要来个彻夜不眠,当……"

街长没有说下去,舍姆斯丁抑郁地说:

"当我死去或被杀的时候!"

"他们倒没有提到杀,世上最丑陋的事情莫过于儿子盼老子死,或者老子盼儿子死……"

"但我不盼我儿子死……"

穆加希德·易卜拉欣清楚地说:

"师傅，我们都是人啊！"

四十六

舍姆斯丁觉得有一只恐惧之鸟在他的头上盘旋。有一天，他怀着一种冒险的愿望来到苏姆阿·凯勒拜什家。他恭恭敬敬地向主人问好之后，说：

"我荣幸地向您的千金小姐求婚。"

这位头领打量了他好久，然后说：

"从年龄上说，一个十六岁的姑娘嫁给一个四十岁的男子倒没有什么不可以的。"

舍姆斯丁谦恭地低了头。苏姆阿·凯勒拜什说：

"更何况你门第高贵，家财万贯！"

舍姆斯丁满心欢喜。头领又问：

"你送多少彩礼呢？"

舍姆斯丁心慌地说：

"师傅，您说多少就送多少……"

"五百镑……"

舍姆斯丁爽朗地说：

"好大一笔款啊！但我所求的远不只这些，比这贵重……"

苏姆阿·凯勒拜什伸出手说：

"我们朗诵《开端章》吧！"

四十七

桑拜莱·苏姆阿·凯勒拜什与舍姆斯丁·贾拉勒·纳基结了婚。

整条街都来祝贺舍姆斯丁新婚之喜，一时间，舍姆斯丁成了地位最显赫的人。桑拜莱不仅貌美非凡，而且正值青春妙龄，此外，她还是头领的千金小姐。

四十八

努尔·萨芭哈和萨马哈感到惊慌失措。萨马哈说：

"继承遗产的梦破灭了……"

努尔·萨芭哈不相信地说：

"可是你的权利是不容置疑的……"

萨马哈说：

"你以为凯勒拜什会服从法律？"

努尔·萨芭哈提醒说：

"生命比钱财更加贵重……"

萨马哈愤怒地说：

"他那帮人的眼睛日夜都在盯着我，他们就像纳基家族的看门狗一样。在新的条件下，他会更加谨慎小心了！"

努尔·萨芭哈叹了口气，说：

"孩子啊，你千万要当心！安拉使你爸爸不得好死，安拉会保佑你的……"

四十九

萨马哈确信遗产将落到桑拜莱一个人的手里，他最终恐怕将要被残暴的邻居所害。

出乎意料的是，舍姆斯丁也没过几天好日子。萨马哈最了解他的父亲，深知他是个本性放荡的人，但究竟是什么东西阻止着他向父亲报仇呢？在当今世界上，还有比苏姆阿·凯勒拜什更强有力的人吗？苏姆阿·凯勒拜什已经把死置之度外，看来他不把舍姆斯丁的钱挖干净，他是决不罢休的。

萨马哈怜悯努尔·萨芭哈，但也不讨厌桑拜莱，无论如何，他也该挑起家庭生活的重担。此外，他还面对着一个肉中刺式的现实：那就是昨天已经逝去，永远不再回……

五十

一天夜里，苏姆阿·凯勒拜什拜访舍姆斯丁。苏姆阿·凯勒拜什示意桑拜莱离开客厅，桑拜莱立刻悟到事情非同寻常。夜间来访，究竟意味着什么呢？

舍姆斯丁讨厌苏姆阿·凯勒拜什的外貌，因为他脸上满布球形伤疤。同时也讨厌他那种自负表情，他指手画脚，就像坐在自己家里和自己人中间那样，随随便便，毫无礼貌。

苏姆阿·凯勒拜什谈起他所碰到的新鲜事和当代的奇观以及决定人类命运的那种看不见的什么力量。舍姆斯丁半信半疑地望着他……

苏姆阿·凯勒拜什说：

"有那么一个人，他活在世上对你和我都不利。"

舍姆斯丁一听就知道他指的是谁。他儿子萨马哈的影子立刻浮现在他的面前。与其说舍姆斯丁想同意苏姆阿·凯勒拜什的说法，倒不如说他更同情他的那个独生子。舍姆斯丁假装糊涂地问道：

"师傅，你说的是哪一个人？"

苏姆阿·凯勒拜什轻蔑地说：

"啊……萨马哈他爸爸，你不要装糊涂！"

舍姆斯丁惊愕地问：

"你说的是萨马哈？"

"那可是你说的！"

"可他是我的儿子。"

"你不也是你父亲的儿子吗？"

舍姆斯丁伤心、生气地说：

"你有力量，可是谁也吓不住……"

"少说废话！你还不了解我的意图！"

舍姆斯丁气愤地说：

"你说清楚点儿！"

"你把你的家产形式上卖给你的妻子，这样一来，萨马哈就会感到无望了，然后不用赶，他自己就会走开！"

舍姆斯丁感到心一沉，求救似的说：

"或许他要报复我的！"

"不用担心！只有我在，他成不了什么气候！"

舍姆斯丁亲眼看到渔网已经张开了口，渔人也露出了犬齿。前景难测，或许是贫困，或许是死亡，或者二者兼备。他无法接受，也无法拒绝。他乞求道：

"容我考虑一下……"

头领脸一板，愤恨地说：

"我从来没听到过这样的话……"

舍姆斯丁央求道：

"容我稍稍想一想……"

苏姆阿·凯勒拜什站起来，说：

"明天见！你有一夜的考虑时间……"

五十一

舍姆斯丁眼都没合，桑拜莱和衣就睡着了。为了御寒，舍姆斯丁把头包得严严实实，然后熄灭了灯。他在黑暗之中看到了鬼影，看到了过去所有死人的影子。原先他是那样坚强，为何如今这样颓废？难道说他没有挑重担吗？难道他不是以极大的耐力来承担那些重担吗？难道他不是一直保持着严肃认真、刚正不阿、坚忍不拔的品格吗？怎么到了继承事业的时候，自己却如此软弱无能呢？之所以发生这种看见鬼影的事,是因为舍姆斯丁陷入了恐怖的深渊。害怕是一切灾难的根子,他害怕他的儿子,因此把儿子赶走,接着休掉了孩子的母亲,此后,他便迈开双脚踏入了鬼穴。他没有正确的思想,也缺乏锐利的眼光。健全的智力怎么会生在胆小怕事的人的头脑里呢?当他同恐惧症景象斗争的时候,他以自负的态度对待现实生活。他名声败坏,罪恶多端,受人歧视,这一切都没有把他压倒,他在淫乱的基础之上建立了一个高贵的家庭。他的生活获得了成功,他变得有钱有势。今天,有人要求他放弃财富;明天,萨马哈要杀死他;后天,萨马哈就要被判罪,苏姆阿·凯勒拜什将得到金钱财产。

在漆黑之中,鬼影对他说:

"你不要杀死你的儿子!也不要让你的儿子杀死你!不要向暴君屈服!不要向恐怖投降!你要变失望为希望!当你面临困难时,你就在死亡之中寻找高尚的慰藉吧……"

屋外寒风凛冽,酷似哭声。他沉浸在幻想之中,驰骋着他那想象力:某天晚上,阿舒尔将在他那不朽的地下宫殿里倾听着飕飕的北风……

五十二

清晨,天下着蒙蒙细雨。这细雨之中饱含着清新、振奋的气息,天气凉得透骨。舍姆斯丁手拉着一根粗棍子在泥泞中蹒跚走动。苏姆阿·凯勒拜什盘腿坐在长凳子上喝着咖啡,对舍姆斯丁表示欢迎:

"舍姆斯丁师傅,欢迎你……"

苏姆阿·凯勒拜什把他叫到自己的身边坐,舍姆斯丁靠近他坐了下来。苏姆阿·凯勒拜什小声地问道:

"我们开始办出售手续吧!"

舍姆斯丁从容不迫地回答道:

"不……"

"不?"

"既不卖,也不买。"

头领的脸色立刻蜡黄了,说:

"好一个疯子的主意!"

"不,这是正确的……"

苏姆阿·凯勒拜什的脸上露出凶相。他说:

"你靠着与我是亲戚?"

舍姆斯丁平心静气、从容不迫地说:

"我首先依靠安拉,其次依靠自己!"

"你敢向我挑战?"

"不,我只不过是向你说明我的看法而已……"

苏姆阿·凯勒拜什听了十分恼火,狠狠地打了舍姆斯丁一巴掌。舍姆斯丁因此火冒三丈,以更猛烈的力量还击了对方一嘴巴。接着,两个人便厮打起来,顷刻之间,进入了残酷的肉搏战。舍姆斯丁身强力壮,而且年纪比苏姆阿·凯勒拜什小十岁,但他没有练习过搏斗。刹那间,头领手下的打手从四面八方赶来,出乎意料的是,萨马哈也夹在他们中间。遵照传统习惯,他们分别包围了搏斗的双方,没有参与搏斗。苏姆阿·凯勒拜什看准空档,集中全身力气,给了舍姆斯丁致命一击,终于制服了敌手。就在这个时候,萨马哈突然出现了,抡起木棒,狠狠地朝苏姆阿·凯勒拜什的头上打去,只见这位不可一世的头领一躬身,便倒在地上。头领的打手们一齐呐喊,纷纷向舍姆斯丁扑去;与此同时,另外一件意外的事情发生了,部分人站出来声援舍姆斯丁和萨马哈。他们高声喊道:

"无耻的背叛!"

接着,双方野蛮地厮打起来。只听棍棒噼噼啪啪地落在大汉们的身躯上,叫骂声随着寒风传向远方,只见鲜血流淌,衣衫破裂,店铺纷纷关上了门,车辆疾驶而过,人们聚集在大街两侧观战……各家门窗关了起来,呼喊声、呻吟声、叫骂声此起彼伏,响成一片……

五十三

　　舍姆斯丁带着重伤回到家里。萨马哈费了好大力气，勉强支撑着回了家，之后半死不活地倒在了床上，至于苏姆阿·凯勒拜什，他已经一败涂地，关于他的神话顷刻化为乌有，他手下的人也个个惨败而归。

五十四

　　事情真相在当天就暴露出来了。萨马哈想担当头领，他已经秘密地联络好了一帮人。他原来打算搞掉苏姆阿·凯勒拜什这个头领，并且把他父亲控制在他手里。当他发现苏姆阿·凯勒拜什和父亲搏斗时，他奋起保护他的父亲舍姆斯丁，并且公开向头领苏姆阿·凯勒拜什宣战。萨马哈的计划是成功了，然而他的生命却处在生死之间……

五十五

　　毛毛细雨一直下了一整天，天气充满寒冷和疲倦之意。泥泞的地上留下了一行行牲口脚印。舍姆斯丁师傅卧床不起，在桑拜莱离去之后，只有邻居照看他，生命危在旦夕。他合着眼，一句话都不说。从他那呆板的神态上，就可以看出他已经不省人事了。随着夜幕降临，舍姆斯丁便一命呜呼了……

盗粮济贫

——《平民史诗》故事之九

一

命中注定萨马哈·舍姆斯丁·贾拉勒·纳基能够死里逃生。他渐渐恢复了健康，恢复了体力。最近这场搏斗给他的脸上增添了新的伤疤，他的容貌变丑了，让人见了害怕，没有人同他竞争，他轻易地登上了头领的宝座，拥有至高无上的权力。萨马哈的母亲努尔·萨芭哈·阿基米为自己的好运气感到高兴，同时，也庆幸自己战胜了前头领苏姆阿·凯勒拜什的女儿、舍姆斯丁的小老婆桑拜莱。

桑拜莱回到娘家，她看到父亲已经衰弱得卧床不起了。在那里，她生下了舍姆斯丁的儿子，取名法特哈·巴布，这是她祖父曾用过的名字。舍姆斯丁的家产被他的两个儿子萨马哈和法特哈·巴布以及他的遗孀桑拜莱瓜分了。根据血统关系，萨马哈成了他弟弟法特哈·巴布的监护人，因惧怕萨马哈的强霸，故没有一个人提出异议。就这样，舍姆斯丁的巨额家产都落到了萨马哈的铁手之中。

萨马哈对桑拜莱说：

"你把我父亲丢下，让他孤苦伶仃地死去，现在你又来继承他的部分遗产，这是不合道理的。法特哈·巴布应该得到一份遗产，你一分也别想捞到手！你就把其中的一部分作为施舍，把另一部分当作对你的惩罚吧……"

二

萨马哈开始编造关于他自己的传奇神话。他到处说，尽管他和苏姆阿·凯勒拜什之间存在着分歧和敌对情绪，但他的搏斗只不过是为了保护他的父亲，另外一些人支持他，也仅仅出于哥们儿义气。其实，这瞒不过任何人，大家都知道他早有称霸的打算，并且联络了一些人，恰好遇上他父亲与苏姆阿·凯勒拜什之间发生争斗这一机会，他便借保护他父亲之名，一举实现了他的预谋。一些讨厌萨马哈的人谴责他，说他并没有尽到保护父亲的责任，他反而为他父亲的死感到高兴。但是，这些窃窃私语并没有传到萨马哈的耳朵里，他依然在得意地鼓吹自己的传奇故事……

萨马哈的权势就像一座大山在本街扩展开来。他把各街的头领都教训了一番，他在本区的地位提高了。他亲手恢复了本街的尊严和荣誉。他用他和他弟弟法特哈·巴布的钱建造了一幢房子，将他母亲努尔·萨芭哈·阿基米接到新房子来住下；他自己呢，则整日游逛、出没于酒馆、大烟馆和妓院之间……

三

苏姆阿·凯勒拜什去世了。桑拜莱有十个姐妹。不久，桑拜莱和当铺的文书结婚了。继父不欢迎法特哈·巴布，桑拜莱生了儿女后，继父待法特哈·巴布更坏。少年在痛苦的气氛中生活，与母亲形影不离，尽量避开那位文书继父。孩子越来越感到痛苦、孤单。法特哈·巴布天资聪颖，性情温顺，但没有一个人为他说情，因此，在他刚满九岁那年，桑拜莱便把他送到头领萨马哈那里去了。她对萨马哈说：

"法特哈·巴布是你弟弟，现在该跟你过日子了……"

萨马哈打量了法特哈·巴布一番，发现他长相英俊，形体单薄，表情苦涩。但是，萨马哈并不心疼他，说：

"看来他没有饿肚子！"

桑拜莱说：

"没有，但他身体很弱。"

"人们一看见他，谁都不会相信他的母亲和父亲都很强健！"

"是啊！"

萨马哈想甩掉这个包袱，于是说：

"你应该抚养他……"

话音未落，桑拜莱的眼泪夺眶而出，说：

"在我家里，他得不到幸福……"

萨马哈被迫收留了他，然后把法特哈·巴布带到母亲努尔·萨芭哈跟前。然而母亲也不愿意收养这个孩子，她对萨马哈说：

"我再也无力照看孩子了……"

其实，她是拒绝收养她的姐妹桑拜莱所生的孩子的。萨马哈一时不知所措。法特哈·巴布强忍着这种屈辱和痛苦。正在这个节骨眼儿上，努尔·萨芭哈的一位女友赛哈莱·达娅老太太走来，她自愿收养下了这个无处投奔的孩子。赛哈莱·达娅是一个无儿女的老寡妇，也是纳基家族的，住在宣礼塔主人贾拉勒的一幢楼房的两间地下室里。这位老太太心地善良，十分珍视纳基家族的荣誉。法特哈·巴布得到了她的照管，第一次过上了温暖无忧的生活，这足以弥补他离开生母的痛苦。

四

有一天，头领萨马哈看到一位年轻漂亮的姑娘，感到由衷的喜爱，恨不得一下把她弄到自己的手里。只因为他坐在轻便马车上，一时不能如愿，但他认识了她的家门，从她那标致的容貌上，他发现姑娘与伊赫法蒂太太有说不出的相似之处，他便立刻悟出了其中的缘故。他终于弄明白了，她是珐尔道斯，是祖海莱所生的、已故拉迪·穆罕默德·安沃尔师傅的孙女。拉迪是宣礼塔主人贾拉勒的弟弟，他很想把珐尔道斯弄到手。这种强烈的愿望使他在他兽性一般的生活中第一次认真地想到这姑娘。珐尔道斯家有万贯巨财，开有粮店；她和他一样，门第高贵，同属纳基家族。这两点对他有强烈的吸引力。当萨马哈要求母亲向珐尔道斯求婚时，母亲不禁大吃一惊，同时，母亲也感到无比的高兴。萨马哈咯咯大笑着对母亲说：

"对我对她来说都满意，因为我们都是漂亮、疯狂、杀死男人的祖海莱的后代！"

萨马哈容貌丑陋，品行不端，完全应该被拒绝，然而谁又敢拒绝一位头领的求婚呢？

五

珐尔道斯和萨马哈结了婚。一个丑男和一位靓女组合在一个家庭里了。萨马哈本是位美男子，但棍棒给他留下了无法弥补的伤疤。他十分珍视他的门第和男子汉大丈夫气概。他成了家，过上了温暖舒适的生活。而后，萨马哈一跃而成了粮店经理，并且是巨财的真正占有者。在他的营业室里，他既要从事经营工作，又要进行争斗。这桩婚事给予了他幸福和青春，他过上了宫廷式的小康生活。他的房间里有华丽的陈设，不过只是限于在他的合法巢穴里，而且多半发泄在镀金的水烟袋和酒杯上。粮店经营管理工作使他懂得了爱惜金钱，注意积攒资财。他决心恢复他祖父——奇迹创造者贾拉勒的名誉，于是背着人开始把贵重的东西控制起来。

六

珐尔道斯认为自己天资聪明，而且运气好。她爱她的丈夫，她也得到了爱情和温暖，并且开始为丈夫生儿育女。珐尔道斯不遗余力地劝教萨马哈，期待他转变性格，劝他不要那样好斗，不要那么自负。她不敬重权势，但她也不否认权势的好处，她像纳基家族的其他人一样，也常常得意地谈起神话般的纳基家族的功业史，谈起纳基功业的公正、清廉。但是，她认为担当头领终究属于权势、地位之类的东西，她害怕当头领，因为那意味着崇尚贫穷、赞美英雄，而蔑视达官贵人、士绅名流。美好的回忆之中充满吉祥、自豪。她期望今天的事业能够实现美好的理想。萨马哈必须待在珐尔道斯的家里，在珐尔道斯透过金丝线面纱的目光监视下工作。这对于萨马哈来说，倒也没有什么不可以接受的。

日子一天天过去了。珐尔道斯生活得很幸福。富人们更加富了，而穷人则更加贫困了……

七

法特哈·巴布继续在学堂里念书，背诵《古兰经》。他来到新环境里，又得到那样的怜悯，打心眼儿里感到高兴，他的恐惧心理消失了，心中充满了欢乐和美好的幻想。

法特哈·巴布是个皮肤呈麦粒色的英俊少年，生着一对黑黑的眼睛，面色细嫩闪光，一笑两个酒窝；他身材苗条，显得聪颖可爱。他的母亲忘掉了他，而他也忘掉了自己的母亲。他一心想着的是赛哈莱·达娅老奶奶。他很敬重赛哈莱·达娅，把她奉若神明，他从她那里得到了从未想到过的幸福和温暖。

一次深夜谈天时，老奶奶对他说：

"我们都是一个祖宗传下来的，我们的老祖宗就是尊贵的阿舒尔·纳基……"

她一直津津有味地谈着过去，仿佛她十分珍惜过去的家族光荣历史。

"阿舒尔·纳基的门第是顶高贵的。他的父亲怕他受歹徒的虐待，于是把他带到了迈纳穆，并托付人把他丢到修道院的走廊里。如此往往返返，不计其日……"

法特哈·巴布不乐意人家说他的老祖宗是个被抛弃的婴儿，于是说：

"他的门第是最高贵的门第之一。他是在一个善良人抚养下长大的，成了一个健壮的青年。有一次，迈纳穆的一个财主要他到街上去抗灾，他便召唤大家一起出街行动，但是，人们却奚落他，挖苦他，嘲笑他。他无可奈何，只有带着妻儿老小痛苦地离开了。当他再返回那里时，他便把整条街从苦难和屈辱之中拯救出来；同时，安拉也把他从死亡之中拯救了出来……"

老奶奶开始给法特哈·巴布讲述阿舒尔的故事，讲起他的归来，提到他在黎巴嫩的住处、功业和他的豪言壮语，小法特哈·巴布两眼充满了羡慕的泪花。

赛哈莱·达娅说：

"有一天，他突然隐没了。时间久了，人们都以为他已经不在人世间，其实呢，他没有死……"

法特哈·巴布惊奇而满怀希望地问道：

"奶奶，直到现在他也没死吗？"

"一直到将来！"

"那么，他为什么不回来呢？"

"只有安拉知道……"

"他会突然回来吗？"

"为什么不会呢？"

"我哥哥萨马哈知道吗？"

"当然喽，孩子！"

"他为什么不说呢？"

"谁知道呢！"

"他对那种黑暗、不公正满意吗？奶奶？"

"他绝不会满意的！"

"可他为什么一声不吭呢？"

"谁知道呢？孩子！也许他对人们向暴君妥协感到生气……"

法特哈·巴布沉默良久，然后又问：

"奶奶，那全是真的吗？"

"你奶奶会说谎吗?"

八

法特哈·巴布常常出入学堂大门。在每一个地方,他都能够看到他祖先阿舒尔的形象。同样,祖先的形象也浮动在他的心田里和想象中,活跃在他的思想里和希望中。在小清真寺里,在道路上,在牲口饮水槽旁,他都能看到他祖先的形象。他的两眼常常望着那堵古墙,望着那紧闭的门和那棵枝杈丛生的桑树。仿佛这一切也在注视着他的面孔。

空气依然是那么清新湿润,滋润着心、肺,他满怀愿望和梦想。似乎世间有一种看不见的东西,使他感到快乐、有味,踏实想象着,这种东西总有一天会到来的。他那诚实的奶奶就是这样说的。他将挥动他那带节疤的手杖。只要他的手杖一挥,丑八怪萨马哈就会消失,随之,萨马哈的暴虐、贪婪及他手中的钱财也将化为乌有。到那一天,平民们便会满面春风,欢庆得救,畅游在光明的海洋之中;那座疯狂的宣礼塔将会倒塌,背信弃义、愚昧鲁莽将被掩盖在它的废墟之下。他热爱他的祖先,他期望得到祖先的宠爱,然而他只有一丝薄弱的幻想,没有力量。他从哪里得到这种力量呢?

九

法特哈·巴布长大成人了,赛哈莱开始考虑他的未来,便跑去找街长穆加希德·易卜拉欣大叔商量。街长对她说:

"给他选个职业吧。"

赛哈莱喜气洋洋地说:

"他可是学堂里教出来的一个好学生。"

街长问她:

"难道不认识珐尔道斯太太?"

赛哈莱回答之后,街长又对她说:

"找珐尔道斯太太说说法特哈·巴布的事吧!我将在萨马哈师傅面前尽力美言几句……"

十

赛哈莱对珐尔道斯太太说:

"法特哈·巴布是个好孩子,也是你们的骨肉亲人,他最有权利、最适合在他哥哥的店里工作……"

珐尔道斯太太表示欢迎,并且答应说服她的丈夫。

十一

萨马哈仔细打量了他弟弟法特哈·巴布一番,轻蔑地说道:

"身材这么苗条,像个姑娘一样……"

赛哈莱说:

"天生是这样,各有各的用场……"

萨马哈冷淡地问道:

"他能有什么用?"

"他能背诵《古兰经》,他能写会算……"

萨马哈转过脸来,盯着法特哈·巴布,嘲笑似的问道:

"你是忠诚可靠呢,还是像其他名门大户的人一样手长呢?"

法特哈·巴布热切地说:

"我敬畏安拉,敬重我的祖先……"

"你的祖先就是宣礼塔的建造者贾拉勒吗?"

"我的祖先是阿舒尔·纳基!"

萨马哈面色顿改,勃然大怒。赛哈莱急忙说:

"这孩子是无辜的……"

萨马哈粗野地说：

"你的祖先阿舒尔就是第一个教唆我们行窃的家伙！"

法特哈·巴布茫然不知所措，心中十分痛苦。赛哈莱担心这一句话会把路封死，于是说：

"我担保他忠诚可靠，至于阿舒尔，安拉最清楚……"

就这样，法特哈·巴布来到了萨马哈粮店的库房，当上了仓库保管员的助理……

十二

法特哈·巴布忘我地工作。仓库在地下室，库房有整个粮店面积那样大，货架上和地面上堆满了粮食麻袋。因为每日要出货进货，所以磅秤不停地称，法特哈·巴布的手也随之不住地登记。为了审核他的工作，他每天早晨要拿着账本去找他的哥哥萨马哈，让他亲自查看进出货情况。萨马哈见弟弟积极、机灵、能干，由衷地感到高兴，而且发现他可当自己的耳目，正好代替他监视仓库保管员。萨马哈用自己的习惯话语说：

"我喜欢勤谨的人，讨厌懒汉……"

十三

按照赛哈莱的嘱咐，法特哈·巴布登门去拜谢萨马哈师傅的母亲努尔·萨芭哈·阿基米。努尔·萨芭哈那美丽的容貌已不复存在了，只见她无精打采勉勉强强地欢迎着法特哈·巴布，仿佛她不能忘记自己所遭受的虐待。她突然问法特哈·巴布：

"你妈妈桑拜莱好吗？"

法特哈·巴布委屈地说：

"因为继父讨厌我，我就离开了妈妈。自打我们分开之后，我还从未看到过她!"

努尔·萨芭哈懊恼地说:

"她没什么借口可找,她是个没心肝的女人……"

法特哈·巴布辞别了努尔·萨芭哈·阿基米,希望不再看见她……

十四

照奶奶的旨意,法特哈·巴布拜访了珐尔道斯太太。太太十分同情他,太太的美貌、文雅也使他惊叹不已。珐尔道斯太太说:

"听说你勤快肯干,我非常高兴。"

但是,法特哈·巴布发现她没有把他介绍给她的孩子们,也许她不乐意让他们认他这样一位普通工人的叔叔。这使法特哈·巴布感到伤心,但他装作不知道,忘记了这码事。

他告别了珐尔道斯太太,但她的美貌、文雅却深深地刻在他的记忆中,他也暗下决心,以后决不再来看她……

十五

法特哈·巴布工作出色,从而深得信任和赞扬。他开始学着大人的样子,蓄起了小胡子,缠上了头巾。他认识了到小清真寺去的路,他与赛义德·奥斯曼长老的联系加强了。每当夜幕降临,他便到咖啡馆里坐上个把小时,喝杯咖啡,抽抽水烟,之后他也不回奶奶家,而是到修道院广场上去逛,他已经迷上了那里的歌声。

十六

有一种无名的痛苦正在冲击着法特哈·巴布的神经。他的心中充满着春情,燃烧着看不见的火焰,美人的容貌搅得他心神不定,女人的声音使他心头颤动。朋友们引诱他去酒馆、大烟馆和妓院,然而,件件往事在他的耳边呐喊,提醒他千万留神别上当。伤心的往事使他回想起宣礼塔、各种不正当的行为以及毁坏他家庭的嗜好。奶奶仿佛完全了解他的实际思想情况,一天,奶奶对他说:

"你该结婚了……"

他对奶奶的这个想法感到高兴,从而找到了久久寻找的摆脱苦恼的办法……

不料风云突变,天际阴沉,紧接着吹来一场意外的风暴……

十七

街外传来窃窃私语,而且夹杂着一种离奇的告诫,说什么某年洪水不会太大,或者根本不会发大水。这到底意味着什么呢?还说什么灾难相继而来,会把一切都消灭掉。难道真的会这样吗?此外,还传说什么土地颗粒不收,也许到那时候一点儿吃的东西都没有,聪明人现在就应该动手积存粮食,准备度荒。那些有能力的人们果然照此行动起来了,而平民们则在一旁看笑话,他们不相信用汗水换不来粮食,他们不去求人施舍救济……

空气中充满灰尘,天被染成土黄色,恐怖的幽灵日夜活动着……

十八

灾荒滚滚而来。物价每时每刻都在上涨。天空中布满了乌云。由于食品短缺,食品商只能半天开门营业,半天关门休息。一时间怨声载道,呻吟声此起彼伏。面粉铺、豆子店门前人山人海,犹如游行示威。人们的话题除了食品还是食品,在酒馆、烟馆和咖啡馆里,也听不到谈论别的事情。眼见星星之火已燃成燎原之灾,就连那些名流绅士们也纷纷抱怨起来,然而又有谁会相信他们的话呢?因为眼见他们个个面色红润、容光焕发，在他们身上找不出任何饥饿的痕迹。酒店老板安拜图说：

"那是一场瘟疫！"

物价仍然在上涨，尤其是粮食价格涨得更加厉害。萨马哈叫道：

"剩下的粮食连喂鸟都不够了……"

一天夜里，法特哈·巴布对奶奶说：

"奶奶，他说的全是谎话，粮库里满满当当的呢……"

他对奶奶说：

"粮食又要涨价了……"

奶奶怜悯地说：

"孩子，小心你的舌头……"

法特哈·巴布伤心地说：

"萨马哈是个畜生，没有半点儿人心……"

十九

灾荒接踵而至，物价发疯似的上涨。蚕豆、豌豆、茶和可可粉奇缺；大米、白糖从市面上消失了；就连发面饼也供不应求了。人们的神经紧张疲倦。盗窃案件接二连三地发生。有一些夜行人，路过人家家门时拿起东西就走。土匪集团也活跃起来了，他们个个膀阔腰圆，挥舞着锋利的匕首和短剑，提高嗓门还叫喊礼貌、团结呢！

无情的岁月露出了它那尖锐、残忍的犬齿；饥饿之神就像那疯狂的宣礼塔一样越来越高大。传言中，人们在吃马肉、驴肉、狗肉、猫肉，不久之后，还会出现人吃人的局面……

二十

在那寒冷、悲凉的时刻,一个罕见的日子仿佛从另一个世界降临到了人间。

头领萨马哈的女儿伊哈桑与木材商店老板的儿子成了亲。结婚那天,要在本街举行一个前所未有的盛大晚会,有意向时间和饥饿挑战。珐尔道斯太太宣布,请全体平民饱餐一顿。举行婚礼的时刻到了,饥民们纷纷聚拢而来。招待员头顶着餐盘一出现,平民们便扑过去争抢食物,他们推拉拥挤,互不相让,宛如暴风中的沙尘。由于争抢多少不均,便打架搏斗起来,直打得鲜血和肉汤交融在一起,人们被淹没在喧哗、嘈杂、骚乱之中。一群人冲向酒馆,把酒馆洗劫一空,吃光了那里的酒菜,喝干了桶中的啤酒。之后,他们又冲向大街,兴高采烈,欢呼雀跃,抄起砖头瓦块向废墟中的怪物砸去。整条街陷入狂呼乱叫之中,一直喧闹到次日拂晓……

二十一

第二天,本街又出现了一次恐怖活动。萨马哈的手下人分布在本街的各个地方,头领本人则在那座圆屋顶到广场入口之间徘徊。平民们并没有能免于打骂和凌辱。恐怖气氛蔓延开来。大街上连一个行人都看不到;店铺普遍关门上锁;咖啡馆和烟馆纷纷迁移;就连虔诚的信士,在大白天也不敢到小清真寺去做礼拜。

二十二

法特哈·巴布悲伤、失望地坐在奶奶身边。他说:

"我的祖先阿舒尔再也不会回来了！"

老人家用悲凉的目光凝视着他。法特哈·巴布又说：

"他仍在生我们的气！"

赛哈莱说：

"这些日子比闹瘟疫时还难过……"

"在修道院里，人们仍然在欢天喜地地唱歌！"

"也许他们在祈祷，孩子！"

法特哈·巴布担心地问道：

"难道他们不该向穷人慷慨地捐赠出他们的一部分东西吗？"

赛哈莱说：

"不能责怪他们……"

"他们有桑树，有土地，而且他们的土地上都种着庄稼……"

老奶奶摆着手，示意他不要说这些话。他又叹息着说：

"我哥哥萨马哈本人就是个魔鬼……"

二十三

黑暗里，突然闪现出一丝光明；沉寂中，突然听到低声细语。家家户户都知道了那个秘密。他们试图保密，然而他们自己就生活在秘密之中。突然之间，有一袋食物落到一个人的手中，接着听到低声细语："这是阿舒尔·纳基给的。"瞬时间，那人影便消失在夜色之中。

这样的事发生过多次：一次发生在地下室；一次发生在走廊里；多次发生在那片废墟之间。平民们窃窃私语，他们本能地知道，这是冲着他们来的。他们从幽静世界中得到一口饭吃，他们知道，奇迹正在夜深人静时刻出现。怜悯的窗口已经打开，沉寂世界的坚壁正在开裂，一位无名人士正窥视外界。平民们血管里的血流动起来了，他们生存的心脏重新开始跳动起来。

救命的食品袋伴随着阿舒尔·纳基的低声细语……

二十四

人们陶醉在欢乐的气氛之中,他们欣喜地交谈着。人们重复着阿舒尔·纳基的名字。他们不提食品袋,只是说阿舒尔在深夜里出现了。萨马哈手下的人讥笑这种迷信说法。他们说,他们都在守夜,但一个人也没有碰到过这种时候。萨马哈把小清真寺长老赛义德·奥斯曼谢赫叫来,对他说:

"人们都饿疯了……"

谢赫点点头。萨马哈又说:

"你听到有人说阿舒尔复活了吗?"

谢赫点头示意听说过。萨马哈问:

"你有何看法?"

"此话不可信……"

"而且那也是一种不虔诚的表现……"

谢赫赞同地说:

"的确是一种不虔诚的表现……"

萨马哈坚决地说:

"请尽你的责任吧……"

谢赫开始向人们发表演说,号召人们警惕那种迷信说法和不虔诚的行为。他说:"如果阿舒尔真的复活了,那么,他就会为你们带来食品了。"平民们纷纷挖苦他,奚落他,更加相信阿舒尔真的复活了。

二十五

黑夜变成了一条神秘的渠道,将人们的灵魂联系起来。天空中充满了神秘的低声细语。当人们不注意的时候,热情的低声细语源源不断地涌来。有人问道：

"你就是阿舒尔·纳基吗？"

但低声说话的人就像游魂似的，眨眼之间便消失在夜色里。

这低声细语可以把熟睡的人唤醒，它告诉人们仓库里堆满了粮食。这低声细语诅咒那些贪得无厌的人。饥民们的头号敌人不是干旱，而是贪婪鬼。这低声细语问道：难道说冒险不比饿死更好吗？这低声细语提醒人们说：有那么一段时间，匪团首领睡熟了，他们的力量随之消散。这低声细语问道：如果人们一起出动，那么，寡怎能敌众呢？这低声细语鼓励人们：有阿舒尔·纳基和你们在一起，你们还犹豫什么呢？

黑夜变成了一条神秘的渠道，将人们的灵魂联系起来。天空中充满了神秘的低声细语，幽寂的世界里蕴藏着一股无声的力量……

二十六

为了查清来历不明的食品的秘密，另外一股力量在不停地工作着。萨马哈在他的粮店里揭出了一件事，仓库保管达米尔·哈斯尼当即惊叫了一声，急忙说：

"师傅，有安拉做证，我是无辜的……"

萨马哈粗野地说：

"仓库里的东西丢了一多半！"

"师傅，我是无辜的……"

"你就是罪犯，你还敢为自己开脱罪责！"

"您不要冤枉一个用自己的生命为您服务的人！"

"你是拿着钥匙的。"

"每天晚上，我都把钥匙交给你……"

"但我每天早晨都还给你……"

"也许在交还之间的时间里仓库被盗了……"

"我不知道！"

达米尔·哈斯尼恳切地说：

"照那么说，那个小偷就是不经许可就能随意出入你办公室的人了！"

萨马哈的眼里闪出一束火辣辣的光，仿佛在召唤群魔立刻倾巢出动。他满面怒气道：

"你如果撒谎，我就把你干掉！你这个该死的罪犯……"

二十七

夜色漆黑，法特哈·巴布摸索着悄悄地来到了仓库门前。他小心翼翼地扭动了钥匙，轻轻地推开了仓库门，他把门带上之后，凭借着记忆，大步朝前走去。

一盏灯突然亮了，整个仓库顿时通明。法特哈·巴布惊慌失措，像钉子一样钉在原地，一动也不动。一张张阴森、残暴的面孔呈现在灯光之下，其中就有萨马哈、达米尔·哈斯尼，还有萨马哈集团里的几个人，所有的目光一齐凶狠地朝法特哈·巴布射来。死一般的沉寂刺穿人们的心扉，又像蛇的叫声响在人们的耳际。野蛮人吐出的热气简直能使空气燃烧起来。哥哥萨马哈死死地盯望着他，这凶狠的目光穿透了他的胸膛，摘除了他的五脏六腑，他感到有一种毒汁正在他的腹中蔓延。法特哈·巴布完全败露了，他已经面临死亡的深渊。希望正从他的身上悄悄溜走，他完全陷入了失望的汪洋大海之中。他漠然地等待着判决令，仿佛那是专为别人准备的。

一个冷漠的声音仇恨、挖苦地问他：

"天这么晚，谁叫你来的？"

法特哈·巴布说：

"我是为了拯救生灵免于死亡而来的……"

"善待你的人就该得到这样的报应吗？"

法特哈·巴布从容不迫地说：

"这是我应该做的……"

"那么你就是阿舒尔·纳基了？"

法特哈·巴布沉默不语。萨马哈凶狠地说：

"阿舒尔师傅，我要把你倒挂在库房顶上，直到你的灵魂一点一点地纯洁起来……"

二十八

事件发生了。沉积在平民心底里的窃窃私语化成了一股不可战胜的强大力量。一股前所未有的洪流荡涤着整条街道。平民们自动分成若干小组，每个小组悄悄潜入萨马哈集团的一个成员家里。黎明前，趁人们熟睡之机，他们完成了这所有布置。按照约定的时间，平民们出其不意，攻其不备，突然向萨马哈集团的成员们发动攻击，以多胜少，把他们打得落花流水，将他们的家财抢劫一空，揭掉了他们神秘的假面具，他们的神气烟消云散了。黎明时，人们再也听不到他们的呐喊声了。平民们洪水般地涌上街头，冲进他们的店铺，把里面的东西抄得一干二净，然后将店铺捣毁。他们攻击的第一个目标就是萨马哈的粮店。那粮店里一个人都没有，平民们冲进去，把那里的谷物抢个颗粒不剩。突然，他们发现法特哈·巴布被吊在库房顶上，只见他两臂下垂，看上去已经不省人事昏死过去了，于是赶忙松开绳索，把他平放在地上，法特哈·巴布已是半死不活了。

平民们完全控制了整条街。当东方透出第一缕晨光时，人们从窗口、阳台往外一看，禁不住大吃一惊，随后欢呼起来。就在这个时候，头领萨马哈的店铺门打开了，一个鬼怪似的人，拖着根棍子出现在人们的眼前……

二十九

所有人的目光都盯着萨马哈。人们咬牙切齿、怒气冲冲地站在那里，谁都不吭声。眼前就是往日吓人的野兽，然而人们陶醉在胜利之中，一点儿也不感到害怕。也许萨马哈盼望着他手下的人出来支持他，但他全然不知道他们都怎么样了。当然，他总会知道究竟发生了什么事情，虽然他不能弄个一清二楚。如今，他单枪匹马地面对着众多平民百姓们，他手中只有一根手杖。他高声问道：

"这是什么意思？"

没有一个人回答他。他听到从窗户里发出欢呼声，又问：

"野小子们，你们干了什么事？"

没一个人作声。人们既不失望气馁，也不趾高气扬。萨马哈粗野地问道：

"龟儿子们，你们到底干了些什么？"

平民们异口同声地喊道：

"别忘了你的祖宗……"

话音未落，萨马哈一蹦三丈高，挥动着手杖喊叫道：

"如果你们当中有哪个是硬汉子，就给我站住，别动！"

人们顿时鸦雀无声，但没有一个人后退。萨马哈想扑过去，正在这时，法特哈·巴布突然出现在人们面前，他面色憔悴，两脚一瘸一拐，他扶着墙高声喊道：

"用砖头砸死他……"

刹那间，平民们沸腾起来了，砖头块飞也似的朝萨马哈投过去。在砖雨之下，萨马哈的凶狠气焰完全消失了，只见他头上淌出鲜血染红了他的脸和衣衫。他筋疲力尽，踉踉跄跄地后退而去，手杖也跌落在地上，紧接着，那笨重的躯体倒在了自家的门槛上……

平民们一齐冲进萨马哈家。萨马哈的家眷纷纷从自家屋顶上逃向邻居的屋顶。这位头领的家财被平民们抢劫一空，房舍被捣毁，只剩下断壁残垣，一片废墟……

三十

法特哈·巴布在这场战斗中的作用很快传播开来，而且越传越近乎神话，于是被拥戴为本街的头领。面对这种情况，小伙子受宠若惊，一时不知如何是好。然而，胜利并没有冲昏法特哈·巴布的头脑，赞扬也没有使他迷失方向。有生以来，他手没有抓过棍棒，身体瘦弱，不堪一击。他对拥戴他的人说：

"让我们另外挑选一个人当头领吧！我们再和他定个约法三章，让他照阿舒尔的榜样重振功业……"

平民们情绪激动地高呼：

"你当头领！只有你当，别人不行！"

就这样，在没有任何竞争对手的情况下，法特哈·巴布·舍姆斯丁·贾拉勒·纳基登上了头领的宝座……

三十一

董古尔和哈米达是原头领集团的老团员，多数人都听他俩的话，由于他俩的努力，保住了事业的尊严。法特哈·巴布神机妙算，靠着这次暴动的影响和平民们的支持，实现了他的绝对统治。

就在那些日子里，努尔·萨芭哈·阿基米去世了。珐尔道斯太太和她的儿女们搬进了努尔·萨芭哈的住宅，从此以后，拉迪一家便从一个阶层降到了另一个阶层。

三十二

人们渴望公正。平民百姓们的心里充满了希望,而士绅富豪却满心恐惧。法特哈·巴布认为,实现公正,势在必行,一天也不能拖延了。他对助手们说:

"我们应该恢复阿舒尔·纳基时代……"

董古尔、哈米达积极活动起来,到处做好事,给人们以种种许愿和希望,人们同原头领集团成员之间的对立情绪开始消散。但法特哈·巴布发现了那两个人以他的名义进行募捐并且私自分掉捐赠物品。他还发现集团的一些人仍然享受着他们的特权,霸占捐赠物资,过着好逸恶劳的闲散生活。这不禁使法特哈·巴布又担心、恐惧起来。他召集手下的人,对他们说:

"公正在哪里?阿舒尔时代在哪里?"

董古尔说:

"现在情况不同了,以后我们应该一步一步地往前走……"

法特哈·巴布生气地说:

"实现公正,刻不容缓……"

董古尔以新的勇气说:

"你手下的人也像其他人那样生活,他们是不会满意的!"

法特哈·巴布热切地喊道:

"如果不从我们自己做起,那么好的局面是出现不了的……"

"如果从我们自己做起,那么事业的柱子就要动摇了……"

"难道说阿舒尔不是自食其力的吗?"

哈米达说:

"那样的岁月一去不复返了……"

"不能复返?"

董古尔慢条斯理地说：

"一步……一步……慢慢地来……"

如果他是真正的头领的话，那么他是可以一言为定的。他不由得伤心地自问道：

"我没有祖先阿舒尔那样的权威，能起什么作用呢？……"

难道平民百姓们忘记了他们那势不可当的威力了吗？

三十三

在失望、愤怒的时刻，法特哈·巴布向董古尔、哈米达声明，他将宣布辞去头领的职位。董古尔、哈米达着了慌，一齐劝说法特哈·巴布，劝他别生气，并且答应按他的要求办。两个人跑去见街长穆加希德·易卜拉欣。董古尔对街长说：

"我们的头领性情急躁，我们与他没有共同见解，你看怎么办？"

老头儿不耐烦地说：

"他想恢复纳基时代，是吗？"

"正是。"

"他还想让平民们高居社会上层，而让士绅富豪忍受屈辱，看我们的笑话！"

董古尔忧郁地说：

"他已经用放弃职位来威胁了……"

穆加希德·易卜拉欣喊道：

"现在不能让他退出头领地位，先这样维持一段时间，一直到平民们自认为他们不过是平民而已，等他们完全忘记了他们的奢望，法特哈·巴布的要求也实现了一半时，我们就可以高枕无忧了……"

哈米达生气地说：

"要么实现全部要求，要么放弃全部要求，这才是他的理想呢！"

穆加希德·易卜拉欣眉头紧皱，思考片刻之后坚持说：

"就是用武力,也要让他当一段时间头领!"

三十四

在法特哈·巴布的简陋寓所里,董古尔、哈米达来拜访头领。当屋里只剩下三个人时,董古尔对法特哈·巴布说:

"我们尽了很大努力,但我们遇到了高山似的障碍,团里的人都发怒了,他们拼命威胁……"

法特哈·巴布惊慌失措地说:

"但你俩是最有实力的……"

"他们人多,他们想造反……"

法特哈·巴布说:

"我将放弃头领宝座!"

哈米达说:

"你如果这样做,那我们就不能保证你的生命安全……"

董古尔说:

"你千万不要离开家!走出一步,你都会把命送掉!"

三十五

法特哈·巴布得知自己的处境危险,便对奶奶赛哈莱说:

"我成了一个被围困的俘虏了!"

老太太叹了口气,说:

"没法子!你的希望已经实现了一半,也该心满意足了……"

法特哈·巴布深感悲伤地说:

"背弃我祖先一时,我都该死!"

"你怎么顶得住武力挑衅呢?"

法特哈·巴布边思考边含含糊糊地说:

"还有平民!"

老太太担心地说:

"你还没联络上一个人,他们就把你的命害了!"

三十六

法特哈·巴布一直处于被关押状态之中,谁都不知道他的心事。他有时说自己心里烦闷,有时说自己有病。若干只眼睛日夜在监视着他,就连奶奶也不让他出门。他清楚地知道,他的生命与平民百姓们的命运息息相关,当平民们口头流传的神话消失的时候,他也就会化为乌有。歹徒集团里的人加紧预防,他们也没有放松对平民们的监视,而且不断地制造恐怖事件。

有一天,哈米达向董古尔发动突然攻击,战胜了董古尔。从此以后,哈米达自荐登上了集团的第一把交椅。当平民们对他感到满意时,他便宣布自己为本街的头领。

法特哈·巴布以为他的囚禁期该结束了,关押着他再也没有什么理由和意义了,于是对新头领说:

"过去的事情就让它过去吧!请允许我像其他人一样,自食其力,过平常的日子吧……"

但是,哈米达拒绝了他的要求,并且说:

"你出门不安全,就在家里待着吧!糊口之资自有人送来,无须花费力气!"

三十七

法特哈·巴布的名声和斗争就这样结束了,宛如终日乌云遮天,突然闪出一束灿烂的阳光,转瞬之间便荫翳了。

一天早晨,人们终于找到了法特哈·巴布,然而他已经是一具碎尸，撒落在那座宣礼塔下。有的人悲痛欲绝，有的人幸灾乐祸。现场表明，法特哈·巴布因为在他自己手中失去头领宝座而痛苦不堪，竟然疯了，于是趁漆黑夜色，悄悄地来到他那位疯祖父建造的宣礼塔下，登上塔顶，然后跳塔自尽了……

　　法特哈·巴布的名望和斗争就这样结束了。

桑树和竹棍

——《平民史诗》故事之十

一

法特哈·巴布的死，使整条街从玫瑰花的梦中苏醒过来了，接着沉没在痛苦之中。刽子手哈米达的阴影遮住了天日。

在纳基的后代当中，就只剩下面孔丑陋的萨马哈的遗孀珐尔道斯所生的几个姑娘和一个男孩儿拉比阿·萨马哈·纳基了。几个姑娘已经化为本街的平民百姓，至于拉比阿，他也越过越穷。他母亲手中的钱所剩无几，拉比阿在咖啡店当了个记账员，过着十分朴素的生活。尽管如此，他却总认为这也该归功于纳基家族，他没有向任何人乞求怜悯。平民们普遍怀念阿舒尔、舍姆斯丁和法特哈·巴布的功绩，他们对纳基家族中背叛纳基时代、与罪犯和流氓同流合污的那些人深恶痛绝。

拉比阿想与高贵门第攀亲，但他的要求遭到了拒绝，因此，他立刻醒悟到是因为自己家境贫寒、工作低贱。贫困往往会暴露自己的家庭缺陷，富裕则常常能把自己的缺陷掩盖起来。由于拉比阿家贫，人们便常提及他父亲萨马哈是丑八怪、贾拉勒疯疯癫癫、祖海莱无理杀夫、齐娜特卖淫为业，就连努尔·萨芭哈·阿基米也是妓女出身，还有一系列嫖赌、犯罪之类的丑闻。因此，拉比阿整日里眉头紧皱、一筹莫展、心事沉重，他决计过独身生活。

珐尔道斯刚过五十岁便去世了，拉比阿被迫搬到一套只有两个房间的住宅，独自住在那里。他忍受不了这种完全孤独的生活，于是想找个仆人伺候他。一位三十岁的寡妇带着几个孩子来到了他的住所服侍他。这位寡妇也是纳基家族里的人，名叫哈丽麦·白尔凯蒂。拉比阿发现她勤谨、忠实、可靠，而且相貌生得不错，尽管她穷，但却很有骨气。她每日打扫房间，准备饭菜，然后回地下室休息。随着时间的推

移,拉比阿渐渐对她产生了爱慕之心,要求她做自己的情妇。但哈丽麦·白尔凯蒂断然拒绝了他的要求,并且对他说:

"先生,我要走了,再也不回来了……"

这么一来,拉比阿感到更孤单了。他实在忍受不了这种孤苦伶仃、无人过问的独身生活,他害怕生病、死亡,他急切地盼望抱儿养孙,于是要求和仆人寡妇结婚,那寡妇这次欣然表示同意。就这样,当拉比阿五十三岁的时候,他与哈丽麦·白尔凯蒂结了婚。拉比阿看到妻子不但善于操持家务,而且是一位虔诚的信女,他感到很高兴。拉比阿为妻子是纳基家族的后裔感到自豪;而他妻子也为自己的祖宗的荣誉感到骄傲。哈丽麦·白尔凯蒂接连生下了三个儿子,他们是法伊兹、杜亚、阿舒尔。拉比阿去世时没有给这个家庭留下分文,当时法伊兹十岁,杜亚八岁,而阿舒尔仅六岁……

二

只留下哈丽麦·白尔凯蒂一人应付生活了。她的亲戚都是平民百姓,爱莫能助,无奈只有自力更生。她知道应该依靠坚强意志生活,而不能靠眼泪。她卖掉了多余的简陋家具,搬到了只有一个房间带走廊的地下室去住了。她开始卖酸菜,卖旧衣服,此外还干些服务性的零活儿,如到浴池当服务员,为人家拉点生意等。她不再去诉说自己过去的苦难、伤心经历。她满面春风地接待顾客。她也没有中断对美好未来的憧憬。

哈丽麦·白尔凯蒂把孩子们送进了学堂。等到他们年龄适合时,法伊兹当了两轮轻便马车车夫,杜亚在铜匠铺当了搬运工,家庭生活状况稍有好转。哈丽麦·白尔凯蒂已年过五十,但现实生活仍然需要她继续外出干活儿。

在这个家庭,法伊兹是第一个了解家庭生活的孩子。他发现生活是那样艰难、苦涩。他责怪他从不相识的那些祖父、祖母们的罪孽。法伊兹个子修长、体态瘦弱、高高的鼻梁、两只眼睛狭小，生着个大嘴巴。他不顾他人的奚落、挖苦，强压怒火，一个劲儿地干活儿。他从母亲那里知道了家族史上光辉的一面；但也从街坊邻居那里了解到了家族史的黑暗面。在家里，他听过小清真寺、学堂和牲口饮水槽的事情；在外面，人们谈起那座宣礼塔，不免使他感到难堪。那宣礼塔本是他祖辈赫赫功绩的标志，如今却变成了商旅迁客下榻的地方。他常以惊异的目光注视着那高大的宣礼塔。他想象着过去的情景，他多么留恋已去的岁月啊！他一直想象着过去的事情，即使他赶着轻便马车奔跑在老区各个地方时，他的脑子也没有停止过漫长的思忆。啊！这就是人间，可我们应该怎样对待它呢？

三

听到了母亲和两个弟弟的话，法伊兹很生气。哈丽麦对他说：
"你祖先阿舒尔本是房主！"
法伊兹气愤地说：
"奇迹的时代一去不复返了。那些房子全落到别人手里了……"
"非法而来，非法而去嘛……"
法伊兹责怪地喊道：
"非法！"
"你就安分守己吧！你想怎么样？"
"我是个驴车夫，你是个最下等的仆人……"
"我们光明正大，自食其力……"
法伊兹哈哈大笑起来。原来，回来之前，他已经到酒馆里逛过一趟，在那里喝了两杯。

四

最小的儿子阿舒尔当了放羊娃，成了牧羊人艾敏·拉伊的伙伴和朋友，许多家把自己的羊交给他去放牧。阿舒尔赶着羊群到旷野上放牧，让羊儿尽情地沐浴着阳光，呼吸着新鲜空气，快乐地吃着青草。阿舒尔终日辛勤，只能得到一点儿糊口之资。因为三个儿子都能自食其力了，哈丽麦·白尔凯蒂打心眼儿里感到高兴。她感到生活正向她绽出清新的笑脸。生活中有欢乐，然而旧有的悲伤并没有消逝。在这种环境中，法伊兹年满二十岁了。在这幸福安乐的时刻，母亲问法伊兹：

"孩子，什么时候能还清你的债呢？"

法伊兹微笑了，这微笑令人难以捉摸。他说：

"妈妈，忍着点儿吧！全靠安拉，忍耐着吧……"

五

法伊兹出门没有按时回来。午夜已过，他还没有回来，阿舒尔便到酒馆里去找他。杜亚听说法伊兹在酒馆里，立即跑去寻找，但到了那里一看，仍然踪影全无。

次日一大早，哈丽麦·白尔凯蒂到马车行老板穆萨师傅那里去探听她儿子的下落，她发现穆萨师傅忧心忡忡，十分烦躁。老板对她说：

"一点儿消息也没有……"

母亲十分焦急地说：

"我们到警察分局去吧？"

穆萨说：

"到分局去也打听不到他的下落……"

然后，他又凶狠地嘟囔说：

"等吧,有安拉默助!"

日子一天天过去了。全家人惶恐万状、忐忑不安;而法伊兹仍然杳无音信。

穆萨师傅喊叫道:

"凭安拉起誓,我这里发生了盗窃案件。法伊兹偷走了轻便马车,躲藏起来了。这个该死的……"

哈丽麦·白尔凯蒂焦急地问:

"他在你那里工作了那么多年,你都不知道他忠诚可靠吗?"

穆萨生气地说:

"他狠如毒蛇……"

六

哈丽麦·白尔凯蒂哭了很久。杜亚、阿舒尔也哭了。几天,几周,几个月过去了谁都相信法伊兹是畏罪潜逃了。新头领哈苏奈·赛卜阿讽刺地说:

"他们原先是偷大楼,现在开始偷马车了!"

穆萨到小清真寺长老基里勒·阿里穆和街长尤尼斯·萨伊斯大叔那里告了状。两位管事人做出了判决:哈丽麦太太和她的两个儿子杜亚、阿舒尔理应照价赔偿车和驴。这家人无可奈何,忍着悲痛赔偿了车和驴钱。

七

一个事件发生了,与本街发生的其他事情相比虽算不上稀奇,但却震动了哈丽麦太太一家人的心。哈丽麦为头领哈苏奈·赛卜阿一家当仆人,她一分报酬不要,可是连一句感谢的话都得不到。这倒也没有什么奇怪的。出奇的是,哈苏奈成了统治、压迫这条街平民的最暴虐的头领之一，就连最贫困的人家他都不放过。他同别人争论，不是用口，而是用拳打脚踢。他到处制造、散布恐怖。他不但残暴，而且狡猾得像狐狸。为了防止法特哈·巴布时期那种命运降临到头领们的头上，哈苏奈·赛卜阿及手下人霸占了一整条街，不允许一户外人住在这条街上。哈苏奈·赛卜阿就把他的住宅建在这条街的尽头。

有一次，哈丽麦生了急病，迟误了修补铁桶的活儿。当哈丽麦送铁桶时，竟遭到哈苏奈·赛卜阿的臭骂和毒打。哈丽麦淌着眼泪回到家里，没有把自己的冤屈告诉孩子们。

杜亚有时也徘徊在酒馆门前。一次，酒店老板齐·阿来巴耶问他："难道你不知道你母亲出了什么事？"

杜亚因之蒙受了巨大侮辱，紧接着，这种耻辱又碰击了阿舒尔的心。杜亚心中怒火炽燃，但没有冲破地下室的墙壁；阿舒尔也因此陷入了痛苦的汪洋大海之中，他惆怅到了极点。

阿舒尔性格坚强，素有涵养。他那彬彬有礼的外貌掩盖了他那内在的强大力量，犹如绵里藏针。他总是昂着头，面孔粗糙，皮肤呈深褐色，两腮凸出，脸上显得冷酷无情。他感到痛苦，在地下室里待烦了，于是乘夜色走出了家门，径直朝修道院广场走去。他觉得，祖先阿舒尔的灵魂就栖宿在那里。他席地坐下，双膝夹着脑袋取暖。天气是那样的寒冷，天空中只有歌声在回荡。他听了许久许久，含含糊糊地说：

"爷爷啊，我多么难过！"

那歌词令人费解，隐隐约约地响在他的耳边：

> 没有和蔼的笑容，
> 我的生活哪有光明？
> 只有那漫长的黑夜，
> 伴随我度过残生。

八

这种耻辱深深地埋在阿舒尔的心底里,既不能消化吸收,也不能排泄出体外。

阿舒尔健康地成长着,茁壮挺秀,犹如一棵桑树。他身材高大,虽面孔粗糙,但很迷人,据说他颇像他的祖先阿舒尔。这位羊倌儿的外貌十分惹人注目。哈丽麦担心头领哈苏奈·赛卜阿找她小儿子的麻烦,于是告诫阿舒尔说:

"你千万不要逞强!你要装得怯懦一些,这样可以得到人们的同情。要知道,你的名字阿舒尔是我给你起的!"

阿舒尔聪明伶俐,无须劝告,他早有成竹在胸。白天里,他陪伴着他的师傅艾敏·拉伊赶着羊群去野外放牧,既不去酒馆,也不在烟馆或咖啡馆露面。他一直忍受着难言的痛苦。是的,那侮辱撕碎了他的心。他发怒,他恨不得把街上的房屋全部捣毁,让墓穴中的死尸统统复活。他没有颓废,他强制着自己的感情,他没有忽视埋伏、等候着他的暴力和棍棒。每当他感到心中烦闷的时候,他便到修道院广场上去散心,与夜幕交朋友,把精神寄托给夜半歌声。有一次,他不解地问道:

"他们究竟是在向我们祝福呢,还是在诅咒我们?"

又有一次,他伤心地问道:

"是谁给了我们这么多谜语让我们来猜呢?"

他长长叹了一口气,然后继续说:

"他们把门关上了,因为他们认为,像我们这样的人是不配进门的!"

有一次,他发现杜亚在地下室里大发脾气。杜亚说:

"如果不是因为我们变成了平民百姓,那么,我们的妈妈是绝不会遭到这种侮辱的……"

阿舒尔对他说：

"是平民百姓，还是绅士名流，这都无关紧要！谁要是甘受欺负，那么，他就总也摆脱不了受凌辱的地位！"

"我们应该怎么办？"

阿舒尔沉默良久，然后咕哝道：

"我不知道，哥哥！"

九

哈丽麦担心这盛怒情绪会引起什么不良后果，于是朴实、坦率地说：

"我所遇到的那件事，在我们这条街上也算不了什么侮辱！"

她决心让两个儿子度过那场灾难，于是认真地考虑起他俩的婚事来了。她已经失去了法伊兹，时光匆匆忙忙、毫无希望地过去了。

结婚将为这僵死的生活带来新的生机，同时也将使他俩变成思想深邃、行动敏捷、善避风险的男子汉。母亲问道：

"给你们俩都招个亲吧，好不好？"

兄弟俩都很高兴，因为他俩都是命中注定的穷汉子，所以很欢迎这个想法。哈丽麦说：

"我们要搬到更大一点儿的地下室去，住得宽敞一些，生活更方便些……"

哈丽麦选中了珐特希娅和舒克里娅姐妹俩。姑娘的父亲名叫穆罕默德·阿基勒，是穆萨·艾沃尔师傅车行里的饲养员，专门为车行喂养驴马。杜亚、阿舒尔都没有看见过那两位姑娘，然而两个小伙子都刚刚踏入青春大门，对任何女性都会想入非非的。

就这样，诵读了《开端章》。

十

　　街上突然出现了一位与众不同的青年人。看上去，这位青年身强力壮。他披着咖啡色的斗篷，脚上穿着红色长靴，头上缠着一条精致的条纹丝巾，手里拿着一副漂亮、高雅的念珠，大摇大摆地走着。第一个看到这个青年的是酒店老板齐·阿勒巴耶。当青年朝他微笑时，酒店老板才认出了他，遂喊道：

　　"谁呀？……法伊兹·本·拉比阿·纳基……"

　　人们的目光一齐朝青年望去，只见他得意地朝咖啡馆走去。哈苏奈·赛卜阿正在长凳子上坐着，青年走过去，弯下腰，吻了吻他的手，然后规规矩矩地站在那里。哈苏奈·赛卜阿边打量他边说：

　　"感谢安拉，潜逃的人这不是回来了吗？"

　　法伊兹说：

　　"这个区的权力要归还原主了！"

　　哈苏奈·赛卜阿别有含义地说：

　　"看起来，你聪明敏捷多啦……"

　　法伊兹恭恭敬敬地说：

　　"全靠安拉的恩赐……"

　　正当这时，穆萨·艾沃尔进了咖啡馆，接着街长尤尼斯·萨伊斯也进来了。穆萨喊道：

　　"在我们霸王的浩荡恩泽之下，实现社会公正！"

　　头领哈苏奈·赛卜阿呵斥他说：

　　"不要像驴一样叫……"

　　穆萨说：

　　"他卖掉了我的车和驴，然后用我的钱经商去了！"

　　头领问法伊兹：

"你拿着他的钱干了些什么?"

法伊兹说:

"在侯赛因区,趁我睡觉之机,贼把车子偷走了,因此,我就逃跑了……"

穆萨说:

"撒谎!……你这一身体面打扮是从哪儿弄来的?"

"靠干活儿,靠运气,靠安拉的恩赐……"

尤尼斯·萨伊斯嘟嘟囔囔地说:

"嘿!真有意思……"

法伊兹说:

"这都是我自己的钱。如果我是贼,那我是不会回来的。我现在回来了,正是为了偿还债务……"

法伊兹递给头领一个钱袋子,说:

"两个年头过去了,我一点儿税都没缴过。"

头领接过钱袋,他第一次微笑了。法伊兹又说:

"师傅,我首先是为了您才回来的。其次,还要探望一下亲人!"

哈苏奈·赛卜阿说:

"贼?……那没有什么关系!你很聪明,我相信你!"

穆萨·艾沃尔问道:

"师傅,我呢?"

尤尼斯·萨伊斯开口说:

"你已经从哈丽麦·白尔凯蒂太太那里拿到了车价驴钱……"

穆萨·艾沃尔说:

"实际上,他的钱都是我的钱……"

哈苏奈·赛卜阿说:

"穆萨也应该得到这么一个钱袋。"

法伊兹毫不迟疑,马上又递给头领一个钱袋。人们为这个公正裁决感到高兴,齐声高呼:

"安拉保佑……安拉保佑……"

但是，哈苏奈·赛卜阿把另一袋钱也抓在自己的手里，穆萨·艾沃尔的眼里闪现出失望的神情。头领对法伊兹说：

"现在，你该去看望你的家人了。"

十一

法伊兹看到母亲正在地下室前面等着他。原来母亲听到消息之后，就走出了地下室。这仿佛是在梦里，或者是奇迹般的会见，但无论如何，这是件大喜过望的喜庆事。母亲把法伊兹紧紧地搂在怀里，号啕大哭起来，反复念叨着：

"安拉，谢谢你……谢谢你，安拉……"

杜亚和阿舒尔回到家中，阖家团聚了，家中再度出现惊喜的气氛。在狭小的房间里，法伊兹在中间，就像干草垛中的一颗钻石，闪闪发光，照亮了锦绣前程。刹那之间，生活的希望像泉水般地流淌不止，那样动人心弦，简直连做梦都没有想过。全家人的感情发生了根本变化，整个家庭获得了新生。

法伊兹说：

"成功者必然遭人忌妒。关于我的流言蜚语肯定多如牛毛，但我是无罪的，有安拉做证……"

哈丽麦热切地说：

"我相信你……"

"出了什么事呢？……简单地说，就是我熟睡时，贼把车偷走了。我一时不知所措。也许这是个错误的决定，但我这样行动了……"

全家人的目光都望着法伊兹，人人喜上眉梢。法伊兹说：

"有好几天，我一直找不到活儿干。正当我发愁的时候，一位先生救了我。说来话长……之后，我在那位先生家里当仆人、做车夫，从而幸免于一些社会恶习的危害。我从那位先生那里学到了工作的秘诀。

自此之后,好运气向我发出了甜蜜的微笑。人不能没有运气,一张彩票使我发了大财,我决计单独干,并且获得了意外的成功……"

阿舒尔颇感兴趣地问道:

"哥哥,你究竟干了什么工作?"

"一句话说不清楚。你听说过掮客职业和投机生意吗?……我一无商店,二无铺面,于是就在路上、咖啡馆里签合同、做生意。这是一桩十分复杂的事,以后再详细说。但我不期望你们俩也干这一行,我已经为你们的未来设计好了有保障的蓝图……"

全家人高兴得面泛红光,心里有说不出的甜蜜,周围鸦雀无声,继续听下去。法伊兹说:

"至睿的安拉希望纳基家族恢复他们原来的显赫地位!"

阿舒尔小声地问:

"哥哥,你说的是当头领吗?"

法伊兹笑着说:

"不,不……我指的是体面、尊严!"

杜亚说:

"这多好啊!"

"这种贫穷的生活应该改变了!从今天开始,我们不再当平民百姓了!既不去当羊倌,也不去当脚夫!这是万能的安拉的意志……"

母亲喊道:

"这就是我日想夜盼的啊……"

法伊兹严肃地说:

"既然想好了,那我们就该毫不迟疑地着手去做。我的能力要求我做永无止境的旅行……"

十二

就像四季转变一样,决定性的变化降临了。转眼之间,哈丽麦·白尔凯蒂成了一家主妇，她不再去伺候人，也不再去贩卖杂货了。杜亚辞去了铜匠铺的搬运工作，阿舒尔也不去给人家放羊了。全家乔迁，临时住在四个居室的一套房间里。更可喜的是，法伊兹开始在当铺前的一片废墟上建造新住宅。他还买下了一家煤炭代理店，让两个弟弟经营。杜亚和阿舒尔坐在办公室里，披着宽大的斗篷，左右两侧不时散发着麝香和龙涎香的浓郁芬芳。

现实与梦境交错在一起，梦境中又夹杂着现实……令人眼花缭乱。当脱下褴褛衣衫、换上华丽服装时，小兄弟俩依然感到茫无头绪、惊魂未定，过了不多时，才真正陶醉在幸福之中。二人走上街，仿佛是要出征作战。兄弟俩的外貌吸引住了人们的目光。观看的人们之间有平民百姓，也有小孩子；有的讽刺，有的祝福；有的开玩笑，有的很认真；有的诚心祝贺，有的挤眉弄眼。在他俩的周围出现了一股自相矛盾的洪流。

法伊兹刚一露面，便以他特有的长处获得了极大的体面，他的地位稳定下来了。在天命面前，所有人都拜倒在了他的脚下。有多少颗心燃烧着忌妒的火焰，有多少颗心为无限羡慕所征服，又有多少颗心沉醉在无声的希望之中！

小清真寺长老基里勒·阿里穆和街长尤尼斯·萨伊斯聊天时，尤尼斯·萨伊斯望着阿舒尔说：

"听人们说，这小伙子的相貌很像他的祖先……"

"有差别！纯金与铜外镀金总归不一样！"

十三

坦荡的道路上出现了一个令人伤脑筋的障碍，那就是小哥俩已经和珐特希娅、舒克里娅念过《开端章》，订婚了。这最初是母亲为他俩安排好的。杜亚责备母亲说：

"妈妈，您为什么那样着急呢？"

哈丽麦不知如何回答是好。她对订婚这桩事也心凉了半截，不那么满意了。但是，她满心敬畏安拉，讨厌做使她感到害羞的事情。她嘟囔道：

"人各有福分！"

杜亚生气地问：

"什么？"

母亲屈从地说：

"俗话说：'带走她们吧，她们是穷人。安拉会让你们富裕起来的！'"

"但是我们在娶她们之前，安拉就让我们富起来了！"

"难道说她俩没有算过命吗？"

杜亚不高兴地说：

"那是闹着玩的！"

阿舒尔愁眉苦脸，一言不发。他对这桩婚事不满意，但他像母亲一样，真心敬畏安拉，不愿做感到害羞的事情。哈丽麦问：

"阿舒尔，你呢？"

他无可奈何地回答说：

"我们已经念过《开端章》了……"

杜亚喊道：

"不！那是令人遗憾的决定！不，决不能……"

哈丽麦果断地说：

"随你的便吧！由你自己去吧，不要依靠我了……"

十四

杜亚·拉比阿·纳基拜见街长尤尼斯·萨伊斯，希望他向穆罕默德·阿基勒转达他的歉意。街长仔细端详着杜亚那眉清目秀的面庞，发现有些憔悴的征兆。他心想：这小伙子果然背弃了协议和保证。但

他仍然献媚地说:

"你这样做,当然是公正无疑的,除了忌妒者和仇恨者,谁都不会抱怨你的。"

杜亚有意掩饰自己的羞涩表情,说:

"我毫无办法,无能为力。"

"阿舒尔怎么样?"

杜亚愤恨地说:

"他是个善良的傻瓜!"

尤尼斯·萨伊斯笑了。他说:

"时光老人将讥笑他天真幼稚!"

十五

杜亚解除了婚约,这引起了一场愤怒与讥笑的风暴。善良的人们出于一片好心,纷纷表示不满;居心叵测的人,则怀着憎恨、忌妒的心理极尽讽刺、嘲笑之能事。杜亚的背弃遮盖住阿舒尔的忠诚,诅咒、谩骂声很快朝这个家庭中袭来,纷纷责备这一家残忍、自私、言而无信。顷刻之间,这个家庭的高贵形象便消失在昔日的、无人证实的传说之中。

阿舒尔·拉比阿·纳基来到煤炭代理店,突然听到一个粗里粗气的声音用命令的口气叫喊道:

"阿舒尔!"

阿舒尔抬头一看,原来是头领哈苏奈·赛卜阿盘坐在他的椅子上,周围站着他的几个保镖。阿舒尔毫不迟疑地朝前走去,向头领问好。没等阿舒尔坐下,头领便挑衅地对他说:

"纳基的后代,你们尽是些贱货、胆小鬼……"

阿舒尔明白这谩骂是因为什么。他感到奇怪的是,他为什么不骂杜亚,而当着自己的面骂。他知道,这正是对男子汉的考验。遵照母亲的嘱咐，凭着自己的智慧，阿舒尔立即彬彬有礼地说：

"安拉宽恕那些罪人！"

"这么快你们就忘记了你们的祖宗、家庭，忘掉了你们发疯、卖淫的丑史，难道说穆罕默德·阿基勒不比你们更高尚吗？"

阿舒尔抑制着内心的激动，说：

"他是个高尚的人，不久我将加入他的家庭……"

"不会的……"

"但这是真的……"

"那位高尚的人拒绝让他的一个姑娘走运，而让另一个姑娘倒霉……"

"可是我的婚约没有解除！"

"人家那方面解除了！我今天就是向你转达他的决定的……"

阿舒尔一筹莫展，沉默不语了。头领说：

"你们应该弥补你们的过失！"

"我们将按照头领的话去办。"

十六

满载仇恨、苦涩、懊悔的沉重乌云消失了。闪烁着幸运、吉祥光芒的日子来到了。杜亚和阿舒尔的名誉恢复了。富丽堂皇的新住宅在当铺前耸立起来了。哈丽麦·白尔凯蒂出门时也坐上了两轮轻便马车。法伊兹·拉比阿·纳基开始了探亲访友活动，而且每隔一段时间就回来视察一下他的财产。法伊兹是这一切体面和尊严的恢复者。

十七

全家人都很珍视这种体面和尊严。阿舒尔也为解除婚约感到坦然，因为解除婚约没有给他带来什么罪名。阿舒尔感到生活幸福，把哥哥法伊兹看成家庭中的天赋奇才。他热切地盼望家庭兴旺，他喜欢华贵，留恋修道院，同时也热爱他家庭的真正荣誉，因为这荣誉使家族的昔日充满着纯洁的芳馨。阿舒尔慷慨解囊，大量周济头领和街长。他还出资修缮了小清真寺，而且整修了道路、牲口饮水槽和学堂。他对平民百姓进行了大量救济，为此母亲对阿舒尔说：

"千万小心，不要引起哈苏奈·赛卜阿的恐惧，把资助平民的事情交给我吧，我会暗地里不声不响地把救济物资分发给他们。"

也许最幸福的是杜亚，他十分珍视体面、尊严。在办公室里，他严肃认真地工作；在堂皇的住宅里，他才娱乐消遣。当他出门坐四轮马车或轻便车时，十分注意打扮；在外面用餐，则要吃上等饭菜、饮高级啤酒，吸鸦片和服麻醉品。他打心眼里尊崇他的哥哥法伊兹，同时也敬重家里的其他人。他夸口说：

"重要的是要突破常规！"

也许哈丽麦是全家中最俭节的人，但她也享受着体面和尊严。到了一定的季节，她便去接济平民百姓。珐特希娅、舒克里娅的母亲多次得到哈丽麦的恩赐，致使这个女人将过去的旧怨忘得一干二净，变成了哈丽麦最要好的朋友之一。

十八

有一种隐隐约约的声音仍在呼唤着阿舒尔到修道院广场去，召唤他去欣赏那里的歌声，或者到他曾经放过羊的旷野上去。阿舒尔的幸福就像天空一样，有时出现一片乌云将太阳遮住。一种难言的忧虑，在他最愉快的时刻朝他袭来，使他心灰意懒，不由得自问那究竟意味着什么。哈丽麦看在眼里，记在心上。有一天，母亲对他说：

"男大当婚！不然，损失该多大呀！"

阿舒尔心中暗喜。他说：

"是啊！但这不是事情的全部。"

杜亚问：

"你还要怎么样呢？"

他吻了自己的手心又吻手背。然而他心想，头领的侮辱就像一把匕首插在他的心上，自己有何脸面去见祖先阿舒尔？在他的幸福之中，还缺少一件根本的东西。他问道：

"为什么这种忧虑能使我们忘记安拉赐予的恩惠呢？"

母亲毫不犹豫地回答说：

"你那是着了魔、中了邪，我的孩子！"

是的，他确实是碰见鬼了，但那究竟是什么鬼呢？

十九

杜亚、阿舒尔分别爱上了名门大户的两个姑娘。杜亚与木材商店老板的女儿赛勒玛·翰沙卜订了婚；阿舒尔与本街阿塔尔的千金阿齐莎·阿塔尔结了缘。在订婚的宴席上，法伊兹表现出了大财主的风度……

充满幸福、吉祥的日子到来了……

二十

一天晚上，法伊兹不期而至……

家里人正坐在会客厅里，厅里放着一个大铜炉，炉内炭火正旺。母亲掐着念珠，阿舒尔抽着水烟，杜亚仿佛被麻醉了。此时，室外寒风飒飒，伴杂着蒙蒙细雨。

之所以说法伊兹不期而至，因为他习惯于中午回家，往往装束讲究，专车送来，全家出门相迎。

这天晚上，法伊兹刚一踏进家门，家人便发现这位家庭支柱双目无神，愁眉苦脸。法伊兹坐在沙发上，尽管天气很凉，他却甩掉了肩上的斗篷。哈丽麦忧心忡忡地问道：

"你怎么啦？"

法伊兹迟钝地咕哝道：

"没什么……"

"一定出了什么事，孩子！"

他满不在乎地说：

"有点儿不舒服……"

法伊兹垂下眼帘，沉默不语了。他的脸上呈现出不能驾驭生活的一种窘迫神态。哈丽麦站起来说：

"我给你煮茶……"

杜亚说：

"您睡觉吧！"

法伊兹久久地揉搓着眼，然后说：

"人难免有时想家……"

阿舒尔说：

"今年冬天的天气特别讨厌……"

"比你们想象的还可恶……"

"你的工作太忙了，超出了人的负荷量……"

法伊兹含含糊糊地重复着：

"人的负荷量……"

杜亚说：

"人应该休息……"

法伊兹依顺地说：

"我决定好好休息一下。"

客厅内一片沉寂。片刻过后，法伊兹站起来说：

"我要上床了……"

他朝自己的床边走去……

哈丽麦端着一杯热茶，跟着法伊兹走过去。

烛光高照床头，法伊兹已经和衣入睡。哈丽麦说：

"你怎么也不换换衣服？"

突然之间，茶杯从她的手中跌落下来，接着，她大喊一声，打破了夜晚的沉寂……

二十一

全家人站起来，凝视着法伊兹，人人神色茫然，呆若木鸡。

法伊兹翻着白眼，面无表情，犹如千年僵尸。他的左胳膊从软床边上耷拉下来，只见波斯地毯上滴了一摊血，长衫上插着一把金柄匕首。杜亚在窗子紧闭的房间里的床铺、沙发和柜子下进行着搜索，他喊道：

"不可能啊……这是怎么回事？"

哈丽麦用沙哑的声音喊道：

"快请医生去！"

阿舒尔喊道：

"江湖医生？"

他飞也似的离开了房间。哈丽麦开始喊叫起来。杜亚对母亲说：

"他还活着！"

母亲大声说：

"不行了，孩子！你为什么自欺欺人？"

江湖医生立刻赶来了，尤尼斯·萨伊斯和基里勒·阿里穆长老紧紧跟在后面。接着，翰沙卜和阿塔尔两家的男男女女也闻讯赶到了这里。

江湖医生边后退边说：

"安拉恩赐他以永生。"

刹那之间，一场风暴席卷了这座雅致的新住宅……

二十二

将近午夜，当局派人来了，向家属和仆人进行了调查，并且详细地查看了各个地方……

警察分局局长说：

"你们有什么怀疑？"

哈丽麦说：

"一直到昨天，他还好好的呢。"

"你们知道他有什么仇人吗？"

"不知道。"

"他原来干什么？"

"他原来是个买卖人，当中间商兼做投机生意……"

"他的工作地址在哪里？"

"没有固定的地点。在山脚下，有他的一个行情调查办公室……"

"关于他的伙计和雇员的情况，你们知道吗？"

"一无所知。"

"怎么会这样？"

"这是实际情况，就这么多！"

二十三

当局宣布：法伊兹·拉比阿·纳基自杀丧命，其原因尚待调查。

尽管法伊兹是自杀，但依然为他举行了隆重的葬礼，并且把他安葬在舍姆斯丁的墓旁边。

二十四

法伊兹·拉比阿·纳基为什么自杀呢?

这个问题一直纠缠着全家人,撞击着他们那痛苦、烦乱的心。家长尤尼斯·萨伊斯已经说过,警察局认真地进行了调查、研究。然而,为什么到最后他们什么都说不上来呢?他们为什么那么瞎,一线光明都看不到呢?

法伊兹很长时间没有露面了,对自己的工作严加保密。但他隔一段时间就回家看看,为家庭增添了欢乐、喜悦,并且为现在和将来带来了新的希望,直到他最后一次回来,他才仿佛变成了另外一个人。究竟发生了什么事,竟然使他变成这个样子,死神向他突然袭来……

哈丽麦痛哭着说:

"我们要遭磨难了……"

杜亚问道:

"奥秘在哪里?……我都快憋疯了!"

阿舒尔说:

"奥秘难以揭穿,人不会无缘无故自尽……"

二十五

兄弟俩一致同意把查看死者的行情调查办公室作为了解死者秘密、交往及其财源的第一步。二人就此与警察局达成了协议。那是一所很大的房子,宽敞的庭院延伸至山脚下。引起人们注意的是,房子里有许多床,还有大量的古玩、华丽的服装和地毯。此外,院内有放酒和麻醉品的仓库。他们打开了仓库门,发现里面空空荡荡。他们查遍了内外各个角落,既没发现合同、信函,也没有纸张本子,连一分钱都没有找到。兄弟俩交换了一下眼色,都感到迷惑不解。

阿舒尔问道:

"这意味着什么?"

杜亚问:

"哥哥的财产哪儿去了?"

阿舒尔问检查员:

"你们还了解其他新的情况吗?"

那个人回答说:

"一点儿线索也没有……"

二十六

查看归来,一无所获,杜亚和阿舒尔不禁惊慌失措。这个谜更加难猜了,深奥之外又罩了一层云雾,全家人忧心如焚。法伊兹离家之前,他对兄弟俩的生活是不担心的,因为兄弟俩有煤炭代理店和两座漂亮的住宅。然而法伊兹的钱财到哪儿去了呢?他的生命是怎样送掉的呢?杜亚思考着,然后说:

"也许他是丧失了财产才自杀的……"

阿舒尔反驳说:

"即使是那样,他还有代理店和两座住宅,他何必要去自杀呢?"

杜亚迷惑不解地摇摇头,说:

"那他为什么自寻短见呢?"

二十七

法伊兹的自杀引起了酒馆里的醉汉们的注意。酒店老板齐·阿勒巴耶说:

"像法伊兹这样的人,为什么自杀呢?"

街长尤尼斯·萨伊斯说：

"绝不是因为破产！他留下的财产足以使他当本街最大的富翁之一……"

齐·阿勒巴耶用挑拨的口吻说：

"你作为当权人之一，无疑你是了解情况的……"

尤尼斯·萨伊斯不能直接宣布法伊兹是破了产，于是用告诫的口气说：

"他们正在调查所有与他有关的人。"

正在这个时候，头领哈苏奈·赛卜阿嘲笑地说：

"有一个比破产更重要的原因……"

所有的脑袋都十分敬重地朝他转过来，只听他哈哈大笑道：

"神经错乱！……在他们的血统里，有神经错乱的根子，一代一代传了下来，就是他们那位神圣的老祖宗，不也是个被抛弃的婴儿和盗贼吗？"

二十八

纳基家族的生活沉闷而悲凉，结婚日期自然推迟了。杜亚、阿舒尔照常地生活着，然而幸福、美好的红火炭已经熄灭了。哈丽麦悲伤不已，守在房中，闭门不出，每日顶礼膜拜聊以自慰……

二十九

一天晚上，严冬的寒风鞭打着街道，尤尼斯·萨伊斯大叔来到了哈丽麦家，警察分局局长和几个侦查员跟在后面。宾主坐在客厅里，分局局长问道：

"煤炭代理店和这两座房子是谁的？"

杜亚答道：

"原是长兄法伊兹的，我们是从他那里继承下来的。"

"把财产证拿来看看。"

杜亚取出一个不大不小的银白箱子。分局局长接过证书看了看，然后转眼望着哈丽麦和她的两个儿子，说：

"所有的东西都是别人的……"

谁也不理解这话是什么意思，他们的脸上也没有任何表情。尤尼斯·萨伊斯说：

"商店和固定资产都属于别人，不是法伊兹的，因此，你们无权占有……"

杜亚喊道：

"这是什么意思？"

街长说：

"安拉命令你们立即交出商店和房子……"

"无疑是把事情弄错了！"

"法伊兹已经卖掉了全部财产，新主人已经呈交了合同，这是千真万确的！"

阿舒尔惊慌失措地问道：

"您说的当真？"

分局局长语气坚定地说：

"我们这个时候来，可不是开玩笑的……"

"这是我们连想都没想到的事！"

"但却是毋庸置疑的事实……"

杜亚焦急地问：

"那么卖的钱在哪里呢？"

"只有安拉和自杀者知道……"

分局局长沉默片刻，补充说：

"也许是出售，也许是在疯狂赌博时就卖掉了。关于死者的不法行为，我们还在调查！"

杜亚说：

"这完全超乎想象！"

阿舒尔说：

"那是一种犯罪、盗窃！"

分局局长问：

"那么，他为什么不报告失盗，却要自杀呢？"

"局长阁下，这里面有犯罪行为。"

"这是一系列的犯罪行为！……但首先必须搜查！"

三十

全家人悲痛欲绝地等着宣判死刑。分局长回过头来又说：

"这里面有一系列的犯罪行为，严重的罪行……跟我们一起走吧……"

哈丽麦声音颤抖地说：

"到哪儿去？"

"到警察分局去……"

尤尼斯·萨伊斯说：

"一定要彻底调查……"

阿舒尔问：

"我们是被告吗？"

分局长坚定地说：

"你要忍耐！全靠安拉……"

三十一

调查的过程漫长而复杂。根据调查结果，将全家人在分局拘留室扣押了一个星期。但是，根据证人提供的证据，证实他们与法伊兹在外面的活动毫无关系，于是宣布他们是无辜的，随即将他们释放了。三个人带着耻辱的罪名回到街上，他们无家可归了。

三十二

就像发霉东西的臭味一样，不胫而走，不翼而飞。他们人还没回来，消息已经传遍了全街，老老少少，亲疏敌友，都知道了法伊兹卖了驴和车，开始了冒险活动。他还在妓院、赌场、酒馆、烟馆投资入股。他用假想的财产进行赌博，赌输了，就用美人和大烟把对手引诱来，将之杀死，夺其金钱，然后将尸首埋在大院里。在最后一次赌博中，他把钱全部输光了，之后被迫签订出售合同，接着用他的家产赌博，也输掉了。因为对手带着钱跑掉了，他没有能够将对手干掉。一切都输光了，眼看他的秘密有被揭露的危险，他就自杀身亡。保安人员收到了一封匿名信，也许写信的是一个同案犯，信中揭露出了犯罪的秘密和掩埋尸首的地点。

就这样，法伊兹的可耻勾当被揭穿了，他发财和自杀的秘密也弄清楚了。

三十三

娘儿三个身背耻辱回到了本街，他们已是无家可归的人了。他们的灾难成了幸灾乐祸者的口头传闻，同时也使一些好心人感到触目惊心。这场灾难的烟火也烧到了赛卜阿、阿勒巴勒和阿基勒的身上。人们恨透了那家人，纷纷朝他们啐唾沫，挥拳头。他们连忙朝地下室跑去，然后悄悄沿着小路，奔向墓地安家……

小清真寺长老基里勒·阿里穆谢赫出面为这家人说情，说：

"你们不要趁火打劫！"

哈苏奈·赛卜阿喊叫道：

"住口，你这个叛徒！不然，我就用你后娘的头巾把你勒死！"

翰沙卜和阿塔尔的家属率先与他们脱离了关系……

三十四

这个被驱逐的家庭住在舍姆斯丁的守墓室里。他们口袋里没有几文钱,而他们的心中又充满了新的烦恼,他们忘却了死亡与破产的惆怅。一个个呆若木鸡,哈丽麦的双眼里也失去了神采,他们相互依偎着寻求平安,他们一无所有,寒风在荒冢里盘旋咆哮,他们只有借自己的心脏跳动取暖。杜亚突然喊道:

"狗!"

哈丽麦哀求道:

"还是想想我们自己的事情吧……"

杜亚苦涩、自嘲地说:

"我们只有和土地打交道了……"

母亲说:

"和死人在一起是最幸福的……"

阿舒尔疑惑不解地问:

"难道我们非要离开我们的大街吗?"

哥哥回答说:

"那你回去吧,用他们的唾沫洗脸去好了!"

阿舒尔不服气地说:

"无论如何,我们要活下去……"

"我们去讨饭吧……"

墓室外,寒风凛冽,在荒冢之间呼啸怒号……

三十五

第二天,这家人显得平静而呆板,他们又陷入了新的烦恼之中。哈丽麦·白尔凯蒂说：

"我们再也不能白白浪费时间了……"

杜亚接过母亲的话题，说他们没时间，没金钱，没朋友，什么都没有。母亲问：

"那么，我们该到哪里去呢？"

杜亚答道：

"安拉的大地是无边无际的……"

阿舒尔说：

"我们就在这守墓室里待着吧，这儿离我们那条街不远，有机会就回去……"

杜亚轻蔑地说道：

"回去？"

"是的，终有一天要回去的，更重要的是，离开我们那条街，我们是无法生活的……"

面对着兄弟俩的争辩，母亲说：

"我们至少要在这里住一段时间……"

杜亚说：

"昨天晚上，我没有合眼，我一直在想事，就连死神也听到了我思想的脉搏。我下定决心，决定……"

"决定怎么办？"

"不在这里待下去了……"

母亲佯装听不懂他的话，说：

"我真想到远市区街头去，仍然干原先那活儿……"

阿舒尔说：

"我还去卖水果……"

杜亚发现母亲和弟弟佯装听不懂他的话，他感到很不高兴。他强调说：

"就是被迫和你们分离，我也要走……"

母亲问道：

"上哪儿去？干什么？"

杜亚继续说：

"不知道！我要向天命挑战……"

母亲伤心地问：

"就像别人那样做吗？"

他坚持说：

"不！办法是很多的……"

"举个例子！"

"我不是先知……"

阿舒尔温和地说：

"和我们在一起吧！我们彼此需要，相依为命！"

杜亚最后固执地说：

"不！事情就这样决定吧……"

三十六

杜亚告别了母亲和弟弟匆匆离去，哈丽麦眼淌着泪水送别儿子。儿子走得那么快，母亲来不及感到难过，就不见他的踪影了。

哈丽麦和阿舒尔母子俩开始了艰苦的生活。哈丽麦就像要饭的一样，给人拆洗衣服、卖酸泡菜；阿舒尔则卖水果，背着篮子走街串巷。仿佛娘儿俩已经商量好：要忍耐，不要叫苦，不要思念过去，然而历历往事并没有从娘儿俩的内心深处消失。他们不能忘记许多居室的套间，不能忘记那富裕的生活、漂亮的马车和阔气的办公室。他们无法忘掉那宽大的斗篷、讲究的念珠和麝香、龙涎香的芬芳，不能忘却那甜言蜜语。阿舒尔忘不掉阿齐莎·阿塔尔蒙着面纱流露出来的恬静微笑。他们还记得，尤尼斯·萨伊斯跑来献媚，说着动听的奉承恭维话："前额放光的人哪，安拉赐予你以幸福。"哎！法伊兹，你为自己和我们干了些什么呢？就连神经错乱的疯子贾拉勒都没干过杀人灭口、毁尸灭迹的丑事！究竟是哪方妖魔驱使着名门显贵的子孙干这种伤天害理的勾当呢？

阿舒尔总是在他放羊的旷野上度过他的休息时间。那是一代祖先阿舒尔来过的地方。他喜欢他那位祖先，他向往祖先那个时代，崇拜祖先的恩德和力量。难道他不也像祖先那样喜欢从善，希望拥有力量吗？但能用那种恩德和力量干什么呢？在祖先的手中已经创造过奇迹，而他呢，只能买卖青瓜和蔬菜！

一天晚上，阿舒尔悄悄地来到了修道院广场。天色漆黑，只有几点星光照路，他的目光在桑树和古墙的阴影之间徘徊。他坐在当年纳基坐的那个老地方，静心地欣赏歌曲。难道安拉不留心人们的行动吗？究竟是什么时候将门打开了，把墙推倒了呢？他想问问他们，法伊兹为什么犯了那么多罪？我们这条街怎么落到如此悲惨、被人蔑视的地步？为什么那些自私鬼和罪犯却尽享幸福，而善良、忠厚的人们却总是遭殃呢？为什么平民百姓们睡觉时会发出唉叹呢？

此时，天空中充满了歌声……

　　世间纵有虐待、压迫、冷落之耻，
　　却比不上撕毁那海誓山盟。

三十七

哈丽麦暗自思忖，阿舒尔常常显得心神不定，心不在焉，他究竟在想什么呢？在连遭不幸的情况下，他能生活下去吗？

母亲怜悯地问他：

"阿舒尔，你在想什么呢？"

阿舒尔没有回答。母亲又问：

"给你娶媳妇，免得你孤独寂寞，好吗？"

阿舒尔笑着说：

"我们连饭都吃不上，用什么养活别人呢……"

"那么，有什么事情扰乱你的心呢？"

阿舒尔老老实实地说：

"没什么，妈妈……"

就相信他的话吧！究竟是什么东西占据着他的心呢？他在思考着一种叫不出名字的生活，因此他感到恐惧、忧虑……

三十八

一天夜里，阿舒尔感到很不愉快。时值春令，最适合在坟场露天坐着歇息。夜空广阔，装点着不计其数的星灯。母子俩正吃晚饭，有干酪汁，还有黄瓜。阿舒尔说：

"有时候，我问自己，杜亚在做什么……"

哈丽麦叹息着说：

"他把我们都忘了……"

阿舒尔沉默下来，坟场上一片寂静，只听到阿舒尔的咂嘴声和远处传来的狗吠声。之后，他说：

"我担心他在干法伊兹以前干过的那些事……"

母亲责怪道：

"死人已经给我们留下了难以忘记的教训……"

"妈妈，可是我们却常常忘掉……"

"这就是使你常常担惊受怕的事吗，阿舒尔？"

在苍茫的月光下，阿舒尔点头表示回答。他问道：

"法伊兹为什么倒下去了？我祖先贾拉勒为什么成了疯子？哈苏奈·赛卜阿为什么加害于我们？"

"难道我们还不够烦恼吗？"

"那是一连串的烦恼……"

哈丽麦求安拉保佑。她说：

"他是个魔鬼！"

"是啊！但是，他为什么可以毫不费力地使我们陷于危险境地呢？"

"他在信士们面前失去了信任……"

阿舒尔又沉默起来了。吃罢晚饭，他开始抽起水烟来。狗叫得更加厉害了，简直成了狂吠。他突如其来地说：

"妈妈，我的看法是：魔鬼已经胜利地抓住了我们的弱点……"

哈丽麦求安拉保佑，将那恶魔赶走。阿舒尔继续说：

"我还有个看法，我认为我们的弱点由两种贪欲构成：其一，是爱钱喜财；其二，是想统治人……"

哈丽麦喃喃道：

"也许这两条是一回事……"

"就是钱和势……"

"在你祖先的时代，与此相反……"

阿舒尔以神奇的口气重复着：

"我的祖先……"

母亲用询问的目光望着他。他问：

"他缺少什么呢？"

"缺少？"

"我是说为什么与此相反呢？"

"罪过不在他身上……"

阿舒尔急忙说：

"当然喽……"

他暗自问，自己还缺少什么呢？在他的祖先去世之后，究竟是什么原因使他崇高的希望破灭了呢？既然世间有错误，那么就一定有正确；既然有一次正确，必然会有第二次正确。如果说正确的被颠倒了，那么我们可以保证今后不再被颠倒。

哈丽麦又问道：

"还有别的什么事情使你担心吗?"

三十九

不!阿舒尔不甘心自己总是沉没在忧愁之中。每天到旷野上待上一个小时,又在修道院广场待上一个或两个小时,他怎么能甘心这样度日呢?他怎么能够甘心缩着身子,任凭红火炭燎烤呢?他怎能甘心这样地过夜呢?他只相信祖先阿舒尔·纳基。

在旷野的沙漠上,他画出了一条道路。在星光之下,他想象着那条道路直通修道院广场。他和这条路谈论着他的起居情况,那条路变得像一堵古墙,那样坚固、雄伟、壮观。

四十

阿舒尔在迪拉赛市场上徘徊了很久。本街许多无家可归的平民百姓都在那里流浪,就因为这一点,阿舒尔常常躲着市场走。为了避开迪拉赛市场,今天他拎着篮子,经过平民眼前时,他大声叫卖黄瓜。有些人便立刻认出了他,齐声喊道:

"阿舒尔师傅!"

有一个人挖苦说:

"嘿!真新鲜!刽子手的弟弟卖黄瓜……"

阿舒尔粗糙的面孔上绽出笑容,朝人们走过去,伸出手说:

"难道你们像其他人一样拒绝这只手吗?"

人们和他热烈握手。其中一个人说:

"那些该死的玩意儿……"

另一个人说:

"我们觉得你是好人。"

阿舒尔说:

"见到你们，我的游魂就回到了故乡……"

他在他们中间度过了洋溢着温暖、热情的幸福时刻。自打那天起，阿舒尔再也没有中断过与迪拉赛市场的联系。

四十一

由于和平民百姓的不断接触，阿舒尔的胸中燃烧起了希望的火焰。他浑身充满力量，这力量冲击着他的心壁，几乎要冲出体外来。这种力量使他夜不能寐，食不甘味。就像昨天的法伊兹、今天的杜亚那样，阿舒尔正在向前景不明的未来挑战。然而他开辟的是另一条道路，通往更远的天地。他勇敢地投身于对未来的挑战之中去，仿佛命中注定他要进行冒险、赌博和征服难关。他带着一种妖术，把自己的安全置之度外。他和死神结成了密友，阿舒尔在梦中梦见一个人，他认定那就是阿舒尔·纳基，尽管他向他微笑，然而可以听到他以清楚的责备的语气问道：

"用我的手，还是用你的手？"

那个人重复了两遍。好像阿舒尔明白他所问的意思，于是答道：

"用我的手！"

纳基一直微笑着，但却像生气似的隐去了，留下一片旷野。

阿舒尔醒来了，自问道，祖先问的是什么意思？自己回答的又是什么意思？他百思不得其解，但他的心却充满了信心、乐观和勇气。

四十二

有一天，阿舒尔在市场上把这个问题向平民百姓提了出来。他说：

"用什么可以把我们带回到原先那个时代去呢？"

不止一个人回答道：

"只有阿舒尔·纳基回来！"

他微笑着问：

"人死了，能回来吗？"

其中一个人哈哈大笑着回答说：

"能！"

阿舒尔坚定地说：

"只有活人才活着。"

"我们是活人，但我们无法生活……"

阿舒尔问道：

"你们缺少什么？"

"发面饼……"

阿舒尔说：

"还缺咖啡！"

"发面饼是最容易弄到的……"

"不！"

有一个人问他：

"你是个坚强有力的巨人，你想担当头领吗？"

另一个人说：

"可不久，你就会像瓦希德、贾拉勒、萨马哈那样倒台。"

第三个人说：

"或者像法特哈·巴布那样被杀死。"

阿舒尔说：

"就算我成了一位好头领，那又有什么用呢？"

"我们都可以借你的光，享享福！"

另一个人说：

"你好不过一个小时！"

阿舒尔问：

"就算你们能在我的手下享到一点儿幸福，我不在了，你们又怎么办呢？"

"你把传统习惯统统恢复……"

一个人说：

"对我们合宜，未必对你有利！"

阿舒尔微笑道：

"此话有理。"

平民们哈哈大笑起来。阿舒尔又说：

"但你们要自信！"

"我们有什么用？"

阿舒尔关切地问：

"你们能保密吗？"

"看在你的面上，我们能保密！"

阿舒尔严肃地说：

"我做了个奇怪的梦，梦见你们人手一根大棒子……"

大家一阵长笑。之后，有一个人指着阿舒尔说：

"不用说，这个人是个疯子，所以我喜欢他……"

四十三

有人敲守墓室的门。吃罢晚饭，阿舒尔和母亲坐在一起，围着毯子，借以抵御冬季的严寒。阿舒尔站起来去开门，在微弱的灯光下，他看到一张熟悉的面孔，当即喊道：

"杜亚哥哥！"

哈丽麦·白尔凯蒂上去把杜亚搂在怀里，全家人沉醉在一片惊喜的热烈气氛之中。不久，他们从醉意中苏醒过来，坐在薄薄的褥子上，你看看我，我看看你。杜亚脱去他那深色的斗篷、绿色的长靴，摘掉他那漂亮的围巾。看上去，他健康、精神、幸福。阿舒尔的心不禁一抖，忧虑油然而生。哈丽麦中断了自己的猜疑，脸上露出了微笑和温情。杜亚沉默片刻之后，说：

"日子真长啊!"

然后又笑道:

"天又是多短呀!"

哈丽麦热泪盈眶,喃喃道:

"杜亚,你把我们全忘了……"

杜亚面部表情苦涩,而内心却得意地说:

"生活艰苦,远远超出了想象……"

谈"现在"的时候到了,但开始时,哈丽麦和阿舒尔都不愿意谈现在。眼前的情景使母子俩想起了过去的情形。往事件件,记忆犹新,余悸仍在。杜亚看出了母亲和弟弟的顾虑,便说:

"安拉终于救了我们!"

为了避免冷场的尴尬局面,哈丽麦说:

"赞美安拉……"

母亲用希望的目光望着杜亚,杜亚从容不迫地说:

"现在我是布拉克区最大饭店的经理……"

他兴奋地望着阿舒尔问:

"你看怎么样?"

阿舒尔用毫无生气的语调说:

"好嘛!"

"我看出了你正在想什么!"

阿舒尔问:

"难道有令人不高兴的事情吗?"

"但很平常。不过和法伊兹的悲剧完全不同……"

"那是我所预料到的。"

"我开始在饭店当服务员。因为我会读会写,之后我就当上了文书。后来,我与饭店老板的女儿产生了感情……"

为了使自己的话讲得透彻,杜亚沉默了很久,然后继续说:

"开始我真怕向她的父亲提出求婚而使我失掉一切,不料,我的要求正合她父亲的意愿。于是我们结了婚,我就成了这家饭店的经理,而且是真正的经理……"

母亲低语道:

"安拉默助你取得成功……"

杜亚久久地望着阿舒尔,问道:

"你不相信我的话?"

阿舒尔急忙说:

"不……"

"难道你不想把法伊兹的悲剧从你的记忆中抹掉吗?……"

"那是永远也抹不掉的。"

"我走的可是另一条路。"

"赞美安拉……"

"你相信我吗?"

"相信。"

杜亚得意扬扬地说:

"我走运了,我立刻想到了母亲和弟弟……"

哈丽麦·白尔凯蒂说:

"安拉保佑你。"

"那是因为我没有放弃原来的梦想。"

阿舒尔问:

"原来的梦想?"

"回我们那条大街去!恢复我们的体面,让那些向我们脸上啐唾沫的人反过来向我们致敬……"

阿舒尔坚决地说:

"哥哥,放弃你的旧梦吧!"

"真的吗?你怕什么?有钱能使鬼推磨。"

"我们即使成了富翁,也失去了真正的尊严。"

杜亚慷慨地说:

"什么是真正的尊严？"

阿舒尔能把自己的理想告诉杜亚吗？更何况阿舒尔一点儿也不相信他。阿舒尔可以把自己的理想谈给平民百姓，却不能向鲁莽的杜亚透露半分。阿舒尔表情苦涩地回答说：

"那就是我们过去失去的东西。"

杜亚轻蔑地晃了晃肩膀，不高兴地说：

"无论如何，现在你俩应该告别陪伴死人的生活了。"

阿舒尔坚决地说：

"不能！"

"不能？……你不需要我的帮助？"

"是的。"

"这是神经错乱，发疯！"

"钱是你妻子的钱，与我们毫不相干。"

"你在伤害我。"

"杜亚，对不起！就让我们这样过吧！"

"你仍然不理解我！"

"不！我自信我很理解你。"

杜亚极为生气地说：

"我不能丢下母亲不管。"

哈丽麦急忙说：

"你是个好孩子。但我不能丢下你弟弟……"

"您也不理解我！"

母亲说：

"安拉保佑！但我不能丢下你弟弟，就让时间来处理这件事吧……"

"你们要在死人中间住多久？"

"我们不像原先那样穷了，我们的情况在一天天地好转……"

杜亚坚定有力地说：

"现在，我可以把你们体面地送回我们原先住的那条街上去……"

哈丽麦乞求地说：

"就让时间来处理这件事吧……"

杜亚低下了头，自语道：

"多失望啊！"

四十四

杜亚离去之后，哈丽麦说：

"阿舒尔，我们坚决回绝了他。"

阿舒尔固执地说：

"一定得这样才行。"

"你不相信他的话吗？"

"不。"

"我相信他。"

"我认为他误入了歪门邪道。"

"法伊兹的悲剧还不足以教训他吗？"

"我们的家史就是一部章章不走正路、充满悲剧和失败的教科书……"

"但我相信他。"

"随您的便！"

母亲思考片刻，然后问：

"你为什么认为他不忠实可靠呢？"

阿舒尔遗憾地说：

"不！他并不像我想象的那样忠实可靠……"

"难道他不能和你们联合起来吗？"

阿舒尔心平气和地说：

"他不像我认为的那样忠实可靠。"

是啊，杜亚来不逢时，因为阿舒尔经过长期努力之后，正准备跨出决定性的一步……

四十五

一个不平常的日子，街上依旧过着平日那种忧愁的生活。冬天已经过去，从地下室钻出一个人来，高高的个子，身披蓝色长袍，头戴咖啡色小帽。他大模大样、从容不迫、信心百倍地步行在大街上，仿佛刚离乡不久而归似的。第一个看到他的是穆罕默德·阿基勒。他惊愕地望着那个人：

"谁？……阿舒尔！"

阿舒尔稳重地说：

"您好，穆罕默德大叔……"

时隔不久，人们的目光从店铺、窗子和街道的各个角落一齐惊异地朝那个人望去。他谁都没瞧，闯开一条路，进了咖啡馆，哈苏奈·赛卜阿正盘腿坐在凳子上。街长尤尼斯·萨伊斯和小清真寺长老基里勒·阿里穆谢赫坐在一个角落上。阿舒尔进来了，人们茫然地望着他，而他却径直朝一个角落走去，并问候大家：

"你们好！"

没有一个人回答，显而易见，霸王哈苏奈·赛卜阿正等着阿舒尔特意向他致以充满热情的问候，而阿舒尔却毫不在意地走到一个座位旁边，坐了下来。见此情景，人们感到要出事了。哈苏奈·赛卜阿忍耐不下去了，粗鲁地问道：

"小子，什么风把你吹回来了？"

阿舒尔不慌不忙地回答说：

"叶落归根，人总要回自己的家。"

哈苏奈·赛卜阿喊叫道：

"然而你是被不光彩地赶出去的。"

阿舒尔从容镇静地说：

"那是不公道的！不公道的事情一定要结束……"

基里勒·阿里穆长老干预说：

"你到我们的头领那里赔个不是吧！"

阿舒尔冷淡地说：

"我不知道你是好人还是坏人。"

尤尼斯·萨伊斯说：

"我们不知道你是好人还是坏人。"

阿舒尔挖苦地说：

"你说对了！"

这时候，哈苏奈·赛卜阿叉着双腿站在地上，警告式地问道：

"如果你不求得我的谅解，你回来依靠谁？"

阿舒尔声音洪亮地回答道：

"依靠至仁至慈的安拉！"

哈苏奈·赛卜阿喊叫道：

"你给我滚开！不然，用担架把你抬走！"

阿舒尔站了起来，紧紧地握住他那根棍子。咖啡馆的侍童急忙跑了出去，去呼唤头领手下的人。其余的人惶恐而逃。哈苏奈·赛卜阿抓住阿舒尔的棍子，阿舒尔抓住哈苏奈·赛卜阿的棍子，两根棍子一来一往，猛烈地撞击着破旧的墙壁，一场十分激烈、残酷的搏斗发生了。

头领手下的人从四面八方赶来。见此情景，人们纷纷躲藏起来；店铺匆忙关上门；窗口、阳台上站满了观战的人。

突然事件就像地震一样袭击了这条大街。这是谁都不曾料到的一场奇袭。平民百姓们从废墟间、胡同里呐喊着冲了出来。有的人手持砖头瓦块，有的举着凳子、棍棒，洪流般地向霸王哈苏奈·赛卜阿手下人冲去。刹那之间头领手下的人转攻为守。阿舒尔狠击哈苏奈·赛卜阿的小臂，棍子从他手中跌落下来，阿舒尔当即扑了过去，紧紧地抱住他不放，把头领的骨头挤得咯咯直响，接着将他举到头上，朝大街摔去，只听扑通一声，这位不可一世的大王威风扫地，丧失了知觉。

平民们把头领的打手们团团围住，只见棍棒、砖瓦劈头盖脸地朝他们砸去，逃掉的打手算是幸运者了。不到一个小时，大街上只留下平民百姓和阿舒尔了。

四十六

从参加的人数看，这是本街上空前的一场大规模斗争，其中平民百姓占了绝大多数。这大多数人突然集合起来，拿起棍棒，冲出房舍、店铺，发出惊天动地的呐喊声，撕破了罗网，什么奇迹都可以创造出来。头领宝座又回到了纳基家族手里，阿舒尔当了头领，由他组织的民团，第一次囊括了本街平民的大多数人。从此以后，没发生过暴乱，平民紧密地团结在头领阿舒尔的周围，阿舒尔像一座雄伟的建筑物耸立在平民之间，人们用建设的眼光望着他，全然没有毁坏的想法。

四十七

一天晚上，尤尼斯·萨伊斯和基里勒·阿里穆谢赫来会见阿舒尔。这两个人显得惶恐不安，神情恍惚。街长尤尼斯·萨伊斯说：

"希望不要再发生需要警察干预的事情……"

阿舒尔愤愤不平地说：

"在你的眼皮底下，有多少起犯罪行为，都需要警察干预……"

街长殷切地说：

"很对不起！你是最了解我们情况的人。我想提醒你，你打败了他们，但是，明天你将在他们的怜悯下生活！"

阿舒尔信心十足地说：

"任何人都不会怜悯任何人……"

基里勒·阿里穆谢赫同情地说：

"过去只是因为他们分散、软弱，不团结，所以才受到欺压……"

阿舒尔信心更足地说：

"我知道，他们比你好，我和他们在旷野上相处许久，公正是最好的药物……"

尤尼斯·萨伊斯迟疑片刻，然后问：

"士绅、富豪们的命运如何？"

阿舒尔明确有力地回答道：

"我喜欢公正胜过喜欢平民百姓，同时也胜过讨厌士绅显贵……"

四十八

阿舒尔·拉比阿·纳基为实现自己的梦想，不遗余力地奋斗着。他梦想着把平民百姓吸引到他这儿来。在旷野上，他通过讲怕鬼的故事的方法，把一帮无家可归者、流氓、扒手和乞丐组织起来，成立了本街有史以来最大的民团。

时隔不久，士绅显贵就和平民百姓的待遇一律平等了，规定士绅显贵要纳重税。这使许多人不满意，纷纷离开这条街，迁往没有头领的区街去。阿舒尔规定平民们必须做两件事：其一，要让自己的儿子练习武艺，把身体练得棒棒的，以防受恶棍和冒险鬼的欺凌；其二，每个人要从事一种职业来维持自己的生活，而且纳税。阿舒尔首先从自己做起，他又开始贩卖水果了。他和母亲住在一套小房间里。这条大街就这样进入了强盛、廉洁的鼎盛时期。基里勒·阿里穆谢赫赞扬他，宣传他处事公正。尤尼斯·萨伊斯也这样做了。但是，阿舒尔怀疑这两个人居心叵测，他相信，当向逃亡的人员摊派征税的时候，名流绅士曾向他俩送礼。

不久，基里勒·阿里穆谢赫迁出了本街，艾哈迈德·拜尔卡特谢赫替代他当了小清真寺的长老。尤尼斯·萨伊斯接到了警察分局的指派令，他也不可能再离开这条街了。他独自坐在自己的店铺里，含含糊糊地说：

"这条街上只剩下垃圾了!"

尤尼斯·萨伊斯把自己的心事告诉了酒馆老板齐·阿乐巴耶。齐·阿乐巴耶忧心忡忡地说:

"这种情况要持续到什么时候呢?"

尤尼斯·萨伊斯说:

"和野兽在一起,是没有生存希望的……"

他叹了口气,继续说:

"毫无疑问,他们现在谈论他的祖先时代。忍耐吧!只有依靠安拉,忍耐……"

四十九

阿舒尔重修了小清真寺、道路、牲口饮水槽和学堂,并且建了一个新学堂,足以接纳平民们的儿女读书。此外,他还干了一件不曾有人敢干的事情:他和承包商达成协议,拆除贾拉勒的宣礼塔。这一举动,解除了许多人心头上的畏惧,他们整天担心塔里的鬼怪发怒。这位新头领是不怕鬼的。在这条街上,他就是宣礼塔式的巨人,但同时,他主张公正、廉洁、安定。他没有向其他街上的任何头领挑战。有人向他挑衅时,他就教育他,让他成为其他人的榜样,无须争斗,就让他拥有权势。

五十

哈丽麦·白尔凯蒂认为,阿舒尔该考虑自己的终身大事了。

杜亚衣锦归来。他想赎回煤炭代理店,还想在弟弟的门下成为一名显贵绅士。但是,他没有得到弟弟的支持和鼓励,无可奈何,他只有回到那座饭店安身。

哈丽麦建议阿舒尔结婚,她说:

"在我们这条街上,还有不考虑自己终身大事的显贵绅士吗?……"

回想起翰沙卜和阿塔尔两家的往事，阿舒尔不由得十分生气。他对母亲说：

"妈妈，我觉得你总想过得比现在还好……"

母亲说：

"你不该难为自己！"

阿舒尔拒绝道：

"不……"

他语气坚决。那不是真正的有力的拒绝，只不过是用来掩盖内心的软弱罢了。某些时候，阿舒尔是何等向往安逸、舒适的生活和漂亮的服饰啊！又是多么渴望拥有家庭生活和娴俊的少女啊！因此，他说话显得不坚决、有力。他对母亲说：

"我决不亲手将自己兴建的大厦捣毁！"

他是自己主动拒绝的，而不是听了平民的意见才这样做的。

阿舒尔想胜过他的祖先。他的祖先依靠自己的本领，将平民们组织起来，化成一股不可征服的力量。他将像那堵古墙一样来维护他的祖先。他再一次强有力地说：

"不……"

五十一

阿舒尔克制了自己，取得了最辉煌的胜利。经过亲自相看之后，阿舒尔和阿德拉特·马师泰的女儿白希娅结了婚。贾拉勒宣礼塔连根拔掉之夜，整条街欢腾起来了，载歌载舞，经久不息。夜半之后，阿舒尔到修道院广场上，独自欣赏星光和歌声。天气暖和，他心情舒畅，盘腿坐在地上。这是他生活中难得的时刻，眼见周围一片光明。他再也不抱怨这个人，或那种思想，也不再抱怨时间或空间了。神奇的歌声表达着他心中的欢悦，仿佛他已经明白，他们为什么关上门，为什么用波斯语久歌而不停息了。

*　　*　　*

黑暗之中传来大门嘎嘎的响声,阿舒尔惊慌失措地望着那巨大的门。那门轻而稳地开了,从门里悄然闪出一个修士的身影,他靠近阿舒尔,小声地说:

"准备好笛子和鼓,明天,长老将走出他幽居的地方,带着他的光彩穿行这条街。每个青年要准备一根竹棍和一些桑葚。请备好笛子和鼓吧……"

*　　*　　*

阿舒尔回到了星光、歌声、夜色、古墙的世界里。他摁住自己的眼睫毛,便沉入了夜色的波涛之中。因为沉醉在灵感与力量中,所以站起来时有些发抖。他心里说:不要着急!总有一天门会打开的,向那些用儿童的清白和天使的决心与生活搏斗的人们致敬……

不计其数的歌喉唱道:

> 昨天黎明的时候,
> 他们解脱了我的悲伤;
> 在难熬的黑夜里,
> 他们让我的生命重放光芒。

图书在版编目（CIP）数据

平民史诗 /（埃及）纳吉布·马哈福兹著；李唯中，关偁译. -- 北京：华文出版社，2018.9
ISBN 978-7-5075-4970-6

Ⅰ.①平… Ⅱ.①纳…②李…③关… Ⅲ.①长篇小说-埃及-现代 Ⅳ.①I411.45

中国版本图书馆CIP数据核字（2018）第202737号

平民史诗
PINGMIN SHISHI

作　　者：	〔埃及〕纳吉布·马哈福兹
译　　者：	李唯中　关　偁
策　　划：	杨平
责任编辑：	杨艳丽　王晓冰
特邀编辑：	田亚慧
出版发行：	华文出版社
社　　址：	北京市西城区广外大街305号8区2号楼
邮政编码：	100055
网　　址：	http://www.hwcbs.com.cn
电子信箱：	silkroadlibrary@qq.com
电　　话：	总编室 010-58336239　发行部 010-58336267
	责任编辑 010-63427615
经　　销：	新华书店
印　　刷：	北京画中画印刷有限公司
开　　本：	710×1000　1/16
印　　张：	31.5
字　　数：	260千字
版　　次：	2018年9月第1版
印　　次：	2018年9月第1次印刷
标准书号：	ISBN 978-7-5075-4970-6
定　　价：	68.00元

版权所有，侵权必究